Petits Romans noirs irlandais

Petits Romans noirs irlandais

Nouvelles sélectionnées par Peter Haining
traduites de l'anglais par Bernard Hœpffner
avec la collaboration de Catherine Goffaux

Collection dirigée par
François Guérif

Rivages/noir

Titre original :
Great Irish Detective Stories

Traduit avec le concours du CNL et de l'ILE
(Ireland Literature Exchange)

106, boulevard Saint-Germain - 75006 Paris

ISBN : 2-7436-1224-X
ISSN : 0764-7786

Les événements de Drimaghleen

WILLIAM TREVOR

Jamais rien d'aussi épouvantable ne s'était produit à Drimaghleen ; jamais ses habitants n'avaient été aussi profondément choqués. Ils avaient eu leur lot de détresse, comme tout le monde ; le souvenir d'événements dramatiques était encore dans les mémoires ; on racontait des histoires d'un passé plus reculé. Au cours des années 1880, une femme connue sous le nom de la femme du capitaine était partie avec un marchand ambulant bossu. En 1798, on avait fait de la résistance dans les collines et on s'était battu dans Drimaghleen même. Pendant les Troubles, un homme de la région avait été exécuté dans un champ par les *Black and Tans*. Mais aucune histoire, aucun souvenir lointain ne pouvait égaler l'horreur de la tragédie qui était réservée aux gens de Drimaghleen le 22 mai 1985, un mercredi matin.

Les McDowd, ce matin-là, s'éveillèrent dans leur ferme et commencèrent leur journée comme ils l'avaient toujours fait. McDowd enfila sa chemise et son pantalon et décrocha son pardessus noir d'une des patères près de la porte de la cuisine. Il l'attacha avec un morceau de ficelle qu'il conservait dans une des poches, trouva ses chaussettes dans ses bottes en caoutchouc et sortit avec ses deux chiens de berger chercher les vaches afin de les traire. Sa femme fit sa toilette, mit la bouilloire sur la cuisinière et frappa à la porte de la chambre de sa fille. « Maureen ! appela-t-elle. Allez viens, Maureen ! »

Il n'y avait rien d'exceptionnel à ce que Maureen ne réponde pas. Mrs McDowd retourna dans sa chambre, enleva sa chemise de nuit et s'habilla. « Lève-toi, debout, Maureen ! » cria-t-elle en frappant de nouveau à la porte de sa fille. « Tu es malade ? » demanda-t-elle, intriguée à présent par l'absence de mouvement dans la chambre : toujours, lors de ce second appel, Maureen bâillait ou répondait. « Maureen ! » cria-t-elle une fois de plus, puis elle ouvrit la porte.

Alors qu'il appelait le bétail, McDowd était conscient d'avoir vu quelque chose qui n'allait pas en traversant la cour, mais la torpeur du réveil freina la progression de ses pensées tandis qu'il cherchait à établir de quoi il s'agissait. La voix de sa femme qui l'appelait depuis l'autre bout du champ et le nom de sa fille souvent répété au milieu des informations qui lui parvenaient mal le secouèrent, et il comprit alors ce qui n'allait pas : la bicyclette de Maureen n'était pas appuyée contre le rebord de la fenêtre de la cuisine. « Maureen n'est pas rentrée, lui répéta sa femme lorsqu'il se fut suffisamment rapproché pour l'entendre. Elle n'a pas dormi dans son lit. »

Les vaches furent traites parce que, quelle que fût la raison de l'absence de Maureen, il fallait les traire. Le petit déjeuner fut disposé sur la table de la cuisine car s'en abstenir ne pouvait rien entraîner de bon. McDowd, en silence, mangea avec un appétit qui n'avait pas été ébranlé ; sa femme se nourrit moins que d'habitude. « Nous allons prendre la voiture pour y aller », dit-il quand ils eurent terminé ; la colère assourdissait sa voix.

Elle acquiesça. Elle avait compris en voyant le lit intact qu'ils allaient devoir faire quelque chose. Ils ne pouvaient pas simplement attendre qu'arrive une lettre ou un télégramme, ou toute autre chose prévue par leur fille. Ils iraient en voiture jusqu'à la maison où Lancy Butler vivait avec sa mère, la maison où leur fille s'était rendue à vélo la veille au soir. Ils ne se communiquèrent pas la pensée qui les avait envahis tous les deux : que leur fille avait bravé la loi et était partie avec Lancy Butler, un homme trop gâté et un bon à rien.

McDowd était un homme mince et assez grand de soixante-deux ans, au visage presque décharné, aux cheveux gris en désordre sur la tête. Sa femme, de deux ans plus jeune, était mince, elle aussi, avec des traits rudes et les mains d'une femme qui avait travaillé aux champs toute sa vie. Ils ne se dirent pas grand-chose, ils ne s'étaient jamais beaucoup parlé ; mais ils ne se disputaient pas non plus. À la ferme, la discussion était rarement opportune, car elle ne servait à rien ; il s'ensuivait naturellement que les raisons de désaccord étaient limitées. Les McDowd avaient eu cinq enfants ; Maureen était la plus jeune et la seule à être restée à la maison. Elle avait eu vingt-cinq ans un mois plus tôt, mais sans aucune célébration particulière, car ce n'était pas dans les habitudes de la famille.

« Mets ton bon pantalon, le pria Mrs McDowd. Tu ne peux pas y aller comme ça. »

« Je suis très bien comme je suis. »

Elle savait qu'elle ne parviendrait pas à le convaincre et n'essaya pas de le faire, mais elle-même courut dans sa chambre changer de chaussures. Au moins il ne partirait pas vêtu du pardessus ceinturé par une ficelle ; il ne le mettait que pour ramener les vaches du champ quand il faisait froid le matin. Il l'avait enlevé avant de s'asseoir pour le petit déjeuner et il n'y avait aucune raison pour qu'il le remette. Elle dissimula sa vieille jupe et son vieux pull-over sous son imperméable.

« La petite salope », dit-il dans la voiture ; elle ne dit rien.

Ils ressentaient tous les deux la même chose, inquiétude et contrariété à la fois, refusant de croire à ce qui paraissait être la réalité. Leur fille les avait trompés avec ingratitude : cette pensée-là aussi fut partagée en silence pendant les quatre miles qui les séparaient de la maison des Butler. Quand ils sortirent de la route asphaltée pour prendre un chemin de terre, passant déjà entre les champs des Butler, ils entendirent aboyer le chien. La vitre de la *Volkswagen* du côté de Mrs McDowd ne pouvait plus être relevée à cause d'un défaut qui était apparu un mois plus tôt : les aboiements stridents leur parvenaient clairement par-dessus le vacarme du moteur.

Et voilà, pensèrent-ils en entendant le chien. Maureen et Lancy étaient partis la nuit dernière et Mrs Butler était incapable de s'occuper des vaches toute seule. Pas étonnant que le chien se soit affolé. Avec amertume McDowd traita une fois de plus sa fille de salope, mais pour lui seul. Lancy Butler, pensa-t-il, mon Dieu ! Lancy Butler lui en ferait voir de toutes les couleurs, et lui ferait prendre le mauvais chemin, et lui ferait gratter le pavé d'une ville ou d'une autre. Il l'avait prévenue plus de mille fois au sujet de Lancy Butler. Il lui avait expliqué à quelle espèce d'imbécile elle avait affaire.

« Son père était un type bien, dit-il, interrompant enfin le long silence. Il ne buvait jamais d'alcool. »

« C'est sa vieille mère qui l'a détruit. »

Ça ne durerait pas longtemps, pensèrent-ils tous deux. Lancy Butler l'épouserait peut-être, ou peut-être se débrouillerait-il pour ne pas le faire. Mais quoi qu'il se passe elle serait de retour dans six mois ou au pire dans un an. Il y aurait sans doute un bébé à élever.

La voiture pénétra dans la cour et ni McDowd ni sa femme ne vit immédiatement leur fille étendue à côté de la pompe. Pendant les premiers instants qui suivirent leur arrivée, leur attention fut accaparée par le chien en détresse, un chien de berger noir et blanc comme les deux leurs. La poussière qui avait été soulevée par les roues de la *Volkswagen* était encore dense dans l'air quand ils descendirent de la voiture. Le chien, affolé, traversait en courant un coin de la cour, d'un côté à l'autre, et encore d'un côté à l'autre. Le chien est devenu fou, pensa Mrs McDowd, il y a quelque chose qui l'inquiète. Alors elle vit le corps de sa fille étendu près de la pompe, et un mètre plus loin la bicyclette de sa fille couchée sur le côté, comme si elle en était tombée. Il y avait deux lapins morts à côté de la bicyclette.

« Mon Dieu », dit McDowd et sa femme comprit à sa voix qu'il n'avait pas encore vu sa fille mais qu'il regardait autre chose. Il s'était avancé jusqu'à une autre partie de la cour, là où se trouvait le chien. Il y était allé instinctivement, pour tenter de calmer l'animal.

Elle s'agenouilla, elle chuchotait quelque chose à Maureen, pensant dans son désarroi que sa fille venait de tomber à l'instant de sa bicyclette. Mais le visage de Maureen était aussi froid que la pierre, et sa chair avait déjà durci. Mrs McDowd hurla, et un peu plus tard elle se rendit compte qu'elle s'était elle-même couchée, qu'elle serrait le corps mort de Maureen. Un moment plus tard elle se rendit compte que son mari pleurait à gros sanglots, incapable de se contrôler, qu'il s'était mis à genoux, que ses mains étaient elles aussi sur le corps.

Mrs McDowd ne se souvenait pas de s'être relevée, ni d'avoir trouvé l'énergie et la volonté de le faire. Elle entendit son mari lui dire, « Ne va pas par là », et elle le vit s'essuyer les yeux avec la manche de son jersey. Mais il ne chercha pas à l'arrêter quand elle se dirigea vers l'endroit où était le chien ; il demeura à genoux près de sa fille, l'appelant entre ses sanglots, l'implorant de n'être pas morte.

Le chien s'était collé dans l'encoignure d'une porte, il n'aboyait plus. À un mètre ou deux, Mrs Butler était étendue, une de ses jambes repliée sous elle, le sang sur le sol avait bruni, mais une flaque était encore écarlate. En la voyant là, par terre, Mrs McDowd pensa avec une lucidité brutale : Maureen n'est pas tombée de sa bicyclette. Elle retourna à l'endroit où sa fille était couchée et, derrière les deux tonneaux en fer-blanc près de la pompe, elle vit le corps de Lancy Butler, et par terre un peu plus loin le fusil de chasse qui avait dû faire éclater le visage de Mrs Butler.

O'Kelly des Guarda parvint rapidement à une conclusion. L'opposition de la vieille Mrs Butler au mariage que son fils et Maureen McDowd avaient arrangé entre eux avait été aussi inflexible que celle des McDowd. Et il y avait encore quelque chose d'autre : Mrs Butler avait été possessive de façon obsessionnelle, ne cachant à personne qu'elle était déterminée à ce qu'aucune autre femme ne lui prenne jamais son fils. Lancy était son unique enfant, le seul qui ait survécu à des années de fausses couches. Le père de Lancy était mort quand ce dernier n'avait que deux ans, livrant la mère et l'enfant à une vie solitaire dans une ferme éloignée de tout. O'Kelly savait que Mrs Butler était connue pour avoir la tête pleine de lubies et qu'elle avait parfois de violentes crises de jalousie concernant Lancy. Sous l'emprise d'une de ces crises tout à fait familières à ceux qui l'avaient fréquentée, elle avait tiré sur la fiancée de son fils plutôt que de la voir le lui voler. Il lui avait arraché le fusil des mains et, par accident ou non, le coup était parti. Et lui qui était, au mieux, un homme faible, avait retourné le fusil contre lui-même pour éviter d'avoir à faire face à la réalité de ce qui venait de se passer. Cette déduction, que ne démentaient pas les détails dans la cour, satisfaisait O'Kelly des Guarda ; les habitants de Drimaghleen parvinrent d'eux-mêmes à la même conclusion. « Ça n'a jamais été que des problèmes, dit McDowd le jour des funérailles. Dès qu'elle s'est mise à sortir avec Lancy Butler, la pauvre Maureen ne pouvait s'attendre qu'à des problèmes. »

Drimaghleen était une localité qui n'avait rien de remarquable, à peine un carrefour connu sous le nom de Drimaghleen Crossroads. On n'y trouvait que de petites fermes, chacune d'elles d'une trentaine d'arpents environ, éparpillées dans les tourbières, séparées les unes des autres par plusieurs miles, comme la ferme des McDowd et celle des Butler. C'était au village de Kilmona que les gens de Drimaghleen allaient à la messe et qu'ils se confessaient au père Sallins. Les enfants des fermiers allaient à l'école dans la petite ville de Mountcroe, un car jaune les prenait tous les matins et les déposait l'après-midi au bout de leur allée ou chemin de terre. Les bidons de lait étaient ramassés plus ou moins de la même façon par le camion de la laiterie. Le pain et l'épicerie étaient achetés au village ; la viande fraîche à Mountcroe. Lorsque les hommes de Drimaghleen se soûlaient, ils allaient à Mountcroe, jamais au village ; il leur arrivait cependant de boire quelques bouteilles de bière brune au bar, dans l'épicerie, en face du comptoir. Ils achetaient la quincaillerie et les vêtements à Mountcroe, où un cinéma portant le nom de *Abbey Picture House* avait existé jusqu'au jour, au début des années soixante, où il avait fermé après l'arrivée de la télévision. Drimaghleen, Kilmona et Mountcroe formaient un monde qui circonscrivait la vie des gens des fermes de Drimaghleen. Rares étaient les occasions d'aller au-delà, jusqu'aux facilités qu'offrait une ville de plus grande taille – à moins qu'il ne s'agisse d'une recherche de travail ou du premier pas sur la route de l'exil.

Les enfants des McDowd, qui, pour trouver du travail, étaient partis loin de leur paroisse, revinrent assister à la messe célébrée pour leur sœur, le cœur brisé. Ils étaient revenus tous les quatre, deux avec un mari, un avec une épouse, la quatrième toute seule. Leurs mariages avaient été les dernières réunions familiales, deux d'entre eux à Kilmona, le troisième très loin, à Skibbereen, la ville où habitait la femme que le fils McDowd avait épousée l'année précédente. Ce mariage leur revint en mémoire pendant la messe pour Maureen – le long trajet dans la

Volkswagen, la nuit qu'ils avaient passée au *Eldon's Hotel*, les adieux le lendemain. Jamais aucun des McDowd, même dans la plus violente horreur d'un cauchemar, n'aurait deviné la nature de l'occasion qui allait les rassembler de nouveau.

Après les funérailles la famille retourna à la ferme. Les enfants McDowd avaient été au courant des liens entre Maureen et Lancy Butler et de l'opposition de leurs parents. Ils étaient aussi au courant de l'affection possessive de Mrs Butler pour son fils, car ils avaient grandi en entendant des histoires sur son excentricité maternelle et avaient été témoins, pendant l'enfance et l'adolescence de Lancy, de la manière dont cette indulgence l'avait changé. « Oh, ça peut attendre, Lancy, ça peut attendre », disait-elle une dizaine de fois par heure en parlant d'une tâche à accomplir dans la ferme. « Mais bien sûr, pas besoin d'aller à l'école aujourd'hui », avait-elle dit précédemment quand Lancy se plaignait des difficultés qu'il rencontrait avec la table de multiplication par sept ou avec les vingt exercices d'orthographe du frère Martin le week-end. Les gens de Drimaghleen se demandaient alors qui en souffrirait le plus, la ferme ou Lancy.

« Que lui trouvait-elle ? demanda tristement Mrs McDowd pendant le repas d'enterrement. Quelqu'un pourrait-il me dire ce qu'elle lui trouvait ? »

Ils secouèrent la tête. Leurs joues à tous étaient encore marbrées par les larmes qu'ils avaient versées pendant le service religieux. La conversation était difficile.

« Nous ne reprendrons jamais le dessus », dit le père d'un ton péremptoire. C'était tout ce qu'ils pouvaient dire, tout ce qu'ils savaient avec certitude : tant que les vieux McDowd resteraient dans cette ferme – c'est-à-dire jusqu'à leur mort – la perversité, la laideur de la tragédie continueraient à les hanter. Ils savaient que si la bicyclette de Maureen avait été renversée par une voiture ils auraient supporté sa mort avec davantage de courage ; ou encore si elle était morte naturellement, ou avait été victime d'une maladie incurable. Le couteau qui s'enfonçait dans leur douleur était le souvenir de la cour de ferme des Butler, du chien qui aboyait en courant à droite et à gauche, des trois corps immobiles. Il n'y avait rien d'autre à contempler que le gâchis d'une vie, et la cruauté du hasard – car pourquoi avait-il fallu que ce soit le destin de la simple, de la jolie Maureen qui s'entremêle à celui d'un couple aussi bizarre que cette mère et son fils ? Il y avait d'autres jeunes filles dans la région – des filles sournoises et des filles au comportement douteux – qui d'une certaine façon faisaient plus naturellement partie du monde des Butler : n'importe qui vous le dirait.

« Pourquoi ne prendriez-vous pas la voiture pour venir nous voir ? demanda une de leurs filles. Est-ce que nous pourrions vous persuader de le faire ? »

Son père garda le regard fixé sur la table et n'essaya pas de répondre. Inutile d'expliquer qu'un tel voyage ne pouvait s'envisager que pour un mariage ou pour un enterrement. De tels voyages n'avaient pas été entrepris du vivant de Maureen, alors qu'elle aurait pu s'occuper de la ferme pendant vingt-quatre heures ; il était tout à fait impossible d'y songer maintenant. Mrs McDowd tenta de sourire, fit un effort pour indiquer qu'elle avait compris le souci qui avait inspiré cette suggestion, mais le sourire ne vint pas.

Parce qu'elles étaient de nature à intéresser même ceux qui ne connaissaient pas les victimes, les morts furent annoncées dans les journaux. Elles furent mentionnées à la radio et aux informations télévisées. Puis le calme revint à Drimaghleen, et dans le village, et dans la ville. Des gens écrivirent aux McDowd pour exprimer leur sympathie. Des gens vinrent les voir, qui ne restaient jamais longtemps. « Je suis toujours à votre disposition, dit le père Sallins. Kilmona 23. Appelez-moi quand vous voulez. Ou bien venez me voir au presbytère. »

Les McDowd n'allèrent pas le voir. Ils regardèrent l'été passer, rentrèrent leur foin pendant une période de beau temps en juin, surveillèrent le champ de pommes de terre et l'orge qui mûrissait. Il se mit à pleuvoir plus que de coutume ; ils se firent du souci au sujet de l'orge.

« Excusez-moi, dit un homme qui entra dans la cour un après-midi d'octobre. Vous êtes bien Mr McDowd ? »

McDowd dit que oui et cria aux chiens de se conduire un peu mieux. L'inconnu devait être un représentant en fertilisants, se dit-il, quelqu'un qui remplaçait Donoghue, qui visitait la ferme depuis des années. Puis il se rendit compte que ce n'était pas le moment de l'année où Donoghue passait.

« Est-ce que nous pourrions bavarder un peu, Mr McDowd ? »

Les traits décharnés de McDowd se froncèrent lentement ; il se renfrogna lentement. Il souleva une main et ébouriffa ses cheveux gris en désordre, ce qui était sa façon de dissimuler sa confusion. Une partie de sa ruse de campagnard consistait à préférer que les étrangers ne sachent pas, ou ne devinent pas, ce qui se passait dans sa tête.

« Bavarder ? » dit-il.

« Peut-être, monsieur, pourrions-nous entrer un moment ? »

McDowd ne voyait aucune raison de rentrer dans sa propre maison en compagnie de cet homme. Le visiteur avait un visage haut en couleur et était vêtu négligemment d'un pantalon en velours côtelé noir et d'une veste en gabardine. Sa chevelure était longue et noire et poussait grossièrement de chaque côté de son visage en deux touffes épaisses. Il avait une voix citadine ; il n'était pas difficile de deviner qu'il venait de Dublin.

« Que me voulez-vous ? »

« J'ai été désolé d'apprendre ce qui est arrivé à votre fille, Mr McDowd. C'est une horrible histoire. »

« C'est passé et terminé. »

« C'est vrai, monsieur. Passé et terminé. »

Le capot rouge d'une voiture pénétra lentement dans la cour. McDowd la regarda avancer et le lent mouvement de reptation lui rappelait quelque animal précautionneux, le moteur ronronnait si bas qu'on l'entendait à peine. Quand la voiture s'arrêta près de l'étable personne n'en descendit, mais McDowd pouvait voir au volant une silhouette portant des lunettes de soleil. C'était une femme, elle aussi avec des cheveux noirs, qui fumait une cigarette.

« Cela pourrait vous être utile, Mr McDowd. »

« Quoi donc ? Cette voiture vous appartient ? »

« Nous sommes venus vous voir, monsieur. Cette dame est une amie, une collègue qui s'appelle Hetty Fortune. »

La femme descendit de la voiture. Elle était plus grande que l'homme, avec un visage sombre et un pantalon bleu assorti à son chemisier bleu. Elle laissa tomber sa cigarette par terre et l'écrasa soigneusement avec la pointe de sa chaussure. Aussi lentement qu'elle avait conduit la voiture, elle traversa la cour jusqu'à l'endroit où se trouvaient les deux hommes. Les chiens grognèrent sur son passage mais elle n'y prêta pas attention. « Je m'appelle Hetty Fortune », dit-elle avec un accent anglais.

« Je ne me suis pas présenté, Mr McDowd, dit l'homme. Je suis Jeremiah Tyler. »

« J'espère que Jeremiah vous a transmis nos condoléances, Mr McDowd. J'espère que vous et votre femme voudrez bien accepter notre plus profonde sympathie. »

« Que venez-vous faire ici ? »

« Nous sommes allés à la ferme des Butler, Mr McDowd. Nous y sommes restés un long moment. Nous avons parlé avec quelques personnes. Est-ce que nous pourrions parler avec vous ? »

« Vous êtes les journaux ? »

« D'une certaine façon. Oui, d'une certaine façon nous représentons les médias. Et je suis tout à fait certaine, ajouta la femme immédiatement, que vous avez déjà eu votre dose de tout cela. Je suis persuadée que vous estimerez que ce que nous avons à vous dire est différent, Mr McDowd. »

« Mon épouse et moi n'avons rien à dire aux journaux. Nous n'avons rien dit à l'époque, et nous n'avons rien de plus à dire maintenant. J'ai à faire à la ferme. »

« Mr McDowd, auriez-vous l'amabilité de nous accorder cinq minutes de votre temps ? Cinq minutes dans votre cuisine, pour parler avec vous et avec votre femme ? Nous laisseriez-vous l'occasion de nous expliquer ? »

Attirée par le bruit des voix, Mrs McDowd sortit de la maison. Elle resta sur le seuil, sans vraiment franchir le porche de la cuisine, observant les inconnus avec encore plus de méfiance que son mari. Elle ne dit rien quand la femme s'approcha d'elle et lui tendit une main qu'elle fut obligée de serrer.

« Nous sommes désolés de troubler votre chagrin, Mrs McDowd. Mr Tyler et moi avons tenté de l'expliquer à votre mari. »

Mrs McDowd ne réagit pas. Elle n'aimait pas l'allure de cette femme au teint sombre, ni celle de son compagnon négligé. Il y avait quelque chose de minable chez lui, quelque chose qui transparaissait souvent chez les gens de la ville quand ils n'étaient pas habillés avec soin. La femme n'était pas minable mais on voyait bien qu'elle n'était pas sincère à la forme de sa bouche. Son manque de sincérité s'entendait dans sa voix.

« Toute la vérité n'a pas été établie, Mrs McDowd. C'est de cela que nous aimerions discuter avec vous. »

« Je vous ai déjà dit non, dit McDowd. Je leur ai dit de s'en aller », dit-il à sa femme.

Le regard de Mrs McDowd examina les lunettes de soleil de la femme. Elle demeura où elle était, sans vraiment sortir dans la cour. L'homme lança :

« Et si je prenais une photo pour rompre la glace ? Seriez-vous d'accord, monsieur ? Si je prenais quelques photos de vous et de votre femme ? »

Il n'aurait pas dû parler. Une ombre de colère passa sur le visage de la femme. Les doigts de sa main gauche s'activèrent en un mouvement d'irritation. Elle dit rapidement :

« Ce n'est pas nécessaire pour le moment. »

« Il faut que nous ayons les photos, Hetty », grommela l'homme, s'exprimant à voix basse pour que les McDowd ne l'entendent pas. Mais ils devinèrent le sens de sa protestation, car il se lisait sur son visage rose. La femme lui dit quelque chose avec brutalité.

« Si vous ne nous laissez pas tranquilles nous irons chercher les Guards, dit McDowd. Vous êtes ici sur notre terre. »

« Est-il juste envers la mémoire de votre fille que la vérité reste cachée, Mr McDowd ? »

« Et puis aussi, ces chiens peuvent être méchants quand ils le veulent. »

« Elle n'est pas cachée, dit Mrs McDowd. Nous savons tous ce qui s'est passé. Les détectives l'ont établi, mais n'importe qui aurait pu le leur dire, c'est sûr. »

« Non, Mrs McDowd, rien n'a vraiment été établi. C'est ce que j'essaye de vous expliquer. La surface des choses a si peu été dérangée. Ce qui paraissait être la vérité ne l'était pas. »

McDowd dit à sa femme de verrouiller la porte. Ils allaient prendre la voiture jusqu'à Mountcroe et revenir avec un Guard. « Nous n'avons rien à faire avec vous, expliqua-t-il aux visiteurs d'une voix dure. Si les chiens vous dévorent quand nous serons partis, ne dites pas que vous n'étiez pas prévenus. »

Imperturbable malgré les menaces, toujours d'une voix sûre, la femme leur dit qu'environ trois mille livres étaient à la clé. « Pour cette brève conversation il est évident que vous serez dédommagés correctement. Nous vous avons déjà dérangés pendant votre travail et naturellement nous en sommes confus. La photographie dont parle Mr Tyler sera évidemment accompagnée d'un paiement. Grosso modo nous parlons ici d'une somme qui dépasserait les trois mille livres. »

Plus tard les McDowd se rappelèrent ce moment. Ils se rappelèrent le sentiment qu'ils avaient tous deux éprouvé, qu'il ne s'agissait certainement pas d'une embrouille, que l'argent mentionné serait honnêtement versé. Ils se rappelèrent avoir pensé que c'était une grosse somme, qu'ils avaient bien besoin de trente livres, sans parler de trois mille. La pluie avait détruit l'orge ; ils ressentaient l'absence de leur fille dans le travail de la ferme ; la tragédie les avait vieillis et affaiblis. S'ils pouvaient en tirer trois mille livres, peut-être pourraient-ils penser à vendre et à s'acheter un bungalow.

« Fais-les entrer », dit McDowd, et sa femme les précéda dans la cuisine.

La scène du mystère peut se retrouver dans toute la campagne irlandaise. De Cork à Cavan, de Roscommon à Rosslare, vous trouverez de petites fermes dissimulées, semblables à celle des Butler et à celle des McDowd. Maureen McDowd avait été d'un tempérament doux plein de gentillesse. Elle n'avait jamais péché ni par paresse ni par envie ; pour ses parents elle était une fille modèle, presque une sainte. Une photographie, prise quand Maureen McDowd avait cinq ans, montrait une enfant souriante couverte de taches de rousseur ; une autre la montrait dans sa robe de première communion ; sur une troisième, prise au mariage de son frère, on voyait une fille pleine de santé, le visage plissé par un rire, une tasse de thé dans la main droite. Il y avait une photographie de sa mère et de son père, debout dans leur cuisine. En bas, en italique, on apprenait qu'elle avait été prise par Jeremiah Tyler. *La Sainte de Drimaghleen,* avait écrit Hetty Fortune, *n'a jamais manqué une messe pendant les vingt-cinq années de sa vie.*

L'histoire était racontée en images un peu floues, c'était la mode. « Vous connaissez notre supplément du dimanche ? » avait demandé Hetty Fortune dans la cuisine des McDowd, mais ils ne le connaissaient pas : les journaux d'Angleterre n'étaient jamais entrés dans leur vie. Eux, ils lisaient le *Sunday Independent.*

La cour de ferme des Butler était d'un brun lugubre dans les pages du supplément ; la pompe prenait une dimension que personne n'avait encore remarquée. Une bicyclette semblable à celle de Maureen avait été posée par terre, un chien de berger pareil à celui des Butler fourrait son nez près des portes de l'étable à vaches. Mais l'absence des trois corps dans la photographie de la cour, la poussière qui s'élevait encore là où la bicyclette était tombée et le chien qui reniflait donnaient une dimension spectrale à la composition – l'horreur communiquée en l'absence de l'horreur. « Vous avez embauché un homme du coin ? » demanda l'éditeur adjoint du supplément, et lorsqu'il apprit que le photographe, Jeremiah Tyler, était de Dublin, il demanda qu'on note ses coordonnées.

Les Gardai – tout particulièrement l'officier de police O'Kelly – n'ont vu que ce qu'ils voulaient voir. Parmi les trois corps étendus par terre dans la lumière de mai ils ont choisi celui de Lancy Butler comme objet de leur imagination paresseuse. Mrs Butler, en butte à sa célèbre jalousie, avait tiré sur la fiancée de son fils pour ne pas la voir l'épouser. Son fils, une déduction de l'officier O'Kelly qu'absolument aucune preuve indirecte ne corrobore, lui avait arraché le fusil de chasse des mains et lui avait tiré dessus dans la violence de son désarroi. Il avait mis fin à ses jours tout de suite après. Le fusil était couvert d'empreintes digitales appartenant aux trois victimes : ce fait n'a évidemment pas pu être expliqué par O'Kelly. Pourquoi trouvait-on les empreintes de Maureen McDowd sur le fusil des Butler ? O'Kelly déclare que « dans le cours naturel des choses » Maureen McDowd avait certainement manipulé le fusil, car elle venait régulièrement à la ferme. Les visiteurs réguliers, selon nous, « dans le cours naturel des choses » ou en d'autres occasions, ne manipulent pas les armes à feu des gens auxquels ils rendent visite. L'officier de police évite de toucher au fond du problème parce qu'il est éberlué. Le fusil de chasse servait à réduire la population de lapins, affirme-t-il, bien qu'il sache que l'usage que faisaient les Butler du fusil n'a rien à voir avec l'affaire. Il parle des lapins parce qu'il n'a jamais été capable d'expliquer rationnellement pourquoi Maureen McDowd avait manipulé l'arme du crime. Les empreintes digitales des trois victimes étaient peu précises et « difficiles », et ont été trouvées à plusieurs endroits sur l'arme. C'est à prendre ou à laisser laisse entendre l'officier de police. Et avec lassitude il semble dire : Cela a-t-il de l'importance ?

Nous affirmons que cela en a. Nous affirmons qu'il n'y a pas eu d'enquête sur ce crime extraordinaire – qui suit de près, d'ailleurs, le célèbre mystère des bébés du Kerry et l'affaire Flynn – et qu'il a tout simplement été classé. Les habitants de Drimaghleen vous diront exactement la même chose que ce que O'Kelly a laborieusement consigné dans son rapport : les deux versions sont identiques. Tout le monde sait que la mère de Lancy Butler était une femme possessive à la langue acérée. Tout le monde sait que Lancy était un bon à rien. Tout le monde sait que Maureen McDowd était une jeune femme profondément croyante. Il va sans dire que c'est la mère qui a cherché à mettre un point final à une intrusion qu'elle ne pouvait pas supporter. Il va sans dire que c'est Lancy, lent et stupide, qui ne s'est pas arrêté sur ce qui allait sans doute *se passer après avoir tiré sur sa mère. Il va sans dire que c'est lui qui a été incapable de trouver une solution plus imaginative à son dilemme que celle de rejoindre les deux femmes qui avaient dominé sa vie.*

Le scénario que ni O'Kelly ni les voisins des Butler n'ont pris la peine d'examiner est entièrement différent. Une lettre, apparemment – et étonnamment – négligée par la police, a été découverte derrière le tiroir d'une table qui faisait autrefois partie du mobilier de la chambre de Lancy Butler et qui a été vendue aux enchères après la tragédie – le terrain, la ferme et son contenu étant alors devenus la propriété des Allied Irish Banks, qui détenaient l'hypothèque sur la propriété des Butler. Voici cette lettre, écrite par Maureen McDowd une semaine avant la tragédie :

> « Cher Lancy, si elle ne cesse pas je ne vois vraiment pas comment je pourrais t'épouser. C'est ce que je veux, Lancy, mais elle ne nous laisse jamais tranquilles. Que vais-je devenir dans ta maison, et si je ne te rejoins pas où pourrons-nous aller parce que je sais que mon père n'acceptera jamais que tu viennes ici. Elle a détruit la chance que nous avions, Lancy, elle ne te lâchera jamais. Chaque fois que je viens à bicyclette c'est pour faire face à ses insultes et à la façon qu'elle a de me regarder. Je crois que nous ne pouvons pas continuer. »

Par ces lignes Maureen McDowd admettait sans détour qu'ils étaient arrivés au terme de leur aventure, pourquoi alors Mrs Butler, une femme si sensible – dont on disait qu'elle « connaissait vos pensées avant même que vous ne les connaissiez vous-même » –, aurait-elle décidé de tuer la petite amie de Lancy ? Et plus on examine le système mental de cette vieille femme, plus il devient absurde de croire qu'elle ait voulu détruire tout ce qu'elle possédait en commettant un meurtre tout à fait inutile. Mrs Butler n'était pas le genre de personne à agir aveuglément, dans la fureur du moment. Sa jalousie, et la colère qui la protégeait, couvaient cruellement en elle, toujours présentes, invariables.

Mais Maureen McDowd – jeune, impétueuse, terriblement privée de l'homme qu'elle aimait –, une sainte par nature, possédant la ferveur d'une sainte, a comblé son retard ce soir fatal : tous les péchés auxquels elle avait toujours résisté. La furie de l'enfer n'a pas une violence égale à celle d'une femme délaissée – sauf peut-être celle d'une femme injustement vaincue. La vieille femme a serré la vis, consciente de la victoire proche. Les insultes et la « façon de la regarder » sont devenues chaque jour plus claires et plus arrogantes ; Mrs Butler voulait que Maureen McDowd parte, qu'elle disparaisse pour toujours, qu'elle n'ose jamais revenir.

On sait que Lancy Butler avait trouvé deux lapins dans ses collets ce soir-là. On sait que lui et Maureen faisaient souvent le tour des collets quand elle venait le soir. Il conduisait la bicyclette jusqu'au champ où se trouvaient les collets et Maureen s'asseyait en amazone sur le porte-bagages. Lancy n'avait pas de bicyclette. Notre déduction est que les empreintes de Maureen se sont trouvées sur le fusil de chasse parce qu'ils en avaient profité pour chasser les lapins et que quand ils sont arrivés dans la cour elle portait à la fois le fusil et les lapins attrapés. On sait que Maureen avait pleuré peu de temps avant sa mort. Dans les champs, tandis qu'ils guettaient leurs proies, Lancy avait tenté de la réconforter, mais Maureen savait que jamais plus ils ne feraient ce parcours ensemble, que jamais plus elle ne viendrait le voir en fin de journée. La haine que lui portait la mère de Lancy et la faiblesse de Lancy avaient fini par détruire ce qu'elle voulait pardessus tout. Mrs Butler était dans la cour et criait ses insultes habituelles et Maureen a fait feu sur elle.

Les lapins sont tombés par terre quand elle a sauté de la bicyclette et son mouvement brusque a aussi fait tomber la bicyclette, et Lancy qui était dessus. Il l'a appelée, mais il était trop tard, et elle s'est rendu compte qu'elle ne pourrait plus l'avoir à elle à présent. Elle l'accusait de n'avoir jamais une seule fois tenu tête à sa mère, de n'avoir jamais essayé de faciliter les choses. Si elle ne pouvait pas avoir cet homme faible qu'elle aimait avec tant de passion, personne d'autre ne l'aurait non plus. Elle a tiré sur son amoureux, sachant très bien qu'elle allait devoir mettre fin à ses jours immédiatement après. Et c'est naturellement ce qu'elle a fait.

Il y en avait davantage sur Maureen. Dans les pages du supplément en couleur Mrs McDowd déclarait que sa fille avait été une enfant serviable. Son père disait qu'elle était sa fille chérie. Quand elle était petite, elle l'accompagnait dans les champs, regardait comment il plantait les semences de pommes de terre. Plus tard, elle lui apportait son thé, et plus tard encore, elle l'aidait dans toutes les tâches qu'il entreprenait. Le père Sallins émettait l'opinion qu'elle avait été tout particulièrement choisie. Une nonne du couvent de Mountcroe se souvenait d'elle avec une profonde affection.

O'Kelly s'est laissé prendre par ce qu'on pensait là-bas. Consciemment ou pas, les habitants de Drimaghleen protégeaient la mémoire de Maureen McDowd, et l'officier de police a suivi le mouvement. Elle était une fille du coin, à la vertu sans tache, qui avait été « tout particulièrement choisie ». Si O'Kelly avait émis publiquement une conclusion différente, il n'aurait sans doute jamais pu revenir en sécurité dans la région de Drimaghleen, ni dans le village de Kilmona, ni dans la ville de Mountcroe. Les Irlandais ne pardonnent pas facilement à ceux qui leur volent leurs saints les plus récents.

« Je voulais vous prévenir que tout cela avait été écrit, dit le père Sallins. Je voulais être celui qui vous en informerait avant que vous n'ayez à subir le choc de l'apprendre par quelqu'un d'autre. »

Il était venu en voiture pour cette seule raison. Dès qu'on lui avait fait part de l'histoire dans le journal il avait senti que son devoir était de venir s'asseoir avec les McDowd. Selon son opinion, ce qui avait été imprimé dans le journal était presque aussi horrible que la tragédie elle-même, toute sa paroisse avait été insultée, et un officier de police avait été décrit comme ne valant pas davantage que les criminels qu'il poursuivait quotidiennement. Il avait lu l'article entièrement deux fois ; il avait regardé les photographies avec stupéfaction. Hetty Fortune et Jeremiah Tyler étaient venus le voir, mais il leur avait conseillé de ne pas remuer ce qui était passé et terminé. Il leur avait expliqué que les gens voulaient oublier l'explosion de violence qui les avait aussi brutalement assaillis, que lui-même priait toujours pour l'âme des Butler et de Maureen McDowd. La femme avait hoché la tête, comme si ses mots l'avaient persuadée. « J'ai mon appareil sur moi, Père, avait mentionné l'homme au moment où ils partaient. Si je prenais une photo de vous ? » Le père Sallins avait posé devant les hortensias, sans rien voir de mal à ce qu'on le prenne en photo. « Je vous l'enverrai quand elle aura été développée », avait dit l'homme, mais la photographie n'était jamais arrivée. La première fois qu'il l'avait vue, c'était en ouvrant le magazine du dimanche, un mauvais portrait de lui, les paupières tombantes comme s'il avait bu, l'ombre sur sa mâchoire mal rasée.

« C'est une chose terrible », dit-il dans la cuisine des McDowd, se souvenant aussi de cette photo-là : le blanc cassé de la cuisinière électrique émaillée, l'Enfant Jésus sur le buffet peint en vert, près du réveil et du sac de pinces à linge, la moquette au sol pour le confort, la table recouverte de formica bleu, la radio, l'appareil de télévision. Sur la photographie, la cuisine avait acquis une dimension lointaine, exactement comme la cour de ferme des Butler. Les couleurs dures, ordinaires, les bords sales des rideaux, la peinture écaillée, tout cela paraissait faire partie d'une composition méticuleuse : la photographie était devenue une image telle qu'elle invitait à se questionner tout autant qu'un compte rendu.

« Nous n'avons jamais pensé qu'elle dirait cela de Maureen, dit Mrs McDowd. Ce ne sont que des mensonges, Père. »

« Mais évidemment, Mrs McDowd. »

« Nous savons tous ce qui s'est passé ce soir-là. »

« Évidemment, Mrs McDowd. »

McDowd ne disait rien. Ils avaient pris l'argent. C'était lui qui avait dit que ces gens-là pouvaient entrer dans la maison. Trois mille cent cinquante livres, était la somme que la femme avait écrite sur le chèque, les assurant qu'ils leur devaient ce qui était en plus.

« Vous n'avez jamais dit qu'elle avait été tout particulièrement choisie, Père ? »

« Mais évidemment que non, Mrs McDowd. »

Il avait entendu dire que l'officier de police O'Kelly était allé voir un avocat pour savoir s'il avait été diffamé, et, bien qu'on lui ait dit qu'il l'avait sans doute été, on lui avait conseillé de ne pas intenter de procès, celui-ci serait coûteux et le jugement ne serait pas automatiquement en sa faveur. L'explication toute simple de ce qui s'était passé dans la ferme des Butler était venue naturellement aux gens de Drimaghleen et à la police parce qu'ils avaient connu Mrs Butler et qu'ils avaient connu son fils. Il n'y avait eu ni mystère, ni doute.

« Si nous faisions une prière ensemble ? » suggéra le prêtre.

Ils s'agenouillèrent, et quand ils se relevèrent Mrs McDowd se mit à pleurer. Tout le monde allait être au courant, dit-elle, comme si le prêtre n'avait ni prié ni parlé. L'histoire allait se propager et les gens allaient y croire. *« Des gens démunis. »* Elle fronça les sourcils, toujours sanglotant, en lisant les mots dans le journal. « Ils disent que les Butler étaient des gens démunis. Ils disent que nous aussi nous sommes démunis. »

« Ce n'est que la façon de s'exprimer de cette femme, Mrs McDowd. Cela ne veut pas dire grand-chose. »

« Ces paysans tout simples, lut Mrs McDowd, *de l'île la plus occidentale de l'Europe, forment des communautés rurales de petite taille et trop souvent ils se déchirent entre eux. »*

« N'y faites pas attention », conseilla le père Sallins.

« Est-ce que démunis veut dire que nous sommes pauvres ? »

« Selon la façon de voir de cette femme, Mrs McDowd. »

Il y avait maintenant du désarroi à Drimaghleen, à Kilmona et à Mountcroe ; et le désarroi, pensait le père Sallins, est insidieux. Les gens doutaient maintenant de leur instinct, et d'autres articles de journaux allaient suivre celui-ci. D'autres étrangers allaient venir. Le père Sallins imagina qu'un film serait tourné sur Maureen McDowd et que le mystère qui avait été créé deviendrait une légende. Le personnage de Maureen McDowd ferait l'objet de discussions, des livres seraient écrits parce que tout cela était fascinant. Pour toujours, jusqu'à leur mort, sa mère et son père s'accuseraient d'avoir pris l'argent que leur pauvreté les avait empêchés de refuser.

« La famille verra les photos. »

« Ne vous tourmentez pas, Mrs McDowd. »

« Personne n'a jamais dit qu'elle était presque une sainte. Ça n'a jamais été dit, Père. »

« Je sais, je sais. »

Mrs McDowd couvrit son visage de ses mains. Ses minces épaules se soulevaient de détresse douloureuse ;

les sanglots déchiraient son corps. Il lui était arrivé trop de choses, pensa le prêtre ; c'était trop pour une mère de voir sa fille assassinée, accusée ensuite d'être une meurtrière afin de donner quelque chose en pâture aux lecteurs de journaux. Son mari s'était détourné de la table à laquelle elle était assise. Il était debout, lui tournait le dos, regardant dans la cour. D'une voix basse, lasse, il dit :

« Quelle sorte de gens sont-ils ? »

Le prêtre secoua lentement la tête, incapable de lui répondre, et dans la cuisine qui avait l'air tellement différente sur la photographie de Jeremiah Tyler, Mrs McDowd se mit à hurler. Elle était assise à la table au dessus bleu, ses lèvres retroussées découvraient ses dents, les cris aigus et brefs se succédaient. Le père Sallins ne tenta pas de la réconforter une seconde fois. McDowd resta près de la fenêtre.

La main et la parole

Gerald Griffin

Le village de Kilkee, sur la côte sud-ouest de l'Irlande, est depuis de nombreuses années à la ville de Limerick ce que Brighton est à Londres (toute proportion gardée cependant). Toutefois, à l'époque où se déroulèrent les événements qui fournissent le sujet de la petite histoire qui va suivre, sa notoriété n'avait pas encore dépassé celle d'une station balnéaire du nom de Miltown Malbay, située un peu plus loin au nord sur le même littoral, qui était depuis longtemps et est encore aujourd'hui le lieu de villégiature estivale favori du petit nombre de gens en vogue, ou prétendus tels, dans le comté. Le village lui-même ne compte pas plus de six ou huit rues, en fait quelques rangées de maisons éparses posées irrégulièrement sur ces talus de sable stériles qui indiquent la fin de la terre ferme là où elle touche l'Atlantique.

Ces talus, ou dunes, comme on les appelle, ne descendent pas graduellement jusqu'à la lisière des vagues mais forment une sorte de barrière abrupte, ou de terrasse naturelle, qui encercle la petite baie ; l'à-pic sur lequel se termine cette terrasse face à la mer est tel que les maisons situées à l'extrême bord sont suspendues au-dessus de l'eau, aussi leurs façades blanches comme neige et leurs poutres vertes en treillis produisent-elles un effet très pittoresque lorsque la marée est haute.

La petite crique à laquelle le nom grandiose de baie a été donné s'ouvre sur le nord-ouest en un passage étroit que la présence des rochers de Duggara qui la traversent à moitié depuis son extrémité sud rend encore plus étriqué. Un sable fin et dur couvre la plage jusqu'à la laisse de marée basse et, lorsque les vagues l'ont mis à nu en se retirant, les baigneurs peuvent s'y promener agréablement. Sur chaque côté de la baie jusqu'à son extrémité et plus loin, en suivant la côte, une série de falaises accidentées s'élève graduellement jusqu'à une grande hauteur et aboutit au nord à un promontoire à pic appelé Corballagh, tandis que vers le sud ces falaises s'étendent jusque derrière Duggara en milliers de silhouettes fantastiques. C'est de ce côté-là, près de l'ouverture de la baie, que se trouve le site baptisé récemment Amphithéâtre, pour des raisons que le promeneur comprend immédiatement. Là les rochers s'élèvent au-dessus du niveau de la mer en degrés réguliers qui ressemblent vaguement aux gradins d'un de ces théâtres à ciel ouvert et finissent par atteindre une hauteur de deux ou trois cents pieds. Pendant la saison estivale, on y rencontre fréquemment des groupes ou des promeneurs solitaires venus pour des raisons différentes, ceux qui explorent les falaises y trouvent un lieu de repos, les nombreux pique-niqueurs un lieu de rendez-vous où déjeuner agréablement *al fresco* tout en se rassasiant de la vue impressionnante et illimitée de l'océan sous eux et devant eux.

L'hôtelier facétieux chez qui j'avais eu le privilège de loger dans ce village il y a quelques années m'apprit qu'une série d'accidents terribles avait enseigné aux visiteurs à être prudents et à éviter de se perdre au milieu des surplombs et des degrés disjoints, donc périlleux, de l'Amphithéâtre. Mon hôtelier, pour me mettre en garde, me raconta de nombreuses anecdotes et me rapporta une aventure qui était arrivée à un de ses clients d'humeur méditative, aventure qui me fit penser qu'il avait une imagination très poétique, bien que j'appris plus tard qu'il ne m'avait relaté que des faits véridiques :

« Il avait pris son livre, me dit-il en réponse à une de mes questions sur la manière dont cela était arrivé, et le voilà qui s'assied sur un rocher en surplomb comme il l'aurait fait ici, et la mer qui rugissait, et lui qui ne pensait à rien, si ce n'est qu'il lisait, quand une vague s'est élevée et l'a emporté très loin, comme pour lui faire partager le spectacle magnifique de la falaise et du village vus depuis la mer, et repartant dans l'autre sens comme elle était venue, elle l'a reposé sur le même rocher où, je vous prie de me croire, il ne s'est pas attardé longtemps à réfléchir. »

Derrière l'Amphithéâtre, la falaise s'élève encore davantage et finit par former une éminence appelée Look-out. Au risque de choquer les lecteurs modernes, je dois ajouter qu'on m'a affirmé, et il reste suffisamment de preuves pour donner poids et couleur à cette supposition, qu'à cette époque barbare (bien que peu lointaine), les rudes pêcheurs de la côte et des hameaux voisins, lesquels vivaient essentiellement du pillage des pauvres infortunés qui faisaient naufrage sur cette côte inhospitalière, utilisaient cet endroit comme observatoire ; on dit même, et cela est considéré comme crédible, que pendant les nuits de tempête ils allumaient des feux là-haut et en d'autres points dangereux de la côte afin d'attirer les vaisseaux en difficulté que le combat entre le vent et les vagues avait déjà malmenés et de les entraîner vers une destruction certaine et immédiate contre les rochers et les écueils en contrebas ; l'on m'a raconté aussi que cette pratique horrible était souvent couronnée de succès.

Le Puffing-hole, sur lequel nous allons clore notre présentation sommaire mais sans doute nécessaire de ce minuscule endroit, est un autre site remarquable de ce paysage ; c'est une grotte située à la base de la falaise dont je viens de parler, elle s'enfonce très loin à l'intérieur des terres sous l'énorme masse de gradins puis se termine par un goulet étroit qui ressemble beaucoup, pour qui le voit pour la première fois, à un puits naturel d'une grande profondeur. Lorsque les terribles lames de la haute mer pénètrent dans cette grotte, elles produisent un effet semblable à celui de l'eau projetée à l'intérieur d'un entonnoir renversé : la force des lames augmentant à mesure qu'elles remontent le col étroit, lorsqu'elles atteignent l'ouverture perpendiculaire, ou Puffing-hole, il arrive souvent qu'elles jaillissent dans l'air à une très grande hauteur et retombent en pluie sur les champs moussus qui se trouvent là.

À quelque distance du lieu de cet étrange phénomène se dressait une pauvre chaumière. Elle était habitée par une vieille femme du village, la veuve d'un des pilleurs d'épaves les plus téméraires de la côte, assassiné il y a bien des années, disait-on, par un de ses complices. L'intérieur de la petite construction révélait sans ambiguïté les mœurs de hors-la-loi de son défunt propriétaire. Tout, y compris presque tous les outils domestiques, avait été fabriqué à partir du bois des navires : un gouvernail, maladroitement taillé à coups de hache, avait fini par ressembler vaguement à une table, posée au milieu de la pièce principale, les chevrons du toit avaient été fabriqués à partir d'épars – guis, pointes de mâts, vergues – ; une sorte de lit tout au fond avait été construit avec les restes d'un courageux navire et la petite chambre derrière était en partie meublée grâce aux mêmes matériaux. Une sorte de buffet aux planches mal jointes s'élevait contre un mur et brillait de toute la gloire de pièces d'étain poli, de plats en bois et de poteries bariolées, les possessions de la famille Moran.

Terrifiée et horrifiée jusque dans son âme par la mort brutale de son époux, Mrs Moran, la propriétaire de la chaumière, décida que leur enfant, un fils unique, ne mènerait pas la vie dangereuse de son père. En cela elle se trouva aidée par le tempérament même du garçon, d'un caractère doux et enclin à la tranquillité. Quand il eut atteint seize ans, ses connaissances étaient bien supérieures à celles de ses camarades du village, comme l'étaient la beauté de sa personne et son adresse corporelle dans tous les exercices physiques, tels que le *goal*, les duels au bâton et ainsi de suite, talents que, à l'évidence, il n'allait pas gaspiller dans son obscur pays perdu, car, avant qu'il n'eût achevé sa dix-septième année, on lui mit la main au collet un matin alors qu'il prenait son petit déjeuner et il fut enrôlé de force dans la marine.

On lui accorda vingt-quatre heures pour dire adieu à ses bons amis et pour se préparer à une longue séparation d'avec son pays natal. Ce fut une douloureuse journée, pour plus d'une raison.

N'allez surtout pas supposer qu'un gars aussi malin, beau, intelligent et aimable que Charlie Moran n'était pas apprécié par les jeunes filles de la paroisse dans laquelle il végétait. En bref, il avait une amoureuse ; une belle fille aux cheveux de lin, amie intime depuis son enfance jusqu'à son adolescence, lorsque les guerres (il soupçonnait le père de la jeune fille, un *palatin* aisé du voisinage, d'être responsable de son enrôlement) l'éloignèrent des sports de sa jeunesse et l'amenèrent prématurément à l'âge adulte. La petite Ellen Sparling déplora certainement cette séparation autant que lui, car ils étaient plus profondément et amoureusement attachés l'un à l'autre que ne le sont habituellement les personnes de leur âge et de leur condition, et d'ailleurs, trouver dans tout le voisinage deux jeunes gens au tempérament et à la conduite aussi harmonieux, aussi beaux de leur personne (leur beauté respective se développait avec une promesse de maturité parfaite), aurait été réellement difficile.

Cependant, le père de la jeune fille, qui, à dire vrai, était réellement responsable de l'engagement forcé de Moran, attendait son départ avec grand plaisir. Le vieux palatin, prudent comme le sont tous les parents, d'une prudence apprise par l'expérience de divers terrains et au fil des saisons, pourvu de l'obstination congénitale qui caractérisait la nation de ses ancêtres, s'était laissé fortement dominer, dans ces circonstances, par ses préjugés, lesquels avaient fini par s'enraciner définitivement, à cause des différences de religion et d'éducation et aussi à cause de cette haine inexplicable, réciproque et indomptable qui divise toujours l'émigrant usurpateur, favorisé, et l'indigène opprimé qui s'était vu arracher tout droit sur son propre sol. Il adorait sa fille et pourtant haïssait son amoureux, ce qui le décida à les détacher l'un de l'autre par une longue séparation, erreur que commettent nombre de parents, même plus éclairés que Mr Sparling.

La veille du départ du jeune Moran, alors que la jeune fille pleurait en s'accrochant à son cou, le suppliant de « lui rester fidèle », recommandation qui ne nécessitait, selon lui, il l'en assura encore et encore à sa façon, aucune exhortation, l'amoureux proposa qu'ils se dirigent (autant dire pour la dernière fois) vers un endroit qui avait été la limite habituelle de leurs promenades ainsi que leur rendez-vous traditionnel chaque fois que le père de la jeune fille décidait qu'il valait mieux leur interdire de se retrouver chez lui, ce qu'il faisait de temps en temps, sa vigilance étant une sorte d'affection chronique qui parfois s'élevait jusqu'à des hauteurs apparemment dangereuses pour leurs espérances et parfois sommeillait dans une indifférence presque complète. Ce fut donc à cet endroit que les amoureux se rendirent.

C'était un recoin dans les falaises qui surmontaient les grottes et sa configuration ne permettait pas à plus de trois ou quatre personnes de s'y tenir ; ceux qui étaient assis sur les sièges grossiers naturellement taillés dans la roche devenaient invisibles à tout regard humain venu d'ailleurs que de la mer. Que l'on monte ou que l'on descende, le sentier étroit qui en partait des deux côtés était si étroit et le promontoire lui-même tellement en surplomb au-dessus des eaux, qu'on avait l'impression d'être presque suspendu dans l'air ; à force d'emprunter ce sentier, les habitants du village avaient fini par avoir le pas assuré, et les amoureux se retrouvèrent rapidement à l'intérieur du petit nid, à l'abri de tout regard humain. C'était un soir d'automne tranquille, le soleil ne brillait plus mais la splendeur immobile du ciel au-dessus et autour d'eux, dans lequel les lignes, ou plutôt les vagues de vapeur ténue qui arrivaient du nord-ouest, teintées d'un côté par la lumière rouge du soleil qui venait de disparaître, étaient semblables à une mer qui se serait figée en une masse brillante au moment d'une ondulation. Devant eux, au milieu des vagues, se dressait Bishop's Island, une pointe de terre qui s'élevait au milieu des vagues sous la forme d'une colonne gigantesque aux flancs arides et verticaux de presque trois cents pieds, et dont le plateau, au sommet, était entièrement couvert de verdure. Juste au-dessus de leurs têtes poussait un sureau desséché (un des phénomènes les plus remarquables de toute cette région dépourvue d'arbres), qui était désormais accroché, comme un unique cheveu gris, au front nu et stérile de la vieille falaise.

Les promeneurs s'assirent là en parfaite sécurité, il leur aurait pourtant suffi de faire un pas en avant pour voir sous eux l'extraordinaire précipice concave, contre la base duquel, par moments, la mer se jetait avec tant de furie qu'elle projetait son immense masse jusqu'au sommet en ébranlant et secouant la falaise sur une grande distance à l'intérieur des terres.

« Je t'ai demandé de venir ici, Ellen, lui dit son amoureux, en serrant une de ses mains dans une des siennes tandis que son autre bras enlaçait la taille de la jeune fille, pour une raison solennelle. Selon une croyance de chez nous, et nombreux sont ceux qui ont pu la vérifier, les personnes qui engagent leur parole par un serment, qu'il s'agisse d'amour ou de haine, et qui, les mains serrées comme sont les nôtres en ce moment, jurent de respecter ce serment mutuel – selon notre croyance, dis-je, jamais, que ce soit dans le pays des vivants ou dans celui des morts, elles n'obtiendront le repos de l'âme tant que leur promesse demeurera inaccomplie. Je dois servir cinq années avant d'être dégagé de mes obligations ; quand enfin j'aurai débarqué, Ellen, je reviendrai ici et je te ferai savoir par un signe que je suis dans la région. Promets-moi, par ta main que je serre, donne-moi ta parole que quand je te ferai parvenir ce signe, que tu sois mariée ou non, que la nuit soit noire ou éclairée par la lune, même si la mer est déchaînée, tu viendras seule me retrouver à l'endroit que j'indiquerai, la nuit où je te le ferai parvenir. »

Sans hésiter longtemps la jeune fille lui donna la parole solennelle qu'il réclamait. Il détacha alors des cheveux d'Ellen le ruban qui les retenait, l'embrassa et le mit contre sa poitrine ; ensuite ils gravirent la falaise et partirent, chacun de son côté.

Après le départ du jeune Moran, sa mère, afin de soulager sa solitude, ouvrit un petit estaminet pour les poissonniers ambulants dont le métier était (et est encore) de transporter le poisson pêché sur la côte jusqu'au bourg le plus proche, où il est vendu, ainsi que pour les pêcheurs du village et les promeneurs de passage. En quelques années, elle amassa de la sorte une considérable somme d'argent. Ellen Sparling la voyait faire avec d'autant plus de satisfaction qu'elle devinait que cet argent pourrait éliminer le plus puissant des obstacles à son union avec Charles Moran.

Cinq années et quelques mois s'étaient écoulés depuis le départ de Moran et, durant tout ce temps-là, personne dans son village natal n'avait eu de nouvelles de lui. Tout était resté plus ou moins tel qu'il l'avait laissé, n'étaient les meilleures conditions de vie, voire la prospérité croissante de sa mère et la beauté épanouie d'Ellen, qui était devenue une femme resplendissante, l'admiration de tous les hommes de la région et, dit-on, bien que je ne m'engagerais pas sur ce point, également de toutes les femmes. Au-delà de certaines limites, la jalousie ne s'exerce plus, et on pourrait sans doute prétendre qu'Ellen était parvenue à dominer avantageusement toutes les femmes de son entourage. N'allez pas imaginer que, pendant ce temps, elle n'eut aucune tentation, ni que personne ne chercha à conquérir son cœur. Au contraire, un grand nombre de prétendants s'étaient déclarés, directement ou indirectement, mais un seul d'entre eux nous occupe à présent.

C'était un jeune pêcheur, un des habitués les plus assidus des *soirées* élégantes de la veuve Moran, et il faut bien dire qu'il n'était pas accueilli avec bienveillance, ni par la bonne dame ni par ses clients. Cela ne l'empêchait pas d'occuper une bonne place à la table car il paraissait exercer un certain ascendant sur les joyeux drilles, autant sans doute du fait de son aspect physique que de sa vie et de ses mœurs. Il était solidement bâti, de haute taille et ses traits seuls suffisaient à révéler, même lorsqu'il était inactif ou relativement calme, une tendance à la violence brutale extrêmement répugnante. La partie médiane de sa physionomie était assez plate et concave et, comme sa bouche et son front saillaient, cette difformité horrible n'en était que plus apparente. Ses grands yeux noirs et profondément enfoncés brillaient sous des sourcils très rapprochés qui formaient une seule ligne touffue à chaque expression brutale de passion ou de suspicion ; l'effet désagréable que produisait son visage n'était certainement pas compensé par son tempérament, tout le monde le craignait dans la région à cause de son immense force, de sa violence, de son irascibilité suspicieuse et de la noirceur habituelle de son caractère, laquelle n'était jamais aussi évidente que quand, comme au moment dont je parle, il affectait un air joyeux de camaraderie bon enfant.

On chuchotait en outre qu'il était parfois saisi, après quelque excitation inaccoutumée, d'accès de sauvagerie qui touchaient à la folie et que, lorsqu'il les sentait venir, il avait l'habitude de se cacher pour ne voir personne pendant quelque temps, jusqu'à ce que l'influence démoniaque (qui provenait, affirmaient entre eux ses vieux camarades, du remords qu'il ressentait au souvenir de ses nombreux crimes) eût disparu – circonstance qui semblait indiquer qu'il prenait conscience de son infirmité mentale. À la fin de ces périodes de solitude il rejoignait en général ses compagnons avec une expression hagarde et harassée, une attitude déprimée ; un sentiment de honte se manifestait dans sa voix et, pendant quelque temps au moins, servait à tempérer la violence de sa conduite. Tous ses compagnons avaient beau être des voleurs ou des meurtriers, cet homme au tempérament diabolique les avait tant surpassés par l'incroyable témérité de ses crimes qu'il avait eu droit au surnom (ironique comme le sont la plupart des surnoms dans la pègre irlandaise) de Yamon Macauntha, ou Ned l'Honnête, avec parfois une variante (lorsqu'il eut atteint l'âge adulte et se fut distingué parmi les contrebandiers, dont il était rapidement devenu le chef grâce à la vivacité de son esprit et à la réussite presque constante de tout ce qu'il entreprenait), on l'appelait alors Yamon Duh, ou Ned le Noir, surnom qui convenait aussi bien à son teint sombre, aux mèches emmêlées noires comme du charbon de sa longue chevelure et de sa barbe, qu'à l'énergie féroce et impitoyable de son tempérament.

Une anecdote, que même ceux qui collaboraient à tous ses crimes sanguinaires racontaient en retenant leur respiration et en frissonnant involontairement, illustrera peut-être la terrible et sauvage cruauté de cet homme. Un vaisseau hollandais s'était écrasé sur les rochers en contrebas du Look-out. Les vagues déferlaient, aussi hautes que des montagnes, et étaient projetées avec tant de furie contre les falaises qu'en très peu de temps presque tous les membres de l'équipage, accrochés aux débris de l'épave, furent écrasés contre le granit qui les surplombait. Seuls quelques-uns de ces pauvres marins, dont le capitaine du vaisseau, qui avaient lutté avec toute la force du désespoir contre le redoutable élément, étaient parvenus à s'agripper à une saillie du rocher, d'où, épuisés et sans forces, ils tentaient d'appeler au secours un groupe de personnes qui regardaient l'épave depuis le haut de la falaise, au-dessus d'eux. Ils parvinrent à attirer l'attention de ces témoins, qui firent descendre une corde, et, comme les gens de la côte s'attendaient toujours à de tels accidents, il ne leur fallut pas longtemps pour les atteindre. Le capitaine tout d'abord noua la corde autour de sa taille puis attacha ses deux compagnons ; quand ils firent signe qu'ils étaient prêts, on les hissa vers le haut, le capitaine tenant d'une main un petit coffret tandis que de l'autre il repoussait les pointes acérées et menaçantes de la falaise. Lorsqu'ils furent presque au sommet, qui surplombait complètement les vagues, il supplia d'une voix faible que quelqu'un lui prenne le coffret car il craignait de le perdre en tentant de trouver une prise. Yamon accéda à la requête du pauvre homme avec célérité ; il se jeta à plat ventre sur le sable, la poitrine posée sur la corde, et prit le coffret que lui tendait le capitaine.

« Que la bénédiction de Dieu soit sur vos âmes, frères croyants, cria le pauvre homme en se tordant les mains en un geste de profonde gratitude, le coffret est en sécurité, Dieu soit loué ! Dieu soit loué ! et la confiance de mes employeurs… » Il parlait encore quand la corde fut coupée sous la poitrine de Yamon le Noir ; les trois hommes furent précipités dans les eaux qui s'ouvrirent sous eux. Ils furent emportés par les vagues du ressac et l'instant d'après leurs corps brisés avaient disparu dans les fissures de la falaise.

Un cri d'horreur et de compassion s'éleva alors des cœurs sauvages de la bande de contrebandiers, qui avaient été émus par le courage et la constance dont ces valeureux infortunés avaient fait preuve. Seul Yamon resta impassible (et son cœur devait réellement être de pierre pour ne pas avoir été attendri et pénétré par la voix de la gratitude, même imméritée), il laissa échapper un rire rauque pareil à un grognement en agitant triomphalement le coffret devant les yeux de ses camarades :

« Ah ! Ah ! s'exclama-t-il, c'était un vrai simplet – il aurait dû garder le coffret jusqu'au moment où il aurait amarré sa barque. »

L'un des hommes, comme s'il doutait qu'une action aussi inhumaine fût possible, s'avança jusqu'au bord de la falaise. Il se rendit compte que la corde avait de toute évidence été coupée à l'aide d'un instrument tranchant et, apercevant un objet qui brillait là où Yamon s'était couché, il se pencha en avant et ramassa un canif ouvert, immédiatement réclamé par le monstre sans vergogne. Quelle que soit l'intensité du choc que ses compagnons avaient ressenti devant son geste, Yamon n'eut aucune difficulté à les persuader qu'il ne serait certainement pas malin de laisser transpirer la chose dans le voisinage ; et quelques minutes suffirent pour entièrement effacer le destin des Hollandais de leur mémoire (jamais bien fidèle en matière de bienveillance) ; il ne restait plus qu'à partager le butin. Ils furent déçus toutefois dans leurs espérances de richesse car le coffret qui avait tant requis le marin fidèle et pour l'obtention duquel son meurtrier avait sacrifié tant de vies ne contenait que quelques documents d'assurance et d'hypothèques maritimes n'ayant de valeur que pour les propriétaires du navire. Cette découverte parut affecter le scélérat davantage qu'il ne l'avait été par la cruauté gratuite dont il était coupable ; et ses comparses, dont la superstition était inversement proportionnelle à leur honnêteté et à leurs principes moraux, eurent l'impression qu'un événement surnaturel s'était produit où qu'une divinité offensée manifestait sa désapprobation.

Cet aimable gredin était suffisamment content de lui pour se compter au nombre des prétendants d'Ellen Sparling. Il est presque inutile d'ajouter que sa cour ne rencontrait aucun succès. En outre, la jeune fille avait déclaré en privé qu'elle était convaincue qu'il serait impossible de trouver, où que ce soit, homme plus laid et désagréable, dans tous les sens de ces qualificatifs.

Un beau soir de gel, il y avait plus de monde dans l'estaminet de la veuve Moran que d'ordinaire. Le feu brûlait gaiement dans l'âtre, de sorte qu'aucune autre lumière n'était nécessaire bien que la nuit eût commencé à tomber. La maîtresse des lieux était très occupée à remplir les *noggins*, ou gobelets en bois, qui couvraient la table ; sa chevelure d'un blanc brillant était remontée sous un fichu propre et un air de fête colorait d'un éclat inhabituel les traits ridés de son visage maigre tandis que, avec ses paroles courtoises, adressées à ceux qui l'entouraient, elle faisait beaucoup d'efforts pour que chacun se sente le bienvenu dans sa maison. Dans un coin, près de la cheminée, était assise Dora Keys, une jeune fille au teint sombre et aux yeux brillants qui, parce qu'elle jouait fort bien de la cornemuse irlandaise, un talent bien peu féminin et assez rare dans la région (où, cependant, comme presque partout en Irlande, on avait constamment besoin de musique, quelle qu'elle soit), était hautement considérée par les fêtards. Le reste de la pièce était rempli de pêcheurs, de contrebandiers et de poissonniers ambulants ; ces derniers, enveloppés de leurs manteaux bleus en ratine, occupaient un coin retiré de l'estaminet tandis que Yamon, aussi bruyant et arrogant que de coutume, était assis à un bout de la table grossière et s'adressait à voix haute à toute l'assemblée.

Un coup fut frappé à la petite porte en clayonnage. La bonne dame alla ouvrir et un jeune homme entra. Il était bien bâti, bien qu'assez mince, avait un teint sombre et une profusion de boucles noires autour des tempes, qui mettaient en valeur ses yeux étincelants, noirs et perçants. Son visage exprimait en outre une tristesse ou une concentration qui donnait un intérêt supplémentaire à son apparence et suscitait spontanément le respect de celui qui le regardait. Mrs Moran fit un pas en arrière, suivi d'une de ses plus profondes révérences. L'inconnu sourit mélancoliquement et tendit la main. « Ne me reconnais-tu pas, Mère ? » demanda-t-il. La pauvre femme se jeta à son cou en poussant un cri de joie.

La confusion fut immédiatement générale. Toutes les lèvres les unes après les autres murmurèrent « Charles » – « Charlie » – « Mr Moran », selon le degré de familiarité entre lui et les diverses personnes. De nombreuses mains rugueuses serrèrent la sienne et il lui fallut supporter bon nombre de bourrades et de jurons avant que s'éteigne la joie tumultueuse de ses vieux amis. Enfin, quand il eut répondu à toutes les questions et quand il se fut renseigné avec tendresse sur tous ses vieux amis, morts, vivants et absents, le jeune Moran prit place parmi les gens attablés ; les amusements de la soirée reprirent et Yamon, qui avait senti l'entrée du jeune voyageur comme une atteinte sérieuse à l'ascendant qu'il exerçait sur ces gens, entreprit progressivement de les reconquérir.

Le jeu, ce grand fléau de nos sociétés quels que soient le climat, la classe, l'âge et le niveau culturel, était connu et pratiqué dans cette région sauvage. Et ici aussi il était accompagné de ses inévitables effets sur l'esprit, le cœur et le bonheur de ceux qui s'y livraient. La passion avec laquelle le cercle manifesta son accord quand fut proposé un « tour de five-and-forty » indiqua que c'était là, pour les gens présents, une façon habituelle et acceptable de passer la soirée. Le jeune exilé en particulier parut s'y intéresser avec une étrange passion ; et, au bout de quelques minutes, les partenaires ayant été placés, la vieille femme posa au centre de la table un paquet de cartes dont la forme était plus celle d'un ovale que d'un rectangle et dont la couleur était proche du chêne noir sur lequel elles se trouvaient. Toutefois, avec l'habitude les joueurs avaient fini par les manier de façon experte et elles furent distribuées avec autant d'aisance que s'il s'était agi d'un paquet neuf entre les mains d'un démon de St James's, de nos jours. Les joueurs à la mode possèdent certainement un avantage sur ces gens primitifs : ces derniers étaient totalement ignorants des finesses du jeu, dont sont si friands les premiers. Cartes aquigées, éclairer le velours, coucher la carte, et autres expressions de ce genre, étaient totalement inconnues de nos amis de la côte et ils ne tiraient du jeu qu'un seul profit, ils excellaient (sans doute) par leur violence outrancière, des jurons bien assénés et le féroce triomphe qui accompagne les gains et les pertes des différents groupes.

Après que le marin fut parvenu à prendre suffisamment connaissance des images presque effacées imprimées sur les morceaux de carton crasseux qu'il tenait en main, la supériorité de son talent devint évidente. Yamon, qui jouait contre lui, commença rapidement à manifester de la turbulence, que l'autre accueillait avec un grand calme et de l'indifférence, continuant à bien jouer jusqu'à ce que son adversaire, après avoir inondé tous ceux qui l'entouraient d'insultes innombrables, et particulièrement son pauvre partenaire de jeu, dut reconnaître qu'il n'avait plus rien à perdre. La nuit était maintenant fort avancée et les joueurs partirent les uns après les autres ; Moran et sa mère restèrent seuls dans la chaumière.

« Mère, dit le jeune homme en ouvrant tout grand le petit volet de la fenêtre, laissant ainsi entrer à flots le clair de lune qui illumina toute la pièce, peux-tu continuer à entretenir le feu jusqu'à mon retour, la nuit est belle et je dois aller dans les falaises. »

« Les falaises ! ce soir, mon enfant ! s'exclama la vieille femme. Mais tu n'y penses pas, mon cœur ? »

« Je dois y aller, fut sa réponse, j'ai donné ma parole et il m'est impossible de la reprendre. »

« Les falaises ! reprit la vieille femme. Le chemin est peu sûr, même pour ceux qui le connaissent bien, et tu ne peux pas vouloir le parcourir de nuit, d'ailleurs tu es parti si longtemps que tu n'en reconnaîtrais plus la moindre portion. »

« Lorsque j'ai quitté Ellen Sparling, mère, dit le jeune homme, je lui ai donné ma parole que je la retrouverais la nuit où on lui remettrait l'objet qu'elle m'a donné. Elle aussi a donné sa parole. Je lui ai fait parvenir ce signe avant de pousser cette porte ce soir et je lui ai donné rendez-vous dans l'ancienne maison de son père, là où elle vivait quand il était pauvre et où je l'ai vue pour la première fois. Je dois tenir parole à tout prix. » Et il ouvrit toute grande la porte de la chaumière.

« Alors prends garde, prends garde, dit la vieille femme en joignant les mains et en les tendant vers lui tout en lui parlant dans sa langue maternelle. La nuit, Dieu merci, est une belle nuit et la mer est calme au pied des falaises, mais le sentier est peu sûr. Je sais quels yeux seront rouges, et quelles joues seront blanches, et les jeunes, et les belles aussi, s'il t'arrivait quelque *malheur* par cette nuit bénie. »

« J'ai engagé ma main et j'ai donné ma parole », fut la réponse de Moran en refermant la porte ; il emprunta alors le sentier qui traversait les dunes.

La lune brillait avec éclat quand il atteignit les falaises et s'engagea sur le sentier qui menait à l'ancien rendez-vous des amoureux, et de là à la maison en ruines où il pensait retrouver Ellen. Il avançait lentement, le cœur léger parce qu'il était persuadé que le bonheur des années passées que chaque objet rencontré rappelait à son souvenir n'avait pas disparu avec ces années et qu'il avait encore devant lui la perspective agréable d'un bel avenir. Il se laissa aller à ces visions d'un plaisir illimité en quittant les dunes de sable.

En passant près des rochers de Duggara, il entendit un bruit de rames et la course d'une barque sur l'eau. Elle paraissait se diriger vers un endroit où débarquer un peu plus loin, endroit devant lequel passait son chemin. Il poursuivit sa route, pensant, ce qui était en fait le cas, qu'un des pêcheurs allait amarrer sa barque à proximité des grottes où, le lendemain, une chasse aux phoques devait avoir lieu. Tandis que la petite barque glissait sur l'eau en contrebas, un chant sauvage dans la langue du pays lancé par une puissante voix masculine, avec toute la monotonie et l'intonation mélancolique qui convient si bien à la structure de cette musique, s'éleva jusqu'au rocher fendu sur lequel il se reposait.

Avant que Moran ne fût descendu jusqu'en bas, il se rendit compte que la barque avait atteint un endroit rocheux proche de sa route. Le pêcheur sauta à terre, amarra sa barque et, grimpant le sentier que Moran descendait, se retrouva bientôt devant lui. C'était Yamon Macauntha.

« Ho ! Mr Moran ! Il est bien tard, monsieur, pour se promener sur les falaises. »

« J'ai un bon bout de chemin à faire. Je vous dis adieu. »

« Attendez un peu, Monsieur, dit Yamon, je vais moi aussi dans la même direction, et je vous accompagnerai. »

Moran ne pouvait refuser cette proposition, bien qu'il n'en fût pas vraiment content. Il connaissait suffisamment le tempérament et les habitudes du contrebandier pour le savoir capable de n'importe quoi et, bien qu'il fût mieux bâti que Yamon, au cas où ce dernier l'attaquerait, il avait toutes les chances de son côté. Il se souvenait aussi de certaines rumeurs qu'il avait entendues au sujet des sombres crises qui le saisissaient parfois et qui allaient, en force et en intensité, jusqu'à une réelle déraison et il hésita sur la meilleure attitude à prendre. Cependant, choisir la retraite serait probablement tout à fait vain – sans parler de la pusillanimité qu'un tel choix révélerait, car Yamon était immédiatement derrière lui et le sentier était trop étroit pour qu'il soit possible de lutter et de réussir à s'enfuir. Il ne lui restait plus qu'à obéir au pêcheur et à avancer.

« Vous ne savez pas, dit ce dernier, ou peut-être n'avez-vous jamais entendu parler de ce que je vais vous raconter, mais patience, vous saurez tout dans un moment. Vous voyez ce rocher en pente, là en bas, au bord de l'eau, sur lequel est posée une mouette, pareil au rocher devant lequel nous sommes passés à l'instant. Ma mère, alors qu'elle était mariée depuis à peine *sept* mois, comme elle vivait tout près des dunes, descendait souvent jusqu'à ce rocher pour chercher de l'eau de mer pour les salaisons et le reste, et peu lui importait de descendre très tôt ou très tard, à toute heure. Eh bien, c'était pour ainsi dire un soir comme celui-ci, une belle nuit très claire, et elle a pris son bidon et la voilà qui descend au rocher. La marée était haute et, quand elle a quitté le sentier, voilà qu'elle voit une femme devant elle, là-bas, assise bien droite, occupant tout le rocher, et la jupe de sa robe était remontée sur sa tête, et elle était assise sans bouger, et sans dire un mot, et tournant le dos à ma mère. "*Dieu uth*", s'exclame ma mère, sans crainte et avec politesse, sans penser à mal en lui demandant de lui faire de la place ; mais la femme n'a pas réagi. "Cela vous dérangerait-il si je descendais chercher une goutte d'eau de mer ?" demande ma mère. Toujours pas de réponse. Alors, pensant qu'il s'agissait d'une voisine qui s'amusait, ou qui s'était peut-être endormie, elle lui a demandé brutalement et très fort de descendre de là. Comme, après cela, ma mère n'avait toujours pas entendu de réponse, elle se pencha un peu en avant et souleva la *jupe* du front de la femme et regarda en dessous – et que pensez-vous qu'elle a vu dans le noir, là-dessous ? Deux yeux aussi rouges que le feu, et un visage tout vieux et ridé, presque sans lèvres, et celles-ci retroussées et les dents plus longues que des pinces de homard et aussi blanches que des os desséchés. Le cœur de ma mère était dans ses souliers quand *la chose* a sursauté et, avec un glapissement qui a déchiré le cerveau de ma mère en deux, s'est envolée vers la pleine mer.

« Ma mère est remontée chez elle et s'est mise au lit, d'où elle n'a pas bougé jusqu'au moment où on l'a emportée au cimetière de Kilfiehera. C'est cette semaine-là que je suis né. Je ne passe jamais seul devant ce rocher, autant que possible – et c'est en partie pour cela que je me suis permis de vous demander d'accepter ma compagnie. »

À ces mots, Moran reprit confiance. Il croyait voir en Yamon un pauvre hère assailli par les remords et les superstitions au point d'être incapable de perpétrer un crime important s'il n'était pas puissamment tenté. Tandis que Yamon continuait de regarder le rocher en contrebas, l'énorme mouette qui lui avait permis d'indiquer le rocher à Moran s'envola et monta lentement jusqu'à la hauteur sur laquelle ils se trouvaient. L'oiseau monta plus haut, tournoya autour d'eux et, avec un cri perçant, qui fut renvoyé par des centaines d'échos, plongea à nouveau dans les ténèbres en contrebas. Moran, au même moment, pensait à tout autre chose car il avait vu le petit recoin où lui et Ellen avaient eu leur dernière conversation. Il y pénétra, suivi par Yamon, qui s'assit lourdement sur le grossier siège de pierre en faisant remarquer que c'était l'endroit parfait « pour le lit du farfadet ».

Le jeune voyageur se croisa les bras et regarda autour de lui en silence pendant quelques minutes en laissant son cœur palpiter sous le poids des souvenirs qui l'assaillaient à chaque regard et à chaque mouvement. Tout à coup, des chuchotements montèrent d'en bas et Moran se pencha en avant et observa le gouffre du profond précipice. Des lumières brillaient sur les eaux calmes de la mer et, au bout d'une minute ou deux, une barque émergea de la grande grotte, avec trois ou quatre hommes à bord, munis de torches qu'ils éteignirent dès qu'il furent dans le clair de lune. Il continua à les observer jusqu'à ce qu'ils eurent disparu derrière une saillie rocheuse. Puis il se retourna et, en enlevant sa main du rebord, détacha un galet qui, après un long moment, tomba dans la mer en produisant ce bruit que les enfants, lorsqu'ils jouent à ce jeu, appellent « le crâne du mort ». On l'entend lorsqu'une pierre est lancée dans l'eau de telle sorte qu'elle ne crée pas d'éclaboussures et que, en s'enfonçant rapidement et directement, elle provoque une sorte de gargouillement visible qui ressemble vaguement un instant aux tables d'un crâne humain. Le bruit cessa et tout fut de nouveau calme et silencieux, à l'exception du bruit du ressac à l'intérieur des immenses grottes tout en bas.

« Je me souviens du temps où cette pierre m'aurait fait gagner un bouton », dit Moran en se retournant. Au même moment il sentit une puissante étreinte lui serrer l'épaule. Il leva immédiatement les yeux et vit que Yamon était penché sur lui, son regard fixe et sauvage plein d'une détermination insensée. La terreur le fit s'exclamer et il tenta de se relever d'un bond pour atteindre le sentier qui menait de l'autre côté. L'immense bras de Yamon, cependant, l'en empêcha.

« Donne-moi, tricheur et pilleur que tu es, cria le pêcheur avec tant d'émotion que ses membres tremblaient, donne-moi l'argent que tu m'as volé ce soir, ou alors, dans cette lumière qui nous éclaire tous deux, je te mettrai en pièces. »

« Voilà, Yamon, voilà, ma vie est entre tes mains – voilà ton argent, et maintenant… » Il sentit les mains du pêcheur se resserrer sur sa gorge. Il se débattit, comme l'aurait fait un pauvre misérable pour qui la vie est un bien récent et précieux ; mais il était comme un enfant dans les bras de son ennemi. Il eut un cri étouffé de supplication – une tentative désespérée de s'agripper aux membres et au corps de son assassin – et l'instant d'après il fut jeté par-dessus le rebord de la falaise.

« Une autre ! une autre vie ! » dit Yamon Duh alors que, mains tendues et doigts raides comme s'il voulait saisir quelque chose, il plongeait son regard dans le précipice. « L'eau est de nouveau calme – Ah ! qui m'appelle ? – Depuis les grottes ? – Non. – Au-dessus ? – Une autre vie ! – Tant de sang chrétien pour l'âme d'un seul homme ! » Et il disparut précipitamment.

Vers onze heures le lendemain matin (une journée aussi belle que possible), un jeune gars du nom de Terry Mick (Terry, fils de Mick, c'est souvent ainsi que l'on nomme les gens en Irlande) pénétra précipitamment dans la cuisine de Mr Morty Shannon – *gentleman farmer*, le coroner du comté et aussi l'homme le plus joyeux de la région. Terry murmura brièvement à l'oreille d'Aby Galaghar, régisseur et homme à tout faire de Mr Shannon, ce qui persuada ce même Aby de tendre son long cou basané hors du coin de la cheminée et, dirigeant sa voix vers la porte d'une pièce qu'on appelait le salon par élégance, de s'exclamer : « Mr Morty ! Vous êtes en *visite*, Monsieur. »

« Et je *visite* qui ? » demanda, depuis la pièce, une voix riche et facétieuse.

« Mr Sparling, le garçon de chez le palatin, monsieur », répondit Aby sans du tout comprendre le quiproquo.

« Ah bon ! Tu en sais donc davantage que moi. Entre, Terry. »

« Va le voir, mon bon Terry », dit Aby en reprenant sa place confortable dans le coin de la cheminée afin de surveiller d'un œil rêveur et satisfait un gros chaudron de pommes de terre suspendu au-dessus du feu de tourbe, et où la première écume bouillonnante, ou *chevaux blancs* (comme on dit dans les chaumières irlandaises) venait d'apparaître.

« Mon maître m'a envoyé vous voir, monsieur », dit Terry en ouvrant la porte et en glissant un œil et la moitié de son visage dans le saint des saints, « pour savoir – avec ses compliments. »

Mais je dois d'abord vous donner un aperçu de la compagnie que Terry voyait dans le salon. La personne à qui il s'était immédiatement adressé était assise devant une petite table de sapin sur laquelle étaient posés une cruche d'eau froide, un bol ébréché à moitié rempli de sucre brun grossier et un petit flacon qui, du fait des fréquents changements de position qu'on lui faisait subir, paraissait contenir le plus désirable des trois contenus. Il vous suffit d'imaginer un homme de taille moyenne aux jambes épaisses et solides, des cheveux courts et drus, un front concave, des yeux gris clair et perçants qui pétillaient, à mi-chemin entre le polisson et la satire, et un nez qui descendait en une longue courbe vers la bouche. La nature lui avait donné, initialement, une *inclinaison sinistre*, et le hasard, désirant corriger la *morale* de ce nez, l'avait, par l'intermédiaire d'un bâton d'aubépine tenu par un fermier rebelle, renvoyé vers la droite. Mr Morty lui-même avait pris l'habitude de dire que l'intention était bonne mais qu'elle manquait de dextérité.

« Les compliments de mon maître, monsieur, poursuivit Terry, qui voudrait savoir si votre honneur pourrait aller jusqu'à Kilkee, où il y a eu une sale affaire ce matin – Charlie Moran est étendu, mort, sur le dos, dans la maison, là-bas. »

Quand je dis qu'en entendant ces nouvelles, l'homme tenta en vain de dissimuler l'expression de satisfaction qui envahit malgré lui son visage torturé, il convient que je ménage la réputation de cet homme en rappelant au lecteur qu'il était le coroner du comté et que, outre les quatre livres qui lui seraient versées pour l'enquête judiciaire, il allait sans doute devoir loger et dîner chez les Sparling, une maison que Mr Morty avait déjà eu l'occasion de goûter et d'apprécier.

« Viens ici, Terry, et bois donc ça », dit-il en remplissant un verre de violent alcool ; le garçon s'empressa de le vider, avec une rapidité qui indiquait qu'il en avait l'habitude, bien qu'avec une politesse affectée et exagérée il se sentît obligé d'accompagner la délicieuse boisson d'une grimace puis d'un frisson de dégoût comique en reposant le verre sur la table.

« Dites donc, voilà qu'est bien bon, que votre honneur en soit remercié. C'est sûr que je reconnaîtrais l'alcool du maître n'importe où dans le monde. C'est celui qu'a deux ans d'âge, monsieur. Il date de l'époque où Mr Grady, le jaugeur, logeait juste en dessous, dans la maison blanche – et, sûr, il y a lui-même souvent goûté, dans la grange du maître. »

« L'alambic fonctionne donc depuis si longtemps, Terry ? »

« Oh, que Dieu vous protège, monsieur – eh oui, et depuis plus longtemps encore. Le maître sait y faire avec les officiers qui cherchent les alambics. C'est en vain que les gens le dénoncent – c'est vrai que deux ou trois ont bien essayé, mais ils n'y ont rien gagné, sinon une bonne raclée à la foire suivante. Mr Grady le prévenait toujours après une dénonciation, afin qu'il soit sur ses gardes quand il venait avec *l'armée* – et ils n'ont jamais rien trouvé là-bas. Je vous en réponds, juste de quoi rentrer chez eux aussi soûls que des joueurs de cornemuse, tous jusqu'au dernier. Sûr que Mr Grady était un homme agréable, et fort apprécié partout où il allait, grands ou petits, riches ou pauvres, et pourtant il était jaugeur et protestant. Je me souviens de l'avoir bien fait rire un jour. Il m'a demandé, qu'il a dit, comme qui dirait en plaisantant, "Terry, qu'il a dit, je me sens mal à l'intérieur. Ça te dirait de marcher derrière le cercueil d'un jaugeur ce matin ?" "Mais, dites donc, Mr Grady, que je lui dis, je préférerais encore voir mourir mille personnes de votre *religion* que vous-même, et ce n'est pas que je *vous* porte beaucoup d'affection, ça c'est sûr." Et le pauvre homme, c'est qu'il a ri de tout son cœur, ça c'est vrai. Il n'était pas fier, Mr Grady – pas fier du tout, pas plus qu'un enfant. Que la paix de Dieu soit avec lui, où qu'il soit, en ce moment. »

En quelques minutes la jument aveugle de Mr Shannon fut attelée et, sa tête orientée dans la direction de Kilkee, les voilà partis ; Terry trottait à hauteur du coroner et sa conversation cocasse rendit la route moins longue. Lorsqu'ils arrivèrent à la maison du palatin, ils virent que les habitants du village s'y pressaient. Le sorcier de la région était assis près de la porte, il se roulait les pouces en les regardant fixement, son visage sombre et basané nimbé d'une dimension de mystère intense, comme s'il était profondément absorbé par ses pensées ; un peu plus loin dans le hall d'entrée se tenait le maître d'école de la paroisse, qui expliquait à un auditoire admiratif ce qu'est « l'enquête judiciaire du coroner ». Dans le coin de la cheminée, sur des tabourets placés là pour elles, s'étaient regroupées les femmes « en vue » de la région. Deux soldats, détachés du poste de garde le plus proche, étaient en sentinelle à la porte et, un peu plus loin, au-dehors, assis autour d'une table et se prélassant au soleil du matin, un groupe imposant d'hommes, pêcheurs ou non, discutait avec animation l'affaire pour laquelle ils étaient venus. L'un d'eux s'apprêtait à parler lorsque le coroner arriva :

« Nous étions en train de tirer la petite barque tout près de la grotte, pour être les premiers à attaquer les phoques quand la chasse commencerait, quand je vois une chose noire couchée sur la rive au milieu du varech, à quarante mètres environ, ou un peu plus, du rocher sur lequel j'étais ; et ce n'est pas cette chose que je vois vraiment d'abord, mais deux mouettes, et l'une d'elles était perchée dessus tandis que l'autre n'arrêtait pas de tournoyer autour et de crier pareil qu'un chrétien ; et donc je me précipite vers Phil, n'est-ce pas, et je lui dis, "v'là qu'il y a de la charogne dans les rochers, allons la chercher pour les poissons." Après ça nous l'avons tiré sur la plage. Il était pâle et rigide mais pas vraiment abîmé, étrangement, quand on pense aux gros rochers et à l'endroit. Nous avons reconnu le visage du pauvre Moran et nous ne nous sommes pas dit un mot, avons juste enveloppé le corps dans la voile à livarde pour le monter ici chez Mr Sparling (c'était plus simple pour nous que d'aller chez sa mère), où nous avons raconté notre histoire. »

En entrant dans la maison, Mr Morty Shannon fut reçu avec tout le respect dû à sa haute fonction. Les femmes firent de profondes révérences et les hommes levèrent une main à hauteur de leur front, ce geste courtois que nous connaissons tous, même les plus arriérés des paysans du Sud de l'Irlande. Le maître du manoir, un fermier apparemment cossu, se leva de son siège près de l'âtre et salua le fonctionnaire avec davantage de familiarité, non sans une certaine réserve à cause des circonstances. Lorsque la porte d'une pièce du fond s'ouvrit, Mr Shannon vit le cadavre de l'homme assassiné étendu sur une table près de la fenêtre. À hauteur du visage du mort se tenait sa mère, penchée sur le corps, pleine d'un chagrin silencieux, oscillant doucement d'avant en arrière et se tordant les mains ; et ses gestes étaient si recueillis que le profond silence de la pièce n'était jamais rompu. De l'autre côté, sa belle tête posée sur le cercueil – ses doigts blancs et longs joints en une grave prière au-dessus du corps tandis qu'un sanglot mal réprimé secouait parfois sa délicate silhouette –, ses longues tresses coulant en masses dorées sur la poitrine de l'homme assassiné, Ellen Sparling, la fiancée de Moran, était agenouillée. Tandis qu'elle priait, elle fut tout à coup saisie par une idée, releva la tête, prit dans son corsage un ruban vert pâle et, après l'avoir embrassé maintes fois avec ferveur, le plia et le mit entre les lèvres de la jeune victime avant de reprendre sa position agenouillée. Je suis certain que nombreux sont ceux qui, ayant été témoins à plusieurs reprises de la douleur humaine, ont compris que ce n'est pas le choc d'une calamité particulière ni la violence du chagrin qu'elle entraîne qui parviennent le mieux à éveiller la commisération d'un spectateur étranger. Tous les cœurs sont certainement capables de sentiments profonds, mais le pouvoir de les communiquer est un don que peu de gens possèdent. Le murmure d'un cœur déchiré, le soupir à peine perceptible d'un esprit brisé parviendront souvent à faire vibrer toutes les cordes de la sympathie, tandis que le délire fou d'un chagrin plus violent, même tout aussi réel, ne produira qu'une sensation de douleur et de malaise. Il se peut que notre égoïsme naturel soit tel que nous soyons sur nos gardes et prenions peur proportionnellement à la violence de la sollicitation qui nous est imposée ; la surprise est nécessaire pour que notre capacité à la compassion puisse s'éveiller. Quoi qu'il en soit, n'étant nullement philosophe, je ne peux que vous faire part du fait que Mr Morty Shannon, qui avait été témoin de nombreuses scènes de douleur violente sans jamais ressentir autre chose que de l'impatience, fut ému par le chagrin calme et discret qu'il avait devant les yeux en entrant dans la pièce, au point d'en oublier sa fonction.

La coutume de cette époque, encore pratiquée de nos jours dans de nombreuses régions d'Irlande, consistait, lorsqu'on pensait que quelqu'un avait « rencontré la mort » dans des circonstances déloyales, à convoquer tous les habitants de la paroisse ou du district et tout particulièrement ceux qui, d'après les événements survenus juste avant la mort, pouvaient être soupçonnés, et les soumettre à une sorte d'épreuve, au cours de laquelle, les uns après les autres, ils devaient toucher le corps. Dans une population superstitieuse un tel procédé, en dépit de sa simplicité, avait souvent permis de dénoncer la conscience coupable ; et les paysans croyaient fermement que, dans tous les cas où l'auteur du crime horrible possédait suffisamment de force de caractère ou de dureté de cœur pour dissimuler toute émotion au moment de l'épreuve, c'était le corps lui-même qui, en se transformant miraculeusement, désignait parfois son assassin. Quoi qu'il en soit, il y avait, dans le déroulement de l'épreuve, suffisamment de solennité et de grandeur pour exciter la curiosité de la foule.

Les soupçons abondaient ce jour-là. Les événements de la nuit précédente dans la maison de la veuve et la perte subie par Yamon contribuaient largement à diriger sur lui l'attention de presque toutes les personnes présentes. On faisait aussi remarquer qu'il ne s'était toujours pas présenté dans la maison de Mr Sparling. On racontait en outre de nombreuses histoires étranges concernant Ellen Sparling, qui avait été vue ce matin-là, avant le lever du soleil, par un poissonnier ambulant qui menait sa mule chargée de poissons sur la route de Kilrush ; la jeune femme rentrait chez son père en passant par les collines et ressemblait davantage à une folle qu'à une chrétienne raisonnable. Avant de continuer notre récit, il est nécessaire que nous expliquions quelles circonstances avaient causé cette apparition.

Lorsque le messager envoyé par le jeune Moran la veille au soir avait remis le signe convenu à Ellen, elle avait attaché son chapeau de paille à carreaux sous son menton et était sortie sans bruit par une porte de derrière, le cœur battant et anxieux, pour se rendre au rendez-vous. La vieille maison en ruines qu'on lui avait indiquée était à un mile de la maison de son père et n'était plus occupée que par un vieux berger au service de celui-ci. Comme Moran n'était pas arrivé et que le soleil descendait déjà à l'ouest, elle trouva un prétexte pour éloigner l'homme et prit sa place sur une petite chaise paillée près de la cheminée. Deux heures de cette soirée calme et silencieuse s'étaient déjà écoulées et il n'était toujours pas arrivé. Fatiguée par la longue attente et par le tumulte des pensées et des émotions qui l'agitaient, elle se leva, s'éloigna un peu de la chaumière, s'assit sur une petite butte proche d'où elle pouvait voir une large étendue de mer et continua à attendre sa venue, jetant de temps à autre un coup d'œil vers les falaises par où, selon le messager, il allait surgir. Ce sentier, cependant, demeurait vide et aucun son n'atteignait ses oreilles sinon le sifflement puissant et plaintif d'un laboureur qui guidait ses chevaux sur une parcelle isolée de chaumes, allégeant sa tâche et divertissant ses chevaux avec les modulations sauvages du *Keen-the-cawn*, ou plainte de deuil ; cette plainte contribua à oppresser davantage Ellen, qui l'avait pourtant écoutée avec tant de plaisir en d'autres circonstances.

La nuit finit par tomber et elle retourna à la vieille maison. Lorsqu'elle arriva devant les bâtiments en ruines du *haggart* près de l'entrée de la maison, une légère brise venue de la terre se leva et, froissant le chaume des étables en ruines, la surprit soudainement comme l'aurait fait une voix vivante. Elle leva les yeux, serra son fichu sur son cou et se précipita vers la porte. Peut-être était-il arrivé par un autre chemin pendant son absence ! L'idée fit violemment palpiter son cœur mais elle n'en fut que plus déçue en soulevant la clenche et en trouvant la pièce déserte. Les braises de la tourbe étaient prêtes à s'éteindre dans l'âtre et tout était sombre, froid, triste et peu confortable. Elle déplora l'absence du vieux domestique et regretta de s'être débarrassée de lui par précaution. Au milieu de toute l'intensité de son amour elle ne parvenait pas non plus à s'empêcher d'être vexée par le manque d'ardeur apparent de son amoureux. C'était presque méprisant ; elle décida d'être distante quand il arriverait. Un peu plus tard, ayant cru entendre un bruit de pas, elle se leva brusquement de son siège et tendit les bras, oubliant complètement toutes ses graves résolutions. Les pensées les plus effroyables succédèrent à sa mauvaise humeur et à ses pensées calculatrices tant son cœur était abattu par les constantes déceptions, tant l'anxiété la rendait nerveuse et fiévreuse. Elle craignait que Moran n'ait eu un accident. Il y avait longtemps qu'il n'avait pas foulé le sentier des falaises. L'idée qui lui traversa alors l'esprit lui fit couvrir son visage de ses mains et la terreur la fit se tasser sur sa chaise.

Minuit passa. Elle crut entendre une respiration lourde et rapide à la porte alors qu'elle se penchait vers la flamme qu'elle entretenait en posant sur les braises de nouvelles mottes de tourbe. Surprise, elle se leva et ouvrit la porte. Un gros terre-neuve appartenant à son père apparut et lui montra, en bondissant partout dans la cuisine, combien il était heureux de la trouver là à une heure aussi tardive et si loin de chez elle. Elle caressa la tête de la bête fidèle et sa présence familière, même si elle ne pouvait pas lui parler, réussit à la réconforter. C'était évidemment le sens olfactif très développé de l'animal domestique qui l'avait mené jusqu'aux ruines et il paraissait enchanté de la justesse de son intuition. Au bout d'un certain temps, après s'être laissé aller suffisamment longtemps à l'excitation des retrouvailles, il se coucha devant le feu et, après divers mouvements indécis, finit par se rouler en boule à ses pieds et par s'endormir. La jeune femme elle-même ne fut pas longue à suivre son exemple.

Les idées effrayantes qui l'avaient assaillie pendant son attente se transformèrent graduellement, dans son sommeil rempli de rêves, en effroyables fantaisies. Le dos appuyé contre le dossier de sa chaise, les yeux encore suffisamment ouverts pour distinguer les rayons languissants du feu qui s'éteignait devant elle, elle se sentit incompréhensiblement oppressée par la sensation d'une présence à ses côtés. Il y eut un sifflement comme si de l'eau tombait dans les braises en avant de la silhouette et elle eut l'impression de pouvoir tourner suffisamment la tête, au prix d'un énorme effort, pour reconnaître le visage de son amoureux, pâle, transi, ses longs cheveux noirs pendant horriblement de chaque côté, elle eut aussi l'impression qu'ils dégoulinaient d'humidité. Elle tenta de bouger mais en fut parfaitement incapable, et la silhouette continua à s'approcher d'elle jusqu'au moment où elle parvint à mettre son visage gelé si près de sa joue à elle qu'elle crut sentir l'humidité dans son cou ; il lui dit doucement : « Ellen, j'ai tenu ma parole et mon serment : vivant, je les aurais tenus ; mort, on m'y a autorisé. » C'est alors qu'un grognement sourd du chien Minos la réveilla et elle se redressa vivement sur sa chaise, dans un état de nervosité tel que, pendant un court instant, elle fut convaincue que la vision qui avait tant oppressé son sommeil était réelle. Le chien était assis, tendu, et regardait la porte, la tête baissée, le regard fixe et les lèvres retroussées en une expression de peur canine. Ellen écouta attentivement pendant quelques minutes et crut entendre frapper doucement à la porte. Elle reconnut aussi, ou crut reconnaître, une voix absolument semblable à celle de la silhouette de son rêve, laquelle prononça son nom du ton le plus doux du monde. Ce qui la surprit le plus fut que Minos, au lieu de bondir violemment comme il le faisait d'habitude lorsqu'il entendait un bruit insolite la nuit, prit un air abattu, gémit et se recroquevilla près de la cheminée. Sans douter un instant de la venue de son amoureux, elle se leva et ouvrit la porte. La force de son rêve, qui l'habitait encore, et peut-être la certitude de le voir, lui fit imaginer un instant que la même silhouette se tenait devant elle. Mais cela ne dura toutefois qu'un court instant ; en regardant une seconde fois elle vit qu'il n'y avait personne. Elle fut alors envahie par une intense sensation de terreur et elle s'enfuit de la maison avec la rapidité de la folie. Elle atteignit la maison de son père dans un mélange de délire et de faiblesse et se jeta sur son lit, où, le lendemain matin, on lui apprit que Moran était mort.

Mais revenons à présent là où nous avions arrêté notre récit. Un certain nombre de personnes furent invitées à entrer dans la pièce où le corps était étendu et tout fut préparé pour l'épreuve. Le digne coroner était assis à une table près de la fenêtre, devant lui du papier, des plumes, et le lieutenant de la garde du phare qui était arrivé quelques minutes plus tôt. Mr Sparling était debout près d'eux, les mains enfoncées dans les poches de son pantalon, jouant avec quelques pièces de monnaie qui s'y trouvaient, il avait donné aux traits de son visage une expression de sagesse distante. La promise de l'homme assassiné s'était relevée et avait totalement changé d'expression. Elle se tenait à présent debout près de la tête du cercueil, silencieuse, et observait, avec un sérieux d'une telle intensité que même l'innocence timide en aurait été troublée, le visage de tous ceux qui entraient pour toucher le corps. Au courant des soupçons à l'encontre de Yamon et des raisons qui les motivaient, elle attendait sa venue avec impatience.

Il finit par entrer. Tous les yeux se tournèrent immédiatement vers lui. Il n'y avait rien d'inhabituel dans les manières ou dans l'apparence de l'homme. Son regard balaya la pièce, il inclina la tête devant certains, toucha son front en voyant le coroner et le lieutenant, puis avança calmement vers le centre de la pièce, attendant son tour pour subir l'épreuve. Un observateur attentif aurait pu discerner un tremblement et un clignement de ses paupières lorsqu'il regarda Ellen Sparling mais cela ne dura qu'un instant et il ne dirigea plus son regard dans cette direction.

« N'est-ce pas bizarre, Shawn ? » chuchota Terry à l'oreille du sorcier qui était debout près de lui. Ce dernier jugea que ce n'était pas le moment de répondre par des mots, mais il serra les lèvres, plissa son front et ajouta encore un peu de sagesse vaine à sa physionomie.

« Dis donc, poursuivit Terry, regarde, même Tim Fouloo qui va toucher le corps du mort et personne ne le soupçonnerait, lui, de vouloir tuer, même un poulet, le *lahu-muthawn* » ; tandis qu'un jeune idiot à l'air bête, bouche ouverte, yeux écarquillés, s'avançait à son tour avec une lente démarche dandinante et, passant sa main sur le visage, se retirait avec le regard fixe d'un imbécile qui, malgré la gravité du moment, provoqua un sourire chez beaucoup de ceux qui étaient là.

Yamon fut la dernière personne à venir près du corps. Dès son arrivée, le regard d'Ellen ne l'avait pas quitté un seul instant et il prit alors un éclat intense et vif. Yamon, cependant, s'approcha avec indifférence et passa sa main lentement et à plusieurs reprises sur la joue et le front du mort. Beaucoup de têtes étaient tendues en avant comme si ces gens pensaient que la masse d'argile inanimée tressauterait au contact de la main. Mais il n'y eut pas de miracle, et ils se regardèrent les uns les autres quand Yamon fit demi-tour et reprit sa place au centre de la pièce.

« Eh bien, Mr Sparling, dit son Honneur le coroner, nous avons perdu beaucoup de temps ; si nous avions commencé d'abord par réunir les indices, l'énigme serait sans doute déjà à moitié résolue. »

Le vieux palatin s'apprêtait à répondre quand leur conversation fut interrompue par une exclamation de stupeur lancée par Ellen Sparling. Se retournant aussitôt, ils la virent saisir dans les siennes une des mains serrées du cadavre et l'observer avec une étonnante fixité. Entre les doigts rigides on voyait quelque chose de couleur bleue. Avec toute la force dont elle disposait, Ellen força la main à s'ouvrir et y prit un morceau de revers de veste auquel un bouton était attaché. Laissant la main retomber, elle se précipita dans la foule, repoussant tout le monde sans regarder personne jusqu'à ce qu'elle se trouve devant Yamon. Un coup d'œil suffisait. Dans la lutte à mort, le malheureux Moran avait arraché ce morceau du vêtement de son assassin et la déchirure était encore visible.

« L'assassin ! Que son sang coule pour Moran ! » hurla la jeune femme en furie. Elle agrippait ses vêtements et paraissait presque prise d'un délire passionné. La confusion et le tumulte régnaient partout. Yamon jeta un coup d'œil féroce autour de lui et bondit vers la porte ouverte, mais Ellen Sparling s'accrochait à lui comme quelqu'un qui se noie. Avec toute sa force de géant il tenta de lui faire lâcher prise, mais en vain. Tous ses efforts paraissaient augmenter les forces de la jeune femme, tandis que les siennes diminuaient. Il finit par penser à son couteau de pêcheur, l'arracha de sa ceinture et l'enfonça dans la poitrine d'Ellen. La malheureuse jeune femme relâcha sa prise, vacilla et tomba sur le corps de son fiancé, tandis que Yamon se précipitait vers la porte. Le pauvre Terry se mit en travers de son chemin mais un coup de poing le jeta à terre et personne d'autre ne tenta de l'arrêter. Les gardes déchargèrent leurs fusils dans sa direction, alors qu'il courait dans les dunes, mais, au moment où ils appuyaient sur la détente, il buta contre une pierre, tomba, et ce fut cette chute qui lui sauva la vie (c'est en tout cas ce que dirent les tireurs). Il avait repris sa course avant que la fumée se fût dissipée.

« *Shuil ! Shuil !* Les dunes ! Les falaises ! » s'écria tout le monde, et ils se lancèrent à sa poursuite. Il leur fallut de nombreuses minutes pour atteindre les falaises et seuls une demi-douzaine parmi les plus agiles y parvinrent à temps pour être témoins de l'ultime tentative désespérée de l'assassin. Il s'arrêta, se retourna un instant pour regarder par-dessus son épaule, puis, courant jusqu'au bord de la falaise, là où elle dominait la mer de plus de quarante pieds, il fit un signe de la main à ses poursuivants et se jeta dans les vagues.

Tout le monde pensait qu'il avait péri mais personne n'en avait la preuve. Le corps ne fut jamais retrouvé et quelques-uns supposèrent même, aussi incroyable que cela puisse paraître, qu'il avait survécu au saut et nagé jusqu'à la petite île rocheuse en face.

Les quelques personnes qui revinrent au crépuscule vers la maison de Mr Sparling la trouvèrent envahie par le chagrin, le silence et la mort. On considéra qu'en cette occasion la présence de la pleureuse professionnelle était inutile, sa voix aurait été dérisoire face au chagrin réel qui assombrissait tous les fronts et tous les cœurs. Les fiancés furent veillés ensemble et enterrés dans la même tombe à Kilfiehera.

La pendaison de Myles Joyce

James Joyce

Il se commet moins de crimes en Irlande que dans tout autre pays d'Europe. Il n'y a pas en Irlande de criminalité organisée et lorsque a lieu un de ces événements que les journalistes, avec une ironie atroce, nomment « idylle sanglante », le pays tout entier en est secoué.

Il y a cinq ans, un homme innocent, aujourd'hui libre, fut condamné aux travaux forcés, sentence destinée à apaiser l'indignation du public. Mais les crimes continuèrent pendant son séjour en prison.

Quelques années auparavant un procès sensationnel s'était déroulé en Irlande, il concernait une famille qui porte le même nom que moi. L'affaire avait commencé à Maamtrasna, dans une région isolée des provinces de l'Ouest, où un crime terrible avait été perpétré.

Voici les faits. Un homme du nom de Joyce, sa femme et trois de leurs quatre enfants avaient été assassinés dans le comté de Galway par un groupe d'hommes qui pensaient qu'ils étaient des mouchards. Quatre ou cinq hommes de la ville, appartenant tous à l'ancienne tribu des Joyce, furent arrêtés pour ce crime et comparurent devant le tribunal.

Le plus âgé d'entre eux, un homme de soixante-dix ans qui s'appelait Myles Joyce, était le suspect principal.

Cependant, à l'époque, tout le monde pensait qu'il était innocent, et il est aujourd'hui considéré comme un martyr.

Ni le vieillard ni aucun des autres accusés ne parlaient anglais. Le tribunal dut faire appel aux services d'un interprète pour entendre leurs témoignages. L'interrogatoire, par le truchement de l'interprète, fut tantôt comique, tantôt tragique.

L'interprète, exagérément cérémonieux, se tenait à un bout de la salle du tribunal, tandis qu'à l'autre bout, apparemment stupéfait par tout le cérémonial de la justice, se tenait le patriarche d'une ancienne tribu peu habituée aux raffinements de la civilisation.

À un moment, le magistrat dit à l'interprète : « Demandez à l'accusé s'il a vu la dame ce soir-là. »

La question fut posée au vieillard en irlandais et il se lança dans une explication compliquée, gesticulant, interpellant les autres accusés et invoquant les cieux. Puis il se calma, épuisé par ses efforts.

Alors l'interprète se tourna vers le magistrat et dit : « Il dit, "Non, votre Honneur". »

« Demandez-lui s'il était dans le voisinage à l'heure dite », poursuivit le magistrat.

Le vieillard recommença à parler, à se justifier, à crier, presque hors de lui faute de pouvoir comprendre ou se faire comprendre, sanglotant de colère et de terreur. Puis, une fois de plus il se réfugia dans le silence.

Et une fois de plus l'interprète dit : « Il dit, "Non, votre Honneur". »

Lorsque l'interrogatoire fut terminé, le tribunal déclara prouvée la culpabilité du pauvre vieillard. Le jugement fut confié à une instance supérieure, qui les condamna, lui et deux autres, à être pendus.

Le jour de l'exécution de la sentence, une foule de gens à genoux criant en irlandais des prières pour le repos de l'âme de Myles Joyce remplissait la place devant la prison de Galway.

On raconte que le bourreau, lui aussi incapable de se faire comprendre par la victime, se mit en colère et frappa le vieil homme à la tête afin qu'elle entre dans le nœud coulant.

Divulgation

Elizabeth Bowen

Terry leva les yeux ; Josephine était couchée, immobile. Il se sentait intimidé, gêné en même temps à l'idée que quelqu'un puisse venir ici. Son cerveau cliquetait comme une montre : il leva les yeux avec circonspection.

Mais il n'y avait personne. De l'autre côté des murs hauts et froids, au-delà de l'arche fissurée de la chapelle, les delphiniums se pressaient au soleil – tendus de tout leur éclat, se consumant –, des bandes de couleur paraissant, alors même qu'on les observait, tourner lentement. Mais il n'y avait personne.

La chapelle était en ruines, la lumière du jour pour toit, la pelouse pour sol. Le jardinier avait déversé dans un coin un tas d'herbe coupée à la tondeuse. Les pâquerettes se flétrissaient, l'herbe coupée avait une odeur douce de renfermé. Partout, des mégots de cigarettes, jetés la veille au soir par les couples qui étaient venus ici pour s'embrasser. D'abord la danse, pensa Terry, puis ceci : jamais les domestiques n'y arriveront. Les mégots allaient traîner pendant des jours, jusqu'à ce qu'il pleuve, finir par brunir et pourrir.

Il remarqua alors un mégot brun dans la chevelure de Josephine. Les courtes ondulations à l'extrémité de ses cheveux retombaient en arrière – toujours selon des lignes parfaites – depuis ses tempes et ses oreilles ; près d'une oreille, on discernait le mégot. À cause de cela, pensa-t-il, elle ne lui pardonnerait jamais ; elle était d'une sensibilité exigeante, toujours tourmentée. (« Si tu veux savoir, avait-elle dit, eh bien, tes ongles sont sales, tu comprends. Regarde. ») Il se pencha et enleva le mégot de ses cheveux ; les fines extrémités frissonnèrent au contact de son haleine. Lorsqu'il le jeta, il remarqua que ses ongles étaient toujours sales. Ses mains étaient tachées à présent – naturellement – mais ses ongles avaient sûrement été sales avant. S'en était-elle rendu compte une fois de plus ?

Mais peut-être avait-elle été, un instant, fière de lui ? Avait-elle entrevu furtivement ce quelque chose dont il lui avait parlé ? Il voulait lui demander : « Que ressens-tu maintenant ? Crois-tu en moi ? » Il était sûr de lui, plein de certitude, il se sentait justifié. Car personne d'autre n'aurait fait cela à Josephine.

Quant à lui, ils l'avaient tous – toujours – dévalorisé. Il y avait comme une trace de résignation dans cette attitude, une sorte de désespoir à peine dissimulé. « Oh, *Terry...* » disaient-ils, avant de disparaître. Il n'était bon à rien : pas même capable d'installer un filet de tennis. Il n'avait jamais eu une bonne vue (le whisky avait aidé au début, moins ensuite), ses mains refusaient de le servir, les choses qu'il aurait voulu qu'elles saisissent en glissaient. Il n'était bon à rien ; les plus jeunes se moquaient de lui jusqu'à ce que, comme leurs frères et sœurs, ils grandissent et se mettent à pratiquer une sorte de gentillesse un peu aigre. Encore et encore il leur avait été renvoyé (et la répétition n'avait jamais émoussé le morne tranchant de ces retrouvailles) de l'école, de Cambridge, maintenant – un mois plus tôt – de Ceylan. « Le mauvais sou ! » faisait-il remarquer avec un enjouement forcé. « Si seulement je parvenais à analyser les choses correctement, avait-il tenté d'expliquer à son père, je sais que je trouverais *quelque chose*. » Et un jour il avait dit à Josephine : « Je sais qu'il y a *quelque chose* que je pourrais faire. »

« Et maintenant ils sauront », dit-il en faisant glisser son regard (pour le plaisir étrange et neuf d'une vue claire et nette) du visage de Josephine à sa poitrine tachée (ses lourdes perles de verre bleu avaient roulé sur le côté par-dessus son épaule et s'étaient lovées dans l'herbe – touchées, entourées à présent par le jet mince et persistant) ; glisser de sa poitrine, le long du mur, jusqu'au sommet, le sommet qui se désagrégeait, les touffes de valériane qui tremblaient en se découpant sur le ciel. C'était comme si la fenêtre au verre fumé à travers laquelle il avait si longtemps regardé s'était tout à coup ouverte toute grande. Il vit (aussi bien qu'il voyait les murs et le ciel) le Bien et le Mal, les vieilles certitudes enfantines. *J'ai bien agi*, pensa-t-il (mais son cerveau cliquetait toujours comme un mécanisme). *Elle ne doit pas vivre avec ce défaut en elle. Josephine ne doit pas vivre, et doit mourir.*

Toute la nuit il y avait réfléchi, déambulant tout seul parmi les buissons, stimulé par la musique de danse, évitant les autres. Son esprit s'était réveillé, comme un morceau de charbon terne qui prend feu soudainement. Il n'était pas en colère ; il n'arrêtait pas de se dire : « Je ne dois pas me mettre en colère, je dois être juste. » Il était saisi par le feu (lui semblait-il) de la justice. Les couples qui se retrouvaient face à lui dans les allées sursautaient et s'éloignaient. Quelqu'un parla d'un prophète mineur, quelqu'un murmura « Caliban »... Il n'arrêtait pas de répéter : « Ce défaut qui la traverse. Elle abîme la vérité. Elle tue les âmes ; elle a tué la mienne. » De sorte qu'il avait fini par comprendre, avant le matin, que son objectif était l'objectif de Dieu.

Elle avait ri, vous comprenez. Elle avait fait semblant. Il y avait une chose belle et tendre, une étincelle, qu'il dissimulait en lui-même ; elle l'avait touchée et tout son corps en avait été comblé, elle avait fait de lui un homme.

Elle avait dit : « Oui, moi je crois, Terry. Je comprends. » Cela avait été tout pour lui. Il avait abandonné la vieille armure ternie… Alors elle avait ri.

Alors il avait compris ce que les autres hommes voulaient dire lorsqu'ils parlaient d'elle. Il avait compris immédiatement ce qu'il était supposé faire. « C'est à moi de le faire, avait-il dit. Je suis le seul. »

Toute la nuit il marcha, solitaire, dans le jardin. Puis il se mit à guetter les portes-fenêtres et, quand elles furent de nouveau ouvertes, il pénétra rapidement dans la salle à manger et détacha le poignard africain du mur. Il avait toujours désiré avoir ce poignard africain. Puis il était monté à l'étage (se rappelant, en montant, tous ces rendez-vous avec Josephine, se raser, nouer une cravate), s'était rasé, avait enfilé un pantalon en flanelle, mis le poignard dans la poche du blazer (il était trop long, plus d'un pouce de lame dépassait de la doublure intérieure) et s'était assis sur le rebord de la fenêtre de sa chambre, regardant le jour qui apparaissait et grandissait, d'abord une agitation jaune derrière les arbres, avant de se transformer en andains de couleur sur la pelouse. Il ne pensait pas ; son esprit était comme quelqu'un qui chante, quelqu'un capable de chanter.

Et, plus tard, tout avait été décidé pour lui. Il était tombé dans une sorte de dessein, où il avait un rôle à jouer. Josephine était descendue dans sa robe blanche plissée (quand elle se retournait les plis dansaient). Il avait dit : « Viens dehors ! » et elle lui avait adressé cette légère expression distante, toujours suivie d'un peu de rire, et avait dit : « Oh – parfait, petit Terry. » Et elle avait traversé le jardin devant lui, était passée devant les delphiniums, jusque dans la chapelle. Là, pour être parfaitement équitable, il lui avait demandé une fois de plus : « Est-ce que tu crois en moi ? » Elle avait ri de nouveau.

À présent elle était couchée, ses pieds et son corps touchés par les rayons du soleil (le soleil était suffisamment haut), ses bras largement ouverts pour lui, désespérément, généreusement : sa tête couchée de côté dans l'ombre sur l'herbe soyeuse, clôturée. Sur son visage apparaissait une expression éblouie (les yeux mi-clos, les lèvres retroussées), presque comme si elle manquait de confiance. Son sang coulait calmement dans l'herbe, imbibait jusqu'aux racines.

Il s'accroupit un instant et, touchant les paupières – encore tièdes – de Josephine, tenta de lui fermer les yeux. Mais il ne savait pas comment faire. Alors il se releva et essuya la lame du poignard africain avec une poignée d'herbe qu'il éparpilla. Tout ce temps-là, il ne cessa d'être aux aguets ; il se sentait intimidé, gêné à l'idée que quelqu'un puisse le trouver ici. Et son cerveau, comme une montre, battait toujours.

En chemin vers la maison il se pencha au-dessus du réservoir du jardin et y plongea ses mains. Quelqu'un pourrait hurler ; il se sentit gêné à l'idée que quelqu'un pourrait hurler. Le rouge descendit dans l'eau en traînées ondulantes et s'y fondit.

Il pénétra dans le petit salon par la fenêtre. Les stores étaient à moitié baissés – il se courba pour passer – et la pièce était pleine d'une ombre jaune sombre. (C'était là qu'il avait attendu qu'ils viennent tous le retrouver, l'après-midi où il était revenu de Ceylan.) L'odeur des œillets pénétrait à l'intérieur, et deux ou trois grosses mouches bleues bourdonnaient et rebondissaient contre le plafond. Sa sœur Catherine était assise, lui tournant le dos, et jouait du piano. (Il avait entendu la musique en remontant l'allée.) Il regarda ses coudes roses et pointus – elle jouait une valse et la musique les traversait en ondulations saccadées.

« Hello, Catherine », dit-il, et il écouta avec admiration. C'était donc ça le son de sa nouvelle voix !

« Hello, Terry. » Elle continua à jouer, travaillant la valse. Elle avait un esprit anxieux et méthodique mais adorait les commérages. Il se dit : *Eh bien voici un commérage pour toi – Josephine est là-bas dans la chapelle, couverte de sang. Sa robe est abîmée, mais je ne crois pas que ses perles bleues le soient. J'irais voir si j'étais toi.*

« Dis donc, Catherine… »

« Oh, Terry, ils sont en train de remettre les meubles en place dans le salon. Tu devrais aller les aider, je pense. Il faut faire passer les gros sofas par la porte… et les commodes. » Elle se mit à rire : « Je suis seulement venue ranger les partitions », et continua à jouer.

Il pensa : *Je crois qu'elle ne pourra pas se marier à présent. Personne ne voudra l'épouser.* Il lui dit : « Est-ce que tu sais où est Josephine ? »

« Non. Pas la moindre – rom-tom-tom, rom-tom-*tom* – idée. Vas-y, Terry. »

Il pensa : *Elle n'a jamais aimé Josephine*. Il s'en alla.

Il se tenait dans l'embrasure de la porte du grand salon. Ses frères et Beatrice faisaient glisser les gros fauteuils à jupe d'indienne sur le parquet ciré. Ils sentaient tous sa présence : mais ils firent semblant de l'ignorer le plus longtemps possible. Charles – quinze ans, avec ses oreilles roses toutes propres – y réfléchit un instant en poussant la commode, se dit que c'était vraiment dommage, se retourna avec une expression de dégoût honnête et bienveillant, dit : « Viens donc, Terry. » *Il ne peut plus aller au collège à présent,* pensa Terry, *et d'ailleurs, il ne peut plus aller nulle part : je me demande ce qu'ils vont faire de lui – l'envoyer aux colonies ?* Charles avait des manières parfaites : carrées, bourrues, parfaites. Il ne pensait jamais aux autres, n'éprouvait jamais rien pour les autres – il les classifiait simplement. Josephine était « une fille qui était venue passer quelque temps chez nous », « une amie de ma sœur ». Il penserait immédiatement (dans un instant, quand Terry le lui aurait dit) : « Une fille qui était venue passer quelque temps chez nous… c'est… eh bien, tu comprends, s'il ne s'était pas agi *d'une fille qui était venue passer quelque temps chez nous…* »

Terry alla le rejoindre ; ils poussèrent la commode. Mais Terry poussait trop fort, de travers ; le coin le plus éloigné de lui racla contre le mur. « Oh, dis donc, nous avons égratigné la peinture », dit Charles. Et c'était bien le cas ; une cicatrice grise courait sur le mur. Charles devint écarlate : il détestait que les choses soient mal faites. C'était gentil de sa part de dire : « *Nous avons* égratigné la peinture. » Dirait-il plus tard : « Nous avons tué Josephine » ?

« Je crois qu'il vaudrait sans doute mieux que tu donnes un coup de main pour les sofas », lui dit Charles avec politesse.

« Tu aurais dû voir le sang sur mes mains à l'instant », dit Terry.

« Pas de chance ! » dit rapidement Charles avant de s'éloigner.

Beatrice, l'amie de Josephine, se tenait debout, les coudes posés sur la tablette de la cheminée, et se regardait dans le miroir au-dessus. La nuit dernière un homme l'avait embrassée dans la chapelle (Terry les avait observés). Beatrice devait penser que cela se voyait sur son visage – que pouvait-elle regarder d'autre ? Dans le miroir, ses yeux étaient sombres, suppliants. Lorsqu'elle vit Terry approcher derrière elle, elle fronça le front avec colère et s'éloigna.

« Dis donc, Beatrice, tu sais ce qui est arrivé là-bas dans la chapelle ? »

« Ça t'intéresse ? » Elle se pencha rapidement et tira vers le bas le tissu lâche qui recouvrait le sofa, là où il « faisait un pli », comme pour dissimuler les pieds indécents du sofa.

« Beatrice, que ferais-tu si j'avais tué quelqu'un ? »

« Je rirais », dit-elle avec lassitude.

« Si j'avais tué une femme ? »

« Je rirais d'autant plus. Tu connais des femmes ? »

Elle était vraiment mignonne, vraiment : il l'avait détruite, pensait-il. Il était pris de panique. « Beatrice, jure-moi que tu n'iras pas dans la chapelle. » Parce qu'elle irait sans doute – évidemment qu'elle irait là-bas : dès qu'elle serait seule et qu'elle ne risquerait pas d'être vue elle se dirigerait en tapinois jusqu'à la chapelle. Ça avait été *ce* genre de baiser.

« Oh, laisse un peu cette vieille chapelle tranquille ! » Il avait déjà abîmé la scène de la nuit précédente. Comme elle le détestait ! Il se retourna, à la recherche de John. John n'était plus là.

Deux lettres sur la table du hall, arrivées à la seconde distribution, attendaient Josephine. Personne, pensa-t-il, ne doit les lire – il devait protéger Josephine ; il les prit et les fit glisser dans sa poche.

« Dis donc, appela John depuis l'escalier, que fais-tu avec ces lettres ? » John n'avait pas l'intention d'être tranchant mais ils s'étaient surpris mutuellement. Aucun d'eux tous ne voulait faire *sentir* à Terry à quel point ses mouvements étaient des mouvements furtifs ; quand ils le rencontraient marchant furtivement tout seul, soit ils l'ignoraient, soit ils lui disaient d'une voix forte et joviale : « Et où vas-*tu* donc ? », afin de cacher le fait qu'ils savaient que lui-même ne le savait pas. John était le frère aîné de Terry, et il détestait passer pour tel. Mais il ne pouvait pas ignorer que ces lettres étaient adressées à Josephine, et Josephine « était venue passer quelque temps chez eux ».

« Je les apporte à Josephine. »

« Tu sais où elle est ? »

« Oui, dans la chapelle… c'est là que je l'ai tuée. »

Mais John – qui détestait toutes ces complications avec Terry – avait fait demi-tour. Terry le suivit dans l'escalier en répétant : « C'est là que je l'ai tuée, John… John, j'ai tué Josephine dans la chapelle. » John progressait très vite, sans écouter, sans se retourner. « Ah bon, dit-il par-dessus son épaule. C'est parfait, apporte-les lui. » Il disparut dans le fumoir en faisant claquer la porte derrière lui. John avait pensé, dès que Terry était rentré de Ceylan, que le placard de la salle à manger aurait dû être fermé à clé. Mais il n'avait rien dit ; oh non. En quoi le placard de la salle à manger aurait-il pu intéresser un de ses frères ? se força-t-il à penser.

Oh oui, pensa Terry, *tu es un bel homme au dos musclé, mais tu n'aurais jamais fait ce que j'ai fait*. Quelque chose, en fin de compte, s'était révélé en Terry. Il *avait* des capacités que John ne possédait pas (ils le comprendraient bientôt). John n'avait jamais embrassé Josephine.

Terry s'assit sur une marche de l'escalier en disant : « Josephine, Josephine ! » Il était assis là, accroché à un balustre, secoué par l'exaltation.

Les panneaux de la porte du bureau avaient toujours eu un air solennel ; ils étaient gonflés de solennité. Terry devait les franchir pour aller trouver son père ; il choisit le panneau en haut à gauche et frappa. La voix patiente répondit : « Entrez ! »

Ici et maintenant, pensa Terry. Il avait un magnifique auditoire ; il regarda les livres le long des murs sombres et contempla tous ces penseurs. Son père se tendit et se contracta brutalement pour le regarder. Terry sentait que taillader ce silence avec ses nouvelles, c'était comme taillader une grande et grave poitrine. La table était couverte de papiers en désordre.

« Que veux-tu exactement ? » demanda son père en lissant le bord de la table.

Terry resta debout en silence : tout disparaissait. « Je voudrais, dit-il enfin, parler de mon avenir. »

Son père soupira et fit glisser une main en avant, tripotant ses papiers. « Je veux bien croire, Terry, dit-il aussi gentiment que possible, que tu as *réellement* un avenir ? » Puis il regretta ses mots. « Bon, assieds-toi un instant… Je vais juste… »

Terry s'assit. L'horloge sur la tablette de la cheminée faisait écho au cliquetis dans son esprit. Il attendit.

« Oui ? » dit son père.

« C'est-à-dire, il doit bien y avoir un avenir pour moi, tu ne crois pas ? »

« Oh, mais certainement… »

« Regarde, papa, j'ai quelque chose à te montrer. Ce poignard africain… »

« Que veux-tu dire ? »

« Ce poignard africain. Il est là. Il faut que je te le montre. »

« Que veux-tu dire ? »

« Attends une minute. » Il mit une main dans une de ses poches puis dans l'autre : son père attendait.

« Il *était* là – je l'avais vraiment. Je l'ai apporté pour te le montrer. Je dois l'avoir mis quelque part – ce poignard africain. »

Mais il n'était pas là, il ne l'avait pas ; il l'avait perdu ; l'avait laissé, fait tomber – dans l'herbe, près du réservoir, quelque part. Il se rappelait l'avoir essuyé… et ensuite ?

À présent plus rien ne le soutenait ; il était terrifié à présent ; il se mit à pleurer.

« Je l'ai perdu, hoqueta-t-il, je l'ai perdu. »

« Je ne comprends pas, demanda son père, assis là sans expression, comme une pierre tombale, avec son visage blanc, carré. Qu'essayes-tu de me dire ? »

« Rien, dit Terry, secoué par les larmes. Rien, rien, rien. »

Étude en blanc

NICHOLAS BLAKE

« Un temps de saison en cette période de l'année », fit remarquer l'Homme Expansif d'une voix aussi succulente que la poitrine d'une oie rôtie.

Le Type Pensif, assis à côté de lui dans le compartiment, jeta un coup d'œil à la neige qui tombait en tourbillonnant derrière la vitre du train. Il répondit : « Ah bon, vous aimez vraiment ça ? C'est une mauvaise tempête de neige qui ne fera de bien à personne. Cela dépend en tout cas de ce que vous entendez par temps de saison. Les statistiques des cinquante dernières années montreraient… »

« Vous appelleriez-vous Joad, monsieur ? » demanda l'Homme Expansif en adressant un long clin d'œil au reste du compartiment.

« Non, Stansfield, Henry Stansfield. » On aurait pu prendre le Type Pensif, un homme au visage rubicond assis les mains fermement posées sur les genoux de son costume de tweed brun, pour un fermier prospère sans son regard direct et méditatif qui s'appesantissait sur chacun de ses compagnons de voyage en les observant attentivement.

Ce qu'il voyait n'était pas particulièrement encourageant. Sur le siège opposé, et de gauche à droite, étaient assis l'Effrontée, qui avait pris exclusivement pour elle le clin d'œil de l'Homme Expansif et s'était débrouillée pour que sa jupe étroite remonte encore un peu sur ses genoux ; un petit homme desséché, blond roux, à l'air de juriste, qui s'affairait et se trémoussait comme une bouilloire en colère, sortait toutes les cinq minutes sa montre en or, puis secouait le *Times* en le faisant craquer à la manière d'un parchemin judiciaire ; et un Compère Voyant, sur son trente-et-un, genre chevalier d'industrie, avec un regard fier et incertain de jeune délinquant.

« Moi, c'est P. Dukes, dit l'Homme Expansif. Percy pour les amis. Je brasse toutes sortes d'affaires. À votre service. Eh bien, dans une heure et demie nous aurons passé la frontière et alors, à nous les campanules de la belle Écosse ! »

« Des campanules en janvier ? Vous êtes plein d'espoir », fit remarquer l'Effrontée.

« Êtes-vous Écossais, maître ? » demanda la Personne Plantureuse assise à gauche de Stansfield.

« Anglais extérieurement – Percy Dukes tapota le devant de son costume gris, puis tira une flasque de sa poche de pantalon et avala une gorgée – et Scotch intérieurement. » Son gros rire, ou la tempête de neige, secoua le compartiment. L'Effrontée gloussa.

« Vous en aurez besoin si nous tombons sur une congère qui nous retienne toute la nuit », dit Henry Stansfield.

« Vous appelleriez-vous Jonas, monsieur ? » Les rires retentirent de nouveau dans le compartiment.

« Une telle éventualité me paraît impossible, dit le Tatillon. Le chef de gare de Lancaster m'a assuré que le train passerait. Nous sommes pourtant déjà scandaleusement en retard. » Une fois de plus la montre en or fut consultée.

« Il est curieux de voir, dit le Type Pensif d'un air méditatif, à quel point nous nous imaginons capables de faire trottiner le temps ou de le faire galoper à notre suite simplement en gardant les yeux fixés sur les aiguilles d'une montre. Prenez-vous souvent ce train, Mr… ? »

« Kilmington. Arthur J. Kilmington. Non, c'est seulement la deuxième fois. » Le Tatillon parlait avec le sec accent d'Édimbourg.

« Ah oui, ce devait être le 17 du mois dernier. Je me souviens de vous avoir vu. » « Non, monsieur, vous vous trompez. C'était le 20. » La bouche mince de Mr Kilmington se referma d'un coup sec, comme un élastique autour d'une liasse de documents légaux.

« Le 20 ? Vraiment ? C'était le jour du vol dans le train. Ils ont empoché un beau butin, il me semble. Dans ce train même. On y avait mis une partie du courrier supplémentaire de Noël. Les sacs ont tout simplement disparu, quelque part entre Lancaster et Carlisle. »

« Och, pauvres de nous, soupira la Personne Plantureuse. Je ne sais pas bien ce que nous allons devenir, vraiment. »

« Nous approchons du lieu du crime, madame », annonça l'expansif Mr Dukes. Le train, au pas, haletait pour gravir la dernière pente du Shap Summit.

« Je n'ai rien lu dans les journaux concernant le lieu du crime », murmura Henry Stansfield. Dukes fixa un œil un peu vague sur lui.

« Vous lisez tous les journaux ? »

« Oui. »

L'atmosphère du compartiment s'était tout à coup tendue. Seul le Compère Voyant, qui examinait ses ongles d'un air distrait, ne semblait pas en être affecté.

« Dans quel journal l'avez-vous lu ? » poursuivit Stansfield.

« Je ne l'ai pas lu. Dukes tapota le genou de Stansfield. Mais je sais me servir de mon ciboulot. C'est évident. Vous voulez lancer un sac postal d'un train – vous me suivez ? Il faut que le train roule lentement, sinon le sac explosera en touchant le sol. Le seul endroit entre Lancaster et Carlisle où vous *savez* que le train va au pas – Shap Bank. Et il va vraiment tout doucement sur le dernier bout de la rampe, à peu près là où nous nous trouvons maintenant. Vous me suivez ? »

Henry Stansfield acquiesça.

« Bon. Mais faudrait être dingue pour le balancer n'importe où dans cette lande perdue, poursuivit Mr Dukes. Eh bien, si vous aviez pris ce train aussi souvent que je l'ai fait, vous auriez remarqué qu'il franchit un pont à un mile environ du sommet. Sous le pont passe une route : une belle route isolée, vous voyez ? La seule route de la région proche de la voie. Vous faites glisser le sac à cet endroit-là. Votre pote le ramasse, dévale le talus, le met dans la voiture qu'ils ont garée près du pont, et ni vu ni connu ! »

« Vous auriez dû être détective, monsieur », s'exclama l'Effrontée d'un ton languide.

Mr Dukes inséra ses pouces sous ses aisselles, l'air content de lui. « Peut-être que j'en suis un, dit-il avec un rire sifflant. Et peut-être ne suis-je que le petit Percy qui sait se servir de son ciboulot. »

« Och, eh bien dites, qu'est-ce qu'ils ne feraient pas, dit la Personne Plantureuse. On rencontre beaucoup de gens malhonnêtes de nos jours. »

Le Compère Voyant leva les yeux de ses ongles et prit un air méprisant. On entendit Mr Kilmington grommeler que le système de surveillance des chemins de fer était lamentable, et que le contrôleur du train aurait dû être sévèrement tancé.

« Le contrôleur ne peut pas être partout, dit Stansfield. Il doit sans doute patrouiller le train de temps en temps, et… »

« Qu'il le fasse, alors, plutôt que de s'enfermer dans son fourgon pour dormir », interrompit Mr Kilmington, sur un ton agacé et excessif.

« Est-ce que vous parlez d'expérience, Monsieur ? » demanda Stansfield.

Le Compère Voyant éleva la voix et dit, avec un accent américain de Charing Cross Road : « Hé, les mecs ! Si la bande voulait balancer les sacs postaux près du pont, comme l'a dit le bonhomme – je veux dire, comment pouvaient-ils être sûrs que le contrôleur ne serait pas dans son fourgon à ce moment-là ? » Il remonta le pli du pantalon de son costume à gros carreaux.

« Vous avez soulevé un point intéressant, dit Percy Dukes. À mon avis, il devait y avoir deux complices à bord du train – l'un d'eux pour éloigner le contrôleur de son fourgon sous un prétexte quelconque, et l'autre pour lancer les sacs. Il se tourna vers Mr Kilmington. Vous disiez que le contrôleur s'enferme parfois dans son fourgon. Eh bien, si j'étais un tant soit peu soupçonneux, si j'étais le vieux Sherlock H. en personne – excluant Kilmington, il adressa un autre immense clin d'œil à ses compagnons de voyage – je commencerais à me poser des questions à votre sujet, monsieur. Vous étiez à bord de ce train quand il a été dévalisé. Vous êtes allé jusqu'au fourgon du contrôleur. Vous *dites* que vous l'avez trouvé endormi. Vous ne l'auriez pas par hasard appelé, pour… »

« Votre suggestion est outrageante ! Je vous conseille de faire très attention, monsieur, vraiment très attention, énonça Mr Kilmington, sa voix précise grésillant d'indignation, sinon vous pourriez découvrir que ce que vous venez de dire vous expose à des poursuites. J'aimerais vous signaler que, quand je… »

Mais il lui fut impossible de leur dire ce qu'il voulait leur faire savoir. Le train, qui depuis quelque temps descendait précautionneusement de Shap Summit, se mit soudainement à bégayer et à trembler, comme un patient pris d'un grand délire, lorsque les freins à vide furent engagés ; puis, avec l'impact sourd d'un poing s'enfonçant dans un oreiller de plumes, la locomotive plongea dans une congère qui s'était formée juste après la courbe d'une tranchée profonde.

Il était un tout petit peu après 19 h 05.

« Qu'est-ce qui se passe ? » demanda l'Effrontée d'une voix perçante lorsque la locomotive émit un fracas hystérique de soufflement et de halètements.

« Enfoncée dans une congère, il me semble. »

« Le conducteur essaye de repartir en marche arrière. Sans résultat. Les roues patinent chaque fois. Quelle aventure ! » Percy Dukes avait sorti la tête par la vitre du côté abrité du train. « Ça boume au Coumberland ! Venez pour les sports d'hiver ! »

« Contrôleur ! Contrôleur ! Eh là ! » lança Mr Kilmington. Mais la silhouette vêtue de bleu, après avoir jeté un coup d'œil dans le compartiment, passa rapidement dans le couloir. « Eh bien ! Je *ferai* un rapport sur la conduite de cet homme. »

Henry Stansfield, après être sorti dans le couloir, ouvrit une fenêtre. Bien que le wagon fût théoriquement protégé du vent par la tranchée, la tempête le frappa au visage comme un coup de poing de glace. Il rejoignit la troupe des passagers qui étaient descendus et qui avançaient tant bien que mal en direction de la locomotive. Lorsqu'ils y arrivèrent, le contrôleur était redescendu de la cabine : aucune raison de s'inquiéter, dit-il ; s'ils ne parvenaient pas à passer, une locomotive de secours viendrait et ramènerait le train à Penrith ; il partait immédiatement poser les signaux de brouillard sur la voie derrière eux.

Le conducteur tenta une fois de plus de faire reculer le train. Mais, du fait de son poids, de la pente à remonter, des rails gelés et de l'emprise solide de la congère sur la locomotive, il ne parvint pas à le faire bouger d'un pouce.

« Il va falloir dégager les boggies, annonça-t-il à son chauffeur. Va donc chercher les pelles dans le fourgon avant. D'ailleurs, ça évitera à ces mauviettes de geler. » Il fit un geste du doigt en direction du groupe serré des passagers qui, dans les rafales de neige tourbillonnante, à la lueur du fourneau, sautaient sur place et se battaient les flancs comme des sauvages.

Percy Dukes, qui les avait rejoints, ne mit pas longtemps à se révéler comme le boute-en-train de la bande ; il attribua au chauffeur, dont le visage était noir de suie, le surnom de « Boule de neige », adjura ses compagnons de « creuser pour la victoire », fit semblant d'apercevoir une meute de saint-bernard, chacun avec son barillet de cognac autour du cou. Mais après dix minutes de travail de terrassement, lorsque les roues motrices du boggie eurent été dégagées, ils durent se rendre à l'évidence : le choc contre la congère les avait fait dérailler.

« Rien à faire, Charlie. Tu vas devoir aller jusqu'au poste d'aiguillage et téléphoner pour qu'on vienne à notre secours », dit le conducteur.

« *Si* la neige n'a pas déjà coupé les fils, répondit le chauffeur d'un ton lugubre. Il y a plus d'un mile d'ici au poste, et ça monte. Pour qui me prends-tu, le capitaine Scott ? »

« En tout cas, mec, t'auras le vent dans le dos. Salut. »

En entendant cela, un bourdonnement de stupeur s'éleva des passagers. Quelques-uns commencèrent à récriminer mais s'arrêtèrent quand le conducteur leur offrit de les transporter n'importe où, s'ils acceptaient de soulever sa machine pour la remettre sur les rails. Quand ils se furent dispersés dans leurs compartiments respectifs, Henry Stansfield demanda au conducteur de l'autoriser à monter quelques minutes dans la cabine pour faire sécher son manteau.

« Allez-y. » Le conducteur se mit alors à râler : « Le croiriez-vous ? *Je dois être à Glasgow ce soir.* Sacrément ridicule ! Mais Bert – c'est mon contrôleur – c'est pire pour lui : on peut comprendre qu'il s'impatiente un peu. Sa dame était plutôt mal en point. On disait qu'elle allait y passer avant Noël ; mais il l'a fait opérer par les meilleurs chirurgiens de Glasgow et maintenant elle va mieux, dit-il. Il a l'intention d'aller la voir tous les soirs à la maison de repos, après son travail. »

Stansfield bavarda cinq minutes avec l'homme. Puis le contrôleur revint, soufflant sur ses mains – un type de petite taille au visage tanné et au regard anxieux.

« On passera pas cette nuit, Bert. Charlie te l'a dit ? »

« Ouais. Je crois bien que certains passagers vont faire du grabuge », dit le contrôleur d'un ton lugubre.

Henry Stansfield retourna dans son compartiment. Il y faisait étouffant, mais il ressentait aussi une sinistre froideur : il se demanda combien de temps il y aurait encore de la vapeur pour les chauffer ; à son avis, cela dépendait de la quantité d'eau dans la chaudière. Parmi le large éventail de destins qu'il s'était imaginé pour lui-même, mourir de froid dans un train anglais n'était pas inclus.

Arthur J. Kilmington s'agitait plus que jamais. Quand le contrôleur passa dans le couloir, il lui demanda où se trouvait le village le plus proche, expliquant qu'il devait téléphoner à Édimbourg – un rendez-vous des plus urgents –, contacter son client, puisqu'il ne pourrait pas s'y rendre. Le contrôleur lui répondit qu'il y avait un village à deux miles vers le nord-est ; on pouvait en voir les lumières du haut de la tranchée ; mais il conseilla à Mr Kilmington de ne pas tenter d'y aller au beau milieu de la tempête – mieux valait attendre la locomotive de secours, qui devait les atteindre avant 21 h.

Le silence s'empara un moment du compartiment ; le silence incrédule de personnes civilisées qui se retrouvent dans la fâcheuse situation de naufragés. Alors l'expansif Mr Dukes fit une proposition : étant donné qu'ils étaient bloqués là pendant une ou deux heures, autant faire connaissance. La Personne Plantureuse se présenta d'abord, elle était Mrs Grand ; l'Effrontée était Inez Blake ; le Compère Voyant, avec l'air ostensiblement négligent de quelqu'un qui pose une fausse pièce d'une demi-couronne sur un comptoir, annonça que son nom était McDonald – I. McDonald.

La conversation revint sur le vol dans le train et sur les criminels qui l'avaient commis.

« Ils doivent être terriblement intelligents », remarqua Mrs Grant avec son accent chantant des Lowlands.

« Les criminels ne sont jamais intelligents, Madame », dit Stansfield tranquillement. Son regard méditatif glissa, sans se presser, de McDonald à Dukes. « Ni le menu fretin ni les gros patrons. Ils ne sont pas vraiment humains, tous autant qu'ils sont. Une pointe de ruse, une épaisse couche de lâcheté et, pour le reste, stupidité et vantardise. Ils sont trop stupides pour être autre chose que des criminels, et ils ont un tel complexe d'infériorité qu'ils finissent toujours par se laisser prendre, tôt ou tard, en se vantant de leurs crimes. Ils sont persuadés d'être à la coule mais ils sont aussi butés que des anguilles affamées – vous comprenez, ils n'ont même pas l'idée de varier leurs façons d'opérer : c'est ainsi que la police les ramasse. »

« Je suis tout à fait d'accord avec vous, dit sèchement Mr Kilmington. Dans ma profession je suis fréquemment en contact avec des criminels. Et je me flatte de ne jamais m'être fait gruger par l'un d'eux. Ils sont transparents, monsieur, transparents. »

« Je suis sûr que vous avez raison, messieurs, dit Percy Dukes, bien installé sur son siège. Mais la police n'a pas encore attrapé les types qui ont dévalisé ce train. »

« Ils seront pris. De même qu'elle retrouvera le bracelet d'émeraudes de la comtesse d'Axminster. Je parierais que la bande ne s'attendait pas à trouver ça dans le sac postal. D'une valeur d'au moins 25 000 livres. »

Percy Dukes resta bouche bée. Le Compère Voyant siffla. Inez Blake, succombant à l'air étouffant du compartiment ou à l'idée de 25 000 livres d'émeraudes, poussa un léger gémissement et s'évanouit dans le giron de Mr Kilmington.

« Vraiment ! En mon âme et conscience ! Mais, mademoiselle ! » s'exclama le digne monsieur. Tous manifestèrent une sollicitude fébrile, à l'exception du jeune Mc Donald à l'œil froid qui, après s'être penché un instant sur elle en tournant le dos aux autres, dit : « Eh, vous – arrêtez de tripoter la jeune femme et laissez-la s'étendre sur le siège. Oui, c'est à vous que je parle, Kilmington. »

« Mais comment ! C'est un outrage ! » Le petit homme se leva si soudainement que la jeune femme roula presque par terre. « Je voulais tout simplement… »

« Je les connais, les gens comme vous. Des vieillards vicieux. Et maintenant, faites attention où vous mettez vos mains, je vous avertis. »

Dans le silence choqué qui suivit, Kilmington garda les yeux fixés sur le regard d'acier trempé du jeune homme, prit son chapeau noir et sa serviette dans le filet et quitta précipitamment le compartiment. Henry Stansfield fit un geste pour l'arrêter mais changea d'idée. Mrs Grant suivit le petit homme et revint aussitôt, après avoir mouillé le mouchoir avec lequel elle tapota le front de Miss Blake. Il était exactement 20 h 30.

Lorsque tout fut redevenu normal, Mr Dukes se tourna vers Stansfield. « Vous dites que ce collier de, – qui était-ce ? – la comtesse d'Axminster, vaut 25 000 livres ? Quelle idée de poster un objet d'aussi grand prix ! Vous en êtes sûr ? »

« De grand prix ? Oh oui. Henry Stansfield s'adressait à eux en tordant la bouche, à la manière d'une personne stupide en train de divulguer un secret. Ne l'ébruitez pas. Mais j'ai un ami qui travaille pour la *Cosmopolitan* – la compagnie qui l'avait assuré. Voilà une autre chose qui n'a pas été révélée par les journaux. Quelle femme idiote. Elle le voulait pour une importante réunion de famille en Écosse à Noël, avait oublié de l'emporter et avait écrit chez elle pour demander qu'on l'envoie par la poste en recommandé. »

« 25 000 livres, dit Percy Dukes d'un air pensif. Ça alors, je veux bien être lapidé ! »

« Oui. Il y a des gens qui ignorent à quel point ils ont de la chance. »

Le visage gras de Percy Dukes trembla sur ses épaules comme un globe de saindoux. Le jeune Mc Donald polissait ses ongles. Inez Blake lisait son magazine. Un moment plus tard, Percy Dukes fit remarquer que la tempête se calmait ; il allait prendre l'air et voir s'il apercevait la locomotive de secours. Il quitta le compartiment.

Contre la fenêtre les flocons de neige dansaient à présent par dizaines et non plus par milliers. Il était 20 h 55. Un peu plus tard Inez Blake sortit ; et dix minutes plus tard Mrs Grant fit remarquer à Stansfield qu'il ne neigeait plus du tout. Ni Inez ni Dukes n'étaient revenus quand, à 21 h 30, Henry Stansfield décida d'aller demander ce que devenait la locomotive de secours. Le contrôleur n'était pas dans son fourgon, lequel était attaché derrière le wagon où se trouvait Stansfield. Il fit donc demi-tour et prit le couloir jusqu'au premier wagon, descendit avec difficulté et héla la cabine de la locomotive.

« Elle a dû prendre du retard, dit le contrôleur en se penchant au dehors. Charlie, qui est revenu du poste d'aiguillage, leur a parlé au téléphone et ils ont promis qu'elle serait là à 21 h. Mais elle ne va plus tarder, à présent, Monsieur. »

« Avez-vous aperçu un certain Mr Kilmington – un petit bonhomme rouquin, chapeau et manteau noir, costume bleu –, il était dans mon compartiment ? Je viens de parcourir tout le train et j'ai l'impression qu'il n'y est plus. »

Le contrôleur réfléchit un instant. « Och oui, le petit bonhomme ? Celui qui m'a demandé s'il pouvait téléphoner du village ? Oui, c'est qu'il y est allé alors. »

« Vous voulez dire qu'il est parti là-bas à pied ? »

« C'est ce qu'il a dû faire, s'il n'est plus dans le train.

Il est revenu me voir – 21 h pile qu'il devait être – et m'a dit qu'il partait si les secours ne venaient pas dans cinq minutes. »

« Vous ne l'avez pas vu depuis ? »

« Non monsieur. Je suis resté ici à bavarder avec mes collègues toute cette demi-heure, depuis que le petit bonhomme m'a parlé. »

Henry Stansfield s'en retourna pensivement en suivant le ballast. Lorsqu'il fut sorti de la vive clarté que la lumière des wagons projetait sur la neige, il alluma sa torche électrique. Juste derrière le dernier wagon, le mur est de la tranchée descendait abruptement pour se confondre avec la lande, au même niveau que la voie. Bien que la neige eût complètement cessé de tomber, le vent glacial qui continuait à souffler du nord-est raclait son visage qui devenait insensible. Vingt mètres plus loin, sa torche éclaira des traces de pas, déjà à moitié recouvertes de neige, les traces de plusieurs personnes ; elles s'éloignaient dans la lande, en direction du nord-est. Plusieurs passagers, semblait-il, étaient partis vers le village, dont les lumières scintillaient dans le lointain comme de la gelée blanche. Stansfield s'apprêtait à suivre ces traces quand il entendit la neige crisser un peu plus loin sur la voie – quelqu'un approchait. Il éteignit sa torche ; ce fut aussitôt comme si on lui avait jeté un sac sur la tête, tant les ténèbres étaient proches et aveuglantes. Les pas se rapprochaient. Stansfield alluma sa torche au dernier moment, révélant la silhouette trapue de Percy Dukes. L'homme poussa un juron assourdi.

« Mais bon Dieu ! Hé, qu'est-ce que ça veut dire, me faire attendre une demi-heure dans cette satanée… ? »

« Vous avez vu Kilmington ? »

« Oh, c'est vous. Non, et pourquoi diable aurais-je dû le voir ? Il n'est pas dans le train ? Je suis allé marcher le long de la voie, pour aller à la rencontre des secours. Mais je n'ai rien vu. Je suis transi – je continue. »

Au bout d'un moment Stansfield poursuivit lui aussi son chemin, mais en suivant les rails en direction du village. Le faisceau circulaire de sa torche ondulait et sautait sur la neige profonde. Le vent qui lui venait droit dessus était très pénible. *Pas surprenant*, pensa-t-il en arrivant, quelques centaines de mètres plus loin, aux dernières traces de pas, *que ces passagers aient fait demi-tour*. Il se rendit compte que tous n'avaient pas fait demi-tour. Il vit que ce qu'il avait pris pour une congère de neige ressemblant grossièrement à une silhouette couchée était en fait un corps humain couvert de neige. Il gratta un peu la neige, retourna doucement le corps sur le dos.

Arthur J. Kilmington n'avait plus aucune raison de s'inquiéter dans ce monde. Il était couché sur sa serviette ; son chapeau noir était là où il était tombé, près de sa tête, légèrement couvert de neige. Stansfield s'assura par un examen rapide qu'il ne présentait aucune trace de violence. Mais les yeux étaient exorbités, le visage était envahi d'une couleur violacée. Voilà à quoi ressemblent ceux qui ont été étranglés ou qui sont morts asphyxiés, pensa Stansfield. Aussitôt il se remit à genoux et dirigea le faisceau de sa torche sur le visage du mort. Un frisson d'horreur le secoua. Les narines de Mr Kilmington étaient bourrées de neige, laquelle avait maintenant gelé, et on avait aussi enfoncé de la neige dans sa bouche.

Et il serait resté là, se dit Stansfield, en cet endroit isolé, pendant des jours ou des semaines, sans doute, si la couche de neige tenait ou s'épaississait. Et lorsque le dégel serait enfin arrivé (comme il le fit d'ailleurs deux mois plus tard, cette année-là), la neige aurait, elle aussi, fondu de sa bouche et de ses narines, et il n'y aurait eu aucune trace du meurtre – seulement le corps d'un petit avocat impatient qui avait tenté d'atteindre le village pendant la tempête et avait trouvé la mort. Il était même possible que personne ne se serait demandé comment un petit bonhomme aussi précis et aussi minutieux avait pu s'aventurer à marcher deux miles avec de telles chaussures et sans torche pour se diriger dans la nuit noire ; car Stansfield, fouillant les poches de l'homme, avait trouvé les objets suivants – et rien de plus : un carnet, un stylo, un mouchoir, un étui à cigarettes, un briquet en or, deux lettres et un peu de monnaie.

Stansfield fit demi-tour pour chercher de l'aide. Mais au bout de vingt mètres, il remarqua d'autres traces de pas, qui quittaient la piste principale et partaient vers la gauche. Ces traces paraissaient plus fraîches – la neige était moins épaisse dans les empreintes – et semblaient celles d'une seule paire de pieds. Il les suivit, marchant à côté de la piste. La personne qui avait laissé ces traces avait décrit une courbe légèrement tendue vers la droite avant de rejoindre la voie de chemin de fer à cent cinquante mètres environ de l'endroit où commençait la piste principale. À cet endroit se trouvait une baraque de poseurs de rails. La porte n'étant pas verrouillée, Stansfield entra. Il n'y avait à l'intérieur qu'un poêle à charbon, complètement froid, et une odeur de fumée de cigare…

Une demi-heure plus tard, Stansfield rejoignit son compartiment. Entretemps il avait aidé les cheminots à transporter le corps de Kilmington, qui était à présent en sécurité dans le fourgon du contrôleur. Il avait en outre fait une intéressante découverte concernant les déplacements de Kilmington. Il se pouvait que, après s'être disputé avec McDonald et après la brève conversation que le contrôleur avait rapportée, l'avocat soit allé s'asseoir dans un autre compartiment. Le dernier wagon, derrière le fourgon du contrôleur, était un wagon de première classe, presque vide. Mais Stansfield trouva un passager endormi dans un des compartiments. Il le réveilla, lui décrivit Kilmington et lui demanda s'il l'avait vu.

D'un ton bourru, le passager apprit à Stansfield qu'un homme de petite taille, portant un manteau sombre sous lequel on devinait le pantalon bleu d'un complet, était venu à la portière et lui avait parlé. Non, le passager n'avait pas prêté attention au visage, il se sentait un peu endormi et d'ailleurs le bonhomme avait poliment enlevé son chapeau mou pour lui parler et, ce faisant, avait dissimulé toute la partie de son visage que le haut de la porte ne lui cachait pas. Non, le bonhomme n'était pas entré dans le compartiment : il était simplement resté dans le couloir et avait demandé l'heure (le passager avait regardé sa montre et lui avait dit qu'il était 20 h 50) ; alors le type avait déclaré que, si la locomotive de secours n'était pas là à 21 heures, il avait l'intention de se rendre à pied jusqu'au village le plus proche.

Stansfield était alors allé jusqu'à la cabine de la locomotive. Le contrôleur, qu'il trouva là-bas, lui dit qu'il avait longé la voie vers 20 h 45 pour rejoindre le chauffeur qui revenait du poste d'aiguillage. Il était allé jusqu'à l'endroit où, plus tôt, il avait posé les signaux de brouillard ; c'était là que, un peu avant 21 heures, lui et le chauffeur s'étaient retrouvés, ce qui fut corroboré par ce dernier. De retour au train, le contrôleur était monté dans le dernier wagon, avait remarqué Kilmington assis tout seul dans un compartiment de première classe (c'était à ce moment-là que l'avocat avait annoncé au contrôleur son intention de sortir si la locomotive de secours n'était pas là dans les cinq minutes). Le contrôleur était alors redescendu du train et avait longé la voie pour retrouver ses collègues dans la cabine de la locomotive.

Ces circonstances paraissaient indiquer sans le moindre doute que Kilmington avait été assassiné peu de temps après neuf heures, se dit Stansfield en rejoignant son compartiment. Ses compagnons de voyage étaient tous là.

« Alors, vous l'avez trouvé ? » demanda Percy Dukes.

« Kilmington ? Oh oui, je l'ai trouvé. Dans la neige par là-bas. Il était mort. »

Inez Blake poussa un petit cri affecté. La grimace permanente du jeune McDonald s'effaça comme par magie de son visage, qui devint d'un blanc malsain. Mr Dukes tendit ses grosses lèvres.

« Le pauvre petit homme, dit Mrs Grant. Il a voulu marcher, alors ? Il est mort de froid, c'est ça ? »

« Non, annonça froidement Stansfield, il a été assassiné. »

Cette fois-ci, Inez Blake hurla pour de bon ; et, comme en écho, un hurlement strident résonna plus loin sur la voie : la locomotive de secours arrivait enfin.

« La police nous attendra à notre arrivée à Penrith, et nous devrions tous préparer ce que nous allons lui dire. Stansfield se tourna vers Percy Dukes. Vous, par exemple, monsieur. Où étiez-vous entre 20 h 55, lorsque vous avez quitté le compartiment, et 21 h 35, quand je vous ai croisé sur le chemin du retour ? Êtes-vous sûr de ne pas avoir vu Kilmington ? »

Dukes, plus du tout aussi expansif, ses petits yeux porcins profondément enfoncés dans le gras de son visage, demanda à Stansfield pour qui diable il se prenait.

« Je suis enquêteur pour le compte de la *Cosmopolitan Insurance Company*. Auparavant, j'étais inspecteur de police au CID. Voici ma carte. »

Dukes y jeta à peine un coup d'œil. « Pas de problème, mon vieux. Je voulais simplement vérifier. On ne peut faire confiance à personne aujourd'hui. » Sa voix avait pris le ton de cordialité huileuse et prévenante du petit homme d'affaires essayant de conclure un marché avec un homme important. « Je suis juste allé me balader, vous savez – dérouiller mes vieilles jambes. Pas vu âme qui vive. »

« Et qui pensiez-vous donc rencontrer ? N'êtes-vous pas allé attendre quelqu'un dans la baraque de poseurs de rails là-bas, n'avez-vous pas fumé un cigare en attendant ? Pour qui m'avez-vous pris quand vous avez dit "Qu'est-ce que ça veut dire, me faire attendre une demi-heure" ? »

« Hé, un peu de calme, mon vieux. Percy Dukes paraissait vexé. Il est vrai que je me suis arrêté à la baraque ; j'ai fumé un cigare un moment. Puis je suis gentiment retourné au train et j'ai rencontré votre bonne personne en chemin. Je n'avais pas de rendez-vous avec… »

« Oh ! Mais il *faut* que je vous dise », interrompit Miss Blake d'un air vertueux. Elle était impatiente de raconter à Stansfield que, lorsqu'elle avait quitté le compartiment à la suite de Dukes, elle avait entendu des voix dehors sous la vitre des toilettes. « J'ai reconnu la voix de ce monsieur, poursuivit-elle en faisant un mouvement de tête en direction de Dukes. Il a dit quelque chose comme : “Tu vas devoir nous aider une fois de plus, mec, et il vaudrait mieux que tu t'y habitues. Tu es dedans jusqu'au cou – tu peux plus reculer maintenant.” Et une autre voix, une espèce de murmure, peut-être la voix de Mr Kilmington – j'en sais rien – en tout cas un accent écossais – a dit, “C'est bon. On se retrouve dans cinq minutes ; la baraque des poseurs de rails à quelques centaines de mètres sur la voie. On en reparlera.” »

« Et qu'avez-vous fait alors, ma jeune dame ? » demanda Stansfield.

« Il se trouve que j'ai retrouvé un monsieur de mes amis, un peu plus loin dans le train, et je me suis assise près de lui un moment. »

« Ah bon, c'est comme ça ? s'exclama McDonald sur un ton menaçant. Espèce de sale petite tricheuse… »

« Taisez-vous ! » ordonna Stansfield.

« Mais c'est vrai en plus, dit la jeune femme sans s'occuper de McDonald. Je vous le présenterai si vous voulez. Il vous dira que j'étais avec lui pendant, oh, au moins une demi-heure. »

« Et vous alors, Mr Macdonald ? »

« Je ne dirai rien », dit le jeune homme d'un air buté.

« Mr Macdonald ne parle pas. Mrs Grant ? »

« Je n'ai pas quitté le compartiment depuis, monsieur. »

« Depuis… ? »

« Depuis que je suis allée mouiller mon mouchoir pour cette jeune dame, quand elle s'est évanouie. Mr Kilmington me précédait, vous vous rappelez. Je l'ai vu entrer dans le fourgon du contrôleur. »

« L'avez-vous entendu dire qu'il allait marcher jusqu'au village ? »

« Non, monsieur, il s'est juste précipité dans le fourgon et puis il a fait un peu de grabuge parce que cette fois-ci il n'était pas verrouillé ; il a dit qu'il irait se plaindre du contrôleur. »

« Je vois. Et vous êtes restée assise tout ce temps-là avec Mr Macdonald ? »

« Oui, monsieur. Sauf qu'il est sorti du compartiment, dix minutes environ, juste après votre départ. »

« Et pourquoi donc êtes-vous sorti ? » demanda Stansfield au jeune homme.

« Prendre l'air, mon pote. »

« Vous n'auriez pas pris la montre en or de Mr Kilmington en même temps qu'un peu d'air, par hasard ? » Les yeux perçants de Stansfield étaient fixés sur ceux de McDonald ; son air insolent s'effrita visiblement sous leur étau.

« Je ne sais pas ce que vous voulez dire, tenta-t-il de bredouiller. Vous n'avez pas le droit. »

« Je veux dire qu'un homme a été assassiné et que le policier qui vous fouillera vous trouvera en possession de sa montre en or. Ça sentira un peu le roussi pour vous, mon jeune ami. »

« Hé ! Allez-y mollo ! Ce n'était qu'une blague, vous comprenez ? » Le misérable Mac Donald s'était mis à gémir, ayant retrouvé son accent cockney d'origine. « Il s'était foutu de moi – cette façon pincée de dire que personne ne l'avait jamais entubé. Je me suis dit que j'allais lui montrer – je la lui aurais rendue, immédiatement, mais ensuite je n'ai pas pu le trouver. C'était juste une blague, je vous dis. De toute façon, c'est Inez qui a chouravé la breloque. »

« Sale petit morveux ! » hurla la jeune femme.

« Fermez-la tous les deux. Vous expliquerez votre plaisanterie aux policiers de Penrith. Espérons qu'ils ne vont pas en mourir de rire. »

À ce moment-là, le train fut secoué puis démarra et reprit la route en direction du sommet de la rampe. Il s'arrêta au niveau du poste d'aiguillage pour permettre à Stansfield de téléphoner à Penrith, avant de repartir tant bien que mal vers le sud.

Sur le quai de Penrith, Stansfield trouva un inspecteur et un brigadier de la gendarmerie du comté, ainsi qu'un médecin légiste. Puis, après un court arrêt dans le fourgon du contrôleur, où le médecin légiste souleva un coin du manteau noir que le contrôleur avait prêté pour recouvrir le corps et entreprit d'examiner le cadavre, ils se dirigèrent tous jusqu'au compartiment de Stansfield. Le contrôleur, qui, à sa demande, l'avait verrouillé juste avant que le train s'arrêtât le long du quai et qui surveillait les occupants, l'ouvrit. L'inspecteur entra.

La première chose qu'il fit fut de fouiller Mac Donald. Après avoir trouvé la montre dissimulée sur lui, il inculpa Mac Donald et Inez Blake de vol. Puis l'inspecteur arrêta une personne qu'il accusa de meurtre prémédité…

La solution du mystère se trouve page 339.

Preuve négative

Richard Dowling

Il allait sans dire que John Hastings de Barford avait promis de dîner à Charcombe House ce soir-là. Le lendemain matin, il devait épouser Maud Bathurst, fille unique de Mr Frank Bathurst, à qui Charcombe House appartenait. John avait vu Maud la veille et ils avaient décidé qu'il la rejoindrait au cours de l'après-midi. Il avait des affaires à régler à Dunfield, la ville la plus proche, et il expliqua à Maud que, dès qu'il aurait terminé, il se mettrait en route, passerait par Charcombe Hill, ainsi ils auraient quelques heures ensemble avant le dîner. Elle ne devait pas venir à sa rencontre car il ignorait combien de temps ses affaires le retiendraient à Dunfield. Après le dîner, il rentrerait chez lui, à « Barford », avec sa voiture. Pour venir la voir, il irait plus vite à pied en passant par Charcombe Hill qu'en en faisant le tour en voiture. C'était pour cela qu'il avait opté pour la marche. Maud pouvait s'attendre à le voir arriver entre quatre et six. Ils ne se mettraient pas à table avant sept heures et demie.

Le mariage de John Hastings et de Maud Bathurst allait se conclure en raison de leur affection mutuelle et avec l'approbation chaleureuse des parents de Maud. On aurait même pu croire que la nature et le sort les avaient destinés l'un à l'autre. Il était de grande taille, avait des cheveux noirs et était sincère ; elle était petite, blonde, d'humeur gaie et pleine d'affection. Il était seul au monde et, pour choisir une épouse, n'avait eu besoin de consulter que la jeune fille dont son cœur s'était épris ainsi que sa famille ou éventuellement ses tuteurs. Les terres de Charcombe, qui appartiendraient un jour à Maud, étaient attenantes aux terres de Barford, qui appartenaient à John. Les deux familles entretenaient des relations de voisinage amicales depuis des générations. À Londres comme dans les parages de leurs maisons de campagne, Maud et John se fréquentaient constamment depuis des années, or les chefs de famille, les uns après les autres, avaient souhaité que les deux descendances n'en forment qu'une seule et que les deux propriétés passent à un héritier commun. Mais, avant eux, cet espoir n'avait jamais pu se réaliser. Il n'y avait jamais eu, dans le passé, d'héritier en âge de se marier au moment où une héritière l'était également ; Mr et Mrs Bathurst se réjouissaient donc de voir enfin se concrétiser cette aspiration ancestrale.

Quant aux deux jeunes gens, ils s'inquiétaient peu des aspirations ancestrales. Ils étaient tout simplement amoureux l'un de l'autre et désiraient se marier pour vivre toute leur vie ensemble, exactement comme le désirent des milliers, des millions d'autres personnes qui n'ont ni ancêtres ni propriétés.

C'était une magnifique journée de juillet. Lorsque quatre heures sonnèrent à la minuscule tour qui surplombait le portail de la remise, le soleil paraissait à peine plus bas dans le ciel qu'il l'avait été à midi. Il donnait l'impression d'être infatigable et plein d'une lumière qui ne pourrait jamais s'éteindre. Il était le roi absolu des pâles royaumes azurés et régnait en despote solitaire sans qu'un seul nuage, tel un conspirateur, ne vienne porter atteinte à sa domination.

Dans la tour, le balancier de l'horloge allait d'avant en arrière en produisant un tic-tac sourd, mécanique et lugubre. Il ne s'intéressait pas plus à son travail qu'un galérien tirant sur sa rame. Le soleil continuait silencieusement sa marche triomphale et invincible vers l'ouest. Il n'était pas mû par des lois astreignantes mais par un désir pesant de rester là.

Dans le ciel, les seuls événements sont le fait des nuages ; dans la tour les seuls événements sont le fait des heures. Mais peu importait l'apparition de nuages dans le ciel, peu importaient les heures frappées par le marteau de l'horloge, le soleil et le balancier n'en avaient cure. Les nuages pouvaient bien dissimuler le soleil, le son puissant de la cloche étouffer le tic-tac de l'horloge, la progression du soleil vers l'ouest et l'oscillation du balancier au-dessus du centre de la terre se poursuivaient imperturbablement.

Sa fenêtre était, pour Maud, le meilleur endroit d'où voir John apparaître au sommet de la colline. Elle savait à quel endroit précis de la colline sa tête allait surgir sur le fond de ciel pâle. Elle était dans sa chambre, ses yeux bleus fixés sur cet endroit, quand l'horloge retentit quatre fois.

Dès qu'elle l'apercevrait elle s'élancerait de sa chambre sur la pointe des pieds, traverserait le couloir et descendrait l'escalier. Si elle rencontrait quelqu'un elle ralentirait le pas et adopterait une allure plus posée – sauf s'il s'agissait de sa mère. Si elle rencontrait sa mère elle lui baiserait les mains et passerait devant elle sans réduire sa vitesse, car sa mère savait qu'elle se dépêchait parce qu'il descendait la colline. Une fois dehors au grand air, il lui faudrait marcher plus lentement, car de nombreuses fenêtres donnaient sur la pelouse. Mais dès qu'elle aurait passé le mur du jardin elle pourrait se dépêcher de nouveau jusqu'à ce qu'elle atteigne leur lieu de rendez-vous préféré, le banc rustique sous le grand marronnier. Là, personne n'observerait leurs retrouvailles et, lorsqu'elle aurait atteint le marronnier, il serait suffisamment près pour lui parler – pour lui parler ! Et ensuite ils pourraient s'asseoir et se reposer.

Maud attendit minute après minute, et la silhouette espérée ne surgissait toujours pas dans le ciel. Elle savait qu'il avait beaucoup de choses à faire à Dunfield ce jour-là et, toute jeune et inexpérimentée qu'elle fût, elle se doutait bien que, quand un homme avait beaucoup de choses à faire, même s'il avait été choisi comme futur époux, il ne lui était pas toujours possible de calculer à la minute le temps qu'il lui faudrait pour régler ses affaires ; car il avait beau être un modèle de ponctualité, il pouvait rencontrer des hommes qui n'estimaient pas cette vertu royale à sa juste valeur.

John lui avait dit qu'il la rejoindrait entre quatre et six et il n'était pas encore cinq heures. Il aurait sans nul doute été délicieux de le voir apparaître au moment où l'horloge frappait quatre coups, mais, sous ce climat standard et à cette époque anodine, on ne pouvait pas s'attendre à ce que les choses tombent du ciel comme dans un conte de fées oriental d'autrefois. Désirer un tel miracle était déjà enfantin et absurde.

Elle prit appui sur le montant de la fenêtre et garda ses yeux bleus grands ouverts fixés sur cette crête inclinée couverte de bruyère.

Peu à peu, alors que les minutes d'attente frustrée passaient, la vivacité et l'animation disparurent de son visage, lequel finit par prendre un air presque pensif tandis que le rouge de ses joues pâlissait et virait au rose.

Elle s'appuya d'une main au cadre de la fenêtre et posa son front sur la vitre. Ce geste repoussa son chapeau en arrière et révéla les vagues opulentes de ses cheveux d'or sur la pâleur qui couvrait son front. Elle était physiquement fatiguée d'être restée si longtemps presque immobile mais n'était pas consciente de sa fatigue. Elle pensait seulement :

« Il va arriver sans tarder. Dès que sa tête surgira au-dessus de la colline, je le verrai, et, oh, alors ! »

Elle sursauta brusquement. L'horloge sonna cinq coups. Elle regarda le soleil. Il était de toute évidence plus bas sur l'horizon que quand elle l'avait regardé pour la dernière fois, au début de son attente. Elle regarda à l'est. Un nuage bas et effilé se profilait à l'horizon, visible à présent entre la maison et le flanc escarpé des collines. Toutefois, la lumière était encore splendide.

La moitié du délai que s'était octroyé John était maintenant écoulée. Mais, après tout, c'était pour le mieux ; car, avant que ne sonnent cinq heures, elle avait, disons, une chance toutes les minutes de le voir apparaître, maintenant elle en avait deux. Pendant l'heure qui venait de s'écouler, le hasard aurait pu faire qu'il soit séparé d'elle pendant deux heures. Ce qui était désormais impossible. Tout l'éventail des chances de le voir surgir s'était rassemblé et concentré dans ce petit laps de soixante minutes. Chaque seconde qui s'écoulait le rapprochait d'elle. Elle était tellement tranquillisée à son sujet, maintenant que moins d'une heure séparait le moment de son absence du moment de sa présence, qu'elle pouvait tout aussi bien se mettre à l'aise.

Elle s'assit, un coude posé sur l'appui de la haute fenêtre, tout en maintenant les yeux fixés sur le sommet de la colline.

Tandis que les minutes s'égrenaient, celles qui restaient entre l'instant présent et six heures s'épaississaient de la promesse de son arrivée, jusqu'à ce que sa langueur cède la place à une excitation maîtrisée et qu'elle ait l'impression qu'elle pouvait le sentir presser le pas en direction de la crête de cette colline.

Pourtant la ligne dure et nette des bruyères lointaines restait rectiligne et inchangée sur un fond de ciel bleu de plus en plus sombre. La frise de nuages couleur de fumée avait beaucoup progressé vers l'ouest et tout en bas à l'est une ombre profonde s'était dessinée sous une masse de nuages bruns.

Le soleil avançait lentement vers l'ouest. Le balancier de l'horloge oscillait avec monotonie d'avant en arrière en produisant son lent et invariable tic-tac.

Une fois de plus la jeune fille sursauta. Elle se redressa aussitôt. L'horloge avait commencé à sonner six heures.

Il ne faisait aucun doute qu'il apparaîtrait avant qu'elle ait fini de sonner. Il avait annoncé six heures comme l'heure la plus tardive où ils cesseraient d'être séparés. Il était impossible qu'il soit absent au-delà de la dernière seconde de cette heure.

L'horloge cessa de sonner. La jeune fille soupira et, s'étant rassise, joignit les mains sur son giron. Aucune silhouette ne surgissait entre elle-même et le ciel au-dessus de la crête de cette colline.

Il lui paraissait étrange que justement ce soir-là, le dernier soir de sa vie de jeune fille, il soit en retard pour la première fois à un rendez-vous. Ils étaient fiancés depuis six mois et, pendant tout ce temps, il n'avait jamais eu une minute de retard. Elle s'était déjà dit que plusieurs raisons, parmi d'autres possibilités, avaient pu le retarder au-delà de toute prévision raisonnable. Mais, quand le cœur est affamé ou anxieux, il est difficile de le consoler par la raison. Elle refusait de se demander s'il était responsable de son retard. Elle voulait sa présence et non connaître ce qui provoquait son absence. Dans peu de temps les invités insignifiants de la soirée commenceraient à arriver, elle devrait descendre les retrouver et parler avec eux de choses ennuyeuses et sans intérêt tandis que son cœur et tous les sens qui en dépendent seraient tendus vers le sommet de cette colline.

Une demi-heure passa. Le soleil était maintenant bas à l'ouest. L'horloge continuait à produire son tic-tac imperturbable. Maud se sentit déprimée. Un sentiment proche de la peur avait lentement envahi son esprit. Elle prit une résolution : elle attendrait ici jusqu'au dernier moment. Et, quand elle ne pourrait plus différer ses devoirs envers les autres invités, elle descendrait et essayerait de sourire comme si elle ne ressentait aucune déception.

Quoi ! – sept heures sonnaient et il n'était toujours pas arrivé ! La nuit allait tomber dans une heure. Le dernier jour de son adolescence s'achèverait aux prochains coups de l'horloge. Sûrement, sûrement, c'était dur qu'il ne soit pas venu. Il ne lui restait plus de temps à présent pour le guetter et l'attendre. Elle devait s'habiller et descendre. Elle avait mis son chapeau et ses gants pour rien. Tans pis, il ne fallait pas se laisser aller à la tristesse. Il ne fallait pas se montrer déçue. Elle ne lui reprochait pas de ne pas être venu. Elle était simplement triste qu'il ne soit pas venu. Elle savait qu'il devait aller voir différentes personnes à Dunfield – son notaire et son banquier, et plusieurs entrepreneurs, et aller à la poste ; mais c'était tout de même dommage qu'il ne soit pas venu. Il y avait tant de choses qu'elle aurait pu lui dire pendant ces deux heures qu'elle s'était promis de partager avec lui avant le dîner. Tans pis, il serait vain de s'agiter maintenant et, peut-être qu'en fin de compte, lorsqu'il arriverait vraiment, quand dans un petit moment elle se retournerait et le verrait tout à coup, peut-être que le plaisir de cet instant la dédommagerait de la déception qu'elle ressentait en ce moment.

Le dîner fut servi et s'acheva, sans avoir fait venir son amoureux – aucun message de sa part, aucune nouvelle de lui. Son père, sa mère et quelques amis compatissants s'efforcèrent de lui expliquer son absence par une centaine de raisons différentes, toutes plus recevables et innocentes les unes que les autres. Mais elles ne firent aucune impression sur elle. Si tout allait bien, pourquoi n'était-il pas là ? Si quelque chose n'allait pas, de quoi s'agissait-il ? Si quelque chose lui était arrivé, alors – elle laissa sa pensée en suspens. Elle ne pleura pas.

Qu'arriverait-il le lendemain ?

Le matin passa sans aucune nouvelle de John Hastings. L'heure du mariage arriva, mais le fiancé n'était pas là. Entretemps, on avait enquêté.

D'après ceux qui étaient allés enquêter, les déplacements de John Hastings, la veille, se décomposaient comme suit :

Il était arrivé à Dunfield vers midi, avait laissé son cheval et sa voiture à l'auberge *The Oaks*, et était tout d'abord allé voir son notaire, avec lequel il avait eu un long entretien. Rien d'inhabituel ne s'était dit pendant l'entretien ; il s'agissait surtout de régler des détails ennuyeux et sans intérêt concernant le mariage du lendemain et les six semaines que Mr Hastings s'apprêtait à passer à l'étranger après la cérémonie.

Après avoir quitté son notaire, Mr Hastings s'était rendu à la banque, où il avait retiré la somme de 300 livres en billets de la Banque d'Angleterre. Puis il était allé voir trois entrepreneurs au sujet des quelques travaux et transformations qu'il avait décidé de faire dans sa maison, à Barford.

Lorsqu'il en eut fini avec les entrepreneurs, il s'était rendu à l'auberge principale de la ville, *The Oaks*, où il avait donné des ordres pour qu'on fasse conduire sa voiture à Charcombe House vers onze heures, ce soir-là. Il avait expliqué qu'il irait à Charcombe House à pied, en passant par la colline, et qu'il pensait arriver à quatre heures. Il avait une note à régler à l'aubergiste et il s'était acquitté de sa dette avec la liasse de billets qu'il venait de retirer de la banque. Il avait payé au bar. Plusieurs personnes l'avaient vu sortir les billets et, en l'honneur du mariage, il avait laissé un peu d'argent à l'aubergiste afin que celui-ci le distribue aux domestiques et aux habitués de l'auberge. Puis il était parti en direction de Charcombe House en empruntant le chemin qui passait par la colline. Depuis ce moment-là, personne ne l'avait plus revu.

Comment était son humeur ?

La meilleure possible. Il avait parlé amicalement à tout le monde et avait accepté les compliments et souhaits de bonheur avec une grâce enjouée.

Savait-on s'il avait des ennemis, si certaines personnes lui en voulaient ?

Pour autant qu'il fût possible de le savoir, il n'avait aucun ennemi et personne ne lui en voulait. Au contraire, il était fort estimé et respecté par tout le monde dans la région. De l'avis général, personne à Dunfield ou dans les environs ne lui voulait de mal.

Alors, si personne dans la paroisse n'avait de raison de lui en vouloir, et s'il avait été blessé ou assassiné, de toute évidence c'était par un étranger. Y avait-il des étrangers ou des personnes suspectes en ville ? Tout particulièrement y avait-il eu des étrangers ou des personnes suspectes à la banque quand il avait retiré l'argent ?

Non. Mr Hastings était seul à la banque, excepté les employés, lorsqu'il avait retiré l'argent.

Y avait-il des étrangers ou des personnes suspectes à l'auberge *The Oaks* lorsqu'il avait si imprudemment sorti la liasse de billets pour payer l'aubergiste ?

Ah ! C'était autre chose. Attendez un moment. Oui. On se rappelait à présent que, lorsque Mr Hastings avait réglé sa note au comptoir, un homme du nom de William Laycroft, un photographe à ce qu'il semblait, qui logeait depuis quelques jours à l'auberge, était descendu avec son appareil à la main et était parti en direction de Charcombe Hill, mais sans prendre exactement le même chemin que Mr Hastings.

Où était ce photographe en ce moment ? Avait-il quitté la ville ?

On pensait que non. On l'avait vu ce matin même à l'auberge *The Oaks*, et, de l'avis général, il devait toujours y loger.

On avait fait demander le photographe à l'auberge *The Oaks* et on l'y avait trouvé.

C'était un homme de petite taille, mince et sec, au teint basané et aux manières nerveuses. Il était vêtu d'une veste, d'un gilet et d'un pantalon en tissu noir devenu un peu rouille et portait un chapeau de soie noire abîmé par l'usage. Ses vêtements lui allaient mal et le chapeau était trop grand pour lui, de sorte qu'il était obligé de le repousser en arrière sur son front de temps en temps pour éviter qu'il ne lui tombe sur le nez.

Pour commencer, lorsqu'on l'interrogea sur ses déplacements de la veille, il annonça que ses affaires ne regardaient que lui et qu'il n'avait aucunement l'intention de répondre ; mais, lorsque les événements lui eurent été expliqués et qu'on lui eut fait comprendre la gravité de la situation, il accepta de répondre à toutes les questions qui lui seraient posées. Pour se dédouaner de son manque d'empressement à parler quand on lui avait posé les premières questions, il expliqua qu'il était secrètement en train de réunir des photographies de paysages d'un certain type dans un but particulier et que, si son entreprise était divulguée, on pourrait le devancer et le priver du bénéfice de ce travail original. Il résuma ce qu'il avait fait après avoir quitté l'auberge *The Oaks* comme suit :

Il avait décidé de photographier un site au sol mouvementé sur le versant de Charcombe Hill le plus proche de Dunfield. Il avait marché à bonne allure et n'avait pas mis longtemps à atteindre l'endroit où il voulait poser son appareil. Le site (qu'il décrivit minutieusement et d'où on voyait le chemin qu'allait emprunter le disparu) se trouvait dans un petit creux à l'abri du vent, du soleil et aussi des regards parce qu'un énorme rocher surplombait son appareil et qu'il aurait fallu se tenir juste devant ce qui pourrait être décrit comme une grotte pour le voir, lui ou son appareil.

La journée était des plus propices pour l'exécution de son dessein, l'air était très pur et la lumière vive et forte. Il avait préparé presque tout son matériel avant de quitter l'auberge. Quelques minutes lui suffirent à tout installer et il enleva l'obturateur. Comme il l'avait expliqué, il voulait prendre cette photographie pour une raison précise et un des éléments essentiels de son plan était un temps de pose très long. Il avait allumé sa pipe et regardé autour de lui, bien que la plaque fût prête à être retirée. Lorsqu'il eut finalement tout rangé, il repartit vers l'auberge sans rencontrer personne en chemin. Il n'avait vu ni Mr Hastings, ni personne d'autre sur la colline, depuis le moment où il l'avait atteinte jusqu'au moment où il en était redescendu. Il désirait à présent s'excuser pour la rudesse de ses manières lorsqu'on l'avait tout d'abord interrogé au sujet de ses agissements de la veille sur la colline. Son humeur avait été aigrie par l'échec de sa prise de vue ; car, bien que la lumière n'eût pas pu être meilleure, la plaque n'était pas réussie. Il y avait une traînée incompréhensible sur la partie droite, le long de la ligne d'horizon.

Ceux qui l'écoutaient avaient été très attentifs pendant tout son récit, jusqu'à ce que, vers la fin, le photographe commençât à s'excuser et à exprimer son mécontentement. Ils pensaient que les excuses auraient dû venir plus tôt et que le mécontentement était inopportun. C'était presque impertinent de mentionner, au cours d'une enquête aussi grave et aussi anxieuse, la réussite ou l'échec d'un pauvre négatif photographique.

Tous avaient en outre l'impression, bien qu'il n'y eût rien qui ressemblât un tant soit peu à une preuve contre William Laycroft, le photographe ambulant, qu'il était loin d'être exempt de tout soupçon. L'enquête informelle que menaient quelques amis des deux familles se déroulait dans le salon de l'auberge *The Oaks*.

Dès que Laycroft eut achevé son récit, il se retira. Il valait mieux pour l'instant que tout se passât dans le plus grand calme, ce qui explique pourquoi la police n'avait pas été prévenue. Deux hommes étaient partis par le chemin que John Hastings avait eu l'intention de parcourir, mais ils étaient revenus sans nouvelles du disparu. Les amis se demandaient s'il ne vaudrait pas mieux quand même alerter la police. Il était midi passé et le mariage ne pourrait pas avoir lieu ce jour-là. Outre les deux personnes déjà mentionnées, une demi-douzaine d'éclaireurs avaient été envoyés sur les lieux, mais tous revinrent bredouilles.

Tout à coup, et sans prévenir, William Laycroft, le photographe ambulant, pénétra avec fracas dans le salon dans un état de grande excitation. Il tenait à la main une mince feuille de papier.

« Vite ! cria-t-il en regardant tous ceux qui étaient là et en montrant le papier humide. Vite, je vous dis ! Que quelques hommes me suivent. Je connais bien le terrain. Je l'ai déjà parcouru, je crois bien. Vite, je vous dis ! Qui veut me suivre ? »

Les hommes se regardèrent les uns les autres. Ils le pensaient devenu fou.

« Vous n'êtes pas des hommes, selon moi, si vous restez assis ici et ne venez pas avec moi. Je vais sur la colline à la recherche du corps du monsieur que vous cherchez, ce monsieur dont, je l'avais deviné à vos regards, vous me croyez l'assassin. Que ceux qui veulent être présents quand je trouverai le corps de Mr John Hastings me suivent. »

Il y avait quelque chose de surprenant, et en même temps d'impressionnant, dans les manières de cet homme et ceux qui se trouvaient dans le salon se levèrent et demandèrent « Où, où ? »

« Suivez-moi ! » cria-t-il, et ils ne purent obtenir d'autre réponse de lui.

Il prit la tête du groupe et les mena dans la colline, mais il choisit une direction plus à l'est que la route que John Hastings avait empruntée. Les hommes le lui dirent.

« Suivez-moi », fut la seule réponse qu'il daigna leur faire.

Pendant quelque temps il se dirigea presque droit vers l'est, puis il obliqua vers le nord. Ceci l'amena un peu en dessous du sommet, à une sorte de corniche qui longeait tout un côté de la colline. Au-dessus de cette corniche, la roche se dressait presque à la verticale sur une hauteur de quarante pieds. La corniche, ou saillie, qui était presque horizontale, ressemblait à une route taillée dans le flanc de la colline.

Le petit groupe avança rapidement pendant une demiheure. Brusquement, Laycroft s'arrêta et regarda attentivement autour de lui. On ne voyait rien d'inhabituel. Il observa alors la roche nue au-dessus d'eux. Là non plus, il n'y avait rien d'inhabituel.

Il paraissait extraordinairement perplexe et confondu. Les hommes qui étaient venus avec lui s'apprêtaient à s'en retourner et à le laisser là quand ils furent tous surpris par un bruit étrange, un gémissement venant de la face rocheuse au-dessus d'eux.

« Il est là ! Il est là, et vivant ! » dit Laycroft.

Ils firent aussitôt des recherches et finirent par trouver John Hastings ; il était coincé entre deux rochers à quelques pieds de la falaise.

Lorsqu'ils l'eurent sorti de là et qu'il se sentit un peu mieux, il expliqua que tout s'était très bien passé jusqu'à l'instant où, ayant atteint un endroit un peu plus au sud que le site où ils l'avaient trouvé, et à quelques centaines de mètres à l'ouest, il avait reçu un terrible coup sur la nuque ; il ne se souvenait de rien jusqu'au moment où il s'était réveillé au milieu de la nuit, là, à cet endroit. Il était incapable de bouger, trop faible et ne pouvait appeler ni faire des signes pour qu'on sache où il était.

L'explication de Laycroft était que, après avoir été interrogé dans le salon, il avait imprimé un tirage du négatif qu'il avait pris la veille et, après avoir examiné la ligne d'horizon dans le coin droit ou gauche, il avait décidé finalement que le défaut avait été causé par quelque chose qui s'était avancé dans la bruyère de l'ouest à l'est sur la ligne d'horizon. Après avoir attentivement analysé la traînée à l'aide d'une loupe, il avait conclu qu'il y avait eu une silhouette humaine un bref instant entre la lentille et le ciel. En poursuivant son examen, il avait remarqué que cette silhouette portait un corps dans ses bras. C'est alors qu'il fut convaincu qu'il avait pris un cliché de la scène finale de la tragédie.

Toutefois, bien que John Hastings eût été fort secoué et qu'il eût perdu 300 livres, il n'avait pas perdu la vie. On ne retrouva jamais l'homme qui l'avait dévalisé et avait tenté de le tuer. Le mariage dut être retardé d'un mois. Il n'existe plus à présent de traces de ce terrible après-midi, sinon le négatif d'une certaine photographie accrochée dans la chambre de Maud, un négatif qui, selon John, a été la cause du plus grand bienfait qu'un homme ait jamais connu, exception faite de Maud elle-même.

L’arnaque

Flann O’Brien

Mr Myles na gCopaleen, qui déclara habiter dans Westmoreland Street, Dublin, et se décrivit lui-même comme « le bon, grand et vieil Irlandais », comparut hier devant le tribunal de Bow Street, Londres, inculpé pour 492 délits d’ordre financier. Il fut condamné à une amende d’un total de 2 350 000 livres, outre la somme de 6 livres 5 shillings 6 pence pour les frais de procédure. Une merveilleuse créature couverte de fourrures, qui déclara s’appeler Yvonne Désirée Lebaisir, condamnée pour complicité, dut promettre de ne plus troubler l’ordre public. Elle se décrivit elle-même comme « ayant appartenu à la Résistance ».

Mr Gerald Cockshott, procureur, expliqua qu’un agent du Trésor qui enquêtait sur des transactions de devises sur le continent fut accosté par l’accusé dans le bar de l’hôtel Carlton à Cannes ; ce dernier lui demanda s’il accepterait de lui donner des francs en échange d’un chèque de 500 000 livres. L’accusé avait également dit à l’agent du Trésor qu’il aurait droit à « un bâton pour sa peine ». Lorsque ce dernier révéla son identité, l’accusé s’excusa et raconta en détail comment il avait déjà converti en liquide plus de quatre cents chèques. En outre, l’accusé lui montra les talons de son carnet de chèques, lesquels indiquaient que des chèques pour un total d’environ deux millions de livres avaient déjà été rédigés en faveur de

Max Intrator. L'accusé décrivit son comportement comme « extraordinairement naïf et stupide, tout à fait étranger aux considérations fondamentales » et annonça qu'il était prêt à retourner en Grande-Bretagne, par avion si nécessaire, « pour affronter la tempête ». Il s'autorisait à déclarer qu'à son avis Miss Lebaisir était « fort capable d'attitudes extravagantes ». L'avocat de la défense s'était laissé dire que l'accusé était une personnalité bien connue des milieux politiques irlandais mais qu'il ne paraissait pas être affilié à d'autres associations de malfaiteurs. Le Trésor demandait des réparations tout à fait exemplaires.

Mr Maurice Maul, pour la défense, expliqua que son client, le célèbre auteur, aurait pu réclamer l'immunité parlementaire mais que, répugnant à utiliser de tels moyens, il tenait en fait à ce que ses affaires fussent examinées minutieusement par le tribunal. La loi était la loi mais toute personne présente au tribunal, qu'elle fût là pour la défense ou pour l'accusation, devrait forger sa propre opinion quant aux mérites d'un processus qui permettait à un vaillant pilote de chasse de la RAF de se retrouver sur le banc des accusés pour s'être abandonné innocemment à des pulsions altruistes semblables à celles qui l'avaient poussé à répondre présent au moment où la Grande-Bretagne avait besoin de lui. Il ne pensait pas que quiconque mettrait en doute le fait que l'accusé avait descendu 312 machines pendant la guerre.

LE MAGISTRAT : Quel type de machines ?

L'AVOCAT : Sur ce point mon dossier est muet.

LE MAGISTRAT : Si vous avez l'intention de présenter un certificat authentifié de service militaire comme preuve de sa bonne conduite, faites-le.

L'AVOCAT : Mes instructions sont de ne rien faire de semblable.

Poursuivant, il annonça que l'accusé était parti pour le continent régler des affaires urgentes touchant à la nation et qu'il s'était révélé indispensable que Miss Lebaisir vienne s'associer à lui. Miss Lebaisir était infirmière de profession.

LE MAGISTRAT : De qui cette dame est-elle l'infirmière ?
L'AVOCAT : De l'accusé, m'a-t-on expliqué.

L'accusé, venu témoigner, déclara qu'il s'était rendu en France pour une mission politique secrète que « personne n'aurait intérêt à voir divulguée ». Il était exact que Miss Lebaisir était infirmière et qu'elle s'était parfois occupée de lui professionnellement, mais sa tâche principale consistait à se montrer en public en sa compagnie, en raison de l'impression de luxe qu'elle dégageait. Selon sa propre expérience, il était impossible à un homme sans compagnie d'avoir l'air luxueux. Il fallait qu'il soit accompagné par une dame d'allure luxueuse. Alors, ça devenait facile.

LE MAGISTRAT : Qu'est-ce qui devenait facile ?
L'ACCUSÉ : Mes petites affaires.

Par la suite l'accusé indiqua que les chèques qui préoccupaient le Trésor étaient dus à une inattention de sa part. Des inconnus qu'il avait rencontrés au bar de l'hôtel lui avaient expliqué qu'ils n'avaient pas eu de chance au jeu et lui avaient demandé s'il pouvait leur prêter un million de livres. Sans doute imprudemment, il leur avait donné les trois quarts d'un million. Malheureusement, la fortune avait continué à leur être défavorable et il s'était dit qu'il n'avait pas d'autre choix que de leur avancer davantage d'argent, peut-être même un autre million. Ces hommes lui avaient demandé de rédiger les chèques au nom de Mr Max Intrator, qu'il remerciait de sa coopération. Le demi-million qu'il avait demandé à l'agent du Trésor devait couvrir les frais de son voyage de retour. Il se rendait compte à présent qu'il avait agi bêtement et sans réfléchir et il était prêt à payer l'amende, quelle qu'elle soit, que le Trésor exigerait de lui. Une peine de prison, selon lui, était hors de question, car il n'était pas du genre à aller en prison.

Le magistrat infligea l'amende susmentionnée, sans faire de commentaire. L'accusé rédigea un chèque sur-le-champ et quitta le tribunal.

(NOTE : L'accusé fut subséquemment arrêté une fois de plus à la demande du Trésor, lequel s'était rendu compte que le chèque était sans valeur, mais il fut ensuite libéré sans autres poursuites quand on fit remarquer que tous les chèques rédigés dans cette affaire étaient eux aussi sans valeur et que Mr Max Intrator avait sans doute été victime d'une grosse arnaque. L'accusé, en arrivant à Collinstown, fut invité à un banquet organisé par Aer Lingus.)

Les délateurs

Brendan Behan

À sept heures et demie une Customline flambant neuve sortit par le portail du Castle et s'engagea dans Dame Street.

« Par où maintenant, brigadier ? » demanda le conducteur.

« J'ai comme une idée que Spillane's, dans Gardiner Street, pourrait valoir la visite. Travail bien commencé est presque achevé. Nous reviendrons par le North Side. »

« O'Connell Bridge, alors, puis Eden Quay, on traverse Beresford Place et on remonte par Lower Gardiner Street. Je crois que c'est la meilleure route. »

« Tout à fait, dit un détective d'âge moyen assis à l'arrière à côté du brigadier, si tu veux que tout le monde, d'un bout à l'autre du quartier, sache que nous allons là-bas. »

Le brigadier fit claquer sa langue et dit à l'homme d'âge moyen : « Tu as raison, Mick. Je crois bien qu'il aurait pu y penser lui-même, sans que ni toi ni moi n'ayons besoin de le lui dire, tu crois pas ? »

L'homme d'âge moyen et le brigadier se détestaient cordialement à cause de la promotion du brigadier et de quelques autres querelles qu'ils auraient décrites comme relevant de la « politique ». Ils se montraient toujours fort polis l'un envers l'autre et exprimaient leur animosité quand ils étaient ensemble en s'en prenant à des policiers de rang inférieur, ce qui rompait la monotonie de leurs injures quand ils étaient séparés.

La voiture était dans Westmoreland Street et le conducteur avait peur de faire la moindre suggestion, au cas où ils lui tomberaient à nouveau dessus.

« Par où, maintenant, eh ? » demanda-t-il d'un air inquiet, retrouvant son intonation naïve.

« Tu vas faire comme ça, mon gars, dit le brigadier d'un ton conciliant (comme le chien de Lanna Machree, il ne détestait pas faire un bout de route avec un peu tout le monde). Tout droit dans Dorset Street et puis à droite, jusqu'en haut de Upper Gardiner Street et de là on leur déboule dessus. On les prend par surprise, pour ainsi dire. »

« Tiens, tu vois ce type, Cole, sur le trottoir là-bas, dit l'homme d'âge moyen. Là, derrière Findlater's Church. Ce type était autrefois gardien là-haut. »

« Tu as un œil de faucon, dit le brigadier avec admiration, je le vois maintenant. Il regarde la vitrine du garage. Ce type-là s'est fait quelques pennies là-haut, en vendant de la boisson et des cigarettes et en faisant sortir des lettres ; et la nuit qui a précédé son renvoi, en apportant les limes et en posant l'échelle pour les deux qui sont partis en cavale, ça doit faire deux ans. »

« Je m'arrête au bord du trottoir pour le pincer ? » demanda le conducteur avec empressement.

Le brigadier et le détective se regardèrent d'un air désolé et firent claquer leur langue à l'unisson.

« Eh bien, voilà ce qu'on nous envoie », déclara le détective.

« Ah mon Dieu, dit le brigadier sans ambages, tu n'auras jamais ta promotion comme ça, en jouant l'imbécile. Pas vrai, Mick ? »

« Tu as raison, je crois », dit Mick, qui sentait que le sarcasme, comme dit l'autre, n'était pas tombé loin.

« Non, ce que je veux dire… dit le brigadier. C'est bien, continue et arrête-toi aux feux. On fait comme tout le monde, bon, Dorset Street maintenant. Si nous voulions que tout le monde sache que nous aimerions en savoir davantage sur ce type qui s'est évadé ce matin de *'Joy*, sans parler de son complice, il suffirait d'embarquer quelqu'un qui a été mouillé dans une évasion. Mais nous ne le ferons pas. Quand nous aurons besoin de l'ex-gardien Cole, nous saurons où le trouver ; mais pour l'instant nous aimerions faire nos petites affaires sans que personne ne pige ce que nous cherchons. Pour autant qu'ils le sachent, ce n'est qu'une descente de routine ; et si par hasard nous devions tomber sur quelqu'un qui nous intéresse pour tout à fait autre chose – eh bien, tant mieux pour nous. Le type pensera que quelqu'un l'a donné, son pote par exemple, et il nous le donnera à son tour, et nous accepterons tout ce qu'on veut bien nous donner, et avec gratitude. »

« Voilà Spillane's, là en bas, de l'autre côté de Summerhill ; ne traîne pas maintenant – mais va pas nous tuer non plus. Ni moi ni Mick. Il est fort probable que nous ne sommes pas aussi prêts que nous devrions l'être. »

Mick, le brigadier et un troisième détective, silencieux, entrèrent dans le pub par les deux entrées.

« Bien le bonsoir, la compagnie », dit le brigadier en passant la tête dans l'encadrement de la porte.

Son salut lui fut rendu avec des jurons étouffés et un homme s'apprêta à partir, alors qu'il avait à peine touché à sa pinte.

Mais il se cogna contre le type silencieux qui s'était posté devant la porte du fond et le brigadier le rappela.

« Dis donc, Billy Boy, pourquoi t'es si pressé ? »

Il revint vers le comptoir. « Je suppose que je peux finir mon godet, alors. »

« Mais naturellement, dit le brigadier d'une voix aussi douce que du beurre. Jamais nous ne voudrions nous interposer entre un honnête homme et la goutte qui le nourrit. Et nous qui avons une magnifique voiture toute neuve pour t'emmener jusqu'à College Street ! Personne d'autre avec qui nous aimerions bavarder un peu ? Non ? Eh bien, je crois que tu ferais mieux de venir avec nous, Billy Boy. »

L'homme avala sa pinte et les suivit.

« C'est pas vraiment que nous te cherchions », dit le brigadier.

« Oh non, pas du tout, dit Billy Boy d'un ton sarcastique. Je suis sûr que personne ne vous a tuyautés que j'avais rendez-vous précisément à cette heure-là. »

« Installe-toi confortablement là sur les coussins, lui dit le brigadier ; puis, au conducteur : College Street, prochain arrêt, et la voiture démarra. Billy Boy, je jure solennellement… »

« Vous n'auriez aucun mal, dit Billy Boy avec amertume. En tout cas, on peut pas dire que c'est la pratique qui vous manque. »

« Allez, allez, dit le brigadier en agitant son index d'un air de reproche. J'allais seulement dire que nous n'étions pas plus après toi quand nous sommes entrés chez Spillane's… »

« Sûr que non. Vous êtes entrés pour regarder l'horloge. Me racontez pas ces vieilles salades. Je sais qui vous a donné le tuyau, mais s'il m'a donné, moi, je peux le donner à mon tour. Il a fait des fric-frac avec moi et sans moi. »

« Eh, faut pas tout de suite en tirer des conclusions. Le bateau pour Liverpool était là tous les soirs de cette dernière semaine, depuis ton cambriolage là-bas à Point. »

« Et il devait me trouver un boulot de charbonnier pour aller à Garston, comme ça je n'aurais pas eu besoin de passer en même temps que les passagers. Mais je l'aurai. Je sais qui il a rencontré au Shaky Man's l'autre soir. »

« Ça attendra, ça attendra. Je vais te laisser là maintenant et je reviendrai avant minuit pour t'inculper. Ce n'est pas en prison que je t'emmène, mais je vais t'inscrire sur le grand livre. Je suppose qu'elle va venir verser ta caution ? »

« Oh, certainement, brigadier. Vous connaissez l'adresse. Mais vous n'êtes pas en train de me rouler, brigadier, hein ? »

« Je crois bien que je pourrai pas te rouler dans la farine tant que je ne serai pas boulanger, Billy Boy ; mais j'aime pas voir ceusses que je sais être pires que ceusses qu'ils entraînent dans leurs combines s'en tirer à si bon compte, simplement parce qu'ils étaient les premiers chez le commissaire avec leur confession – la leur et celle de tout le monde. Même nous, et pourtant on est bien obligés d'avoir affaire à eux (il leva pieusement les yeux au ciel), on n'aime pas bien les délateurs. Particulièrement un homme qui accouche sur un type qu'il a pratiquement fait venir pour un boulot. »

« C'est ça, brigadier, c'est ça. Sûr que c'était lui d'abord. Il… »

« C'est bon, Billy Boy, t'auras l'occasion de me raconter tout ça quand je reviendrai avec elle et le grand livre. On est arrivés maintenant, tire-toi, mon gars. »

« Vous n'oublierez pas, brigadier, hein ? » dit-il avec empressement par la vitre de la voiture.

« Certainement que non et, avant que tu y ailles, écoute-moi bien. La prochaine fois que tu vas faire un fric-frac, choisis un meilleur pote – prends-toi un voleur honnête. »

Depuis la voiture, il fit un signe d'adieu à Billy. Billy fit de même avant d'être emmené à l'intérieur.

« De quoi parlait-il ? demanda le brigadier. Qui est ce pote ? »

« On l'avait ramassé pour un coup pas bien franc du collier. Des cigarettes sur le quai. Pas grand-chose. Ils les avaient piquées dans un camion. Exactement sa pointure, dit Mick. Il lui arrive parfois de travailler avec ce type qu'on appelle Pig's Eye. C'est pour ça qu'il a parlé du Shaky Man's. C'est le pub de Pig's Eye. »

« Et il a laissé entendre que Pig's Eye y aurait retrouvé quelqu'un, l'autre soir. »

« Pig's Eye n'était pas dans le coup des cigarettes pour lequel nous avons pincé l'autre type. »

« Eh bien, il est dans le coup maintenant, dit le brigadier. J'aimerais savoir qui il a retrouvé au Shaky Man's. Je le fourrerai en taule et ils ne sauront ni l'un ni l'autre que l'autre y est. J'irai de l'un à l'autre (ses lèvres s'entrouvrirent avec extase) et l'un me dira une chose et l'autre m'en dira une autre. »

« Et puis, dit le conducteur avec empressement, avec un peu de chance nous pourrons ramasser quelqu'un d'autre, au Shaky Man's. »

« Exact, dit alors le brigadier de bonne grâce, la nuit est encore jeunette. Conduis-nous là-bas et on verra bien. »

« Par où, brigadier ? » demanda le conducteur.

Le brigadier et Mick se regardèrent et dirent ensemble et avec lenteur : « Un policier qui ne sait pas où est le Shaky Man's… »

« C'est bon, dit le brigadier avec résignation, tu prends la première à droite et la… »

La voiture s'engagea sur le quai.

Sur le trottoir, devant le Shaky Man's, Glimmers Gleeson s'apprêtait à retourner à son lieu de travail sur le pont, un peu plus bas, sur la Liffey. Il mit ses lunettes noires, posa bien droit sur sa poitrine le panneau « Aveugle de naissance » et tapota le sol avec sa canne.

Le bruit d'une voiture qui approchait retint son attention et il regarda dans cette direction, puis il se retourna, mit sa tête dans l'encadrement de la porte du Shaky Man's et cria d'une voix rauque : « Flics flics et faites passer v'là les flics laissez-moi un coup à boire l'un de vous que Dieu vous bénisse », tout cela sans respirer. Puis il tourna le coin et s'éloigna rapidement sur le quai.

Quelques-uns des hommes au bar, Pig's Eye O'Donnell le premier, se précipitèrent vers le fond, passèrent par une porte que leur avait ouverte le Shaky Man, et descendirent à la cave. Ils s'installèrent dans le noir et tendirent l'oreille vers une grille au-dessus d'eux, guettant la voiture des flics. Elle s'arrêta au bord du trottoir dans un gémissement et ils entendirent une portière claquer, et se regardèrent dans la pénombre en hochant la tête.

« Vas-y toi, Mick, dit le brigadier. Moi et l'autre type, on surveille les portes. »

Il était au coin de la rue, l'autre détective devant la porte de la ruelle.

Mick balaya tout le pub du regard et salua le Shaky Man de la tête, celui-ci lui souhaita le bonsoir. Il n'y avait personne au bar et la pièce était vide à l'exception de deux femmes assises dans un coin et qui prisaient du tabac qu'elles prenaient dans une boîte à moutarde.

Il s'approcha d'elles. « Comment ça va, Maggie ? »

« Moins bien depuis que t'es là », dit la plus vieille et la plus sauvage des deux.

« Vous me diriez pas qui s'est tiré par derrière quand Glimmers a prévenu qu'on arrivait en voiture ? »

« Si c'est l'heure où t'écoutes, dit l'autre vieille, c'est pas celle où nous on se confesse. »

Il sortit dans la rue et commença à parler au brigadier, « Il n'y a personne… » mais le brigadier bavardait avec Nancy Hand et lui fit signe de se taire.

« Je viens de rencontrer cette jeune fille qui descendait la rue pour venir ici. T'es venue pour un message, je crois bien, Nancy, non ? »

« Je venais boire quelque chose, à dire vrai, brigadier. »

« C'est quand même étonnant qu'une fille comme toi n'ait pas trouvé un meilleur endroit où boire que celui-là.

Et le gros rouge (il fit rouler tristement ses petits yeux) finira bien par te détruire. »

« Qu'est-ce qu'on peut faire, brigadier, quand on n'est pas assez riche pour se payer mieux ? »

« Quelques bouteilles de bière brune, voire une goutte de whiskey. Ça vaudrait quand même mieux, non ? » Il fouilla dans sa poche et en sortit un billet d'une livre, le froissa entre un doigt et le pouce en parlant d'un air dégagé.

« Je suppose que tu n'as pas, par hasard, dans tes pérégrinations, entraperçu Pig's Eye O'Donnell ? »

Nancy regarda le billet d'une livre, leva les yeux vers le brigadier et s'humecta les lèvres.

« Je l'ai vu dans la boutique, là, il y a quelques nuits. Et vous savez pas qui était dans la boutique ? »

Le brigadier secoua lentement la tête.

« Eddie Collins. Le type qui s'est fait pincer à Londres et qui s'est tiré de la prison de Parkhurst l'année dernière. Il tirait dix longes. »

Le brigadier acquiesça.

« T'es une bonne fille, Nancy, et je sais que tu ne vas pas refuser à un homme qui pourrait être ton père de te payer à boire. Voilà donc de quoi boire un coup et suis mon conseil, laisse tomber le gros rouge. Bonne nuit. » Il lui serra la main, y laissant le billet d'une livre.

Elle le remercia de la tête et entra dans le pub.

« Allons jeter un coup d'œil dans quelques autres endroits, dit le brigadier. Allez hop, tous en voiture. »

La voiture repartit sur le quai. Le brigadier fit remarquer à Mick : « Si par hasard nous tombions sur cet Eddie Collins, nous gagnerions les élections. »

« Pareil si on connaissait le cheval gagnant du Sweepstake. » Comme il le disait souvent en parlant du brigadier, ça allait bien avant l'arrivée du cinéma et de la radio et de ces trucs-là ; mais maintenant il avait la tête pleine de toutes sortes d'idées sur des détectives mignons tout plein qui connaissent mieux la musique que les taulards. Pourquoi ne pouvait-il pas faire ses patrouilles comme tout le monde et laisser ces nouveaux venus à qui on avait appris d'autres choses que le handball et le violon élucider les mystères ?

« Conduis-nous jusqu'à Townsend Street, mon gars », lança le brigadier au conducteur avec un regard mauvais et en gloussant derrière sa main, dans le genre mystérieux.

C'est une bonne chose, pensa Mick, que nous n'ayons pas encore la télévision dans ce pays, sinon ce type serait complètement fichu.

À la cave, ils entendirent la voiture s'éloigner et se préparèrent à remonter. Un homme à la traîne grommela quelque chose au sujet de Nancy Hand et de sa conversation avec le brigadier. Ils regardèrent Pig's Eye.

« Le ciel saura bien s'en occuper », dit-il.

« Si elle est encore là quand on arrive en haut, elle risque d'échouer à Jervis Street », annonça l'homme qui avait grommelé.

« Motus et bouche cousue, lui dit Pig's Eye, qui utilisait l'anglais un peu chic d'Edgware Road quand il voulait dire quelque chose d'important. Et vous, je vous conseille de pas lui causer non plus. »

« Tu vas quand même pas la laisser s'en tirer après un coup pareil ? »

« Que je la laisse ou pas, c'est mes oignons et pas les vôtres et – là il sourit – il y a d'autres façons de tuer un chat que de le faire passer par un trou de serrure au bout d'une ficelle. »

Les autres gloussèrent, comme on dit, et remontèrent l'escalier tous ensemble.

Nancy se tourna vers eux quand ils arrivèrent dans le bar. Pig's Eye la regarda fixement.

« Salut Pig's Eye, toi aussi Bowser. »

« De même », dit Pig's Eye.

« Ça boume, Nan ? » demanda Bowser.

« La pleine forme. »

« Pourvu que ça dure, dit Pig's Eye en faisant signe au Shaky Man. Et si tu ressortais le bouillon que j'ai laissé sur le comptoir quand je suis descendu ? »

« Ah non, pas question, dit Nancy Hand, tire-lui une pinte avec quelques mots gentils. Toi aussi, Bowser ? »

« T'as dû rencontrer un ange », dit Pig's Eye.

« Ça, c'est vrai, dit Nancy en riant nerveusement, il avait deux jambes. »

« Jamais entendu parler d'un ange qu'en avait pas », dit Bowser.

« Oh non, dit Nancy rapidement, seulement quelques tunes qui me restaient, vous savez. »

Bowser souleva son verre.

« Bonne chance Bosy », dit Nancy.

« Que le ciel te protège », dit Pig's Eye.

Foxer

BRIAN CLEEVE

Mr Francis O'Reilly, mieux connu d'un grand cercle d'ennemis sous le nom de Foxer, était étendu sur le lit étroit de sa cellule, méditant sur la vieillesse et sur la mort. Le lendemain il aurait soixante-dix-huit ans ! Cela lui était tombé dessus à l'improviste. Comme un policier dans la nuit. Il était désormais un vieillard et ne s'en était jamais rendu compte. Il savait, c'était tout naturel, qu'il vieillissait. Mais pas qu'il était déjà vieux. Très vieux. Trop vieux. Il caressa sa barbe, aussi douce que de la soie blanche, ondulée, somptueuse, ancienne et vertueuse de façon tellement convaincante qu'il ne l'avait jamais considérée comme le signe d'une réelle vieillesse, mais plutôt comme un des outils de sa profession. Ses victimes croyaient fermement qu'un homme arborant une barbe pareille ne pouvait pas être en train de leur raconter toute une série de mensonges qui allaient leur coûter fort cher.

Il la portait depuis vingt ans, l'avait soignée, aimée, l'avait vu passer d'un gris pâle anodin à un blanc pur et angélique ; en prison, il l'avait défendue avec une terrible fureur contre toute une série de docteurs et de barbiers, avait volé les shampoings les plus délicats pour la laver, l'avait conservée au mépris de la raison, alors qu'il suffisait qu'elle apparaisse dans les environs d'un commissariat pour le faire arrêter. En fait, bon nombre de pauvres ecclésiastiques barbus vaquant à leurs affaires divines, à

Londres, Manchester ou Dublin, se rendaient compte tout à coup qu'un homme à la large carrure habillé en civil se mettait à s'intéresser intensément à leur vieux visage innocent et se sentaient vaguement coupables, jusqu'au moment où le détective réalisait qu'ils n'étaient pas Foxer et faisait demi-tour.

Car Foxer était spécialisé dans les ecclésiastiques. Prêtres catholiques, ministres de l'Église d'Angleterre, congrégationalistes, unitaristes – il était tout à fait œcuménique. Mais chez lui, en Irlande, il était toujours un prêtre. Des missions étrangères. Ce pouvait être l'Afrique. Ou l'Amérique du Sud. Ou Formose. Il aimait la variété et s'enorgueillissait de la dimension spirituelle qu'il apportait. Plus d'un pigeon qui venait de se séparer des cinq livres qui représentaient sa contribution à la construction de l'église missionnaire de M'Wanga, ou du couvent de San Felipe au Venezuela, ou du séminaire de Peï Peï, quelque part au nord de Ping Ping, se voyait ensuite diverti pendant une heure par les histoires effroyables sur les ténèbres païennes de Peï Peï, sur la terrible menace que faisait peser l'athéisme communiste sur San Felipe ou sur le destin tragique des orphelines chez les Abongos. Plus d'un représentant de commerce à l'esprit terre à terre avait essuyé une larme en reportant sur sa note de frais sa contribution à la mission M'Wanga, habilement camouflée sous la rubrique « indemnités ».

Et tout cela n'était pas que mensonges de la part de Foxer. Il était réellement allé à San Felipe ; où il avait passé quinze jours en prison avant qu'un pot-de-vin ne permette sa libération. Et, une fois, il avait même adopté une orpheline abongo. En tout cas c'était une jeune femme, et sans doute orpheline. Et si elle n'était pas abongo, elle était certainement noire et extrêmement belle, dans le genre agile et sombre. Il l'avait rencontrée à Liverpool et avait partagé trois mois d'immense bonheur avec elle à Manchester jusqu'à ce qu'un policier importun ait fait resurgir une vieille histoire déplaisante et l'ait fait emprisonner à *Strange-ways Jail* pour deux ans et demi. Mais la vie est ainsi faite. La sienne, en tout cas, et il avait peu de regrets.

Sur les cinquante dernières années il avait sans doute – en réalité, certainement – passé trente-sept années dans diverses prisons, de *Wandsworth* à *Sing Sing*, mais lorsqu'il réfléchissait à la façon dont il avait vécu les treize autres années, il n'avait absolument aucun regret. « Oh, mon Dieu, aurait-il pu dire, le bon temps que je me suis payé. » Et voilà qu'il était un vieillard, tout le bon temps était derrière lui et il n'avait plus que la mort devant lui. Il était temps de mettre un point final aux folies et d'accepter la réalité.

« Tu dois regarder les choses en face, lui avait dit le gardien. Tu es trop vieux pour ce boulot. » Et le saisissant par le coude, le gardien l'avait entraîné jusqu'à la fenêtre grillagée de son bureau et lui avait montré la rangée bien rectiligne de croix dans le cimetière. « À moins que tu ne veuilles les rejoindre, mon vieil ami, tu vas devoir marcher droit dorénavant. Ça ne fait pas de doute. » Et il avait eu l'air fort triste.

Le gardien, comparé à Foxer, était encore relativement jeune, à peine soixante ans, mais tous les deux se connaissaient depuis très longtemps, depuis l'époque où Foxer gagnait sa vie dans les trains de turfistes et où le gardien était un guichetier débutant.

« Tu ne voudrais quand même pas mourir ici, Foxer, non ? » avait dit le gardien, parce que lui-même ne voulait pas mourir dans la prison et parce qu'il pensait parfois qu'il y mourrait. Et il est vrai que Foxer ne voulait pas mourir en prison, mais pour des raisons assez différentes de celles du gardien. Foxer était lié depuis si longtemps au clergé qu'il ne croyait plus guère en une vie céleste après le tombeau. Le tombeau lui-même était tout ce dont on pouvait être certain et il n'avait aucunement envie de passer l'éternité en compagnie d'un vulgaire voleur à la tire ou d'un prisonnier pour dettes. Depuis des années il avait eu l'esprit fixé sur une petite concession à Glasnevin, pas loin du coin des poètes, où il était certain d'avoir pour voisins des gens ayant de la cervelle et de la conversation. Il ne lui manquait plus que l'argent, et sa dernière petite escapade était précisément en relation avec cette concession.

Il avait passé l'été à travailler les stations touristiques du Sud-Ouest de l'Irlande, modestement mais lucrativement. Il n'avait pas travaillé le Sud-Ouest depuis vingt-cinq ans et à l'époque il ne portait pas de barbe. Entre la générosité naturelle des estivants et le profond respect des hôteliers irlandais pour la soutane – peut-être espèrent-ils ainsi se dégrever de toutes leurs diverses petites infractions professionnelles, comme de servir le pire café à l'ouest du Kamtchatka – il s'en était plutôt bien sorti. Mais récolter des dons pour des missions fictives, technique aussi sûre que lente pour escroquer les pigeons, ne permet pas vraiment, étant donné le coût de la vie, d'accumuler un tant soit peu de capital. À la fin de l'été, Foxer avait suffisamment d'argent pour vivre tout l'hiver, ou une bonne partie de l'hiver, mais rien de plus. Et c'est alors, à Tralee, à la fin du mois de septembre, qu'il avait de nouveau pensé à cette petite concession à Glasnevin. Avec seulement cent livres, il pouvait l'acquérir. Mais cela aurait tout aussi bien pu être mille livres. Presque tous les touristes étaient rentrés chez eux.

Ce qui signifiait le coup du dîner de l'évêque. Une dernière fois encore. Pour la concession de Glasnevin. Et après, Dieu en était témoin, jamais plus. Cela lui avait déjà coûté deux ans à *Sing Sing*, trois ans et demi à *Wandsworth* et deux séjours à *Mountjoy*. Mais, en fin de compte, il ne l'avait jamais mis en pratique dans le Sud-Ouest.

Le lendemain, donc, il entra dans la succursale de la Banque d'Irlande, déposa cinq livres et obtint un carnet de chèques. Il se rendit alors dans le plus grand hôtel de la ville, réserva une chambre avec salle de bains, se fit servir le meilleur dîner dont l'hôtel était capable, commanda une bouteille d'un whisky de douze ans d'âge et invita le gérant à se joindre à lui pour un dernier verre avant de se coucher. Il s'était déjà armé d'une bonne quantité de savoir sur le clergé du coin.

Le gérant le rejoignit et eut droit pendant une demi-heure à la performance virtuose d'un escroc, le fruit et l'essence de plus de cinquante années d'expérience. Les orphelines abongos, les bébés de Peï Peï dont la reconnaissance faisait fondre les cœurs, les Indiens pathétiquement dévots de San Felipe tendaient leurs mains noires et jaunes et brunes en direction du gérant ; les larmes finirent par jaillir de ses yeux et sa main bondit vers son portefeuille. Mais Foxer secoua la tête avec un air de reproche. « Mon cher ami, dit-il, croyez-vous que je vous aie invité ici afin d'obtenir un don pour mes orphelins ? Une autre fois peut-être, mais ce soir, permettez-moi d'abandonner mes soucis de berger et de jouer, une fois n'est pas coutume, à l'hôte. Même un missionnaire finit par se fatiguer de mendier, vous savez, même pour exercer la sainte charité. » Et il versa les dernières gouttes du whisky dans le verre du gérant avec le clin d'œil rusé d'un amphitryon.

« Et, puisque je parle de jouer à l'hôte, je m'aperçois que je suis un vieil – il se caressa la barbe – un *très* vieil ami de votre évêque, le bon Dr McGurk. (C'était, d'ailleurs, le nom de l'évêque.) Nous étions ensemble à Maynooth – oh, il y a de cela un demi-siècle. Hélas, notre jeunesse s'est enfuie, nos ambitions sont loin, *Tempus fugit*, comme disait notre vieux professeur de philosophie. Nous ne nous doutions point, ah, ou si peu, jeunes agneaux bondissants du Doux Berger, qu'il allait *fugere*. Et à présent le bon Aloysius McGurk est vêtu de violet – que Dieu le traite toujours avec clémence – et moi, je suis ce que vous voyez, mon cher ami : un humble prêtre missionnaire, mendiant du pain pour ses orphelins aux quatre coins de ce pays généreux. Mais une fois seulement, en souvenir des bons vieux jours, j'aimerais tellement être l'hôte de mon vieil ami, et du clergé de sa cathédrale. Et d'ailleurs – il fit un large clin d'œil – je ne suis pas entièrement désintéressé dans cette affaire, car le bon docteur peut très bien, s'il le désire, aider la mission que j'administre de nombreuses façons, par exemple en dirigeant les pensées des jeunes séminaristes vers les besoins spirituels de mes orphelins païens. Hélas, nous, les colombes, nous devons être plus rusées que les serpents si nous voulons survivre dans ce monde. »

Ce qui, d'une certaine manière, était tout à fait vrai. Et c'est ainsi que Foxer commença à organiser avec le gérant un festin d'un grand raffinement destiné à faire fondre le vieux cœur charitable de n'importe quel évêque ; le repas débutait par des huîtres et se poursuivait avec une douzaine de plats jusqu'aux *pêches à la maréchale flambées au kirsch*, que Dieu pardonne à Foxer, accompagné par quantité de vins de France et de la vallée du Rhin, sans parler du whisky de douze ans d'âge et du vieux cognac, histoire de plonger le clergé du diocèse tout entier dans un état d'abrutissement bienveillant.

« Nous serons, dit Foxer, environ une douzaine. Disons quatorze. J'aimerais, ajouta-t-il d'un air fripon, pouvoir dire treize, si cela ne relevait pas du blasphème. Mais il y a encore une chose. J'aimerais que cette petite soirée soit une occasion mémorable pour mon vieil ami – et *ses* vieux amis – car Dieu seul sait si nous nous retrouverons encore de ce côté du paradis. Et, s'il est vrai qu'il est certain d'y entrer, moi, hélas… » Et il se frappa la poitrine.

« Non, non, s'écria le gérant, tout à fait transporté. Que Dieu vous préserve tous les deux encore de nombreuses années. Qu'il vous permette de donner beaucoup d'autres petites soirées semblables. » Et il était compréhensible qu'il émît un tel souhait, car le bénéfice qu'il allait retirer devait certainement avoisiner les cinquante livres. Lui et Foxer étaient tous les deux sur le point de sangloter et Foxer eut à peine assez de voix pour commander une autre bouteille. Elle arriva, fut ouverte, goûtée, appréciée.

« Vous disiez ? lui rappela le gérant. Vous vouliez que la soirée soit une occasion mémorable pour notre évêque bien-aimé. »

« Ah oui, s'écria Foxer en se frappant le front. Je suis content que vous me l'ayez rappelé. Je désirerais acheter quelques menus présents pour mes invités. Des babioles, naturellement ; le portefeuille d'un missionnaire est rarement rempli d'autre chose que de miettes. (Sourire triste.) Mais des babioles de goût. Pourriez-vous me dire quel est le meilleur fournisseur de ce type de présents dans votre ville estimable ? »

Le gérant prit un air extrêmement pensif, se tripota le menton et suggéra un bijoutier local de grande renommée et à l'assortiment choisi. La bouteille était terminée. Et le gérant tout comme le missionnaire – après avoir partagé deux bouteilles de whisky irlandais de douze ans d'âge, Foxer *était* un missionnaire, cœur, âme et corps – rejoignirent lentement leurs lits respectifs et dormirent du sommeil de ceux qui sont réellement satisfaits.

Le lendemain matin, Foxer dirigea ses pas vers la bijouterie qui lui avait été recommandée, raconta ce qu'il était utile de raconter de son histoire, acheta une très belle croix pectorale pour l'évêque, une tabatière en or émaillé pour le chanoine, un briquet en or pour Monsignor O'Flaherty, et ainsi de suite, en suivant la liste de ses invités cléricaux ; il atteignit enfin la somme d'environ trois cents livres, produisit son carnet de chèques, donna comme références la Banque d'Irlande et le gérant de l'hôtel – sans parler de l'évêque, ou de son propre personnage –, paya, s'il s'agit bien du mot correct, ses achats et sortit joyeusement du magasin avec un butin qui, correctement revendu au bon endroit à Dublin, lui rapporterait cent livres en beaux billets. Il pensa même qu'il pourrait garder pour lui la croix pectorale. Dix mètres plus loin dans la rue, il fut arrêté.

Lorsqu'il témoigna contre Foxer au procès, le gérant de l'hôtel avait presque, une fois de plus, les larmes aux yeux, mais c'était parce qu'il riait méchamment. Trente années plus tôt, dit-il en s'étranglant de joie vengeresse, Foxer l'avait roulé, lui et le bijoutier du coin, exactement de la même façon. Il était alors assistant du gérant d'un grand hôtel de Roscommon. Et pour comble de malchance, le bijoutier était son cousin. Cette fois-là, Foxer avait disparu en emportant pour cent cinquante livres de bijoux, une note d'hôtel de quatre jours, cinq bouteilles de whisky et un jeu de serviettes de l'hôtel. Cette fois-ci il eut droit à deux ans à *Mountjoy*, les deux ans qu'il terminait à temps pour son soixante-dix-huitième anniversaire.

C'était une des choses qui avaient permis à Foxer de comprendre qu'il était bien trop vieux pour ce métier et qu'il devait prendre sa retraite. Un escroc qui n'est plus capable de reconnaître un client qu'il a déjà pigeonné – même trente années auparavant – n'a pas le droit de continuer dans cette voie. Et peu de chances aussi.

L'autre élément qui intervenait dans la décision de Foxer de prendre sa retraite, outre la crainte d'être enterré dans le cimetière de la prison, était sa famille. Sa piété familiale avait crû assez récemment, mais elle avait pris racine lors d'un incident vieux de presque quarante ans. Il avait rencontré à Londres une belle veuve irlandaise, à la chair et au compte en banque bien rembourrés et, dans un moment de faiblesse, il l'avait épousée. Le mariage, comme le compte en banque, n'avait pas duré plus d'un mois. Une voiture de sport, une lune de miel à Antibes, un clair de lune sur la Riviera, Monte Carlo – ah, les délices du mariage. Mais un homme, fort en colère, l'avait reconnu à Monte, il avait fui avec la voiture de sport et ce qui restait du compte en banque et n'avait plus jamais revu sa femme.

Et, à dire vrai, il n'avait plus ou moins jamais pensé à elle jusqu'à il y a environ un an et demi de ça, quand une femme d'âge moyen aux traits qui lui disaient vaguement quelque chose était venue lui rendre visite à *Mountjoy* et s'était présentée comme étant sa fille. À la visite suivante, elle était venue avec son mari, qui était docteur en psychologie et criminologue amateur. Le docteur tomba immédiatement amoureux de Foxer, voyant en lui la matière de plusieurs articles pour des sociétés érudites et même d'un livre sur la schizophrénie latente des escrocs. C'était d'ailleurs le docteur qui avait persuadé sa femme de rendre visite à ce père qui déshonorait la famille, lorsque le battage dans les journaux à l'occasion de la plus récente de ses arrestations leur avait rappelé leurs liens familiaux. L'épouse, la fille de Foxer, était une femme sans éclat, dépourvue de l'imagination et de la fougue de son père. Mais elle était généreuse et, quand son mari suggéra qu'ils pourraient accueillir Foxer chez eux, elle accepta, bien qu'à contrecœur.

« Qu'allons-nous raconter aux deux garçons ? Il ne faut pas qu'ils connaissent la vérité », fut tout ce qu'elle trouva à dire ; elle parlait de leurs fils, Patrick et Martin, douze et dix ans. Quant à la petite Grace, cinq ans et demi, l'idée même que sa petite chérie puisse jamais entendre des mots tels que « prison » et « crime » lui gelait le sang dans les veines.

« Nous leur dirons qu'il est ton grand-oncle d'Amérique du Sud, dit le docteur en tressaillant des lèvres. Il est sans doute tout à fait habitué à corroborer de telles histoires par une quantité de détails appropriés. »

Et ce fut ainsi que Foxer alla vivre chez sa fille, son gendre et ses trois petits-enfants, acceptant sa retraite presque avec bonheur. Il était agréable de se promener sans but au soleil, de saluer les voisins sans motifs cachés, de regarder les jeunes policiers droit dans les yeux sans crainte et même avec un peu de sévérité, de ne plus être un loup solitaire mais un mouton appartenant au troupeau. C'était un grand changement, étrangement plaisant. Il s'aperçut qu'il plongeait dans la vie du numéro 10, Acacia Avenue comme un athlète fatigué plonge dans un bain chaud.

Et, s'il n'y avait pas eu la petite Grace, il aurait pu rester là pour toujours. Ou en tout cas jusqu'à ce que la concession dans le cimetière de Glasnevin le reçoive. Il était propre et ne faisait pas de bruit dans la maison. Il livrait énormément d'éléments fructueux au docteur, aidait sa fille à faire la vaisselle et amusait les enfants à l'heure du coucher avec des histoires compliquées sur l'Amérique du Sud. Pas des histoires de missionnaires, évidemment ; il se sentait soulagé après tant d'années dans « les ordres » d'être redevenu un homme comme tout le monde. Il décrivait les civilisations incas qu'il avait découvertes, mettant à profit des années de lecture de récits de voyages bien documentés (lus en grande partie pour des raisons professionnelles) dans une douzaine de bibliothèques de prison bien fournies. Il leur parlait de fantastiques chasses à l'alligator dans le cours supérieur de l'Amazone, où les piranhas mangeaient les alligators aussi vite qu'il les tuait, ce qui expliquait pourquoi il n'était pas parvenu à rapporter un sac en cuir d'alligator pour leur mère, ou un bébé alligator empaillé pour la petite Grace.

Mais les histoires préférées des enfants étaient celles qui parlaient du Trésor. « On pourrait dire, leur expliquait Foxer, que j'ai passé ma vie à chercher ce trésor. » Et il caressait sa barbe et leur décrivait le lac au trésor de la légende des Incas, très haut dans les Andes, aussi immobile que le verre, aussi froid que la glace, aussi profond que le puits de l'enfer, et gardé par de monstrueux serpents d'eau aux dents en forme de sabre, et à la tête écailleuse et cornue.

« Allons, allons, disait sa fille, arrivant avec entrain avec le cacao de Grace, tu vas lui donner des cauchemars. » Et Foxer était doucement mais fermement poussé vers la cuisine, où beaucoup de vaisselle l'attendait.

Ces interruptions se firent de plus en plus fréquentes. La fille de Foxer paraissait craindre les effets de son imagination sur ses précieux poussins. L'imagination, s'agissant des garçons, entraînait l'insécurité, perdre son travail, aller en prison. S'agissant des filles, elle entraînait un mariage raté, les planches d'un théâtre, le journalisme, Dieu sait quoi encore. Bien qu'elle eût accepté la décision de son mari, elle n'en était pas moins mère et était déterminée à ne pas voir ses enfants courir à leur perte. Peu à peu, elle se mit à leur laisser entendre que leur grand-oncle d'Amérique du Sud, un bon et doux vieillard, avait quand même un peu beaucoup – disons – d'imagination.

« Tu veux dire qu'il raconte des mensonges ? demanda Martin sur un ton méprisant. Mais évidemment. » Et pour d'obscures raisons, que ce fait soit accepté facilement par les garçons la troublait encore davantage. Seule Grace était à la fois choquée et incrédule.

« Oh non ! s'écria-t-elle. Il dit vrai. Toujours. Et quand son argent arrivera d'Amérique du Sud, il dit qu'il m'achètera une magnifique bague en or, exactement comme les anneaux du trésor. Il me l'a promis. »

Il était vrai que Foxer lui avait promis exactement cela, pendant un moment de faiblesse. Et il avait surpris cette conversation-là. Il en était fort troublé. Comme deux petits cailloux dans une paire de chaussures habituellement très confortables. La froideur de sa fille et les espérances de sa petite-fille étaient inquiétantes pour un vieil homme dont tout le confort dépendait de plus en plus de ces deux personnes du sexe féminin. De sa fille dépendaient la cuisine et ses repas, un lit bien fait, des chemises recousues et ces mille petites tâches pour lesquelles Dieu a conçu la créature de sexe féminin et sans l'accomplissement correct et résolu desquelles une maison n'est pas bien différente d'une cellule de prison, et bien moins paisible. Et de Grace dépendaient deux ou trois petits luxes qu'il ne pouvait obtenir de façon honorable.

Il ne pouvait pas demander aux garçons de voler les cigares de leur père, car ils auraient pensé que ce n'était pas bien, alors que cela amusait beaucoup Grace. Et parce qu'ils auraient mangé eux-mêmes tout le butin, il ne pouvait pas demander aux garçons d'aller lui chercher des biscuits au chocolat chez l'épicier en lui proposant de les mettre sur la note de leur mère. Grace les lui obtenait sur une base de moitié-moitié et il la payait avec des promesses de plus en plus extravagantes. Un collier en or. Une poupée qui disait « Hello » et « Gah-Gah Maman », une maison de poupée. Un jour, quand les garçons faillirent les surprendre tous les deux avec une demi-livre de gaufrettes au chocolat, il leur fit oublier les investigations dont ils le menaçaient en leur promettant un train électrique.

« Quand ? » demanda Patrick.

Et tandis que les biscuits fondaient et se collaient sous le coussin de sa chaise, Foxer dit : « À Noël », sans se rendre compte que Noël était à peine dans un mois. À partir de ce moment-là, la vie devint de plus en plus difficile. Patrick fit part de la promesse à sa mère. Sa mère lui conseilla de ne pas en tenir compte. Martin répéta l'avertissement à Foxer avec un certain ton sarcastique et méchant qui fit très mal au vieillard et fit hurler Grace. Quand Martin fut reparti, Foxer calma Grace avec quelques promesses supplémentaires et se coucha cette nuit-là en ayant compris que, si, à Noël, il ne tenait pas ses promesses, il serait incapable de faire face aux enfants. Tandis que perdre le respect de Martin et de Patrick, lequel n'avait jamais été vraiment réel, n'atteindrait que son orgueil, perdre la confiance que Grace avait en lui serait quelque chose de tout à fait différent.

Martin et Patrick étaient à cent pour cent les enfants de leurs parents. Mais chez Grace il pouvait voir, faiblement, sous forme d'enfantillages, mais cependant très distinctement, beaucoup de traits de caractère qui venaient de lui. Il le voyait dans l'efficacité tranquille avec laquelle elle pillait la boîte à cigares de son père, raflant la clé dans son bureau presque sous son nez et la remettant en place d'une main tandis que de l'autre elle caressait son front plissé par la fatigue. Il le voyait dans sa discrétion d'adulte au sujet des biscuits – jamais trop, jamais une marque que sa mère n'aurait pas elle-même achetée, au cas où l'épicier serait pris de soupçons. Il avait commencé à penser très sérieusement qu'il pourrait transmettre son immense patrimoine d'expériences à cette petite-fille selon son cœur et son sang. Même ses yeux étaient comme les siens, ronds et bleus et aussi innocents que des bleuets. Et lui aussi avait autrefois eu des cheveux dorés. Il caressa sa magnifique barbe. Une femme escroc. Débutant à vingt ans avec soixante années d'expérience derrière elle. Elle serait unique dans son genre.

« Petite Grace, lui chuchota-t-il un soir de décembre, en partageant des biscuits au chocolat et du lait chaud, est-ce que tu aurais envie que je t'apprenne à étudier la nature humaine ? »

Elle acquiesça sans faire attention, laissant tomber des miettes de chocolat sur son tablier écossais. Mais, en dépit de sa nonchalance apparente, elle mouilla sur sa langue l'extrémité rose d'un doigt précis et rapide et ramassa jusqu'à la dernière les miettes incriminatrices.

Le vieil homme respira : « Née pour ça. C'est dans le sang. » Elle serait capable de jouer le rôle d'une missionnaire ou d'une mère supérieure à la perfection. « Nous commencerons après Noël », lui chuchota-t-il. Mais, pour que les leçons soient utiles, il fallait que l'élève ait confiance en son professeur. Or Noël était presque là.

Évidemment, il allait devoir tenir ses promesses. Et, tout aussi évidemment, avec les trois shillings six pence d'argent de poche que sa fille lui allouait chaque semaine, il n'y avait qu'une façon d'y parvenir. Un dernier coup avant que la respectabilité ne le réclame et ne l'apprivoise pour toujours. Il s'aperçut, tout à coup, qu'il se sentait plus jeune de dix ans. Dix ? Depuis qu'il avait passé soixante ans il ne s'était jamais senti en pareille forme. Il se mit au lit pour tout le week-end afin de réfléchir, sans être distrait par la vaisselle.

Une autre soirée de l'évêque était hors de question. Sa fille avait brûlé ses vêtements cléricaux la nuit de son arrivée à la maison et il n'avait pas d'argent pour en acheter d'autres. Alors, quoi ? Une fois de plus, Grace fut le doigt qui lui montra la direction à suivre lorsqu'elle entra en tapinois dans sa chambre avec un carnet de tickets de tombola pour son école. Trois tickets pour six pence, sept pour un shilling, et comme premier prix une dinde de dix-sept livres.

« Donne-moi simplement six pence et mets ton nom en entier sur ce bout-là du ticket – indiquant le talon –, ton nom en entier. » La lumière se fit et Foxer s'endormit, ses plans parfaitement arrêtés. Le lundi matin, deux jours avant Noël, il entra en action.

Depuis qu'il était arrivé dans la paroisse, il avait, sans motif réel, recueilli certains ragots locaux d'un type particulier, simplement parce que cela avait été son habitude toute sa vie. Bien connaître son environnement. Et, parmi les informations qu'il avait engrangées, il y avait le fait qu'un certain négociant de la banlieue voisine ne conservait pas l'argent liquide dont il avait besoin dans son magasin, lequel un jour avait été cambriolé avec succès, mais chez lui, dans un coffre-fort imposant dont sa femme avait les clés pendant la journée. Cet argent liquide était toujours gardé. De jour, sa femme s'en occupait ; de nuit, il dormait à côté de lui.

Il s'occupait de meubles anciens et de bric-à-brac de valeur qu'il achetait parfois à des personnes qui venaient dans son magasin. S'il avait besoin d'argent liquide pendant la journée – c'est-à-dire davantage que la petite somme qu'il emportait au magasin le matin et rapportait le soir – il envoyait un coursier en chercher chez sa femme. Ce n'était sans doute pas le plus malin des systèmes, mais quel système l'est ?

Son nom était Henry Molloy. Sa femme s'appelait Margaret. Et, à dix heures et demie, le lundi précédant Noël, Foxer sortit avec Grace au prétexte de lui acheter un cadeau de Noël avec ses trois shillings six pence hebdomadaires et, depuis le trottoir d'en face, l'envoya, avec ses tickets de tombola, dans le magasin d'antiquités de Mr Molloy. « Quoi que tu fasses, lui conseilla-t-il tout particulièrement, vends-en un à Molloy lui-même. Rends-toi compte, si un de ses assistants gagnait une dinde et pas lui ! »

Cinq minutes plus tard il avait la signature et l'adresse complète de Mr Henry Molloy, écrites de sa main sur le talon du ticket, et récompensait Grace en lui offrant un banana split. Il réfléchit un court instant au fait qu'il y avait là une nouvelle idée à exploiter mais réalisa immédiatement la minute suivante que le nombre de tickets de tombola que même la plus angélique des petites filles peut vendre en une journée n'est pas illimité. Même si on lui donnait chaque fois un shilling, le chiffre d'affaires serait minuscule.

D'ailleurs, en considérant le prix des banana splits, l'affaire serait très largement déficitaire. De toute façon, il lui restait à peine de quoi prendre le bus pour rentrer parce que Grace refusait de lui donner le shilling de Mr Molloy. Mais au moins il avait le ticket. Et toute cette nuit-là il s'exerça à imiter la signature et l'adresse. L'écriture était simple et c'était facile.

Le lendemain matin il se présenta chez Mr Molloy comme étant un Américain âgé venu rendre visite à sa famille. Hélas, il arrivait à la fin de son séjour et son grand âge lui faisait comprendre qu'il ne reviendrait plus dans les parages – comme c'était vrai ! Il aimerait, plus encore il voulait, rapporter chez lui quelques souvenirs de son agréable voyage à sa chère vieille Joliet – euh, Illinois. Comme, par exemple, cette théière en argent.

Au début, Foxer avait l'intention de rester modeste. Disons vingt livres. Mais pourquoi être modeste lors d'un dernier coup ? Il fallait être bien peu ambitieux pour limiter son dernier coup à vingt livres. « Et ce plateau ancien en argent là-bas. Ce n'est pas une contrefaçon ? »

Lorsqu'il en eut terminé, le total de ses achats atteignait la somme de cent quatre-vingt-dix-sept livres. Il ajouta un petit écran de cheminée « pour ma délicieuse hôtesse, dans votre magnifique ville, monsieur », afin d'atteindre le chiffre bien rond de deux cents guinées.

Caressant sa barbe luxuriante, il dit à Mr Molloy : « Eh bien, monsieur, deux cents guinées est une grosse somme d'argent, et un vieil homme comme moi serait un peu effrayé avec ça sur lui dans la rue. »

« Vous avez bien raison d'être prudent, monsieur », dit Mr Molloy.

« De même, je suppose qu'il ne doit pas être possible à un étranger, dans une ville où il n'est pas connu, et qui part justement cet après-midi pour les États-Unis, de payer une telle somme par chèque – Mr M. gloussa – mais si vous vouliez bien me donner une feuille de ce papier que je vois là, je pourrais écrire un mot à ma nièce et hôtesse, qui garde pour moi le petit peu d'argent liquide que j'ai. Et ensuite, si par hasard vous aviez quelqu'un qui puisse porter le message, mes vieilles jambes n'auraient pas besoin de faire le trajet… »

« Mais oui ! » s'écria Mr M. Son esprit suspicieux jamais tout à fait assoupi avait été brutalement éveillé par le début de ce long discours, mais la promesse d'argent liquide l'avait définitivement calmé. « Je vous en prie, prenez donc cette feuille de papier ; j'espère que vous ne serez pas gêné par le fait que l'adresse de mon magasin y est imprimée. D'ailleurs, je peux très bien taper moi-même ce message pour vous, à moins qu'il soit de nature trop personnelle ? »

« Comme vous êtes aimable ! s'écria Foxer. Mettez simplement, "Chère Margaret", c'est le prénom de ma chère nièce »

« Quelle coïncidence, dit Mr M. C'est aussi le prénom de ma femme ! »

« Alors, c'est certainement une femme particulièrement bonne et agréable, dit Foxer. J'en suis persuadé. Mais je vous retiens trop longtemps, chuchota-t-il, ayant vu passer devant la porte la silhouette bleue d'un policier. Il suffit que vous écriviez que j'ai trouvé quelques bonnes affaires et que j'ai besoin de deux cents guinées. Utilisez vos propres mots, monsieur. Je n'ai jamais vraiment été doué pour écrire, n'ayant jamais vraiment eu d'éducation, ce qui ne m'a pas empêché de devenir mil— je veux dire de mener une bonne vie. »

« Un millionnaire ! soupira Mr M. dans son for intérieur. Comment ai-je pu soupçonner ce bon vieux monsieur ? » Et très vite, avec les mots qu'il aurait utilisés pour écrire à sa propre Margaret, il tapa :

> *CHÈRE MARGARET, on vient de me montrer quelques objets fort intéressants. Peux-tu remettre deux cents guinées au porteur de la présente.*
> *Affections,*

et tendit le message à Foxer, qui le signa immédiatement *Henry*, dissimulant comme par hasard son large paraphe de son autre main. « Et l'adresse ? » demanda Mr M. en lui tendant une enveloppe.

« Oh, mais une de celles que j'ai dans ma poche fera l'affaire, dit Foxer. Il n'y a pas de petites économies. » Et, sortant un paquet de vieilles lettres, il choisit une des enveloppes. S'emparant promptement du message pour Margaret, il l'introduisit dans l'enveloppe sur laquelle il avait inscrit par avance le nom et l'adresse de Mrs Molloy avec l'écriture de Mr Molloy. Mr Molloy appela un garçon boutonneux à l'air idiot qui faisait office de coursier, trop bête pour être malhonnête ou simplement paresseux, ce qui expliquait pourquoi Mr M. l'employait.

Foxer, qui s'était légèrement éloigné pour observer un fauteuil Windsor ancien, fit signe au garçon. « Voici l'adresse où tu dois porter ce message, dit-il en le donnant au garçon avec une demi-couronne qu'il avait extraite du cochonnet où Grace conservait ses économies, et si tu es de retour dans dix minutes, mon garçon, je t'en donnerai une autre. »

Le garçon partit à toute vitesse, aucunement surpris d'être envoyé au domicile de son employeur, un trajet qu'il faisait au moins une ou deux fois par semaine. Foxer resta quelques minutes dans le magasin, admirant ceci ou cela, puis annonça qu'il avait une autre course à faire dans le voisinage, promit d'être de retour en deux temps trois mouvements et sortit en trottinant.

« Un millionnaire ! soupira une fois de plus Mr M. Et si naturel ! »

Dix minutes plus tard, Foxer intercepta le coursier sur le chemin du retour, cinquante mètres plus haut, et prit l'épaisse enveloppe adressée à Henry Molloy par son affectionnée Margaret, gardienne de coffre-fort. Foxer donna au garçon la dernière demi-couronne de Grace et disparut, avec une rapidité surprenante chez un homme de soixante-dix-huit ans.

Il passa l'après-midi à faire des courses, après un long et somptueux repas au champagne dans un très bon restaurant. Il acheta des bagues en or et un collier, des trains électriques, une maison de poupée de dix pièces avec eau courante, une poupée qui dansait et une autre qui disait « Bonjour » et « Maman » ; il acheta des services à thé, des casseroles en cuivre, de la nourriture délicieuse et exotique pour sa fille ; et deux douzaines de cigares ainsi qu'un peignoir en pure soie pour son gendre. Pour lui-même, il acheta un briquet en or ainsi qu'un jeu de brosses et de peignes en ivoire pour sa barbe. Lorsqu'il rentra ce soir-là, il lui restait quatre shillings et onze pence. Il les glissa dans le cochonnet de Grace sans qu'elle l'ait vu et alla se coucher.

Le lendemain était la veille de Noël. Et, à partir de midi, une succession de livreurs respectueux apporta une grande quantité de paquets luxueusement emballés, au grand étonnement de la famille du numéro 10, Acacia Avenue.

« Ouvrez-les ! » lança Foxer. Et à six heures ce soir-là, la maison était pleine d'emballages multicolores, d'enfants surexcités, de parents perplexes ; Foxer jouait le rôle d'un Père Noël radieux et bienveillant. L'eau coulait à flots de la maison de poupée. Une poupée criait « Bonjour », l'autre dansait sur une table. Des trains électriques parcouraient le plancher des pièces de plus en plus vite. L'atmosphère était envahie du riche parfum des cigares et du fumet subtil et exotique d'une cuisine inconnue.

« Toutes mes économies, dit Foxer à sa fille, mais pourquoi les garder ? »

« Un petit héritage, murmura-t-il à son gendre. Je ne m'y attendais absolument pas. »

« Les paris sur les matchs de foot, confia-t-il à Patrick et à Martin. J'ai vraiment eu de la chance. »

Et à Grace : « Mon argent d'Amérique du Sud. »

À six heures et demie, un homme à la large carrure habillé en civil frappa lourdement à la porte. Foxer ouvrit. « Comment as-tu deviné ? » demanda-t-il tristement.

« La barbe, Foxer, lui dit le détective tout aussi tristement. Tu deviens sénile, tu comprends. Dès que Molloy nous a parlé de ta barbe… »

« Ne dis rien », le supplia Foxer. Il rentra dans la maison, mit dans un sac ses fausses dents de rechange, son briquet en or, son jeu de brosses et de peignes en ivoire, ses chaussettes et il fut prêt. À vrai dire, il n'avait pas vraiment le cœur brisé. Il en avait vraiment assez de faire la vaisselle. Et il était plutôt las de la respectabilité.

« Je sors une seconde avec un ami, murmura-t-il aux adultes. Une visite d'Amérique du Sud, chuchota-t-il à Grace. Au sujet du trésor. »

« J'ai vraiment essayé, dit le juge, de vous trouver des circonstances atténuantes : votre âge, les exhortations à la clémence de votre fille – pas particulièrement passionnées, il faut bien le dire – les motifs, en partie généreux, de votre crime. Mais lorsque j'examine vos antécédents réellement terribles… »

Comme il ne prit que dix-huit mois, tout le monde pensa que Foxer avait eu beaucoup de chance. Mr Molloy écrivit une lettre indignée à son député à ce sujet.

À la fin du mois de janvier, Foxer était étendu dans son ancienne cellule, caressant sa barbe. La tête d'un tout jeune guichetier apparut à la porte. « Barbier, Foxer ? » demanda-t-il avec humour.

« Tiens, pourquoi pas, répondit Foxer. Je crois bien que oui. Je m'aperçois que cette barbe irrite mon menton de temps en temps. »

Tandis qu'il était assis dans le fauteuil du barbier, s'abandonnant au rasoir de ce dernier, en imagination, il était déjà dix-huit mois plus tard.

Meurtre à Cobbler's Hulk

Sean O'Faolain

Il faut environ une heure de voiture, en roulant vers le sud, pour aller de Dublin au petit village côtier de Greystones. (Pendant deux mois, en été, il se donne le nom de station balnéaire.) Tous les jours, quatre trains partent de la ville, s'arrêtent à Greystones et font demi-tour, comme atterrés par la désolation de la plage de galets qui se prolonge sans interruption vers le sud sur douze miles. Une voie unique, peu fréquentée, suit cette plage en longeant la mer de si près que, pendant les mauvais hivers, les vagues déferlent par-dessus et la bloquent parfois pendant des jours en y entassant des galets, en arrachant les traverses et en tordant les rails. Les équipes qui viennent alors réparer la voie y passent des moments lugubres. Pas d'abri pour se protéger du vent et des embruns. Les terres ne sont que d'immenses étendues de champs d'ajoncs avec quelques fermes éparses ou un manoir abandonné, de rares arbres sans feuilles pourrissent dans le sol aride ou sont tombés. Et toujours les incessants bancs de nuages qui s'éloignent vers l'horizon bleu de zinc.

Autrefois, il y avait eu trois autres gares minuscules le long de ces douze miles de plage, toutes au bout d'une longue allée qui menait de la route, dans l'intérieur des terres, jusqu'à la mer. La mieux préservée de ces gares en ruines a pour nom Cobbler's Hulk. De loin, on pourrait encore la prendre pour une gare en activité. De plus près, on n'y voit qu'une salle d'attente aux ouvertures condamnées, avec un toit de zinc percé qui grince au vent, un poste d'aiguillage de haute taille dont toutes les vitres sont cassées et un poteau télégraphique plus haut encore dont les dix traverses devaient autrefois porter au moins vingt lignes téléphoniques et qui ne portent plus qu'une seule ligne bourdonnante. Il y a aussi un banc pourri et sans dossier. On pourrait faucher l'herbe qui pousse sur le quai. L'objet le plus vivant est une publicité sur une plaque de métal émaillé, accrochée au sommet du mur en briques du poste d'aiguillage. Un seul mot, STEPHEN'S, éclate en lettres blanches sur une bizarre tache d'encre noire. Quelle que soit la direction dans laquelle on regarde, ni ferme ni villa.

C'est là que j'ai rencontré Mr Bodkin pour la première fois, un dimanche après-midi de la fin du mois de juillet. Il était assis tout droit sur le banc, un chapeau melon sur la tête, vêtu, en dépit de la chaude journée, d'un pardessus bleu parfaitement brossé aux boutons dissimulés sous une patte et au demi-col de velours bien coupé, très à la mode dans les années vingt. Ses guêtres grises serraient ses chevilles avec la précision de gants. C'était un homme d'assez petite taille. Son col de chemise amidonné était aussi haut que celui du duc de Wellington, son nœud papillon était à pois et sa moustache était peignée vers le haut comme celle d'un *Junker*. Il pouvait avoir soixante-treize ans. Ses joues étaient aussi roses qu'un derrière de bébé. Ses paumes étaient croisées sur la poignée d'un parapluie roulé, un journal était soigneusement plié sous un bras et les pointes de ses chaussures vernies brillaient autant que son pince-nez. Normalement, je lui aurais adressé un « Bien le bonjour » poli avant de poursuivre mon chemin en m'interrogeant sur sa présence. Je tombai sur lui soudainement après avoir dépassé le coin de la salle d'attente, sa tête était penchée du côté de son épaule gauche comme s'il entendait un train approcher ; je fus tellement surpris que je lui demandai : « Vous attendez le train ? »

« Mon Dieu ! dit-il, tout aussi surpris. Aucun train ne s'est plus arrêté ici depuis, au moins, l'âge de bronze. Vous ne le saviez pas ? »

Je regardai ses chaussures étincelantes, me rappelant que, quand j'avais arrêté ma Morris Minor près du passage à niveau qui terminait l'allée, aucune autre voiture n'était garée. Était-il venu à pied ? Cette allée bordée de ronces avait plus d'un mile de long. Il jeta un coup d'œil à la bouilloire que je tenais à la main, devina que j'avais l'intention de me faire une tasse de thé après être allé nager tout seul, sifflota en imitant un perroquet : « Un peu d'eau ? », se leva et, avec la basse comique d'un guide de musée fatigué, me dit : « Par ici s'il vous plaît ». Je le suivis le long du quai et nous passâmes devant le vieux robinet en cuivre dont je m'étais servi lors de mes précédentes visites à Cobbler's Hulk, nous dirigeant vers un wagon de chemin de fer au toit goudronné dissimulé du côté marécageux de la voie. Il tendit la pointe de son parapluie. « Mon chalet, dit-il avec suffisance. Mon wagon-lit. »

Nous descendîmes du quai par trois marches en bois, empruntâmes une microscopique allée de gravier et il déverrouilla la porte de son wagon. On discernait encore les lettres FIRST CLASS, mais on voyait aussi une plaque de cuivre encrassée dont le *relievo* brillant annonçait THE VILLA ROSE. Il plia le buste pour m'inviter à entrer et à prendre place (désignant ainsi un des sièges capitonnés du wagon), remplit ma bouilloire à l'aide d'un seau émaillé blanc (« De l'eau de source ! ») et, avec beaucoup de politesse, insista pour la mettre à bouillir sur son réchaud à pétrole. Pendant que nous attendions, il resta assis en face de moi. Nous regardions tous les deux les marais à travers la vitre. J'entendis le sifflet d'un chef de gare et sentis notre wagon s'ébranler vers nulle part. Nous nous présentâmes.

« J'espère que vous estimez que ma plage est un endroit agréable pour pique-niquer », me dit-il comme s'il était propriétaire de toute la mer d'Irlande.

Je lui expliquai que j'étais venu ici environ six fois au cours des trente dernières années.

« Je me suis installé ici il y a trois ans. Quand j'ai pris ma retraite. »

Je lui posai des questions sur les trois hivers. Il les éluda d'un geste des doigts. « Nos glorieux étés nous récompensent amplement. » Et à ce moment précis j'entendis des oiseaux de mer danser sur le toit et Mr Bodkin eut l'air très gêné. Son été et sa plage se conduisaient mal. Il déclara que l'averse ne durerait pas longtemps. Je prendrais mon thé avec lui, ici. « Confort de première classe. » J'émis des objections ; il insista. Je protestai avec reconnaissance ; il ne voulut rien savoir. J'acceptai sa proposition, et c'est ainsi que je finis par connaître Mr Bodkin.

Ce n'était pas une relation d'amitié. Je ne devais le revoir qu'une seule autre fois, cinq minutes, six semaines plus tard. Mais, aidé en cela par une ou deux rumeurs – l'homme qui tenait le magasin au bord de la route, à l'autre extrémité de l'allée, une serveuse bavarde dans le plus proche hameau – j'en sus suffisamment pour déduire, deviner, reconstruire sa vie. Ce qui me fascinait était qu'il n'en avait jamais eu. En comparaison, la vie près de sa plage et de ses petites dunes de sable le long de la voie de chemin de fer était remplie d'incidents, ainsi qu'il me le démontra sur-le-champ en sortant un gros album de fleurs pressées auquel il travaillait depuis trois ans. Son petit auriculaire les frôlait doucement sur leurs pages blanches ; millefeuille, achillée, statice, pâquerette marine, trèfle, aiguille du berger, bourse-à-pasteur, caille-lait, gaillet, aspérule, minuscules roses de mer, différentes sortes de pédiculaires. Pendant les pauses, lorsqu'il donnait leur nom, il tournait les pages aussi doucement que les vaguelettes retombaient sur la plage.

Un beau jour de décembre 1912, me raconta Mr Bodkin, à l'âge de quinze ans, il était entré dans la profession qui avait été la sienne toute sa vie : il était devenu coursier pour l'agence *Tyrell's Travel*, située 15, Grafton Street, Dublin. Il allait à Dublin tous les matins en prenant le tram de Howth et, au retour, s'arrêtait devant une petite villa de couleur rose qui s'appelait THE VILLA ROSE, où il vivait avec sa mère, son père, ses deux jeunes sœurs et ses deux tantes…

La Villa Rose ! Il fit un geste de dénigrement – l'idée venait de sa mère. Les pièces et les romans de Mr A. E. Mason étaient populaires vers 1910. Il fronça son nez rose. Ce n'était pas vraiment ce que l'on aurait pu appeler une vraie maison. Simplement deux bicoques de pêcheurs, l'avant de l'une relié à l'arrière de l'autre, avec un creux, comme une vallée, entre les deux toits attenants. Mais quelle situation ! Quand il faisait beau, il pouvait voir, au-delà de la marée haute dans la baie, les mouettes poussées dans le vent comme des papiers, les nuages reflétés dans les eaux calmes, parfois une cheminée de bateau arrivant en ville ou en repartant derrière la longue ligne du North Wall ; et au loin, bien au-delà, tous les tambours silencieux des montagnes du Wicklow. Sauf quand il pleuvait, naturellement. Les vitres de THE VILLA ROSE étaient toujours embuées par la proximité de la mer les jours humides. Sa mère souffrait d'arthrite chronique. Les poumons de son père n'arrêtaient pas de siffler. Les nez de ses sœurs n'arrêtaient pas de couler. Ses tantes passaient la moitié de leurs journées au lit.

« De ma vie, je n'ai jamais été malade un seul jour ! Excepté les engelures. Je pense que je vivrai jusqu'à quatre-vingt-dix ans. »

Le plus important, semblait-il, à l'agence *Tyrell's Travel*, était qu'on connaissait toujours sa place. Le système *Tyrell* était des plus simples : on s'adressait à chacun selon son rang. (Mr Bodkin ne paraissait pas s'être rendu compte que ce système était, pendant son adolescence comme pendant la mienne, universel dans tous les coins de l'Empire britannique.) Chaque fois que le vieux Mr Bob avait besoin de lui, il criait « Tommy ! » aussi fort que possible. Après lui avoir crié après de la sorte pendant environ cinq ans, Mr Bob l'installa un beau jour derrière un comptoir, s'adressa à lui poliment en l'appelant « Bodkin » et cessa de crier. Cinq années passèrent et, une fois encore sans le prévenir, Mr Bob le conduisit à un bureau tout à lui dans un coin de l'agence et, quand il voulait lui parler, il appelait « Mr Bodkin ». Ce jour-là, tout le monde à l'agence lui sourit, hocha la tête ou lui fit un clin d'œil en guise de félicitations. Il était parvenu au sommet de son arbre généalogique. Il pouvait en tomber. Il ne s'envolerait jamais plus haut. Fort satisfaisant. Il faut bien que chacun trouve sa place dans la vie, non ?

L'averse estivale cessa mais pas Mr Bodkin. (Je me demandai si, au cours des trois dernières années, il avait eu un seul visiteur à qui parler.) Il y avait, je devais le comprendre, certaines contradictions dans ce système. Une oreille attentive et un peu d'expérience finissaient par les surmonter toutes. Par exemple, il y avait le cas du vieux Clancy, ancien Dragon d'Enniskillen, qui ouvrait l'agence le matin et polissait les carreaux égyptiens du sol. Tous ceux qui avaient besoin de lui criaient toujours « Jimmy ! » Évident comme le Bon Dieu. Mais chaque fois que la vieille Lady Kilfeather faisait son entrée majestueuse dans l'agence après être descendue de sa Jaguar grise dans un friselis de parfum, de tulle, de boas de plumes et de tracts protestants, elle clanciait toute la bande qui travaillait là.

« Bonjour, Tyrell ! Hello, Bodkin ! J'espère que Murphy a bien ficelé ma petite virée à Cannes avec Kilfeather ? Clancy, veuillez avoir l'obligeance de lire cette brochure sur le culte marial et j'aimerais, bonté divine, que vous cessiez de vous écrier "Marie, Mère de Dieu !" chaque fois que vous me voyez ! »

Le privilège de l'aristocratie. Les étoiles ont leurs positions propres ; les planètes, leurs cycles ordonnés autour du soleil ; jusqu'au moment où les ordres inférieurs viennent tout gâcher. C'est-à-dire la vieille Mrs Clancy, entrant dans l'agence en titubant comme un chameau assoiffé et réclamant quelques shillings à Clancy pour ce qu'elle appelait délicatement ses courses. Jamais cette femme ne demandait « Jim », comme elle aurait pu fort raisonnablement le faire. Jamais « Mr Clancy ». Jamais même « mon mari ». Toujours « Clancy ». Mr Bodkin admit qu'il lui arrivait parfois d'entrer à ce propos dans de telles fureurs qu'il devait sortir et aller en douce jusqu'aux *Three Feathers* pour calmer ses entrailles avec une Guinness et se laisser rassurer par le « Comme d'habitude Mr B. ? » du barman. Non qu'il ait jamais été totalement satisfait par ce B. éternel. Il le contrait toujours par un strict « Je vous remercie, Mr Buckley ».

C'était le seul pub où il se rendait jamais. Et il ne buvait jamais plus d'une pinte de porter. Il lui arrivait parfois d'aller au théâtre. Mais seulement pour Shakespeare. Ou Gilbert and Sullivan. Seulement les classiques. L'Opéra ? Jamais ! À une époque Shaw l'avait amusé. Mais il n'avait pas été long à le rejeter, un typique m'as-tu-vu dublinois qui se moquait de ceux qui valaient mieux que lui. Tous les dimanches il allait à l'église prier pour le Roi. Il avait dix-neuf ans au moment de la Rébellion. Il refusait d'y croire. Ni que les horribles tueries et les assassinats de la terrible période qui avait suivi auraient pu produire le moindre changement. Et d'ailleurs, rien n'avait changé, n'est-ce pas ? Mais alors rien du tout ! Oh, il arrivait bien qu'un client se présente dans la soi-disant langue irlandaise. Mr Bodkin écrivait tout simplement « Mr Irish ». Queenstown devint Cobh.

Quelle bêtise ! Kingstown devint Dun Laoghaire. Pfut ! Les boîtes aux lettres furent peintes en vert. Les policiers prirent le nom de Guards. Le kaki de l'armée fut teint en vert. Une seule chose a finalement résulté de tout ce bataclan, une partie de la Chambre des députés déménagea de Londres à Dublin.

Jusqu'à la Seconde Guerre mondiale. On cessa d'un seul coup de voyager. Les jeunes gens de l'agence s'engagèrent dans l'armée. Il se souvenait encore que le vieux Mr Bob – ils faisaient tourner l'agence à eux seuls, tous les deux – s'était demandé pendant des semaines comment les Serbes allaient se conduire cette fois-là. Et qu'était-il donc arrivé à ces vaillants petits Monténégrins ? Quand les Allemands envahirent la Russie, Mr Bob annonça que le Tsar allait bientôt mettre un point final à toutes ces bêtises. C'est vrai, ils durent faire très attention après 1945. Jamais il n'oublierait le premier client qui annonça qu'il voulait aller en Yougoslavie. Mr Bob avait ôté ses lunettes, les avait soigneusement essuyées et avait sorti une carte. Et, Bon Dieu, elle y figurait !

Il y avait eu d'autres changements. Sa mère était morte quand il avait quarante-trois ans. Ses deux tantes disparurent quand il avait la cinquantaine. À sa grande surprise, ses deux sœurs se marièrent. Son père fut le dernier à partir, à l'âge de quatre-vingt-un ans. Il continua à vivre, seul, dans la Villa Rose, convoyant quotidiennement des milliers de voyageurs avides d'un bout à l'autre de l'Europe dans des paquebots de luxe, des navires surpeuplés, des *Trains Bleus*, des *Orient Express*, des *Settlebello*, des *Rheingold*, des avions alphabético-mathématiques. Pour certains il réservait des voitures qui les attendraient à l'arrivée, pour d'autres des chambres d'hôtel, il divulguait à quelques personnes triées sur le volet (selon « ma vieille amie Lady Kilfeather ») les meilleurs endroits où dîner, boire et danser, et lui-même n'allait nulle part.

« Vous voulez dire que vous n'avez *jamais* voulu voyager ? »

« Si, au début. Quand je n'avais pas d'argent pour le faire. Plus tard, j'ai économisé pour ma retraite. D'ailleurs, pendant mes dix dernières années là-bas, je me suis progressivement désintéressé de toutes ces choses. »

Il fit une pause, fronça les sourcils et se corrigea. Il ne s'était pas désintéressé « progressivement ». Son intérêt avait disparu brutalement. C'était arrivé un beau matin alors qu'il revenait à l'agence après avoir raccompagné Lady Kilfeather jusqu'à sa Jaguar grise. L'ayant vu, le jeune Mr James lui avait fait signe de le rejoindre dans le saint des saints.

« Un mot dans le tuyau de votre oreille, Mr Bodkin ? Je constate que vous consacrez beaucoup de temps et d'attention à Lady Kilfeather. »

« Mais oui, Mr James ! Et je peux vous dire qu'elle vient de me manifester sa satisfaction concernant nos services. »

« Le contraire m'étonnerait ! Quand on sait qu'il faut six lettres et huit mois pour soutirer un penny à cette vieille peau. Cette femme, Mr Bodkin, est connue dans tout Dublin pour être une pique-assiette et une sangsue de première classe qui fait perdre son temps à tout le monde. Je vous serais reconnaissant à l'avenir de ne pas oublier trois dures réalités de la vie que mon vieux père ne paraît pas vous avoir expliquées. Le temps est de l'argent. Votre temps est mon argent. Et l'argent d'un client vaut bien l'argent d'un autre client. Tenez-vous-le pour dit, Mr Bodkin. Je vous remercie. Ce sera tout pour le moment. »

Mr Bodkin se le tint tellement pour dit qu'à partir de ce matin-là, tous ces voyageurs empressés finirent par ne plus signifier pour lui davantage qu'un train entier de touristes aux yeux d'un employé de quai quand il a claqué la dernière porte et a fait demi-tour dans la vapeur de la locomotive qui s'éloigne pour fumer une petite cigarette avant l'arrivée du groupe suivant.

Toutefois, le devoir était le devoir. Et il avait ses plans. Il persévéra jusqu'à soixante-cinq ans puis donna sa démission. Mr James, avec, je pouvais l'imaginer, un grand soupir de soulagement, lui remit une prime de 50 livres – une livre par année de service, mais pas de pension de retraite –, lui serra la main et lui conseilla de partir pour Cannes et d'y vivre une semaine dans le péché avec une danseuse de cabaret. Mr Bodkin répondit qu'il rêvait depuis des années de partir avec Mrs Clancy, accepta les 50 livres, dit chaleureusement adieu à tout le personnel de l'agence, vendit la Villa Rose et acheta le wagon au toit couvert de toile goudronnée à Cobbler's Hulk. Il le convoitait depuis cinq ans.

Le soir où il arriva à Cobbler's Hulk, le temps était sec et froid. Il transpirait après l'effort qu'il avait dû faire pour porter deux valises d'un bout à l'autre de la sombre allée. Le reste de ses possessions l'attendait dans une grande caisse sur le quai couvert d'herbes sauvages. Pendant une heure il resta assis dans son wagon, éclairé par une bougie, dans son pardessus bleu, se délectant avec bonheur du bruit des vaguelettes qui grattaient les galets toutes les vingt secondes et des quelques bruits mystérieux de la vie sauvage des marais. Une bécassine ? Un grèbe ? Un blaireau masqué ?

Il finit par se lever, se prépara un second souper de bacon salé avec deux œufs sur le plat, déballa le pain campagnard et le beurre et se fit une théière de thé si fort que sa cuillère pouvait presque y tenir debout. Lorsqu'il eut lavé la vaisselle et fait son lit, il sortit sur le quai et vit que le ciel était clouté d'étoiles. Au loin sur la mer, les lumières d'un bateau de pêche. Au-delà, il crut déceler un pâle éclat intermittent. Ce n'était quand même pas un phare de la côte galloise ? Puis, plus loin sur la voie, il entendit la vibration du train qui approchait. Deux de ces trains, il l'avait prévu, passeraient en rugissant à Cobbler's Hulk toutes les vingt-quatre heures. Les phares devinrent de plus en plus grands et lumineux, puis, dans un rugissement, les vitres des compartiments passèrent devant lui en scintillant. Il n'avait vu qu'une demi-douzaine de passagers. Lorsque le train eut totalement disparu de l'autre côté, il s'adressa aux étoiles.

« Ô esprits bons et miséricordieux ! Je sais que le Temps prend soin de notre héritage. Je sais qu'un océan de Temps viendra un jour nous submerger, devant lequel tous ceux qui nous ont nui ou nous ont opprimés seront balayés tels des feuilles mortes. Je le vois, la marée se prépare ! Je sais que nous devons avoir confiance et espérer, sans jamais douter de nous-mêmes ni de la bonté d'autrui… Ô esprits bons et miséricordieux, je vous suis reconnaissant ! »

« C'est vraiment magnifique. D'où cela sort-il ? »

« Dickens. *Le Carillon*. Je récite cette prière tous les soirs après avoir soupé et m'être promené une dernière fois dans l'allée. »

« J'aimerais que vous me la redisiez. »

Tandis qu'il répétait ces mots plutôt révolutionnaires, il prit l'air sauvage d'une sauterelle. « Plus mince que Tithon avant sa disparition dans l'air. »

S'était-il réellement senti opprimé ? Ou maltraité ? Se pouvait-il que pendant ses trois années de solitude il ait pensé que le monde serait un meilleur endroit si les gens cessaient de s'invectiver ou d'annoncer que le temps c'est de l'argent ? Ou encore s'était-il demandé pourquoi sa mère avait dû tant souffrir et avoir honte pendant des années tandis que d'horribles vieilles femmes comme Kilfeather continuaient à profiter, à tricher, à sucer le sang des autres, à boire et à manger en parcourant ce monde usé dont il n'avait jamais vu que ce clin d'œil incertain sur la mer nocturne ? Peut-être voulait-il dire que dans sa jeunesse il avait rêvé de se marier. Peut-être n'avait-il rien voulu dire du tout.

Il se pencha en avant.

« Vous ne voulez vraiment pas une autre tasse de thé ? Maintenant que je peux prendre mon thé quand j'en ai envie, je peux vous faire une confidence ridicule. Pendant cinquante ans, j'ai vu Mr Bob et Mr James traverser Grafton Street tous les jours à seize heures trente exactement et aller prendre le thé au *Mitchell's Café*. Et je ne peux pas vous dire avec quelle amertume je les enviais. C'était vraiment idiot de ma part. »

« Mais je suis sûr qu'une des jeunes femmes de l'agence aurait très bien pu faire du thé pour tout le monde. »

Il me regarda fixement.

« Mais ce n'est pas la même chose que prendre le thé chez *Mitchell's* ! Et les nappes blanches ? Le tapis ? L'argenterie ? Les serveuses en uniforme bleu et blanc ? »

Nous nous regardâmes en silence. Je jetai un coup d'œil à ma montre et annonçai que je devais partir.

Il rit avec bonheur.

« Le jour où je suis venu ici, vous savez ce que j'ai fait de *ma* montre ? Je l'ai mise en gage pour deux livres. Je ne suis jamais allé la reprendre. Et je ne le ferai jamais. Je vis au rythme du soleil et des étoiles. »

« Vous ne vous sentez jamais seul ? »

« Je suis habitué à vivre seul. »

« Vous dormez bien ? »

« Comme un sonneur. Et je rêve comme un sonneur. En général de la vieille Villa Rose. Et de ma pauvre, chère maman. Comment pourrais-je me sentir seul ? J'ai mes merveilleux souvenirs, mes rêves heureux et mes bons amis. »

« Je vous envie profondément », lui dis-je.

Et sur cette agréable petite coda, je lui dis adieu. Mais est-il possible de ne jamais se sentir seul ? Les merveilleux souvenirs nous encouragent-ils à nous retirer du monde ? Même la jeunesse ne peut pas vivre seulement de rêves.

Il eut, toutefois, une amie.

Un samedi soir de septembre, alors qu'il revenait du magasin au bord de la route, il fut surpris de voir un écriteau fraîchement peint sur un portail à environ deux cents mètres de la voie de chemin de fer. On y lisait : VENTE D'ŒUFS FRAIS. Il savait qu'il n'y avait ni maison ni être humain à proximité. Qui aurait bien pu vouloir marcher un mile dans le tunnel de cette allée de ronces pour acheter des œufs ? Derrière le portail en bois, une allée herbeuse conduisait, pensait-il, à une maison distante, invisible depuis l'allée. Il entra dans le pâturage et fut étonné de voir, derrière la haute haie, un hangar ouvert à tous les vents abritant une camionnette rouge sur laquelle était écrit en grandes lettres blanches :

FLANNERY'S
PAIN CÉLESTE

Après avoir suivi les courbes du chemin sur un quart de mile, il arriva devant une petite ferme trapue, récemment chaulée, et frappa à la porte. Une femme de trente-cinq ou quarante ans, ni vraiment laide ni vraiment belle, aux joues rouges et aux yeux bleus, plantureuse, à l'accueil empressé, lui ouvrit la porte. Elle parlait avec un léger accent anglais qui lui rappelait la voix de sa mère. Oui ! Elle avait de très bons œufs frais. Combien en voulait-il ? Une douzaine ? Avec plaisir ! Derrière elle, un bel homme sombre, bien charpenté et à peu près du même âge qu'elle, se leva de son fauteuil devant la cheminée où brûlait un feu de tourbe et lui offrit silencieusement un siège pendant que « Mary » allait chercher les œufs.

Mr Bodkin pensait rester trois minutes. Il resta une heure. Ils s'appelaient Condor : Mary, son frère Colm – l'homme sombre et silencieux – et leur mère clouée au lit dans une pièce donnant sur la cuisine, sa porte toujours ouverte de sorte qu'elle pouvait non seulement bavarder mais aussi entendre tous les petits bruits réconfortants venant de la cuisine qu'elle connaissait si bien.

Leur père, un bouvier, était mort trois mois plus tôt. Mary, qui était domestique à Londres, était revenue s'occuper de sa mère et Colm, le pauvre (l'adjectif qu'avait employé Mary), était revenu avec elle pour les faire vivre toutes les deux. Il venait de trouver du travail pour une boulangerie de Wicklow, il conduisait la camionnette rouge de village en village pour vendre du pain.

Mr Bodkin se sentait tellement à l'aise avec Mary Condor qu'il prit rapidement l'habitude de lui rendre visite tous les soirs après souper, de s'asseoir au chevet de la vieille femme pour bavarder, lui lire les nouvelles du *Irish Times* ou jouer paisiblement une partie de dames. Le Noël suivant, Mary ayant insisté, il les rejoignit pour souper. Il avait acheté une boîte de chocolats pour Mary et sa mère, cent cigarettes pour Colm et une bouteille de sherry bon marché pour eux tous. Il leur récita un de ses textes préférés de Dickens. Colm se sentit suffisamment en confiance pour lui raconter le terrible Noël qu'il avait passé en Italie dans l'armée anglaise, un endroit du nom de Castel di Sangro. Mary parlait avec de grands yeux du terrible trafic londonien. La vieille femme, un peu éméchée par le sherry, leur raconta en criant depuis sa chambre la très mauvaise traversée de la mer d'Irlande que son mari avait faite pendant « l'autre guerre », en décembre 1915, alors qu'il convoyait un troupeau de bétail jusqu'à Liverpool.

« De grands voyageurs ! » dit Mr Bodkin en riant, et il fut heureux d'entendre Mary déclarer que, grâce à Dieu, l'époque des voyages était terminée.

Tandis qu'il s'arrachait à la sollicitude de leurs bonsoirs, le tunnel de lumière dessiné par leur porte ouverte lui montra que l'herbe était couverte d'une dentelle de neige. Une fois couché, il la vit se coller aux coins des vitres de son wagon. Elle étouffait les vaguelettes. Dans son imagination, il la voyait tomber et fondre dans la mer. En serrant dans ses bras la bouillotte bleue que Mary lui avait donnée pour Noël, il se rendit compte qu'elle était la première femme avec qui il s'était lié d'amitié de toute sa vie. Il se sentit tellement submergé par la reconnaissance qu'il s'endormit sans remercier ses esprits, bons et miséricordieux, pour ce cadeau.

Ce qui suit provient de déductions pour les quatre cinquièmes et de l'imagination pour le dernier cinquième : le tout, comme je l'appris plus tard, en grande partie vrai.

Le lundi de la dernière semaine de juillet, alors qu'il revenait du magasin au bord de la route avec son filet contenant le *Irish Times*, du thé, des oignons et un pain de savon jaune, Mr Bodkin fut surpris de voir une Jaguar blanche garée à côté du passage à niveau. À l'agence de voyage, on aurait parlé d'une voiture chic. Elle avait trois plaques, GB, CD et une plaque RAC bleue et blanche. Grande-Bretagne. Corps diplomatique. Royal Automobile Club. Il se rendit sur son quai pour voir s'il apercevait le propriétaire sur la plage. Il trouva une femme assise sur son banc, en minijupe, jambes croisées, vêtue d'une ample veste en daim, un long porte-cigarettes en ivoire entre les lèvres, les yeux fixés sur la mer, minuscule, blonde (ou avait-elle les cheveux teints ?), parfaitement maquillée, encore très belle. Mais le reflux s'annonçait. Disons, cinquante ans ? Il s'approcha d'elle avec les précautions qu'on prend pour s'approcher d'un lapin. Un bracelet en or tressé pesait lourdement sur les plis du gant blanc qui couvrait son poignet. Ou était-ce son poignet nu ? Disons, cinquante-cinq ans. Sa cigarette était parfumée.

« Le brouillard se lève, murmura-t-il d'un ton poli lorsqu'il arriva devant elle et lui fit son petit salut en pliant le buste, j'espère que vous n'attendez pas le train. »

Elle souleva lentement ses paupières maquillées.

« Je vous attendais, Mr Bodkin », dit-elle en souriant. (Une effrontée ?)

Il n'avait jamais vu de dents aussi petites et blanches. Elle aurait pu les porter en collier autour du cou. Le mois précédent, il avait vu un campagnol aux dents aussi petites que les siennes, dans un rictus de mort.

« Venez donc vous asseoir. Je sais tout de vous grâce à Molly Condor. »

« Quelle femme extraordinaire ! » dit-il en s'asseyant près d'elle sans enthousiasme, posant son filet sur le banc à côté du sac de plage écarlate de la femme. Il le toucha. « Vous êtes venue nager ? »

« Je nage, dit-elle en riant, comme une pierre. En vous attendant j'ai pris un bain de soleil. (Elle lui sourit.) Toute nue. »

Hâtivement, il lui dit : « Votre voiture appartient au corps diplomatique ! »

« C'est la voiture de mon mari. Sir Hilary Dobson. Je l'ai volée ! (Elle gloussa ; les types un peu vulgaires de l'agence auraient parlé d'un "gloussement de Gorgone".) Il ne faut pas me prendre au sérieux, Mr Bodkin. Je suis Écossaise. Hilary dit que je suis magicienne. Il est aux Affaires étrangères. Il est parti quinze jours pour des affaires ultra-secrètes, à Athènes ; alors j'ai emprunté la Jag. Si seulement cela avait été en Turquie ! Mais peut-être n'aimez-vous pas la Turquie non plus ? Peut-être que si ? Athènes est un horrible trou, vous ne trouvez pas ? »

« Je n'ai jamais voyagé, Lady Dobson. »

« Mais Molly m'a dit que vous étiez propriétaire d'une agence de voyage ! »

« Elle surestime mes capacités. J'étais un humble employé. »

« Eh oh ? (Son ton changea, sa voix perdit un peu de douceur.) Écoutez, Bodkin, Je voulais vous demander quelque chose d'important. Est-ce que vous connaissez bien Molly Condor ? »

Il accrut encore la politesse de son ton.

« J'ai le grand plaisir de connaître Miss Mary Condor depuis septembre dernier. »

« Je la connais depuis qu'elle a vingt-deux ans. Je l'ai formée. Elle a été domestique chez moi pendant douze ans. Mais je ne l'ai jamais considérée comme une simple femme de chambre. Je n'ai pas de meilleure amie que Molly dans le monde entier. J'ai durement ressenti son départ. Naturellement, à mesure que nous vieillissons, nos amis sont moins nombreux et d'autant plus précieux. »

Il réfléchit au nom, Molly. Un peu condescendant, se dit-il. Il n'avait jamais perdu un ami – n'ayant jamais eu, avant Mary, un ami qu'il aurait pu perdre. Il expliqua cela.

« Dommage ! Eh bien, je veux que Molly revienne chez nous. Mes nerfs sont à bout depuis qu'elle est partie. »

Il regarda la mer en silence. Il réalisa qu'elle tournait lentement la tête vers lui. Comme un campagnol ? Il se sentit envahi par une sensation de peur. Les nerfs de la femme lui paraissaient en très bon état. Il la regarda éjecter sa cigarette, en prendre une autre dans un boîtier en argent, l'insérer dans le fume-cigarette, l'allumer habilement avec un briquet en or et exhaler un filet étroit de fumée.

« Et puis il y a aussi le frère. Condor a été notre chauffeur pendant cinq ans. Ce serait merveilleux s'ils pouvaient revenir, tous les deux ! Je sais qu'Hilary est tout aussi perdu sans son Condor que moi sans ma Molly. Ce serait fort gentil de votre part si vous pouviez leur dire quelques mots dans ce sens-là. Hilary vous en serait très reconnaissant. Oh, je sais bien, il y a la mère, naturellement. Mais la vieille dame n'a quand même pas besoin des deux à la fois, vous ne croyez pas ? D'ailleurs, quand je l'ai vue ce matin, j'ai eu l'impression qu'elle n'allait pas durer longtemps. Arthrite ? *Plus* bronchite ?

Plus ce climat ? J'avais une vieille tante comme elle à Bexhill-on-Sea. Un jour, elle était en pleine santé. Le lendemain, ses poumons sifflaient comme des cornemuses. Pendant six mois, je l'ai observée, elle s'éteignait comme un coucher de soleil. Le septième mois… »

Tandis qu'elle continuait à essayer de l'enjôler, sa voix lui rappelait le bruit d'une cuillère dans une casserole. Il l'écoutait froidement, avec ses yeux plutôt qu'avec ses oreilles, comme, pendant tant d'années, il avait écouté des vieilles dames qui ne savaient pas exactement où elles voulaient aller ni ce qu'elles voulaient y faire, il ne s'était intéressé qu'aux palpitations de leurs paupières, à leurs doigts de souris, à leurs épaules étonnées, aux mouvements de leurs lèvres. Les plis de son cou. Cigarettes françaises. Bain de soleil toute nue. Bodkin. Condor. Molly. « Ce pauvre vieil Hilary. » Que voulait donc réellement cette vieille jeune femme ? Tout ce trajet pour une femme de chambre ? Mon œil !

« Et puis vous savez, Bodkin, Molly a beaucoup d'estime pour vous. Selon elle, vous êtes une des plus belles choses qui lui soient arrivées. Je comprends pourquoi. (Elle posa sa main sur la manche de Mr Bodkin.) Vous avez bon cœur. Vous ferez votre possible pour m'aider, n'est-ce pas ? (Elle se mit soudainement debout.) C'est tout ce que je voulais vous dire. Et maintenant j'aimerais que vous me fassiez visiter votre merveilleux wagon-lit. Molly m'a dit qu'il est absolument sensass. »

« Avec grand plaisir, Lady Dobson », et il l'y conduisit à contrecœur.

Lorsqu'elle vit la plaque de cuivre, THE VILLA ROSE, elle pouffa de rire et se dépêcha d'admirer tout le reste. Ses yeux se promenaient sur toutes ses possessions comme deux souris en chasse. Elle vanta ses « astucieux petits trucs ». Elle souleva des couvercles, testa les ressorts du lit, entra dans ses toilettes, tira la chasse, ce qui ennuya beaucoup Mr Bodkin car il ne l'utilisait que quand le marais était très humide ou quand il faisait très froid, et même alors il devait remplir la citerne avec un seau chaque fois qu'il l'utilisait.

« Je trouve tout cela très amusant, Bodkin, lui assura-t-elle en se poudrant le visage face au miroir devant lequel il se rasait. Si vous étiez un jeune homme, quel merveilleux nid d'amour pour le week-end, n'est-ce pas ? Il faut que je parte. Il est presque midi. Et vous allez sûrement faire ce que vous avez à faire avec votre savon, votre thé et vos oignons. Voudriez-vous m'accompagner à ma voiture ? Et parlez de tout cela à Molly ! Si vous avez besoin de moi, je loge dans ce petit hôtel vieillot sur la route. Pour une semaine. (Elle se mit à rire d'un air polisson.) Je fais le siège ! Venez donc me voir un après-midi vers six heures, pour l'apéritif. » Et elle montra la moitié d'une cuisse blanche en se contorsionnant pour monter dans sa voiture, alluma le moteur, fit grincer les vitesses, lui adressa un grand sourire de toutes ses dents, cria : « À bientôt, Bodkin » et prit la petite allée à toute vitesse, frôlant les haies, laissant derrière elle un sillage de feuilles pareil à celui d'un hors-bord.

Tout en observant le nuage de poussière, il se souvint de quelque chose. Un type à l'agence lui montrant une carte postale de la Joconde. « Tu l'as déjà vue ? Pas qu'un peu ! Et pas une d'elles en dessous de cinquante-cinq ans ! » Absolument ! *Mais* absolument ! « Je crains bien, Lady Dobson, qu'il vous faille prendre une décision. Deux semaines dans la fraîcheur bretonne ? Ou bien cinq merveilleux jours de chaleur à Monte Carlo ? Évidemment, vous *pourriez* gagner des masses d'argent à Monte Carlo… » Comme leurs paupières d'alligator se tendaient avec rapacité quand il disait ça ! Il retourna lentement à son wagon-lit, baissa violemment les vitres pour éliminer l'odeur de cigarette, enleva la poussière jaune sur le lavabo, remplit la citerne et resta assis une heure au bord de son lit, à réfléchir. À la tombée de la nuit, il était tellement perdu qu'il dut se rendre chez Mary.

Elle était seule. La vieille dame était endormie dans sa chambre. Ils s'assirent de part et d'autre de la table de cuisine, chuchotant au sujet des poules, du train de Dublin qui avait trois minutes de retard, du train de Wicklow qui était passé à l'heure pile la veille, du brouillard de ce matin, tous les deux amicalement en confiance jusqu'à ce qu'il mentionne la visite. Quand il eut terminé, elle jeta un coup d'œil à la porte ouverte de la chambre.

« Je dois dire qu'elle a toujours été très généreuse avec moi. Sir Hilary était très gentil. Il a beaucoup insisté pour que je reste. Il m'a dit "Vous lui faites du bien". Elle est sujette à des humeurs et à des tensions. J'étais vraiment désolée pour lui. Il l'a trop gâtée. »

« Oui, mais naturellement, Mary, ces aristocrates », Mr Bodkin louvoyait avec finesse et fut rempli d'admiration quand il vit qu'elle ne mordait pas à l'hameçon.

Elle dit simplement : « Sir Hilary était un vrai gentleman ».

« Ils sont mariés depuis longtemps ? »

« Quinze ans. C'est sa seconde femme. Elle a soigné sa première femme. Mais il *fallait* que je revienne ici, Mr Bodkin ! »

« Vous avez eu tout à fait raison. Et votre frère avait lui aussi raison. Vous comprenez, deux femmes toutes seules dans une maison isolée. Votre frère ne se sent jamais seul ? »

Elle couvrit son visage de ses mains et il comprit qu'elle pleurait.

« Il se meurt de solitude. »

Dans la chambre, la vieille femme se mit tout à coup à marteler le plancher avec sa canne.

« Il est rentré ? » demanda-t-elle avec irritation.

Mary se dirigea vers la porte de la chambre et s'appuya contre le chambranle. C'était comme s'il écoutait une conversation téléphonique.

« C'est Mr Bodkin… Il est allé au magasin acheter des cigarettes… Il avait dû les oublier… Il y a environ une heure… Il est sans doute allé faire une balade. La nuit est si belle… Och, il doit en avoir marre de cette vieille camionnette… Elle tourna la tête. La camionnette étaitelle dans le hangar, Mr Bodkin ? Il fit signe que non. Il a pris la camionnette… Pour l'amour de Dieu, Mère, ne t'inquiète pas et dors. Peut-être qu'il a eu envie d'aller à Ashford pour boire un verre et bavarder. Il s'ennuie un peu ici… Toi et moi, nous allons faire une partie de dames. »

Mr Bodkin s'en alla.

Une infirmière ? Il faisait sombre dans l'allée, mais audessus du tunnel des haies, il y avait encore une traînée de jour. Il se mit en marche vers la route, espérant rencontrer Condor sur le chemin du retour. L'air était lourd d'héliotropes et de reines-des-prés. Un frôlement dans le fossé près de lui. Au loin, le hennissement d'un cheval. Il doit avoir quarante ans maintenant. Derrière lui, l'Afrique, l'Italie, Londres. Devant lui, seulement les routes et les champs de son enfance. Tous les soirs cette ferme solitaire. La houle de l'express de nuit l'obligea à se retourner et il le regarda passer jusqu'à ce que les dernières lumières aient fini de scintiller au bout de l'allée et que le bourdonnement ait disparu au loin.

« Mais j'ai vécu. Un vieil homme, désormais, deux fois un enfant. »

Dans la dernière lumière du crépuscule au-dessus des arbres de la route, il vit l'avant rouge de la camionnette qui dépassait de l'entrée en demi-lune du manoir abandonné. Il s'en approcha, regarda dans la cabine vide, entendit un pigeon roucouler depuis un bosquet d'arbres derrière le portail cadenassé. Il poursuivit sa route jusqu'au magasin. Il était fermé et éteint. Il devina une fenêtre allumée à l'arrière, éclairant des moignons de choux décapités. Condor était sans doute à l'intérieur, à bavarder. Il allait faire demi-tour quand il vit, cent mètres plus loin, les feux arrière rouges d'une voiture garée. Une autre nuit, il aurait à peine jeté un coup d'œil distrait dans sa direction. Les ténèbres, le silence, le tourbillon de ses pensées le poussèrent finalement à longer la bordure herbeuse. À quinze mètres, il reconnut la Jaguar blanche, vit la portière arrière s'ouvrir, et vit sortir deux silhouettes qu'éclairait la lumière intérieure. Debout sur la route, elles échangèrent un baiser passionné. Lorsqu'il la relâcha, elle remonta dans la voiture, les deux portières claquèrent et tout redevint sombre et silencieux. Elle mit le moteur en marche, illumina toute la route de ses phares et aborda le virage à toute vitesse. Écrasé contre la haie, il entendit Condor approcher, passer devant lui et disparaître. Quelques instants plus tard, la portière de la camionnette se referma avec un bruit de ferblanc, les phares s'allumèrent, décrivirent un arc dans la gueule de l'allée, trottinèrent, comme ivres, derrière la haie, en direction de la mer.

Avant de s'endormir, cette nuit-là, Mr Bodkin entendit des milliers de vaguelettes gratter les galets, comme, au cours de sa longue vie, d'autres vagues, innombrables, avaient gratté dans d'autres lieux, sans qu'on les entende – bruits, moments, lieux, gens auxquels il n'avait jamais pensé une seule fois. Le *Irish Times* parlait rarement de ces tempêtes passionnelles et, quand il le faisait, elles éclataient et mouraient très loin, comme les fables que Shakespeare avait inventées pour son divertissement au théâtre. Mais il connaissait les Condor. Cette femme adultère pouvait détruire leurs vies aussi sûrement qu'il savait, lorsqu'il ouvrit les yeux sur le soleil maritime qui se réfléchissait au plafond, qu'elle avait déjà détruit la sienne.

Il avait l'habitude, les jours d'été comme celui-là, de se lever, d'enlever son pyjama, d'enfiler un maillot de bain, de traverser la voie en pantoufles, sa serviette autour du cou, et d'aller jusqu'à la lisière des vagues ; il appelait cela faire trempette : c'est-à-dire que, comme il nageait lui aussi comme une pierre, il avançait dans la mer jusqu'aux genoux, s'éclaboussait les épaules puis, ronronnant de plaisir sous la morsure du froid, il remontait en courant jusqu'au gravier et essuyait son corps frissonnant. Il le fit ce matin-là avec les yeux d'un saint qui se serait réveillé après des rêves de pécheur.

Le mardi soir, il parcourut l'allée et la route comme un espion. La camionnette rouge n'était pas dans son appentis. Mais elle n'était pas non plus sur la route. Des images lascives le tinrent éveillé pendant des heures. Il attendait ardemment le coup de tonnerre de Dieu.

Le début de la soirée de mercredi ne fut pas différent ; mais en arrivant à l'extrémité de l'allée, la camionnette vide et la Jaguar vide furent devant lui, côte à côte près du passage à niveau. Il fit immédiatement retraite jusqu'à son banc, observant toute l'étendue de la plage, tendant l'oreille pour entendre le bruit de leurs pas sur les galets, déterminé à les attendre toute la nuit, si nécessaire. Quelque part, cette femme était enlacée par les bras de Condor. Les cuisses nues. Les bras ridés. Le cou plissé.

La lumière du jour s'était éteinte vers neuf heures mais il faisait encore assez clair pour lui permettre de distinguer des ombres devant le scintillement de la mer, s'il y avait eu des ombres à distinguer. Il ne vit rien. Il entendait seulement les vagues. Deux heures plus tard au moins, il entendit démarrer les moteurs. Quand il fut parvenu au bout du quai, les feux de la Jaguar disparaissaient déjà dans l'allée et ceux de la camionnette tournaient à hauteur du portail. Mr Bodkin y arriva juste à temps pour voir la silhouette sombre se détacher sur le ciel strié à l'ouest.

Tandis qu'il regardait la camionnette vide sous l'appentis, il se dit : *Voilà comment leur faire peur – un message menaçant sur le siège de la camionnette.* Mais eux aussi pouvaient communiquer par ce moyen. Le message pour Colm. Sa réponse qu'il posait tôt le matin à l'hôtel.

Le jeudi soir, la camionnette resta sous l'appentis. Mais où était Condor ? Il avança sur le chemin herbeux jusqu'à la ferme et posa une oreille contre la porte. Il entendit la voix de Mary, la voix irritée de Condor, les pleurs de la mère. Il respira gaiement et rentra se coucher.

Le vendredi matin, la Jaguar était garée devant le portail en bois de Mary. Faisait-elle le siège ? Cette nuit-là, la camionnette écarlate se trouvait une fois de plus sous l'appentis. Fatigué d'avoir tant marché et espionné, Mr Bodkin s'assoupit pendant son souper. Il fut réveillé vers onze heures par le bruit d'une voiture. Se précipitant vers la porte il eut le temps de voir le ciel éclairé par les phares de la Jaguar. Il prit l'allée et se dirigea jusqu'à la camionnette, regarda autour de lui, ne vit rien, éclaira la cabine avec sa torche et découvrit une enveloppe bleue posée sur le siège. Il l'ouvrit brutalement et lut à la lumière de sa torche. « Oh, Mon Chéri, pour l'amour de Dieu, où es-tu ? La nuit dernière et ce soir. J'ai attendu et attendu. Qu'est-il arrivé ? Il ne me reste plus qu'une nuit. Tu rentres bien avec moi, comme tu l'as promis ? Si je ne te vois pas demain soir, je me jetterai à la mer. Je t'adore. Connie. » Mr Bodkin emporta la lettre jusqu'à la mer, la déchira en tout petits morceaux et, écartant largement les bras, les dispersa sur les vagues qui se retiraient.

Ce samedi après-midi-là, en rentrant du magasin avec ses achats du week-end dans son filet, il vit la Jaguar près du passage à niveau ; elle était tachée de boue et poussiéreuse, ses flancs blancs avaient été égratignés par les ronces. Derrière la salle d'attente, il la vit assise sur le banc, fumant une cigarette, les yeux fixés sur la mer étincelante. Ce fut à peine si elle leva les yeux vers lui. On lui aurait donné soixante ans. Il fit une courbette et s'assit près d'elle. Elle sentait le whisky.

« Quel magnifique après-midi, Lady Dobson. Me permettez-vous de reposer un instant mon corps las ? Cette allée est chaque jour plus longue. Est-ce que votre séjour se passe bien ? »

« Très bien, Bodkin, merci. »

« Et, si vous me permettez de vous poser la question, j'aimerais savoir, vos démarches, comme je l'espère, vont-elles aboutir ? »

« Non, pas vraiment, pas avec cette vieille femme qui s'accroche à tout le monde. J'ai fait en sorte que l'idée germe. Molly sait maintenant qu'elle sera toujours bien accueillie chez moi. »

« Tout vient à point à qui sait attendre. Ma devise préférée. Ne jamais déclarer forfait. Drapeau cloué au mât. On ne se rend pas ! Ce qui veut dire, je l'espère bien, que vous n'allez pas nous quitter de sitôt. »

« Je m'en vais cette nuit. »

« J'espère que l'hôtel n'était pas trop inconfortable. »

« Très confortable. Il est plein de vieilles filles. Elles me donnent la nausée. »

Il regardait béatement la mer et attendait.

« Bodkin ! Il y a quelqu'un que je n'ai pas encore vu. Il faudrait que je dise un mot à Condor de la part d'Hilary. Vous ne l'avez pas vu ? »

Sa voix commença à se défaire. Des yeux comme de la graisse sous l'eau chaude. La cigarette tremblait.

« Attendez un peu – il réfléchit. Jeudi ? Oui. Et aussi la nuit dernière. Nous avons joué aux dames avec sa mère. Il paraissait égal à lui-même. »

Elle éjecta sa cigarette et l'écrasa dans la poussière à ses pieds.

« Bodkin ! Dites-moi, pour l'amour de Dieu, ce que de jeunes personnes font de leur vie dans un trou perdu comme celui-ci ? Dès quatre heures en hiver il doit faire nuit noire dans cette allée ! »

Il regarda ses chaussures, sortit son mouchoir et en épousseta les pointes.

« Je crains fort, Lady Dobson, de ne plus jamais avoir l'occasion de rencontrer des jeunes gens. Et, après tout, Condor n'est plus un jeune homme, je suppose qu'on pourrait dire qu'il est d'âge moyen. Vous ne croyez pas ? »

Elle gémit d'une voix rauque.

« Et moi alors, je deviens quoi ? Une vieille peau ? »

« Et moi ? Comme le dit le Grand Livre, "Les jours de nos années s'élèvent à soixante et dix ans, et pour les plus robustes, à quatre-vingts ans ; et l'orgueil qu'ils en tirent n'est que peine et misère, car il passe vite et nous nous envolons". »

Elle lui lança méchamment :

« Vous me dégoûtez. »

De sous ses paupières bleues, elle regarda les nuages qu'effilochait la lame acérée de l'horizon. Il se souvint du visage tordu de Mary quand elle avait dit « Il se meurt de solitude ». Elle se tourna pour lui faire face. Cordes de harpe sous le menton. Mains tachetées. La créature avait l'âge du péché.

« Est-ce que vous sauriez par hasard, Bodkin, si Condor a une amie par ici ? Si je vous pose la question, évidemment, c'est parce que, si la réponse est oui, inutile alors de lui demander s'il veut revenir chez nous ? Alors ? »

Mr Bodkin fouilla la mer du regard comme s'il cherchait un petit bateau sur lequel échapper à sa conscience.

« Je crois bien qu'il a une amie », dit-il avec conviction.

« Vous croyez ? Vous le savez ? Ou vous ne le savez pas ? »

« Je les ai vus deux fois, dans l'allée, en train de s'embrasser. Je suppose que cela signifie qu'ils sont amoureux. »

« Merci, Bodkin, dit-elle avec entrain. Dans ce cas, Hilary va devoir se trouver un autre chauffeur et je vais devoir me trouver une autre femme de chambre. » Elle se leva brusquement. Il se leva poliment. « J'espère que vous aurez un hiver agréable. » Elle le regarda avec haine. « Amoureux ? Avez-vous jamais dans votre vie été amoureux ? Savez-vous ce que signifie être amoureux ? »

« La vie m'a refusé beaucoup de choses, Lady Dobson. »

« Auriez-vous par hasard quelque chose à boire dans ce cercueil noir où vous vivez ? »

« Hélas ! Rien que du thé. Je ne suis pas riche, Lady Dobson. J'ai lu récemment dans le journal que le whisky coûtait maintenant jusqu'à six shillings le verre. »

Les yeux fermés de Lady Dobson étaient rivetés à son âge comme un visage usé sur une pièce ancienne.

« Pas d'amour. Pas de boisson. Pas d'ami. Pas de femme. Pas d'enfant. Heureux homme ! Rien ne peut vous trahir. »

Elle fit demi-tour et s'en alla.

Les événements de ce samedi soir et du lendemain matin furent divulgués pendant l'enquête.

Le brigadier Delahunty témoigna sous serment qu'il avait trouvé le corps dans les rochers de Greystones. Ce que le Guard Sinnot corrobora. Mr T. J. Bodkin fut alors appelé à la barre. Il indiqua qu'il était un homme d'affaires en retraite vivant dans un chalet près de la gare désaffectée de Cobbler's Hulk. Il affirma que, comme d'habitude, il s'était couché cette nuit-là aux alentours de dix heures et qu'il s'était endormi. Souffrant d'arthrite, il dormait mal. Vers une heure, il avait été réveillé par quelque chose.

> LE CORONER : De quoi s'agissait-il ? Avez-vous entendu un bruit ?
>
> LE TÉMOIN : Je me réveille souvent à cause de douleurs arthritiques dans mes jambes.

LE CORONER : Êtes-vous tout à fait certain qu'il n'était pas plus tôt qu'une heure ? La raison pour laquelle je vous pose cette question est que la montre de la personne décédée s'était arrêtée à minuit moins le quart.
LE TÉMOIN : J'ai regardé ma montre. Il était une heure cinq.

Poursuivant son témoignage, le témoin expliqua que, comme la nuit était chaude et sèche, il s'était levé, avait mis sa robe de chambre et ses pantoufles et avait fait les cent pas sur le quai pour calmer ses douleurs. De l'endroit où il se trouvait, il vit une voiture blanche garée dans l'allée. Il s'en approcha. Il reconnut la voiture de Lady Constance Dobson, qu'il avait rencontrée un peu plus tôt cette semaine-là. Il n'y avait personne dans la voiture. Quand un juré lui demanda s'il avait déjà vu la voiture cette nuit-là, avant d'aller se coucher, le témoin répondit qu'il n'avait pas l'habitude de sortir de son chalet après le souper. Quand un autre juré lui eut demandé s'il n'avait pas été surpris de trouver une voiture vide à cet endroit à une heure du matin, il répondit que oui mais qu'il avait pensé que le réservoir était vide et que Lady Dobson avait abandonné la voiture jusqu'au matin. Sa curiosité n'avait pas été éveillée. Il n'était pas curieux de nature. Le témoin déclara alors qu'il était retourné dans son chalet et avait dormi jusqu'à six heures ; il s'était alors levé, un peu plus tôt que d'ordinaire, et était descendu se baigner dans la mer, comme d'habitude. En se rendant sur la plage, il avait une fois de plus examiné la voiture.

LE CORONER : Il faisait alors grand jour ?
LE TÉMOIN : Oui monsieur.
LE CORONER : Avez-vous examiné l'intérieur de la voiture ?
LE TÉMOIN : Oui monsieur. J'ai vu que la portière n'était pas verrouillée et je l'ai ouverte. J'ai vu un sac à main de femme sur le siège avant et une valise en

cuir sur le siège arrière. J'ai remarqué que la clé était à sa place. Je l'ai tournée, j'ai tiré le starter et le moteur a réagi immédiatement. C'est alors que j'ai vraiment commencé à m'inquiéter.
LE CORONER : Qu'avez-vous fait ?
LE TÉMOIN : Je suis allé nager. Il était trop tôt pour faire quoi que ce soit d'autre.

Mr Bodkin déclara ensuite qu'il était rentré dans son chalet, s'était habillé, rasé, avait préparé son petit déjeuner et l'avait avalé. À sept heures, il s'était rendu à la maison de ses plus proches voisins, les Condor, et les avait alertés. Mr Colm Condor l'avait immédiatement accompagné jusqu'à la voiture. Après l'avoir examinée, et à la suggestion de Mr Condor, ils étaient tous les deux montés dans la camionnette de Mr Condor et étaient partis prévenir le poste des Guards d'Ashford.

LE CORONER : Nous avons le témoignage du Guard. Et vous ne savez rien de plus sur cette affaire ?
LE TÉMOIN : Non, monsieur.
LE CORONER : C'est-à-dire, évidemment, jusqu'au moment où le corps a été trouvé, tout habillé, dans les rochers de Greystones, une semaine plus tard ; c'est-à-dire hier matin ; vous avez alors, avec Sir Hilary Dobson et Miss Mary Condor, aidé à identifier le cadavre ?
LE TÉMOIN : Oui, monsieur.
LE CORONER : Avez-vous eu la moindre difficulté à le faire ?
LE TÉMOIN : J'ai eu une certaine difficulté.
LE CORONER : Mais vous êtes néanmoins persuadé qu'il s'agissait du corps de Lady Constance Dobson et de personne d'autre.
LE TÉMOIN : J'en suis persuadé. J'ai aussi reconnu le bracelet d'or tressé qu'elle portait le jour où je l'ai rencontrée. Elle avait des dents très reconnaissables.

Le Dr Edward Halpin, du sanatorium de Newcastle, ayant donné son opinion, selon laquelle la mort était due à une asphyxie provoquée par la noyade, le jury, convaincu par la déposition du médecin, conclut à un suicide décidé pendant un moment de folie. Le coroner déclara que l'affaire était affligeante, exprima ses condoléances à Sir Hilary Dobson et ajouta qu'aucune culpabilité ne rejaillissait sur qui que ce soit.

Je ne vis plus Mr Bodkin avant le mois de septembre. Un jour de blancheur infinie. Les vagues déferlaient avec lourdeur. Très froid. Je savais que ce serait la dernière baignade de l'année. Le voyant sur son banc – pardessus, chapeau melon, guêtres grises, parapluie roulé (il allait dorénavant en avoir besoin), filet bien rempli posé entre ses pieds, tête penchée d'un côté comme s'il guettait le bruit du train qui approchait – je me mis une fois de plus à réfléchir à une ou deux choses étranges qu'il avait dites pendant l'enquête : comme lorsqu'il avait répondu à un des jurés qu'il ne sortait jamais de son wagon après le souper ; avait répondu au coroner qu'il se réveillait souvent la nuit à cause de son arthrite (« Je dors comme un sonneur », m'avait-il dit ; « De ma vie, je n'ai jamais été malade un seul jour ! Excepté les engelures ») ; il avait vu à sa montre qu'il était une heure cinq du matin (« Je vis au rythme du soleil et des étoiles »). Il avait aussi dit que, du quai, il avait vu la voiture blanche garée au bout de l'allée. Quelques minutes plus tôt, j'avais garé ma Morris au bout de l'allée et, en regardant alors dans cette direction, j'avais vu qu'elle était dissimulée par le poste d'aiguillage.

Il ne m'invita pas à m'asseoir et je ne le fis pas. Nous parlâmes du ciel où le soleil était absent. Il sourit quand je regardai le ciel et lui dis : « Votre montre est cachée par les nuages. » Je lui exprimai ma sympathie au sujet de l'expérience douloureuse qu'il venait de vivre.

« Ah oui ! acquiesça-t-il. C'était fort affligeant. Même si elle *était* une pauvre âme folle. Un peu légère, aussi. Pas vraiment le haut du pavé. Ce qui explique peut-être certaines choses. Un peu abîmée, je veux dire. Le genre de femme, comme disait ma chère mère, qui aurait mis sens dessus dessous une caserne de soldats. »

« Pourquoi donc l'a-t-elle fait, à votre avis ? Mais je ne devrais pas vous le demander ; je suis sûr que vous aimeriez mieux oublier toute l'affaire. »

« C'est bien fini maintenant. La roue tourne. Tout retourne à la mer. Elle était malheureuse en amour. »

Je le regardai, étonné. « Un homme à Londres ? »

Il hésita, m'examina d'un regard fuyant, secoua lentement la tête et dirigea ses yeux par-dessus son épaule en direction des champs.

« Mais cela n'a pas été évoqué pendant l'enquête ! D'autres personnes étaient-elles au courant ? Les Condor le savaient-ils ? »

Ses mains changèrent de position sur la poignée de son parapluie.

« Dans des endroits aussi calmes que celui-ci, on entendrait une feuille tomber. Et là où il se passe très peu de choses, chaque secret devient un trésor enfoui dont personne ne parle. Même si toutes les pâquerettes sur les dunes sont au courant. Ce matin même, quand je suis allé voir Mary Condor, une poule est passée devant la porte. Elle m'a dit "Cette poule pond dehors. Elle a les pattes propres. Elle a marché dans l'herbe." Tout se sait. J'ai parfois l'impression, déclara-t-il avec un peu d'humeur, qu'on sait ce que j'ai mangé au petit déjeuner. »

(Sa plage tranquille le décevait-elle un peu ?)

« Comment vous en êtes-vous rendu compte ? Ou bien est-ce simplement une hypothèse ? »

Il fronça les sourcils. Il changea la position de ses mains une seconde fois. Ses épaules se redressèrent. Il plastronnait presque.

« J'ai un talent d'observation bien à moi ! Je sais aussi garder les yeux ouverts, vous savez ! Il m'arrive de voir des choses que personne d'autre n'a vues. Je peux vous montrer quelque chose que personne d'autre n'a vu. »

Me regardant le regarder, il sortit lentement son agenda et l'ouvrit pour me montrer une grande carte de visite. Je me penchai en avant pour lire le nom. LADY CONSTANCE DOBSON. Son petit doigt la retourna. Là, écrit apparemment avec du rouge à lèvres, se trouvait le mot *Judas*. Lorsque je levai les yeux vers lui, il prit un air de triomphe.

« Et où donc avez-vous trouvé ça ? »

« Ce matin-là à six heures, il faisait jour. Je l'ai trouvée coincée sous un des essuie-glaces – il hésita pour la dernière fois – de la Jaguar. »

Mon cerveau était aussi brouillé qu'un puzzle. Il mentait. Combien d'autres morceaux du puzzle avaient disparu ? Qui donc a dit que dans tout puzzle le morceau manquant est Dieu ?

« Mais vous n'en avez pas parlé pendant l'enquête. »

« Aurais-je dû le faire ? J'y ai pensé. J'ai décidé qu'il serait miséricordieux de ne pas le faire. Il y avait certaines personnes à préserver. Sir Hilary par exemple. Et d'autres aussi. » Il remit la carte de visite dans son agenda et se leva d'un air déterminé. « Je vois que vous allez nager. Faites attention. Il y a des courants. L'eau est très vite profonde. À trois mètres les galets glissent sous vos pieds. Et personne ne peut vous entendre si vous appelez à l'aide. J'ai fait ma petite trempette habituelle ce matin. Un tel calme. Un silence si profond. L'eau était très froide. »

Il me salua de la tête et s'éloigna. Je marchai très lentement jusqu'à la lisière des vagues. Je testai l'eau avec la main. Il avait raison. Je regardai autour de moi. J'aurais pu être un naufragé sur un récif de la Baltique suspendu entre une infinité de nuages et le miroir d'une mer où brillaient les images d'icebergs qui s'y reflétaient. Pas un bateau de pêcheur. Pas même un cormoran. Personne sur des miles, au nord ou au sud. Personne le long de la voie de chemin de fer. Ou alors, comme il l'avait laissé entendre, y avait-il toujours quelqu'un qui regardait ? S'il dissimulait quelque chose, pourquoi avait-il admis qu'il était sorti de son wagon pendant la nuit ? Pourquoi avait-il parlé d'une heure du matin ? Savait-il qu'elle était morte vers minuit ? Craignait-il que quelqu'un d'autre que lui ait vu ses phares faire demi-tour au bout de l'allée ? Un menteur timide, offrant une demi-vérité pour dissimuler toute la vérité ?

Au-dessus des dunes, je voyais tout juste le toit noir de son wagon. J'évaluai la distance qui nous séparait et criai très fort « À l'aide ! » ; pendant dix secondes, il ne se passa rien. Puis sa petite silhouette apparut furtivement derrière les dunes. Quand il me vit, il disparut.

Deux bouteilles de condiment

LORD DUNSANY

Mon nom est Smithers. On pourrait dire que je suis un petit bonhomme qui fait de petites affaires. Je voyage pour le compte de Num-numo, un condiment pour la viande et les hors-d'œuvre – condiment célèbre dans le monde entier, devrais-je dire. Il est vraiment plutôt bon, aucun acide délétère, et pas d'effet sur le cœur ; il est donc assez facile à placer. Sinon, je n'aurais pas obtenu ce boulot. Mais j'espère un jour avoir quelque chose de plus difficile à placer, car naturellement, plus c'est difficile à placer, plus on gagne d'argent. Pour le moment j'arrive tout juste à en vivre, je ne mets pas d'argent de côté ; mais il faut dire que mon appartement me coûte très cher. Je vais vous dire comment ça s'est passé, ce qui m'amène à vous raconter mon histoire. Ce n'est pas vraiment le genre d'histoire qu'on attend d'un petit bonhomme comme moi, et pourtant personne d'autre que moi ne peut la raconter. À part moi, ceux qui sont au courant préféreraient l'étouffer. Bon, j'étais à la recherche d'une chambre à Londres après avoir obtenu ce boulot. Elle devait être dans Londres, centrale ; et je me suis rendu dans un lotissement, les immeubles étaient assez sinistres, et j'ai vu le type qui les gérait, et je lui ai dit ce que je cherchais. Ils appelaient ça des appartements ; une seule pièce avec une espèce de placard. Bon, il était en train de faire visiter à quelqu'un à ce moment-là, un monsieur, plus que ça même, c'est pourquoi il n'a pas fait très attention à moi – le bonhomme qui gérait tous ces appartements, je veux dire. Et je les ai donc suivis quelque temps, visitant toutes sortes de pièces jusqu'à ce qu'on veuille bien me montrer quelque chose qui serait dans mes moyens. Nous sommes arrivés dans un très bel appartement, un salon, une chambre et une salle de bains, et puis une espèce de petite pièce qu'ils appelaient un hall. Et c'est comme ça que j'ai connu Linley. C'était lui, le type à qui on faisait visiter.

« Un peu cher », a-t-il dit.

Et le bonhomme qui gérait les appartements s'est tourné vers la fenêtre et s'est mis à se curer les dents. C'est drôle tout ce qu'on peut exprimer avec un truc tout simple. Ce qu'il voulait dire, c'était qu'il avait des centaines d'appartements comme celui-là, et des milliers de gens que ça intéressait, et qu'il se fichait de savoir lesquels les prenaient, lesquels continuaient à chercher. En tout cas, on comprenait bien ce qu'il voulait exprimer. Pourtant il n'a pas prononcé un mot, il regardait simplement par la fenêtre en se curant les dents. Et alors, je me suis risqué à parler à Mr Linley ; et je lui ai dit : « Que diriez-vous, monsieur, si je payais la moitié et que nous partagions ? Je ne vous dérangerais pas, et puis je suis dehors toute la journée, et, quoi que vous vouliez faire, moi, ça m'irait, et vraiment je ne vous dérangerais pas plus qu'un chat. »

Que j'aie fait ça pourrait vous surprendre ; et qu'il ait accepté encore davantage – en tout cas, si vous me connaissiez, rien qu'un petit bonhomme qui fait de petites affaires. Et pourtant j'ai vu tout de suite que je lui étais sympathique, bien plus que le type à la fenêtre.

« Mais il n'y a qu'une seule chambre à coucher », a-t-il dit.

« Je pourrais installer mon lit facilement dans cette petite pièce-là », ai-je dit.

« Le hall », a dit le bonhomme en se détournant de la fenêtre tout en continuant à se curer les dents.

« Et je pourrais replier le lit et le dissimuler dans le placard quand vous voudrez », ai-je dit.

Il a pris un air pensif et l'autre homme s'est remis à contempler Londres ; et à la fin, vous savez, il a accepté.

« Un de vos amis ? » a demandé le bonhomme des appartements.

« Oui », a répondu Mr Linley.

C'était vraiment gentil de sa part.

Je vais vous expliquer pourquoi j'ai fait ça. Est-ce que j'en avais les moyens ? Certainement pas. Mais je l'avais entendu dire au bonhomme des appartements qu'il venait de terminer ses études à Oxford et qu'il voulait vivre quelques mois à Londres. Il se trouvait qu'il voulait simplement s'installer confortablement, ne rien faire quelque temps tout en regardant autour de lui et en se choisissant un métier, ou peut-être aussi longtemps qu'il pouvait se le permettre. Bon, me suis-je dit, que valent les manières d'Oxford dans les affaires, particulièrement dans les affaires comme les miennes ? Eh bien, elles sont tout simplement inestimables. Si je pouvais seulement absorber un quart des manières de ce Mr Linley je serais capable de doubler mes ventes, et cela voudrait dire qu'on me donnerait immédiatement quelque chose de plus difficile à placer, et sans doute trois fois plus d'argent. Ça valait certainement le coup. Et avec un quart de manières, vous pouvez tout de suite doubler votre mise, si vous faites bien attention. Ce que je veux dire, c'est que vous n'avez pas besoin de citer tout *L'Enfer* pour montrer que vous avez lu Milton ; la moitié d'un vers suffit.

Bon, venons-en à cette histoire que j'aimerais vous raconter. Et vous n'auriez certainement pas pensé qu'un petit bonhomme comme moi pourrait vous faire frissonner. Eh bien, j'ai rapidement oublié les manières d'Oxford quand nous nous sommes installés dans l'appartement.

Je les ai oubliées parce que j'étais tout simplement ébahi par ce type. Son cerveau était pareil au corps d'un acrobate, pareil au corps d'un oiseau. On ne pouvait pas parler d'éducation à son sujet. On ne remarquait pas s'il en avait eu une ou pas. Il vous sortait des idées nouvelles en permanence, des choses auxquelles vous n'auriez jamais pensé. Et en plus il finissait toujours par attraper les idées qui traînaient. Je me suis très souvent aperçu qu'il savait exactement ce que j'allais dire. Non, il ne lisait pas dans mes pensées, c'était plutôt ce qu'on appelle l'intuition. À cette époque, j'essayais de comprendre quelque chose au jeu d'échecs, pour me distraire de Num-numo, le soir, dans mes moments de loisir. Mais je n'ai jamais été capable de résoudre les problèmes. Lui, il arrivait, jetait un coup d'œil à mon problème et disait : « Il faut sans doute déplacer cette pièce-là », et je lui disais : « Oui, mais où ? » et il disait : « Oh, une de ces trois cases. » Et je lui disais : « Mais elle sera prise sur chacune d'elles. » Et la pièce, c'était le plus souvent une reine, vous comprenez ? Et il me disait : « Oui, elle ne sert à rien là où elle est : vous êtes sans doute supposé la perdre ».

Et puis, vous savez, il avait raison.

Vous comprenez, il analysait ce que l'adversaire pensait. C'est comme ça qu'il comprenait.

Bon, c'est alors qu'un jour il y a eu cet horrible assassinat à Unge. Je ne sais pas si vous vous en souvenez. Mais Steeger était allé vivre avec une jeune femme dans une maisonnette des North Downs, et nous avons alors entendu parler de lui pour la première fois.

La fille possédait 200 livres, il a tout ramassé, jusqu'au dernier penny, et elle a complètement disparu. Et Scotland Yard ne parvenait pas à la retrouver.

Bon, le hasard fait que j'avais lu que Steeger avait acheté deux bouteilles de Num-numo ; or la police d'Otherthorpe connaissait tous les détails de sa vie, sauf ce qu'il avait fait de la fille ; et c'est ça qui a naturellement éveillé ma curiosité, sans ça je n'y aurais plus pensé et je n'en aurais pas parlé à Linley. Je ne pouvais pas me sortir Num-numo de la tête, parce que je passais toutes mes journées à essayer d'en vendre et c'est pour ça que je n'ai pas oublié l'autre truc. Et voilà qu'un jour j'ai dit à Linley : « Je me demande, avec ce talent que vous avez pour comprendre un problème d'échecs, et pour réfléchir à une chose ou à une autre, pourquoi vous n'essayez pas de vous attaquer au mystère d'Otherthorpe. Ce n'est qu'un problème, exactement comme aux échecs », lui ai-je dit.

« Il y a plus de mystère dans une seule partie d'échecs que dans dix meurtres », m'a-t-il répondu.

« Scotland Yard ne s'en sort pas », ai-je dit.

« Vraiment ? »

« Une vraie gamelle. »

« Pourtant il n'y a pas de raison », m'a-t-il dit. Et presque immédiatement après, il a demandé : « Quels sont les faits ? »

Nous étions tous les deux assis pour dîner et je lui ai exposé les faits, tels que je les connaissais par les journaux. La fille était une jolie blonde, pas bien grande, elle s'appelait Nancy Elth, elle avait 200 livres, ils ont logé cinq jours dans une maisonnette à la campagne. Le type y est resté seul deux semaines de plus, et personne n'a plus jamais vu la fille en vie. Steeger avait dit qu'elle était partie en Amérique du Sud, mais plus tard, ce n'est pas l'Amérique du Sud qu'il a dit, mais l'Afrique du Sud. Il ne restait plus rien de l'argent sur le compte en banque de la fille et il a été prouvé que Steeger avait reçu 150 livres à peu près à ce moment-là. Et puis on a appris que Steeger était végétarien et qu'il achetait tout ce dont il avait besoin chez le marchand de légumes, c'est ce qui a éveillé les soupçons du gendarme du village d'Unge, car c'était le premier végétarien que ce gendarme avait rencontré. Il s'est mis à surveiller Steeger, et il a bien fait car il n'y avait rien que Scotland Yard lui ait demandé sur

Steeger auquel il ne pouvait répondre, excepté, naturellement, une seule chose. Et il est allé raconter ça à la police d'Otherthorpe, à cinq ou six miles de là, et les policiers sont venus lui donner un coup de main. En tout cas ils pouvaient assurer qu'il n'était jamais sorti de la maison et de son petit jardin propret depuis la disparition. Vous comprenez, plus ils le surveillaient, plus ils avaient de soupçons, ce qui est normal quand on se met à surveiller quelqu'un ; de sorte qu'ils se sont mis à surveiller le moindre de ses mouvements, mais, s'il n'y avait pas eu le fait qu'il était végétarien, jamais ils n'auraient eu de soupçons, et il n'y aurait pas eu suffisamment d'indices, même pour Linley. Et pourtant ils n'avaient pas trouvé grand-chose contre lui, excepté les 150 livres qui étaient tombées du ciel, et ça, c'est Scotland Yard qui l'a trouvé, pas les policiers d'Otherthorpe. Non, ce que le gendarme d'Unge avait trouvé, c'était le truc des mélèzes, et là-dessus, les gens de Scotland Yard étaient complètement dans le brouillard, et Linley aussi était dans le brouillard, jusqu'à la fin, et évidemment moi aussi. Il y avait dix mélèzes dans le jardinet, il s'était arrangé avec le propriétaire, ce type, Steeger, avant de se décider à louer la maisonnette, aussi il avait le droit de faire ce qu'il voulait avec les mélèzes. Et alors, à peu près au moment où cette Nancy Elth a dû mourir, il les a tous abattus. Trois fois par jour il s'y est mis pendant presque une semaine, et quand ils ont tous été abattus il les a découpés en bûches de moins de deux pieds de long qu'il a empilées en tas bien nets. Jamais vu un travail pareil. Et pourquoi donc ? Pour justifier la hache, car la hache était une des hypothèses. Mais la justification était disproportionnée par rapport à l'hypothèse ; il lui a fallu quinze jours de travail acharné et quotidien. Et il n'aurait pas eu besoin de hache pour tuer la petite Nancy Elth, ni pour la découper. Selon une autre hypothèse, il avait besoin de bois de chauffage, pour faire disparaître le corps. Mais il ne l'a pas utilisé. Il a tout laissé en piles bien nettes. Tout le monde était vraiment dans le brouillard.

Eh bien, voilà les faits tels que je les ai racontés à Linley. Oh oui, il a aussi acheté un couteau de boucher. Un truc bizarre, ils font tous ça. Et pourtant ce n'est pas si bizarre que ça, en fin de compte ; s'il vous faut découper une femme, il faut bien que vous vous y mettiez ; et pour le faire, il faut un couteau. Et puis il y avait aussi quelques indices négatifs. Il n'avait pas brûlé la fille. Il n'allumait qu'un seul feu, de temps en temps, dans un petit fourneau, et seulement pour faire la cuisine. Ils s'en sont aperçus assez rapidement, le gendarme d'Unge et les hommes d'Otherthorpe qui lui donnaient un coup de main. Il y avait quelques endroits boisés tout autour, ils disent des bosquets dans cette partie du pays, en tout cas les paysans, et ils n'avaient aucun mal à grimper aux arbres sans être vus pour renifler la fumée quelle que soit la direction du vent. Ils l'ont fait de temps en temps sans jamais sentir d'odeur de chair brûlée, seulement une odeur de cuisine. Ça, c'était plutôt malin de la part de la police d'Otherthorpe, bien qu'évidemment cela n'ait pas permis de faire pendre Steeger. Alors, un peu plus tard, les hommes de Scotland Yard sont descendus et ont découvert un autre indice – négatif, mais qui permettait quand même d'éliminer quelques probabilités. Et ce qu'ils ont découvert, c'était qu'il n'avait pas creusé le calcaire sous la maisonnette et sous le jardinet. Et qu'il n'avait pas mis un pied dehors depuis la disparition de Nancy. Oh oui, il possédait aussi une lime en plus du couteau. Mais il n'y avait aucune trace de poudre d'os sur la lime, ni de sang sur le couteau. Naturellement il les avait lavés. J'ai expliqué tout ça à Linley.

Bon, il faudrait maintenant que je vous avertisse avant de poursuivre. Moi, je suis un petit bonhomme, et il est peu probable que vous vous attendiez à des choses horribles de ma part. Mais je dois vous avertir que cet homme était un assassin, en tout cas il y avait un assassin ; la femme avait bel et bien été supprimée, et d'ailleurs c'était un joli petit bout de femme, et l'homme qui avait fait ça ne se serait pas nécessairement arrêté devant des considérations qui selon vous auraient dû l'arrêter. Avec un cerveau capable d'une chose pareille et avec l'ombre longue et mince de la corde qui l'y poussait encore davantage, il est impossible de dire où il s'arrêterait. Les histoires de meurtres peuvent paraître gentillettes à une dame qui s'assied toute seule près du feu pour les lire. Et pourtant le meurtre n'est pas vraiment gentil, et quand un meurtrier est désespéré et qu'il cherche à faire disparaître ses traces il est encore moins gentil qu'auparavant. Je vous demanderai de ne pas l'oublier. Bon, je vous ai prévenus.

Alors je dis à Linley : « Et qu'en pensez-vous donc ? »

« Les égouts ? » m'a demandé Linley.

« Non, lui ai-je dit, là vous vous trompez. Scotland Yard s'est occupé de tout ça. Et les gens d'Otherthorpe avant eux. Avec un crochet, ils ont fouillé dans les égouts, si on peut appeler comme ça le petit truc qui s'écoule dans une fosse septique au fond du jardin ; et rien n'était passé par là – en tout cas, rien de ce qui n'aurait pas dû s'y trouver. »

Il a émis encore une ou deux autres suggestions, mais Scotland Yard les avait déjà émises. Mais voilà justement le chiendent de mon histoire, si vous voulez bien excuser l'expression. On s'attend à voir celui qui veut faire un travail de détective sortir sa loupe et se rendre sur place ; se rendre sur place avant tout ; et sur les lieux il mesure les empreintes de pas, et recueille les indices, et trouve le couteau que la police n'avait pas vu. Mais Linley ne s'est même pas rendu sur les lieux et il n'avait pas de loupe, pas que je sache en tout cas, et Scotland Yard était passé partout avant lui.

En fait, la police avait tellement d'indices que n'importe qui en aurait perdu son latin. Toutes sortes d'indices qui montraient qu'il avait assassiné la pauvre fille ; toutes sortes d'indices qui montraient qu'il ne s'était pas débarrassé du corps ; et pourtant le corps n'était pas là.

Et il n'était pas en Amérique du Sud non plus, et encore moins en Afrique du Sud. Et tout ce temps-là, vous comprenez, cet énorme tas de bûches de mélèze, un indice comme le nez au milieu de la figure, et qui ne menait nulle part. Non, nous n'avions, semble-t-il, pas besoin d'indices supplémentaires, et Linley ne s'est jamais rendu sur les lieux. Le problème était plutôt de tirer quelque chose des indices que nous possédions. J'étais totalement mystifié ; Scotland Yard aussi ; et Linley ne semblait pas pouvoir avancer davantage ; et tout ce temps-là la solution du mystère dépendait de moi. Je veux dire que s'il n'y avait pas eu cette petite chose dont je me suis souvenu par hasard, et si je n'avais pas par hasard dit quelque chose à Linley, ce mystère aurait rejoint tous les autres mystères qui n'ont jamais été résolus, un peu de ténèbres, une petite tache noire dans l'histoire des hommes.

Eh bien, il faut dire que Linley n'a pas beaucoup cherché à le résoudre au début, mais j'étais tellement certain qu'il en était capable que je n'arrêtais pas de lui en parler. « Vous savez résoudre les problèmes d'échecs », lui disais-je.

« Ils sont dix fois plus difficiles », me répondait-il, refusant de se laisser convaincre.

« Alors, pourquoi n'acceptez-vous pas de vous occuper de ça ? » lui ai-je rétorqué.

« Alors, allez donc jeter un coup d'œil pour moi là-bas », a décidé Linley.

C'était sa façon de parler. Nous vivions ensemble depuis quinze jours et je commençais à le connaître. Il voulait que j'aille à Unge voir la maisonnette. Je sais bien que vous me direz qu'il aurait pu y aller lui-même ; mais pour dire la vérité, s'il était parti se balader dans la campagne il n'aurait pas pu réfléchir, tandis qu'assis ici dans son fauteuil, près du feu, dans notre appartement, il n'y avait pas de limites au terrain qu'il pouvait couvrir, si vous voyez ce que je veux dire. J'ai donc pris le train le lendemain, et je suis descendu à la gare d'Unge. Et les North Downs se dressaient devant moi, un peu comme de la musique.

« C'est par là, n'est-ce pas ? » ai-je demandé au porteur.

« C'est ça, m'a-t-il dit. Prenez l'allée là-bas ; et faites bien attention à tourner à droite quand vous serez devant le vieil if, un très grand arbre, on ne peut pas se tromper, et ensuite… » et il m'a expliqué le chemin de sorte que je ne pouvais pas me tromper. Ils étaient tous pareils à lui, très gentils et serviables. Vous comprenez, c'était enfin le grand moment pour Unge. Désormais tout le monde avait entendu parler d'Unge ; vous auriez pu envoyer une lettre là-bas sans vous compliquer la vie, sans indication de comté ou de centre postal ; et c'était ce qu'Unge avait à offrir. Je crains fort que si vous vouliez trouver Unge aujourd'hui… Bon, en tout cas, ils battaient le fer pendant qu'il était chaud.

Eh bien, j'étais devant la colline, elle se dressait dans la lumière du soleil, elle s'élevait comme un air de musique. Vous n'avez sûrement pas envie que je vous parle du printemps, et du délire de mai et des couleurs qui se sont abattues partout un peu plus tard ce jour-là, et de tous ces oiseaux ; mais je me suis dit : *Quel bel endroit où emmener une fille*. Et alors, quand je me suis dit que c'était là qu'il l'avait tuée, eh bien, je ne suis qu'un petit bonhomme, comme je l'ai déjà dit, mais quand j'ai pensé à elle sur cette colline avec tous ces oiseaux qui chantaient, je me suis dit : *Comme ce serait bizarre si c'était moi en fin de compte qui faisais pendre cet homme, s'il l'a assassinée*. Et je n'ai pas mis longtemps à trouver la maisonnette et à fouiller un peu partout, à regarder par-dessus la haie dans le jardin. Et je n'ai pas trouvé grand-chose, et je n'ai rien trouvé que la police n'ait pas déjà trouvé, mais il y avait là ces piles de rondins de mélèze comme le nez au milieu de la figure, et ils avaient vraiment l'air étrange.

J'ai beaucoup réfléchi, en respirant les parfums de mai et en contemplant, par-dessus la haie contre laquelle j'étais appuyé, les rondins de mélèze et la petite maison toute proprette de l'autre côté du jardin. J'ai réfléchi à de nombreuses hypothèses jusqu'au moment où je suis parvenu à la réflexion la plus intelligente ; et c'était que si je confiais la réflexion à Linley, avec son éducation d'Oxford et de Cambridge, après lui avoir simplement rapporté les faits, comme il me l'avait demandé, cela serait bien plus dans mon style que si je me lançais dans de profondes réflexions. J'ai oublié de vous dire que j'étais allé à Scotland Yard ce matin-là. Bon, il n'y avait pas grand-chose à dire. Mais ils m'ont demandé ce que je voulais. Et n'ayant pas vraiment de réponse à leur donner, je n'ai quasiment rien tiré d'eux. Mais c'était différent à Unge ; tout le monde était des plus serviables ; c'était un moment capital, comme je l'ai dit. Le gendarme m'a autorisé à entrer dans la maison si je ne touchais à rien et à regarder le jardin depuis l'intérieur. Et j'ai vu les souches des dix mélèzes, et j'ai remarqué quelque chose qui, selon Linley, indique que j'ai des dons d'observation, cela n'a malheureusement servi à rien mais je faisais en tout cas de mon mieux : j'ai remarqué que les souches étaient très mal coupées. Et j'en ai déduit que l'homme ne connaissait pas grand-chose au maniement de la hache. Le gendarme m'a dit que c'était une déduction. Alors j'ai fait remarquer que la hache était émoussée au moment où il l'avait utilisée ; et là le gendarme s'est vraiment mis à réfléchir, bien qu'il n'ait pas dit cette fois-là que j'avais raison. Est-ce que je vous ai dit que Steeger n'était jamais sorti, sauf dans le jardin pour couper le bois, depuis la disparition de Nancy ? Je crois bien vous l'avoir dit. Eh bien, c'était tout à fait vrai. Ils l'ont surveillé nuit et jour, les uns ou les autres, à tour de rôle, c'est ce que m'a déclaré le gendarme d'Unge en personne. Ça a bien limité les choses. Ce que je regrettais à ce sujet c'est que ça aurait dû être à Linley de découvrir tout ça et je sais qu'il en était capable, alors que ce sont des policiers ordinaires qui l'ont découvert. Une histoire pareille aurait eu un goût d'aventure. D'ailleurs ils ne l'auraient jamais découvert sans cette rumeur que l'homme était végétarien et qu'il ne s'approvisionnait que chez le marchand de légumes. Fort probable que tout cela a commencé parce que le boucher se sentait lésé. C'est bizarre de constater quelles sont les petites choses qui peuvent vous faire trébucher. Il vaut mieux suivre le droit chemin, telle est ma devise. Mais je m'écarte sans doute un peu trop de mon sujet. J'aimerais continuer dans cette veine – oublier ce qui est arrivé ; mais je ne peux pas.

Bon, eh bien j'ai réuni toutes sortes d'informations ; des indices, c'est le mot que je devrais employer dans ce genre d'histoire, bien qu'aucun d'entre eux n'ait paru mener quelque part. Par exemple, j'ai appris tout ce qu'il avait acheté au village, je pourrais même vous dire quelle marque de sel il achetait, tout à fait ordinaire et sans phosphates, ils en mettent dedans pour qu'il soit plus facile à utiliser. Et puis il prenait des blocs de glace chez le poissonnier, et beaucoup de légumes, comme je l'ai dit, chez le marchand de légumes, Mergin & Sons. Et j'en ai un peu discuté avec le gendarme. Slugger, il m'a dit que c'était son nom. Je me demandais pourquoi il n'était pas entré dans la maison pour fouiller dès la disparition de la femme. « C'est que, on ne peut pas faire ça, m'a-t-il répondu. Et puis d'ailleurs, nous ne l'avons pas immédiatement soupçonné, pas au sujet de la fille, en tout cas. Nous avions des soupçons à son sujet parce qu'il y avait quelque chose qui n'allait pas, parce qu'il était végétarien. Il y est resté une bonne quinzaine de jours après qu'on a vu la femme pour la dernière fois. Et alors nous nous sommes glissés comme un couteau. Mais, vous comprenez, personne ne la cherchait, il n'y avait pas de mandat de perquisition. »

« Et qu'avez-vous trouvé ? ai-je demandé à Slugger, quand vous êtes entrés dans la maison ? »

« Seulement une grosse lime, a-t-il dit, et le couteau, et la hache qu'il a dû acheter pour la couper en morceaux. »

« Mais il a acheté la hache pour couper les arbres », ai-je dit.

« Oui, c'est vrai », a-t-il dit, mais plutôt à contrecœur.

« Et pourquoi donc les a-t-il coupés ? » ai-je demandé.

« Là, évidemment, mes supérieurs ont leur petite théorie là-dessus, a-t-il dit, qu'ils ne souhaiteraient pas raconter à tout le monde. »

Vous comprenez, ils butaient sur ces rondins.

« Mais est-ce qu'il l'a vraiment coupée en morceaux ? » ai-je demandé.

« Eh bien, il a prétendu qu'elle était partie en Amérique du Sud », a-t-il répondu. Ce qui était vraiment impartial de sa part.

Je ne me souviens plus bien des autres choses qu'il m'a dites. Steeger avait quitté la maison en laissant la vaisselle parfaitement propre et tout bien rangé, m'a-t-il dit.

Bon, je suis rentré rapporter tout ça à Linley, j'ai pris le train qui partait juste au moment du coucher du soleil. J'aimerais vous parler de cette soirée de fin de printemps, tellement calme autour de cette sinistre maisonnette, se refermant tout autour d'elle comme si elle la bénissait ; mais vous préféreriez qu'on vous parle du meurtre. Bon, eh bien j'ai tout raconté à Linley, bien que, selon moi, beaucoup de choses ne méritaient pas d'être racontées. Le problème était que, dès que j'étais sur le point de laisser quelque chose de côté, il le devinait, et il m'obligeait à tout lui dire. « On ne sait jamais ce qui peut devenir vital, disait-il. Une punaise balayée par une femme de ménage suffit parfois à faire pendre un homme. »

C'est bien beau, tout ça, mais il faut être conséquent, même si vous avez été éduqué à Eton et à Harrow, car à chaque fois que je parlais de Num-numo, ce qui, après tout, était le début de toute l'histoire, puisqu'il n'en aurait pas entendu parler si je ne m'y étais pas intéressé, Steeger en ayant acheté deux bouteilles, alors il disait que ces choses-là étaient triviales et que nous devions nous en tenir aux points principaux. J'ai évidemment pas mal parlé de Num-numo parce que, ce jour-là précisément, j'en avais placé presque cinquante bouteilles à Unge. Il est vrai qu'un meurtre donne à penser aux gens et les deux bouteilles de Steeger m'ont fourni un prétexte, il aurait fallu être stupide pour ne pas en profiter. Mais naturellement tout cela n'intéressait pas le moins du monde Linley.

On ne peut pas voir les pensées des autres et on ne peut pas regarder dans leur cerveau, de sorte que ce qu'il y a de plus intéressant au monde ne peut jamais être raconté. Mais je crois que ce qui s'est passé ce soir-là avec Linley, tandis que je parlais avec lui avant le dîner, pendant tout le dîner et après, assis tous les deux à fumer devant la cheminée, était que ses pensées étaient bloquées par une barrière qu'elles n'arrivaient pas à franchir. Et la barrière n'était pas la difficulté à trouver la façon dont Steeger avait pu se débarrasser du corps, mais l'impossibilité de comprendre pourquoi il avait coupé tout ce bois quotidiennement pendant quinze jours, et payé, comme je venais de l'apprendre, 25 livres au propriétaire pour avoir l'autorisation de le faire. C'était ce qui bloquait Linley. Quant aux possibilités qu'aurait eues Steeger de cacher le corps, j'avais l'impression que la police les avait toutes éliminées. Si vous disiez qu'il l'avait enterré, les policiers disaient que le calcaire n'avait pas été creusé ; si vous disiez qu'il l'avait emporté ailleurs, ils disaient que Steeger n'avait jamais quitté la maison ; si vous disiez qu'il l'avait brûlé, ils disaient qu'aucune odeur de brûlé n'avait jamais été remarquée quand la fumée était basse, et, quand elle ne l'était pas, ils grimpaient dans les arbres pour la sentir. J'appréciais énormément Linley et j'avais suffisamment d'éducation pour me rendre compte de ce qu'il y avait de grand dans un cerveau comme le sien, et j'avais pensé qu'il aurait pu résoudre l'énigme. Lorsque j'ai vu la police le devancer de cette façon, sans qu'il ait aucune chance de les dépasser, j'ai été vraiment très triste pour lui.

Quelqu'un était-il venu à la maisonnette, m'a-t-il demandé une ou deux fois. Quelqu'un avait-il emporté quelque chose ? Mais nous ne pouvions pas résoudre l'énigme de cette façon. Il se peut que j'aie émis quelque suggestion qui ne valait rien, ou peut-être bien que j'ai recommencé à parler de Num-numo, il m'a alors interrompu un peu brutalement.

« Mais qu'auriez-vous fait, Smithers ? a-t-il demandé. Qu'auriez-vous fait vous-même ? »

« Si j'avais assassiné la pauvre Nancy Elth ? » lui ai-je demandé.

« Oui. »

« Je ne peux pas m'imaginer faisant une chose pareille », lui ai-je expliqué.

Alors il a soupiré, comme s'il s'agissait d'une information qui me desservait.

« Je crois bien que je ne serai jamais détective », ai-je annoncé. Et il a simplement hoché la tête.

Puis il a regardé le feu d'un air morose pendant ce qui m'a paru durer une heure. Et ensuite il a de nouveau hoché la tête. Après ça nous sommes tous les deux allés nous coucher.

Je me souviendrai toute ma vie du lendemain. Comme d'habitude, j'ai placé du Num-numo jusqu'au soir. Et nous nous sommes mis à table vers neuf heures. Il était impossible de faire la cuisine dans ces appartements, alors, naturellement, nous mangions froid. Et Linley a commencé par une salade. Je le revois encore, je revois la moindre minute de ce dîner. Eh bien, j'étais encore assez fier de mon tour de force à Unge, d'avoir si bien vendu du Num-numo. Seul un imbécile, je le savais, n'aurait pas réussi à en placer là-bas ; mais quand même, j'en *avais* vendu presque cinquante bouteilles, quarante-huit pour être précis, c'est quelque chose dans un petit village, quelles que soient les circonstances. Donc j'en parlais un peu ; et alors, tout à coup, j'ai réalisé que Num-numo ne signifiait rien pour Linley, et je me suis raidi brusquement. C'était vraiment très gentil de sa part ; vous ne savez pas ce qu'il a fait ? Il a dû comprendre immédiatement pourquoi je m'étais arrêté de parler, et il a simplement tendu la main et a dit : « Voulez-vous me passer un peu de votre Num-numo pour ma salade ? »

J'étais tellement touché que j'ai failli le lui passer. Mais naturellement, on ne met pas de Num-numo sur la salade. Seulement sur la viande et les hors-d'œuvre. C'est écrit sur la bouteille.

Alors je lui ai dit : « Seulement pour la viande et les hors-d'œuvre. » Bien que je ne sache pas ce qu'est un hors-d'œuvre. Je n'en ai jamais mangé.

Je n'avais jamais vu une expression comme la sienne.

Il a paru très calme pendant une minute. Et il n'exprimait rien d'autre. Comme un homme qui a vu un spectre, c'est ce qu'on serait tenté d'écrire. Mais ce n'était vraiment pas ça du tout. Je vais vous dire de quoi il avait l'air. D'un homme qui a vu quelque chose que personne n'a encore jamais vu, quelque chose qu'il croyait jusque-là impossible.

Et alors, avec une voix qui avait complètement changé, plus basse et calme et tranquille, semblait-il, il m'a dit : « Ça ne se met pas sur les légumes, c'est ça ? »

« Absolument pas », ai-je répondu.

En entendant cela il y a eu comme un sanglot dans sa gorge. Je n'aurais jamais cru qu'il puisse ressentir les choses à ce point. Naturellement je ne savais pas de quoi il s'agissait ; mais, en tout cas, j'aurais imaginé que ce genre de manifestation était impossible après Eton ou Harrow – un homme éduqué comme lui. Il n'y avait pas de larmes dans ses yeux, mais il ressentait terriblement quelque émotion.

Et alors il s'est mis à parler avec de longues pauses entre chaque mot, il m'a dit : « Un homme pourrait se tromper, non ? et mettre du Num-numo sur ses légumes. »

« Pas deux fois », ai-je répondu. Qu'aurais-je pu répondre d'autre ?

Et il a répété ça après moi comme si je lui avais annoncé la fin du monde, et il a donné une terrible emphase à mes mots, jusqu'à ce qu'un horrible sens les rende tout collants, et en plus il secouait la tête en parlant.

Puis il est devenu tout silencieux.

« Qu'est-ce qu'il y a ? » lui ai-je demandé.

« Smithers », a-t-il dit.

« Oui. »

« Smithers », a-t-il dit.

Et je lui ai dit : « Eh bien ? »

« Écoutez-moi Smithers, a-t-il dit, il faut que vous téléphoniez à l'épicier d'Unge et que vous lui demandiez quelque chose. »

« Oui ? »

« Steeger a-t-il acheté, comme je le pense, ces deux bouteilles le même jour, ou à quelques jours d'intervalle ? Jamais il n'en aurait acheté une seconde fois. »

J'ai attendu pour voir s'il y avait une autre question à poser puis je suis sorti et j'ai fait ce qu'il me demandait. Il m'a fallu un bon moment, car il était plus de neuf heures du soir, et encore j'ai dû demander l'aide de la police. Environ six jours d'intervalle, m'ont-ils dit ; et je suis alors revenu l'annoncer à Linley. Il avait un tel air d'espoir lorsque je suis rentré puis j'ai vu dans ses yeux que je n'avais pas la bonne réponse.

On ne peut pas prendre les choses à cœur à ce point-là sans se rendre malade et, comme il ne disait rien, je lui ai conseillé : « Ce qu'il vous faut, c'est un bon cognac, et vous devriez vous coucher de bonne heure. »

Et il m'a dit : « Non. Je dois voir quelqu'un de Scotland Yard. Téléphonez à la police. Faites venir quelqu'un immédiatement. »

Mais je lui ai dit : « Je ne peux quand même pas faire venir un inspecteur de Scotland Yard à cette heure tardive. »

Ses yeux étaient tout brillants. Il allait tout à fait bien.

« Alors dites-leur, a-t-il annoncé, qu'ils ne trouveront jamais Nancy Elth. Demandez-leur d'envoyer quelqu'un ici, et je leur expliquerai pourquoi. » Et il ajouta, pour moi seulement, je crois bien : « Ils doivent surveiller Steeger, jusqu'au jour où ils le coinceront pour autre chose. »

Et, vous savez, il est venu. L'inspecteur Ulton ; en personne.

Pendant que nous attendions, j'ai essayé de faire parler Linley. En partie par curiosité, je dois l'admettre. Mais aussi je ne voulais pas l'abandonner là, près de la cheminée, à ses pensées, à ses pensées moroses. J'ai essayé de lui demander de quoi il s'agissait, mais il ne voulait pas me le dire. Tout ce qu'il voulait bien dire, c'était : « Le meurtre est une chose horrible. Et quand un homme efface ses traces, c'est encore pire. »

Il ne voulait rien me dire. « Il y a des histoires, m'expliquait-il, que l'on ne devrait jamais entendre. »

Ça, c'est bien vrai. J'aimerais bien ne jamais avoir entendu celle-ci. En fait, je ne l'ai jamais entendue. Mais je l'ai devinée en entendant les derniers mots de Linley à l'inspecteur Ulton, les seuls que j'aie entendus. Et c'est peut-être ici qu'il vaudrait mieux cesser de lire mon histoire, afin que vous ne la deviniez pas vous aussi ; même si vous croyez aimer les histoires de meurtre.

Car je pense que vous préféreriez une histoire de meurtre avec une chute un peu romantique et pas une histoire sur un vrai meurtre, vraiment horrible. Bon, comme vous voulez.

L'inspecteur Ulton est arrivé et Linley lui a serré la main sans rien dire, puis il lui a montré la porte de sa chambre ; ils y sont entrés et ont discuté à voix basse, je n'ai pas entendu un mot.

L'inspecteur était un homme à l'aspect joyeux quand il est entré dans cette chambre.

Quand ils sont ressortis, ils ont traversé le salon en silence et, ensemble, ils sont passés dans le hall et là je les ai entendus parler pour la première fois. C'est l'inspecteur qui a rompu le silence.

« Mais pourquoi, a-t-il demandé, lui fallait-il couper les arbres ? »

« Seulement, a répondu Linley, pour se mettre en appétit. »

La femme de mes rêves

PETER CHEYNEY

Le moment est venu, je pense, de raconter les événements assez extraordinaires qui ont conduit à la mort de mon ami Michael O'Shaughnessy, dont le corps – vous vous en souvenez certainement – fut trouvé dans un taillis de la propriété de Honiton Place, à la frontière du Somersetshire. Les meilleurs cerveaux de Scotland Yard furent incapables de trouver l'assassin. Il n'y a eu aucune révélation, si ce n'est le témoignage d'un marin unijambiste argentin qui s'est livré à la justice dans l'intention de – selon ses propres mots – « se reposer un peu de sa femme », et qu'on renvoya assez vite à ses affaires quand on découvrit qu'il était à Lambeth au moment du drame, en état d'ébriété.

L'autopsie indiqua que mon ami Michael avait été assassiné avec un pistolet de gros calibre et, comme il avait peu d'amis et que les quelques parents qui lui restaient considéraient toute cette affaire comme assez déplaisante, les choses en restèrent là.

Michael O'Shaughnessy était un jeune homme fort charmant et séduisant de trente-cinq ans et le fait que la vie l'ennuyait plutôt n'a rien à voir avec ce récit si ce n'est qu'il pensait, et il me l'avait souvent répété, que toute aventure avait disparu de notre époque utilitaire, que la vie avait en général tendance à être monotone, plate, et peu intéressante. L'idéal de la belle femme, disait-il, était en train de tomber en désuétude. Et il m'invitait à examiner leur sort peu enviable. Elles passent leurs journées à faire la queue, disait-il, et leurs pieds deviennent donc très larges ; elles manquent de produits de beauté et leur nez devient donc très rouge. Les mille et une exigences de la vie courante nuisent à leurs nerfs, à leur humeur et à leur douceur, car il faut soit leur obéir soit les circonvenir. Ensuite, comme leur moitié est bien trop occupée à se précipiter dans les difficultés financières, ou à s'en sortir, pour avoir le temps d'étudier les techniques de la séduction les plus subtiles, encore moins de les pratiquer, la vie, pensait O'Shaughnessy ne méritait pas vraiment d'être vécue.

Ses antécédents étaient intéressants. Il était né en Angleterre, de parents irlandais et français. Il était capricieux d'une étrange façon. Quand la guerre avait éclaté, en 1939, il n'avait que vingt-six ans et faisait des études d'architecture.

Il avait apprécié la guerre. Pour lui, elle était synonyme d'aventure et d'amour. L'atmosphère était imprégnée d'une tension qui parvenait même par moments à rendre une bombe volante intéressante, voire fascinante. Évidemment, il s'était battu pour son pays et, officier dans un régiment de cavalerie dont les chars légers se distinguèrent à la bataille d'Alamein, il en retira une expérience et une philosophie qui lui furent fort utiles au cours de sa vie et, je dois l'avouer, au moment de sa mort.

Il était de grande taille. Son visage était plutôt mince ; son corps élégant. Il avait hérité du regard doux et des pommettes hautes de ses ancêtres irlandais, du charme et de la conversation facile du côté français – celui de sa mère – de sa famille. Il aimait rire, mais il pouvait aussi se mettre à pleurer si cela devait lui apporter quelque chose. Il était séduisant parce que… eh bien, il ne pouvait pas s'empêcher d'être séduisant.

Voilà pour mon ami assassiné. Maintenant que je vous l'ai présenté je peux vous raconter les événements qui se déroulèrent la nuit de sa mort.

À neuf heures, la nuit du 30 janvier 1948, Michael O'Shaughnessy, qui était venu passer le week-end au *Moat Farm*, dans une région isolée et romantique du pays dont le nom n'a pas vraiment d'importance, sortit se promener. Pour une raison quelconque il se sentait, ce soir-là, assez réceptif à une qualité particulière du clair de lune. Celui-ci était étrangement romanesque et envoûtant et, en remontant l'allée qui se transformait en route avant de se diriger vers la frontière du comté, il remarqua, ou crut remarquer, un étrange halo que cet astre plein, brillant et, pour ainsi dire, attirant, projetait sur les champs, les arbres et les haies.

Il marcha pendant une vingtaine de minutes ; décida de fumer une cigarette. Mais il s'aperçut, quand il voulut l'allumer, qu'une légère brise s'était levée. Il pénétra donc dans le petit bois qui bordait la route et, une ou deux minutes plus tard, se trouva dans une petite clairière, au bout de laquelle un arbre était couché sur le sol. Il aimait cet endroit, s'assit sur le tronc d'arbre, alluma sa cigarette et se laissa aller à ruminer sur le passé, le présent et le futur.

Assez soudainement, il se rendit compte qu'il n'était pas seul. Un homme d'âge moyen à la silhouette corpulente était assis à l'autre extrémité du tronc, un gentleman vêtu d'une cape de berger en tartan. Il fumait un tout petit cigare et, de temps en temps, pour une raison connue de lui seul, il essuyait délicatement le coin de sa bouche avec un beau gant de femme en daim qu'il sortait de la poche de son gilet.

O'Shaughnessy regarda fixement cette apparition ; se demanda comment elle avait surgi. Et il commença à avoir l'impression bizarre qu'il *connaissait* cette personne ; qu'il l'avait déjà vue dans divers endroits ; que, en fait, il l'avait vue et lui avait parlé à Alamein la nuit qui avait précédé l'attaque, en tenue de bataille ; et ailleurs encore, vêtue autrement.

Le nouvel arrivé tourna la tête en direction de O'Shaughnessy, souleva courtoisement son chapeau melon et dit : « Bonsoir, monsieur. Mon nom est Krasinsky. Je crois que vous me connaissez. »

O'Shaughnessy fit un sourire désarmant. « J'en ai bien l'impression. Mais je suis tout à fait incapable de vous remettre. »

« Les hommes n'y parviennent jamais, déclara l'autre, parce que je suis une de ces personnes évanescentes qui sont toujours un peu partout. Certains pensent que je suis leur conscience ; d'autres voient en moi une sorte de corps astral qui va d'un endroit à un autre et distribue des avertissements. Les gens ont des milliers d'idées différentes à mon sujet. »

« Exactement, dit O'Shaughnessy. Mais – pardonnez-moi – je suis assez surpris par votre arrivée soudaine ici. Je ne vous ai pas vu traverser le bois. »

« Je ne l'ai pas fait, dit Mr Krasinsky. J'arrive là où je désire être sans aucun effort notable. Et je voulais me trouver ici parce que je crois devoir vous raconter l'histoire d'un de mes jeunes amis qui vous ressemblait un peu. Il habitait autrefois dans cette partie du pays et les circonstances ont dirigé ses pas, un soir, en direction d'un manoir situé à moins d'un demi-mile d'ici. »

O'Shaughnessy hocha la tête. « Vous voulez dire Honiton Place. J'ai entendu parler de cet endroit. En fait, je pensais m'y rendre ce soir. »

« Une maison extrêmement intéressante, dit Krasinsky. Accepteriez-vous d'entendre mon histoire ? Je pense que vous devriez. »

Un sentiment agréable d'anticipation envahit Michael O'Shaughnessy. Il sentait, pour quelque raison inexplicable, que l'histoire que Krasinsky se proposait de lui raconter avait un lien avec sa vie – celle de O'Shaughnessy.

Il lui dit : « J'aimerais beaucoup l'entendre. »

« Je vais vous la raconter, dit Krasinsky, et j'essayerai de l'abréger le plus possible parce que je vois – il regarda la lune – que l'heure avance. Eh bien donc, mon jeune ami, que j'appellerai Armand Dulac, logeait au *Moat Farm* ; il décida un soir d'aller se promener. Il emprunta ce chemin et à un demi-mile d'ici il se trouva devant la bifurcation de la route. La route de droite conduisait aux collines et disparaissait à l'horizon. L'autre, qu'il prit, le mena directement au portail de Honiton Place.

Lorsqu'il fut là, Armand resta quelque temps devant cet antique portail en fer forgé et observa le vaste parc qui s'étendait devant lui. Lequel était parsemé de buissons de rhododendrons, de massifs et d'arbres. Au-delà, au sommet d'une série de terrasses, se dressait le grand bâtiment historique. Il le trouvait extrêmement attirant au clair de lune, qui était aussi lumineux que ce soir…

Mais, poursuivit Krasinsky, il fut frappé par un détail. Il avait entendu dire que la maison était inhabitée ; pourtant, trois fenêtres éclairées, à l'un des angles du deuxième étage, brisaient les ténèbres. Qui, se demanda-t-il, pouvait bien occuper un pareil endroit à ce moment précis ?

Il faut dire qu'il était fort curieux, comme la majorité des jeunes gens ; il emprunta donc l'allée, gravit les terrasses et s'approcha de la maison. Lorsqu'il l'eut atteinte, il fut très étonné de trouver les portes ouvertes, franchit leurs grands et imposants vantaux et se retrouva dans le hall. Il eut alors une deuxième surprise car le clair de lune, pénétrant par les hautes fenêtres couvertes de vitraux, illuminait le vaste hall, lequel, loin d'être vide, était rempli de ce qui lui parut être des meubles anciens de grand prix. Des peintures de valeur ornaient les murs et, ici et là, de délicieuses sculptures, taillées dans le bronze ou le marbre, l'observaient d'un air figé.

Il se trouvait au centre de ce hall, envahi par un étrange désir, sans doute un peu incongru, d'en savoir plus sur ce lieu. Il conclut alors que, comme il avait trouvé les portes ouvertes, son devoir était de rechercher les pièces dont les fenêtres étaient éclairées et d'informer la personne qui s'y trouvait et qui devait être, pensait-il, le gardien, que les portes d'entrée n'étaient pas verrouillées. »

Krasinsky tira une bouffée de son petit cigare qui, bien qu'il le fumât, ne paraissait jamais diminuer. Il poursuivit : « Armand gravit alors les larges marches de marbre de l'autre côté du hall et fut bientôt sur la galerie du premier étage qui en faisait le tour. Les murs de cette galerie étaient recouverts de miroirs depuis le plancher jusqu'au plafond et il lui fallut un bon moment, malgré l'aide du clair de lune, avant de trouver une poignée en verre sur un des miroirs.

Il tourna la poignée. La porte s'ouvrit. Armand avança et referma la porte-miroir derrière lui. Il se trouva devant un escalier courbe recouvert d'un tapis que, sans hésiter, il se mit à gravir. Il arriva sur un petit palier, devant une porte en verre translucide. Il fut intrigué par la douce lumière que diffusait le verre de la porte. Il ouvrit la porte et entra.

À présent, continua Krasinsky, je vais avoir du mal à vous décrire l'atmosphère qui enveloppait mon jeune et entreprenant ami. Il était dans un couloir au sol couvert d'une épaisse moquette et meublé d'objets et de peintures rares. L'atmosphère de ce couloir était étrange – comme un parfum des plus exquis à peine suggéré –, une certaine langueur fascinante qui traînait dans l'air et qui atteignait quelque chose en lui. Au bout du couloir, il vit une porte entrouverte. Il s'en approcha, frappa et une voix lui dit : “Entrez...” »

Krasinsky sourit. « Mon histoire vous intéresse-t-elle, Mr O'Shaughnessy ? »

O'Shaughnessy acquiesça. « Je suis plus qu'intéressé. Je suis fasciné. Je vous en prie, continuez. »

« Je dois vous faire remarquer, dit Krasinsky, que le mot “Entrez” est un mot des plus ordinaires. Et d'ailleurs des millions de personnes l'emploient quotidiennement de par le monde en toutes sortes d'occasions. Mais *ce* mot était différent. J'aimerais être capable de vous décrire, dit Krasinsky en caressant la tête d'une toute petite chouette blanche qui était descendue se poser dans sa main, la qualité de la voix qui l'avait prononcé ; son ton bas et vibrant ; la façon superbe dont ce mot avait été prononcé, mais je crains de ne pas avoir suffisamment de vocabulaire. Disons simplement que ce mot fut si magnifiquement prononcé que mon jeune ami en fut ébahi au point de sentir ses jambes flageoler. Il eut une minute d'hésitation avant d'ouvrir la porte et de pénétrer dans la pièce. »

« Et qu'y a-t-il trouvé ? » demanda O'Shaughnessy.

« Je vais vous le dire, répondit Krasinsky. La pièce était longue, avec un plafond bas. Les murs étaient d'une teinte grise assez mystérieuse et la lumière indirecte qui venait du haut leur donnait une couleur encore plus mystérieuse. En face de lui, près d'un grand feu de rondins qui projetait une grande lumière, se trouvait une dame. C'était elle qui avait dit “Entrez”. (Krasinsky soupira profondément.) Armand la regarda avec des yeux qui paraissaient vouloir sortir de leur orbite parce qu'il n'avait jamais, de sa vie, vu une femme d'une aussi grande beauté, d'une aussi magnifique allure… eh bien, tant de toutes ces choses… », murmura Krasinsky en écartant les bras, ce qui fit s'envoler la chouette blanche.

« Son visage avait un modelé parfait. Sa chevelure auburn tombait sur ses épaules. Ses yeux, qui étaient d'une exquise teinte noisette, le regardaient tranquillement. Mais c'était sa bouche surtout qui fascinait Armand. Il m'est impossible, dit Krasinsky, *vraiment* impossible de décrire l'extraordinaire beauté de sa bouche. » Il s'arrêta un instant et tira une bouffée de son cigare ; puis : « Armand, debout devant elle, parvint finalement à lui parler. Il lui dit : “J’espère que vous me pardonnerez d’être venu, mais je me promenais par là et, en regardant la maison, j’ai vu que les portes d’entrée étaient ouvertes. J’ai pensé qu’il valait mieux que j’entre et vous en avertisse.”

Elle lui répondit d’une voix très douce : “Comme c’est gentil à vous. Voulez-vous boire quelque chose ? Et, je vous en prie, asseyez-vous.” Armand s’assit. Il lui était impossible de détacher son regard de cette femme. Il observa la superbe grâce avec laquelle elle se dirigea vers une table proche, versa le whisky et le soda, lui apporta le verre. Lorsqu’elle s’approcha de lui, sa proximité le fit trembler parce qu’un parfum exquis et suggestif atteignait ses narines, brouillant presque complètement ses sens.

Il prit le verre qu’elle lui tendait. Il lui dit d’une voix rauque – et tout en prononçant les phrases, c’était comme si un autre que lui les énonçait – “Je ne crois pas avoir jamais vu une femme aussi belle que vous. Je ne crois pas avoir jamais vu une femme parler et se déplacer de manière aussi délicieuse que vous le faites. Je crois que je vous adore.” »

Krasinsky soupira de nouveau. « Ne trouvez-vous pas que c’était charmant ? » demanda-t-il.

O’Shaughnessy sursauta. « Je pense que c’était extrêmement charmant, dit-il de sa belle voix. Qu’est-il arrivé ensuite ? »

Krasinsky poursuivit son histoire : « La belle dame ne fut absolument pas surprise par cette déclaration d’amour. Elle retourna à son sofa, s’assit et regarda mon jeune ami Armand de ses grands yeux noisette attendrissants. Elle l’examina attentivement de pied en cap. Puis elle hocha la tête et sourit. Elle lui dit avec la même voix délicieuse : “Comme il est étrange que vous disiez justement cela, parce que je pense à vous depuis longtemps. Je suis restée assise ici nuit après nuit en espérant que quelqu’un qui vous ressemblerait viendrait me parler. C’est pour cette raison que les portes sont restées ouvertes. Je crois que je vous aimerai toujours.” »

Krasinsky exhala la fumée de son cigare. « Qu'en pensez-vous, hein ? » demanda-t-il.

O'Shaughnessy secoua la tête. « Je ne peux pas penser, répondit-il. Continuez. »

Krasinsky continua : « Imaginez la stupeur dans laquelle cette déclaration d'amour jeta Armand. Il se trouva dans l'impossibilité de bouger, de parler ou de penser. Il serait resté assis là, j'en suis certain, à jamais, s'il n'y avait eu… »

« Quoi ? » l'interrompit O'Shaughnessy avec impatience.

« Ceci, dit Krasinsky. La dame fit un mouvement. Puis elle se leva. Elle se tenait debout devant le feu, le regardant. Alors elle murmura dans un délicieux sourire : "Viens ici, mon chéri." »

Krasinsky regarda ses ongles. « Il la rejoignit, dit-il. Et à cet instant-là, sans doute du fait de quelque influence occulte, les lumières s'éteignirent. »

Il cessa de parler. De l'autre extrémité du tronc d'arbre lui parvint un long soupir.

Krasinsky tira sur son petit cigare. « Minuit était à peine passé, dit-il doucement, quand Armand Dulac, ayant fait de longs adieux à sa merveilleuse compagne, quitta l'appartement et commença à descendre l'escalier courbe qui menait à la galerie de l'étage en dessous. Alors qu'il atteignait la dernière courbe de l'escalier, il s'arrêta et sa mâchoire s'affaissa un peu, car un très grand monsieur robuste à la barbe noire le rejoignait très rapidement, presque quatre à quatre ; les traits naturellement féroces de son visage étaient à peine voilés par un sourire glacé.

Cette personne s'arrêta trois marches en dessous d'Armand et le regarda sans dissimuler son hostilité, teintée d'un peu de curiosité. Armand, s'écartant pour le laisser passer, dit : "Bonsoir." Le monsieur, qui était vêtu d'un smoking immaculé, lui dit : "J'espère bien, monsieur." Son accent était de toute évidence polonais.

Il poursuivit : “Je vois que vous sortez de l’appartement de ma femme. Je vous serais obligé d’y retourner en ma compagnie afin que nous puissions avoir une petite conversation. Ne pensez-vous pas, dit-il d’un ton sévère, qu’une légère explication serait nécessaire, vu l’heure tardive, les circonstances, mon absence et la prédilection de ma femme pour l’amour ?”

Armand haussa les épaules. Que pouvait-il dire ? demanda Krasinsky en regardant O’Shaughnessy d’un œil serein. Il laissa donc le gentilhomme polonais passer devant lui et le suivit avec docilité dans l’appartement, dans le couloir exotique ; le gentilhomme passa la tête dans une porte ouverte et dit avec politesse : “Bonsoir, ma chère.” Puis à l’extrémité d’un autre couloir ils franchirent une autre porte et se retrouvèrent dans une bibliothèque confortable et fort bien meublée.

Armand resta au centre de la pièce pendant que son hôte tirait deux gros fauteuils devant la cheminée. Il s’assit dans l’un des deux après y avoir été invité. Le gentilhomme polonais s’assit dans l’autre. Il eut un large sourire. Il dit : “Monsieur, je suis le comte Alexis Michalovski.”

Armand lui dit : “Enchanté de vous connaître. Je suis Armand Dulac.”

“Excellent, dit le comte. Maintenant que nous avons fait connaissance nous allons pouvoir converser un peu. Vous comprenez certainement, Monsieur, que je vous ai fait venir ici dans le but de vous tuer. Je rejoins l’appartement de ma femme à minuit et vous trouve en train de le quitter avec une expression de plaisir sur le visage que je ne peux comparer qu’à celle d’un chat qui vient d’avaler un canari – le canari étant, dans le cas présent, l’épouse de mon âme. En tant que gentilhomme, vous vous rendez certainement compte que cette situation est inadmissible. Il s’ensuit que vous devez mourir. Me comprenez-vous ?”

Armand pensait que la vie était suffisamment douce, au regard de ce qui s'était passé un peu plus tôt ce soir-là, pour tenter quelque peu de la prolonger. C'est pourquoi il dit : "Monsieur, j'aimerais vous dire que vous commettez une très grave erreur. À dix heures ce soir, je ne connaissais pas l'existence de votre épouse ; c'est à peine si j'avais entendu parler de cette maison. Je ne pensais pas qu'elle était habitée. J'étais sorti me promener. J'ai franchi le portail de fer forgé parce que, au clair de lune, ce manoir avait un air ancien, romantique et intéressant. J'ai vu trois fenêtres éclairées au deuxième étage, et c'est alors que j'ai remarqué que les portes d'entrée étaient ouvertes. J'ai jeté un coup d'œil dans le hall et me suis rendu compte qu'il contenait des peintures, des antiquités et d'autres choses de grande valeur. J'en ai conclu que mon devoir était d'avertir le gardien ou toute autre personne se trouvant dans le manoir que les portes étaient ouvertes et que n'importe quel cambrioleur aurait pu entrer et voler tout ce qu'il voulait."

Le comte tripotait sa moustache. Il dit : "Je ne suis pas sûr que ce ne soit pas justement ce qu'un cambrioleur a fait, mais peut-être ne s'intéressait-il pas aux peintures." Il s'arrêta longuement en regardant Armand. "Vous savez, Mr Dulac, poursuivit-il, j'aurais assez tendance à croire votre histoire. Vous avez comme un air d'innocence et d'authenticité. Et puis vous me faites penser à mon grand-père."

"Vraiment", dit Armand. Il pensait que plus, la conversation se prolongeait, plus il avait de chances de survivre.

"Oui, vraiment, dit le comte. Mon grand-père – le comte Alexandrei Michalovski – était fort épris des Anglais. Quand j'étais petit il invoquait souvent *la parole donnée d'un Anglais*. À cette époque-là, elle était considérée comme tout à fait fiable."

Le comte se leva et se mit à parcourir la pièce à grandes enjambées. “J'ai tendance à croire votre histoire, Mr Dulac. En fait, j'irai jusqu'à dire que je la crois *vraiment*. J'espère que le fait que je vous crois vous agréera.”

“Oui, bien sûr, dit Armand en soupirant. Je vous en suis fort reconnaissant, monsieur. Naturellement, je m'attendais à ce que vous me croyiez puisque je disais la vérité.” Il ajouta pour lui-même : “Que Dieu me pardonne.”

Le comte lui dit : “Très bien donc, il ne me reste plus qu'à vous souhaiter une très bonne nuit.” Armand se leva. Ils empruntèrent le couloir jusqu'au passage principal qui menait à l'entrée de l'appartement. Le comte ouvrit la porte. Il dit : “Je voudrais vous dire une dernière chose, monsieur : j'ai décidé de croire ce que vous me dites, en grande partie parce que la forme de votre visage me plaît et aussi parce que vous me rappelez vaguement mon grand-père. Mais j'aimerais aussi vous dire que si jamais je vous retrouve dans cette maison je m'empresserai, avec plaisir et sans aucune hésitation, de vous tuer avec le pistolet d'arçon qui est en ma possession. Me comprenez-vous ?”

Armand lui répondit : “Je vous comprends parfaitement.”

“Bonne nuit, donc, Mr Dulac, dit le comte. Lorsque vous descendrez l'escalier, vous verrez sur les paliers des interrupteurs électriques doubles. L'interrupteur du haut éclaire l'étage inférieur et celui du bas, sur chaque palier, éteint la lumière au-dessus de vous, de sorte que vous n'aurez aucun mal à retrouver votre chemin.” Il se retourna, ferma la porte derrière Armand et disparut.

Armand soupira. Il se dit que non seulement il y avait encore un peu d'aventure dans la vie, mais aussi une bonne part de chance. Il commença à descendre l'escalier courbe, mais l'esprit légèrement confus et avec des idées peu cohérentes sur ce qui s'était passé cette nuit-là ;

en arrivant en bas il pressa le mauvais bouton et plongea dans les ténèbres l'escalier derrière lui et la galerie devant lui. Pire encore, il ne put retrouver l'interrupteur, et il resta là, sur le seuil de la large galerie entourée de miroirs, sans savoir, littéralement ou métaphoriquement, quelle direction emprunter. Car la lune avait disparu et la maison était plongée dans des ténèbres d'encre.

Armand réfléchit à la situation. Il pensa que, s'il parvenait à trouver l'escalier de marbre qui conduisait au hall principal, il pourrait descendre à tâtons, et qu'une fois dans le hall, il lui faudrait simplement chercher patiemment les portes d'entrée. »

Krasinsky exhala la fumée de son cigare. « Trouvez-vous cette histoire intéressante, capitaine O'Shaughnessy ? » demanda-t-il.

O'Shaughnessy sursauta. « Je suis vraiment *très* intéressé, dit-il. Je ne crois pas m'être jamais senti aussi intéressé auparavant. »

« Cela, dit Krasinsky, est compréhensible. Je vais donc continuer. Notre ami Armand fit alors quelques pas précautionneux et méfiants dans la direction, pensait-il, de l'escalier de marbre. Mais, ce faisant, il trébucha sur quelque objet qui dépassait, tomba en avant, fut projeté pardessus la balustrade et atterrit la tête la première dans une immense urne grecque qui se trouvait immédiatement sous la galerie, comme si elle était destinée à le recevoir. »

Krasinsky haussa les épaules. « En tombant, il avait dû se cogner légèrement la tête contre le bord de l'urne, dit-il, car à cet instant précis il se sentit plonger dans des ténèbres d'une encre encore plus sombre et il resta au fond de l'urne, inconscient… »

O'Shaughnessy ressentit une étrange sensation. Il ne voyait plus la silhouette de Krasinsky à l'autre bout du tronc d'arbre. Il ne voyait plus rien. Il pensa que la lune avait dû se cacher derrière un nuage. Il se sentit vaguement hébété et abasourdi. Sa tête lui faisait mal.

Il s'aperçut que, pour une raison ou pour une autre, il n'était plus assis sur le tronc d'arbre mais qu'il était couché. Il tendit les mains et réalisa qu'il touchait des murs de pierre froids. Stupéfait, il s'assit. Qu'*était*-il arrivé ? Il chercha son briquet dans sa poche, le trouva, l'alluma.

Cette lumière lui permit de regarder autour de lui. Une immense stupéfaction s'empara de lui car, croyez-le si vous le voulez, il était assis au fond de ce qui lui parut être un immense vase, et sans aucune explication possible. Il se mit debout. Avec difficulté, malgré son agilité, il parvint à sortir du vase ; à se laisser tomber à l'extérieur. Alors la lune apparut de nouveau.

Il se trouvait à côté d'un escalier semblable à celui que Krasinsky lui avait décrit un peu plus tôt. Mais que se passait-il ? Que faisait-il là ? Comment y était-il arrivé ? C'était évidemment à cet endroit que s'était déroulée l'aventure d'Armand Dulac racontée par Krasinsky. O'Shaughnessy s'en souvenait comme d'un rêve. Mais pour quelle raison était-*il* là ? *Pourquoi se trouvait-il là ?*

Il s'approcha des larges marches de marbre, s'assit et réfléchit à la situation. Ou bien il était fou ou bien il était sain d'esprit. S'il n'était pas fou il avait dû, d'une façon ou d'une autre, rêver sa rencontre avec Krasinsky ; rêver toute l'histoire que Krasinsky lui avait racontée – l'histoire d'Armand Dulac.

Il se rappelait exactement comment tout s'était déroulé. Il était sorti se promener ; s'était écarté de la route pour allumer une cigarette dans la clairière, s'était assis sur le tronc d'arbre où il avait rencontré Krasinsky. Il haussa les épaules. Inutile de reconstituer toute l'aventure. Il était là et qu'allait-il faire ?

Il se mit à sourire. Sa curiosité naturelle reprenait le dessus. C'est certain, pensa-t-il, si je connais cet endroit c'est parce que Krasinsky ou quelqu'un d'autre m'en a parlé ; si je le connais suffisamment pour m'y retrouver, alors, tout le reste de l'histoire doit être vrai. O'Shaughnessy se souvint de la description de la galerie entourée de miroirs au premier étage, de la porte dérobée avec la poignée en verre qui menait à l'escalier courbe qui permettait de monter jusqu'à l'appartement de la belle dame. Il pensa : *Pourquoi ne pas aller voir si cette galerie existe ; si cette porte avec sa poignée en verre existe ?*

La lumière de la lune qui traversait les vitraux se révéla fort utile. Il gravit les larges marches de marbre de l'escalier. En haut il se trouva dans la galerie aux miroirs. Il en fit lentement le tour, examinant les murs réfléchissants pour trouver la poignée. Dix minutes plus tard, avec un soupir de soulagement, il la trouva. Il tourna la poignée. La porte s'ouvrit et il se trouva devant l'escalier, dont il gravit lentement les marches.

En haut, il savait qu'il tomberait sur une porte en verre. Il lui suffirait de la pousser pour l'ouvrir. Au bout du couloir, s'il s'en souvenait bien, était situé le salon de madame et à côté, sa chambre. Il atteignit le haut de l'escalier, ouvrit la porte en verre. Pénétra dans le couloir. Le parfum léger et exotique dont Krasinsky avait parlé parvint à ses narines.

O'Shaughnessy avança lentement dans le couloir. Il était arrivé au bout, allait frapper à la porte qui lui faisait face quand une autre porte s'ouvrit au bout du petit corridor et il vit, encadrée par son chambranle, la silhouette du comte.

Voilà une chose qu'il n'avait *pas* prévue. Son cœur tressauta légèrement ; mais il reprit confiance en constatant que le comte souriait.

« Je suis très heureux de vous revoir, dit le gentilhomme. Entrez donc. »

O'Shaughnessy avança lentement dans le court passage et pénétra dans la bibliothèque. Le comte referma la porte et indiqua le fauteuil devant la cheminée.

« Je suis vraiment très surpris de vous revoir aussi vite, Mr Dulac, dit-il. Je vous ai prévenu de ce qui allait vous arriver, n'est-ce pas ? »

O'Shaughnessy lui dit : « J'ai bien peur que vous fassiez erreur, Monsieur le Comte. Mon nom n'est pas Dulac. Je m'appelle Michael O'Shaughnessy. Je suis sorti me promener et… »

« Ridicule, dit le comte. Comment connaissez-vous l'agencement de cette maison ? Vous le connaissez, monsieur, parce que vous êtes Armand Dulac et que vous étiez ici il y a moins d'une heure. Dans cette pièce vous m'avez raconté une histoire que j'ai décidé de croire. Je l'ai crue alors, bien que, après votre départ, après être allé dans la chambre de ma femme et avoir vu l'expression angélique sur son visage, j'aie compris que je m'étais trompé en vous faisant confiance.

« Et maintenant, malgré mon avertissement, vous avez l'effronterie de revenir. Vous savez exactement ce qui va vous arriver, non ? »

O'Shaughnessy se mit à réfléchir : *Là quelque chose ne tourne pas rond.* Mais il se sentait envahi par une sensation étrange d'ordre philosophique. Il savait ce dont le comte avait menacé Armand Dulac. Il savait que la même menace s'appliquait à lui – d'autant plus que le comte était certain qu'il avait affaire à Armand Dulac. Et était-ce surprenant ?

O'Shaughnessy abandonna. Il dit : « Je suppose que vous faites allusion au pistolet d'arçon, Monsieur ? »

Le comte acquiesça avec amabilité. « Exactement, dit-il. J'aimerais vous le montrer. » Il alla jusqu'à un vieux placard sculpté, dans un coin de la pièce, l'ouvrit et en sortit un immense pistolet d'arçon. « Ce pistolet, monsieur, appartenait à mon grand-père, dont je vous ai parlé – celui-là même qui aimait tant les Anglais. C'est un très gros pistolet et on y met de très grosses balles. Mais je peux vous assurer que vous n'avez rien à craindre. Je suis un très bon tireur et la mort, je crois, est pratiquement instantanée. Voudriez-vous vous lever, je déteste tirer sur une cible assise. »

O'Shaughnessy se leva. Il dit : « Si vous voulez bien excuser cette interruption, monsieur le Comte, je pense que vous serez d'accord : un homme qui va mourir a le droit de demander une dernière faveur. »

« Certainement, dit le comte avec un sourire. Si elle est réalisable. Que désirez-vous ? »

« Nous avons un proverbe dans notre pays : autant se faire pendre pour un bœuf que pour un œuf. Il est tout à fait inutile que j'essaye de vous persuader que je ne suis pas Armand Dulac parce que je comprends très bien qu'il vous est impossible de le croire. À votre place, je ne le croirais pas non plus, parce que j'ai l'impression que d'extraordinaires puissances occultes se sont mises à l'œuvre. Toutefois, revenons-en à la faveur que vous voulez bien m'accorder. Dans les circonstances actuelles et en prenant en considération ce qui se passe dans votre tête, je ne pense pas que vous seriez lésé si vous me permettiez simplement de regarder une dernière fois votre très belle femme qui est, je crois bien, endormie. C'est tout ce que je demande. »

« Mais pourquoi pas, dit le comte en souriant. Je vous l'accorde volontiers. J'attends votre retour avec impatience. »

O'Shaughnessy bredouilla des remerciements, quitta la bibliothèque, emprunta le petit couloir et poussa la porte de la chambre. Il regarda à l'intérieur.

Couchée au centre du grand lit, qui était recouvert d'un couvre-lit en velours vert gaufré, se trouvait la plus belle créature qu'il eût jamais vue de sa vie. Sa poitrine mon tait et descendait avec une régularité extrême ; ses lèvres légèrement écartées montraient des dents ravissantes.

O'Shaughnessy la regarda avec émerveillement ; puis un léger sentiment de crainte lui rappela qu'il devait partir. Il lui sourit. Il lui dit doucement : « Bonne nuit ma chérie. »

Elle bougea un peu. Elle murmura dans son sommeil : « Bonne nuit mon ange. »

O'Shaughnessy soupira et fit demi-tour.

Dans la bibliothèque, le comte se tenait devant la cheminée, un whisky-soda dans une main, le pistolet d'arçon dans l'autre.

Il lui demanda : « Que dites-vous d'elle ? »

« Indescriptiblement belle, dit O'Shaughnessy. Maintenant je peux vous assurer, monsieur, que cela en valait la peine. Je ne crains plus la mort. »

« Bravo, dit le comte, voilà comment il faut agir. Aimeriez-vous boire un whisky-soda ? » Il lui indiqua le guéridon.

O'Shaughnessy se dirigea vers le guéridon. Tournant le dos au comte, il se servit un bon whisky avec un peu de soda. Il savait qu'au moment où le verre toucherait ses lèvres le comte appuierait sur la détente et que ce serait la fin du capitaine Michael O'Shaughnessy.

Lentement il approcha le verre de sa bouche. Alors plusieurs choses se produisirent simultanément. La porte s'ouvrit et la dame, en robe de dentelle, apparut dans le chambranle de la porte. Elle dit au comte : « Alexis… dois-tu vraiment le faire… ? Cela fait toujours tant de bruit… »

Au même moment O'Shaughnessy entendit la détonation du pistolet, son verre tomba, s'écrasa par terre.

C'était donc ça, la mort.

Les ténèbres s'abattirent sur lui.

O'Shaughnessy ouvrit les yeux. Il était couché sur le dos et regardait la lune. Au bout d'un moment il s'assit. Il était appuyé contre le tronc d'arbre dans la clairière. Il était vivant. Il n'avait pas été tué.

Il se mit à rire. Toute cette histoire, évidemment, était extraordinairement ridicule. Elle n'avait été qu'un rêve.

Il se rappelait que quelque temps auparavant il était allé dans la clairière et s'était assis sur le tronc pour allumer une cigarette. Il avait dû, pensait-il, s'endormir au cours des quelques secondes pendant lesquelles il était tombé du tronc – ces quelques secondes qui, dans les rêves, peuvent se transformer en éternité. Tout cela, il l'avait rêvé ; il avait rêvé sa rencontre avec Krasinsky, le monsieur avec le costume écossais qui s'était assis à l'autre extrémité du tronc ; il avait rêvé l'histoire d'Armand Dulac et de la maison mystérieuse et des fenêtres éclairées ; il avait rêvé qu'il s'y trouvait ; du comte, du pistolet d'arçon et de la très belle dame.

Quel diable de rêve, pensa O'Shaughnessy. D'un tel réalisme qu'il lui semblait presque l'avoir vécu.

Il se releva, enleva les quelques feuilles qui s'étaient collées à ses vêtements. Il alluma une cigarette. La vie, après tout, n'était pas dénuée de romantisme, même si on ne vivait les aventures qu'en rêve.

Il traversa la clairière, trouva la route, l'emprunta. C'était une nuit magnifique et le clair de lune était toujours froid et brutal. O'Shaughnessy pressa résolument le pas. Au bout de dix minutes il arriva à un embranchement. À droite la route s'éloignait dans les collines, disparaissait à l'horizon.

O'Shaughnessy se souvenait vaguement de Krasinsky lui parlant de cet embranchement de la route, dans le rêve.

Il prit la route de gauche. Trois minutes plus tard il se retrouva devant un vieux portail en fer forgé. Il le franchit. Devant lui, au bout d'une longue allée pour voitures, au centre d'un vaste parc, se dressait une maison. Elle était grande et ancienne ; tout était éteint à l'exception de trois fenêtres, au deuxième étage, qui étaient éclairées.

Lentement, presque contre son gré, O'Shaughnessy emprunta l'allée et se dirigea vers la maison. Il grimpa sur les terrasses et s'approcha de la porte. Il se dit : *Il est impossible que les portes soient ouvertes.*

Les portes étaient ouvertes. Il entra. Le clair de lune qui inondait les vitraux des fenêtres lui révélait un hall qu'il connaissait – le hall que Krasinsky lui avait décrit dans son rêve…

Mais était-ce un rêve… ?

Lentement, il traversa le hall, commença à gravir les larges marches de marbre de l'escalier qui menait à la galerie aux miroirs. Si le rêve avait dit vrai, pensa-t-il, quelque part dans cette galerie aux miroirs, il trouverait une porte à poignée de verre. Il regarda le mur.

Devant lui se trouvait la poignée en verre.

Il tendit la main et tira la poignée vers lui. La porte s'ouvrit. Il entra. L'escalier courbe se dressait devant lui. Il menait à la porte de verre.

Il soupira de bonheur. Lentement, en souriant, il commença à gravir les marches vers la porte de verre…

Dans le train

Frank O'Connor

« Voilà ! dit la femme du brigadier. Il faut toujours que tu me presses. »

« Je préfère toujours être à l'heure pour le train », répondit le brigadier avec la tranquillité de celui qui a fréquemment expliqué les principes qui guident son existence.

« J'aurais eu dix fois le temps de m'acheter ce chapeau », ajouta sa femme.

Le brigadier soupira et ouvrit son journal du soir. Sa femme regardait le quai obscur, piqueté de faibles lumières sous lesquelles passaient des visages et encore des visages, éclairés puis à nouveau dans l'obscurité. Un garçon en uniforme longeait le train avec un plateau de journaux et de chocolats. Un peu plus loin sur le quai, un homme ivre disait adieu à ses amis.

« J'aime beaucoup Michael O'Leary, beuglait-il. Je ne connais pas d'homme plus sincère. »

« Je n'ai aucune vie, dit la femme du brigadier en soupirant. Vraiment aucune vie. Pas une âme à qui parler ; rien à regarder de toute la journée sinon des tourbières et des montagnes et la pluie – toujours la pluie ! Et les gens ! Eh bien, on en a eu un bel échantillon, pas vrai ? »

Le brigadier continuait à lire.

« Ces quelques jours ont été comme le paradis. Des gens tellement intéressants ! Oh, je me suis dit que Mr Boyle avait un visage magnifique ! Et sa voix – elle me transperçait. »

Le brigadier baissa son journal, enleva son képi, le posa sur le siège près de lui et alluma sa pipe. Il l'alluma comme on le faisait autrefois, avec cérémonie, ses yeux se plissant de plaisir devant la flamme de l'allumette, comme un chat ensommeillé. Sa femme examinait attentivement chaque visage qui passait et il était évident que pour elle la vie signifiait des visages et des gens et des choses et rien d'autre.

« Oh, mon Dieu ! dit-elle encore. Je n'ai vraiment aucune existence. J'ai été élevée dans un couvent et je joue du piano ; mon père était un littéraire, et moi je suis obligée d'avoir des contacts avec les types les plus vils de l'humanité. Si encore c'était une ville correcte, mais un village ! »

« Ah, dit le brigadier, ponctuant sa réponse de bouffées anxieuses de sa pipe, peut-être qu'avec l'aide de Dieu nous obtiendrons une mutation un de ces jours. » Mais il le disait sans conviction, et il était évident aussi qu'il était assez content de lui, à l'idée de rentrer chez lui, avec sa pipe et son journal.

« Voilà Magner et les autres, dit sa femme en voyant quatre autres policiers franchir la barrière. J'espère qu'ils auront l'idée de nous laisser tranquilles… Comment allez-vous ? Comment allez-vous ? Vous vous êtes bien amusés, les gars ? » leur dit-elle, prise d'une soudaine animation, et son visage pâle et maussade était devenu chaleureux et vivant. Les policiers lui sourirent et touchèrent leur képi mais sans s'arrêter.

« Ils auraient quand même pu s'arrêter pour dire bonsoir, nota-t-elle d'un ton brusque, et son visage reprit son expression habituelle d'ennui et de mécontentement. Je ne crois pas que je réinviterai Delancey à venir prendre le thé.

Les autres font un effort mais vraiment, Delancey, c'est sans espoir. Quand je souris et que je dis : "Garde Delancey, ne préféreriez-vous pas utiliser le couteau à beurre ?" il me regarde en grimaçant de sous ses sourcils broussailleux et me répond sans une seconde d'hésitation : "Non merci." »

« Ah, Delancey est un vrai rustaud », commenta le brigadier avec affection.

« Oh, c'est vrai, mais ça ne suffit pas, Jonathan. Rustaud ou non, il devrait faire un effort. Il est jeune ; il pourrait au moins avoir une veste de smoking. Quelle sera sa vie s'il ne veut même pas porter une veste de smoking ? »

« Je dirais qu'il ne s'en fait pas. Il a l'œil sur une ferme près de Waterford. »

« Oh, une ferme ! une ferme ! La femme est secondaire, je suppose ? »

« Ah mais, d'après ce qu'on m'a dit, c'est du secondaire qui vaut vraiment le détour. »

« Oui, je me doute bien qu'un bon nombre de secondaires qui valent le détour sont nés dans une ferme », rétorqua sa femme en soulevant ses pâles sourcils. Mais l'ironie n'eut aucun effet sur le brigadier.

« Très vrai, très vrai », dit-il avec ferveur.

« Et voilà, dit-elle d'un ton mordant, qu'arrivent nos charmants voisins. »

Un groupe de paysans surgit dans la faible lumière. Pas comme ceux que l'on voit près de la capitale, mais dans les montagnes et sur les côtes. Noueux, sauvages, avec des visages turbulents, leurs vêtements mal coupés très caractéristiques, les femmes couvertes de châles brun clair, les hommes coiffés d'un sombrero noir et avec un grand bâton à la main, ils passèrent, maladroits, riant et criant avec provocation. Et ils appartenaient tellement à leur environnement naturel que, pendant un instant, ils donnèrent l'impression de recréer autour d'eux des rochers et des buissons, des lacs de montagne, des tas de tourbe et la mer.

Avec un sourire pincé, la femme du brigadier inclina le buste vers eux par la vitre ouverte.

« Comment allez-vous ? Comment allez-vous ? demanda-t-elle. Vous êtes-vous bien amusés ? »

Au même moment le train fut secoué et les paysans excités furent pris dans la bousculade. Quelques minutes s'écoulèrent ; le flot des arrivants avait presque complètement cessé et un employé commença à claquer les portes. La voix de l'homme ivre s'éleva en un cri d'exaltation.

« Personne ne vaut O'Leary, déclara-t-il. Je donnerais ma vie pour Michael O'Leary. »

Alors, à l'instant où le train allait partir, une jeune femme portant un châle brun franchit la barrière en courant. D'une main elle maintenait sur sa bouche le châle, lequel était posé de manière à lui cacher les yeux, et on ne voyait qu'un nez long et mince et un peu de chair pâle de chaque côté. Sous le châle, elle portait un gros paquet.

Elle regarda hâtivement autour d'elle ; un porteur lui cria quelque chose et la poussa vers le compartiment le plus proche, qui se trouvait être celui du brigadier et de sa femme. Il avait déjà posé la main sur la poignée de la portière quand la femme du brigadier se redressa et hurla.

« Vite ! Vite ! cria-t-elle. Regarde qui c'est ! Elle monte ici. Jonathan ! Jonathan ! »

Le brigadier se leva, son gros visage rouge envahi par l'anxiété. Le porteur ouvrit la portière toute grande et, de sa main libre, prit la femme par le coude. Mais lorsqu'elle posa les yeux sur le visage surpris du brigadier, elle eut un mouvement de recul, se dégagea et courut affolée le long du quai. La locomotive grinça ; le porteur claqua la portière en jurant ; un peu plus loin une autre portière s'ouvrit puis se referma et la rangée de ceux qui étaient restés sur le quai, figés en effigies de l'adieu, éclairés ou dans l'ombre, se mit à défiler lentement devant la vitre, et l'air vicié et enfumé se chargea de l'haleine de la campagne.

Les quatre policiers prirent leurs aises dans un autre compartiment et allumèrent des cigarettes.

« Pauvre vieux Delancey ! dit Magner avec son rire débridé. C'est qu'il a vraiment le béguin pour elle. »

« Oui, un vrai béguin, confirma Fox. Vous avez vu comment il l'a regardée ? »

Delancey sourit d'un air gêné. C'était le beau jeune homme de grande taille aux cheveux noirs et aux sourcils broussailleux que la femme du brigadier avait décrit. Il était depuis peu dans la police et manifestait un mélange de douceur naturelle et de maladresse paysanne.

« C'est vrai, dit-il de sa voix rauque. Que le diable m'emporte, je n'ai encore jamais détesté personne, mais je crois bien que je ne peux pas la souffrir. »

« Eh oh, eh oh ! » protesta Magner.

« Mais si. Je crois bien que le Dieu tout-puissant l'a créée dans le seul but de me persécuter. »

« C'est que, oui, dit Foley, comment le brigadier arrive à vivre avec elle, ça reste un mystère. Je préférerais faire quinze jours de taule – Grand Dieu oui, et même un mois tout entier – plutôt que de supporter une femme qui se met à m'appeler par un nom aussi bizarre que Jonathan quand tout le monde sait que mon nom est tout simplement John. »

Les quatre hommes se lancèrent alors dans leur sujet de conversation préféré, qui les occupa pendant plus d'une heure. Aucun d'entre eux n'aimait la femme du brigadier et ils avaient tous des histoires à raconter sur elle. De ces histoires, il ressortait qu'elle était une incurable colporteuse de potins et une langue de vipère, incapable de taire ses propres affaires et encore moins celles des autres. Tandis qu'ils bavardaient, le train avançait lentement sur une plaine sombre, le cœur de l'Irlande et, dans la nuit sans lune, de minuscules fenêtres de fermes filaient comme les escarbilles d'un feu, et le pâle fantôme des wagons éclairés sautait et frétillait sur les haies et les champs. Magner remonta la vitre et le compartiment se remplit de fumée.

« Elle ne s'arrêtera jamais tant qu'elle sera à Farranchreesht », dit-il.

« Ça, c'est sûr ! » grogna Delancey.

« Et toi Dan, t'aimerais pas vivre en ville ? » demanda Magner.

« Eh bien mon bonhomme, s'exclama Delancey avec une soudaine vivacité, ça me plairait bien. On vit bien, en ville. »

« Parle pour toi », dit Foley en croisant ses mains sur son gros ventre.

« Pourquoi donc ? Qu'est-ce que tu n'aimes pas ? »

« Je suis bien mieux où je suis. »

« Mais quelle belle vie ! »

« Que le diable m'en garde ! Comment peut-on vivre quand on est toujours sous l'œil de quelqu'un ? Regarde les pauvres types au tribunal. »

« Ça c'est bien vrai, c'est bien vrai », acquiesça Fox.

« Ah oui, oui, dit Delancey, mais ils en ont, des aventures ! »

« Quelles aventures ? »

« C'est qu'hier un brigadier au tribunal m'a raconté un truc qui lui était arrivé. Une vieille fille qui n'avait plus personne est morte dans un vieux grenier sur les quais. Le brigadier a mis une recrue en sentinelle devant la porte pendant qu'il allait faire son rapport, et il n'avait qu'à donner des coups dans la porte pour faire peur aux rats. »

« Ça suffit, ça suffit », s'écria Foley.

« Oui, oui, mais écoutez donc, écoutez-moi donc, s'écria Delancey. Il était là depuis dix minutes avec un morceau de bougie à la main quand la porte en bas des escaliers commence à s'ouvrir. “Qui est là ?” qu'il dit, un peu inquiet. “Eh ! Qui est là ?” Pas de réponse, et la porte continuait à s'ouvrir. Alors il s'est mis à rire. Qui c'était ? un vieux chat. “Petit, petit, qu'il dit, viens ici, petit chat.”

Il se disait, vous comprenez, que le vieux chat lui tiendrait compagnie. Et puis il jette un autre coup d'œil et ses cheveux se dressent sur sa tête. Il y avait une autre saleté de chat qui sortait. "Tirez-vous !" qu'il leur dit pour leur faire peur, et puis voilà qu'un autre chat arrive et puis un autre, et il a tellement eu peur qu'il a fait tomber la bougie. Les chats se sont mis à cracher et à miauler et alors il a complètement perdu la tête. Il s'est précipité vers l'escalier et voilà qu'il trébuche sur un chat et qu'il se retrouve les quatre fers en l'air et quand il a voulu se rattraper à quelque chose, c'est un chat qu'il a saisi, et il a senti ses griffes lui déchirer le visage. Il a eu trois semaines de congé après ça. »

« Elle est vraiment bien, ton aventure », remarqua Foley avec réserve et dépit.

« Mais c'est vrai, non ? dit Delancey avec alacrité. À Farranchreesht tu peux toujours courir avant qu'il t'arrive une chose pareille. »

« Mais c'est ça qui est bien à Farranchreesht, mon gars, dit Magner. Le plaisir de mettre ta casquette et d'aller boire un pot à toute heure du jour ou de la nuit. »

« Oui, ajouta Foley, et puis de savoir que le pire qui risque d'arriver en dix ans c'est une bagarre à cause de la politique. »

« Peut-être bien, dit Delancey en soupirant d'un air rêveur. Bon Dieu, le tribunal, ça a quand même du charme. »

« En tout cas tu avais pas l'air sous le charme quand t'étais à la barre », grommela Foley.

« Je sais, c'est vrai, je sais, admit Delancey, déconfit. J'en transpirais. »

« Et puis tu fermais les yeux, dit Magner, comme un gosse qui craint de recevoir un coup sur la tête. »

« Quand même, dit Delancey ; ce brigadier dont je vous parle, il m'a dit qu'au bout de quelque temps ça ne t'inquiète pas plus que d'aller jouer aux cartes. Il m'a dit qu'on finit par répondre au juge d'homme à homme. »

« Ça, je veux bien le croire », admit Magner.

Il y eut un silence dans le compartiment enfumé qui traversait l'Irlande, secoué et bringuebalé, et chacun des quatre passagers, touché par cet esprit d'escalier qui affecte plus que tout ceux qui ont témoigné à la barre, réfléchissait à la façon dont il parlerait au juge maintenant, si seulement il était devant lui, d'homme à homme. Ils levèrent les yeux et virent un gros visage rouge derrière la porte, et un instant après elle s'ouvrit.

« Est-ce que c'est mon compartiment, messieurs ? » demanda une voix humble de pochard.

« Non, pas du tout. Allez, va voir ailleurs ! » dit Magner avec brusquerie.

« J'avais un compartiment, un des meilleurs qu'on a jamais vus dans un train, dit l'ivrogne en se penchant en avant, un magnifique compartiment, et voilà que je l'ai perdu. »

« Essaye un peu plus loin », suggéra Delancey.

« Veuillez m'excuser d'avoir interrompu votre conversation, messieurs. »

« Ce n'est pas grave, ce n'est pas grave. »

« Je suis bien mélancolique. Mon meilleur ami, je l'ai quitté ce soir même, et personne ne peut savoir, si ce n'est le Dieu tout-puissant et miséricordieux (là, l'ivrogne souleva son chapeau melon qui glissa sur sa nuque et tomba par terre), si je le reverrai dans ce monde. Bonsoir messieurs, et merci, merci beaucoup de votre gentillesse. »

Tandis que l'ivrogne s'éloignait en titubant dans le couloir, Delancey se mit à rire. Fox, qui était resté pensif, reprit la conversation là où ils l'avaient laissée.

« Delancey n'était pas le seul à transpirer », dit-il.

« C'est vrai, acquiesça Foley. Même le brigadier était un peu secoué. »

« Il était sacrément secoué. Quand il a pris la tasse empoisonnée pour l'identifier, il s'est mis à trembler, et, avant qu'il ait pu la reposer, elle a dansé une gigue sur la table. »

« Ah, mon Dieu, mon Dieu, soupira Delancey, ce qui m'a presque complètement abattu, c'était cette satanée vieille maquette de la maison. Le reste ne me gênait pas du tout, seulement la maison. Elle était là devant moi, toute crachée, avec le petit bout de pelouse devant et le volet de travers, et chaque fois que je la regardais je me retrouvais dans cette petite ruelle de Farranchreesht, et alors je relevais les yeux et je voyais ce type maigre avec une perruque qui me désignait du doigt. »

« Eh bien, Dieu soit loué, dit Foley avec dévotion, demain à cette heure, je serai dans l'arrière-salle de Ned Iver, une pinte à la main. »

Delancey secoua la tête, un sourire rêveur sur son visage sombre.

« Je ne sais pas, déclara-t-il. C'est pas bien grand, Farranchreesht ; un petit village, vieillot et minable, sans intérêt et pas beaucoup d'avancement. » Son visage s'éclaira quand il vit le brigadier apparaître dans le couloir.

« Eh bien, voilà le brigadier », dit-il.

« Il ne lui a pas fallu longtemps pour se fatiguer de Julietta », chuchota Magner avec malice.

La porte s'ouvrit et le brigadier entra en défaisant le col de sa vareuse. Il se laissa tomber dans un siège d'angle, croisa les jambes et accepta la cigarette que lui tendait Delancey.

« Alors les gars, s'exclama-t-il. Que diriez-vous de boire un coup ? »

« Ça, c'est étonnant, dit Foley. J'étais justement en train d'y penser. »

« Ce n'est pas la première fois, Peter, dit le brigadier, que toi et moi avons ce qu'on pourrait appeler une soif simultanée. »

Les paysans étaient silencieux et épuisés. Kendillon s'assoupissait de temps en temps, mais il souffrait d'une tension trop élevée et au bout d'un moment sa respiration devenait de plus en plus épaisse et bruyante avant d'exploser en un grognement et il sursautait, complètement réveillé et furieux. Dans le silence, la pluie frappait le toit, rebondissait et dévalait les vitres sombres en dégoulinades d'eau brillante. Moll Mhor se renfrogna, avançant sa lèvre inférieure. C'était une grosse femme massive au visage large, grossier et puissant. Les deux autres femmes, les yeux fermés, avaient resserré leur châle brun sur leur tête, mais celui de Moll était tombé sur ses épaules et le creux entre ses seins présentait un éclat écarlate.

« On n'est pas encore arrivés ? » demanda Kendillon, de mauvaise humeur après s'être une fois de plus réveillé en sursaut.

Moll le regarda méchamment.

« Non, et c'est pas demain la veille. Pourquoi t'es si pressé ? »

« Ma petite maison », gémit Kendillon.

« Ma petite maison, imita Moll. Parce que mettre des planches aux fenêtres et du barbelé sur le portail, ça ne suffit pas. »

« Toi c'est facile, tu as quelqu'un pour s'occuper de la tienne quand tu es absente », dit-il en grognant.

Une des femmes se mit à rire doucement et tourna un visage hagard et virginal dans le capuchon de son châle.

« C'est ça qui me fait rire, expliqua-t-elle pour s'excuser. Tim Dwyer toute cette semaine avec la marmite de porridge. »

« Et à faire les lits », ajouta la troisième femme.

« Et à laver le visage des gosses ! Dieu glorieux, il sera devenu fou. »

« Oui, dit Moll, et ses poules qui vont manger la toiture de Thade Kendillon. »

« Ma toiture, c'est ça ? » demanda-t-il.

« Oui. »

« C'est une bonne toiture, dit-il d'un ton rude. Une meilleure toiture que toutes celles qui ont pu abriter ta tête depuis le jour que tu t'es mariée. »

« Oh, Marie ma mère ! soupira Moll, quelle tristesse, voilà trois heures que je t'ai en face de moi au lieu de mon bel homme plein de santé. »

« Tiens c'est nouveau de t'entendre faire les louanges de Sean », dit une des femmes.

« Je lui ai fait du tort, dit Moll d'un air contrit. Ça c'est vrai. Je lui ai fait du tort devant Dieu et devant le monde. »

À ce moment l'ivrogne ouvrit la porte du compartiment et examina chaque visage avec une expression de mélancolie de plus en plus profonde.

« Elle n'est pas là », dit-il, l'air déçu.

« Qui n'est pas là, monsieur ? » demanda Moll en clignant de l'œil pour les autres.

« Je suis à la recherche de mon compartiment, madame, dit l'ivrogne avec une dignité mélancolique, et, je ne sais pas ce qu'ils ont bien pu en faire, ces satanés cheminots, mais l'est perdu. Les chemins de fer dans ce pays sont complètement foutus. »

« Eh ben, si c'est tout ce qui vous inquiète, pourquoi ne venez-vous pas vous asseoir ici avec moi ? demanda Moll. Je suis ici depuis si longtemps que j'en ai oublié à quoi ressemblait un véritable homme. »

« Ce serait avec grand plaisir, répondit poliment l'ivrogne, mais je n'ai pas perdu seulement le compartiment. Ma compagne de voyage aussi. Je suis un homme tout seul ; j'ai quitté mon meilleur ami ce soir même ; j'ai trouvé quelqu'un pour me consoler, et j'ai à peine tourné le dos – Dieu l'a emmenée ! »

Et d'un geste dramatique, il referma la porte et poursuivit son chemin. Les paysans se redressèrent sur leur siège, clignant des yeux. La fumée des pipes des hommes remplissait le compartiment et l'air lourd était imprégné de l'odeur des vêtements de laine tissés à domicile et de la fumée de tourbe, dont l'odeur doucereuse et âcre avait pénétré chacune des fibres.

« Écoutez cette pluie ! dit une des femmes. On va rentrer chez nous en pataugeant. »

« Il sera minuit avant qu'on n'arrive », dit une autre.

« Ah, quelle importance puisque tout le pays sera debout ! On va beaucoup causer à Farranchreesht cette nuit. »

« Beaucoup causer et peu dormir. »

« Oh, Farranchreesht ! Farranchreesht ! s'écria la jeune femme au visage hagard, dont les traits ravagés furent tout à coup transfigurés. Farranchreesht et le ciel au-dessus, ce soir, je n'échangerais pas ma place contre celle de la reine d'Angleterre ! »

Et soudain Farranchreesht, les tourbières désolées et la bosse de la montagne derrière, les petites maisons blanches et les sombres fortifications de tourbe qui donnaient au village l'air de quelque magnifique cité en ruines noircie par les flammes, tout cela apparut dans leur esprit. Un vieil homme assis dans un coin et qui fumait une pipe en argile ébréchée, fit résonner sa canne par terre.

« Eh bien, dit Kendillon d'un air sombre, quelle sacrée impudente pour oser revenir, non ? »

« Ça, c'est vrai », fit une des femmes en écho.

« Je parierais qu'elle ne va pas rester longtemps », poursuivit-il d'un air entendu.

« Tu vas lui faire la chasse, c'est ça ? » demanda poliment Moll, trop poliment.

« Si personne d'autre ne le fait, je la chasserai moi-même. De quel droit vivrait-elle dans un lieu décent ? »

« Oh, la chasse, la chasse, acquiesça une femme. C'est sûr que plus personne n'ira plus assombrir sa porte. »

« Et pourquoi fallait-il que nous racontions tous ces satanés mensonges ? demanda Moll qui mourait d'envie d'attaquer Kendillon. Thade Kendillon que voici a juré que le noir était blanc. »

« Et est-ce que j'aurais pu faire autrement, ma bonne ? Il n'y a jamais eu de mouchard dans ma famille. »

« Ce que tu me dis me surprend », dit Moll avec ressentiment, mais le vieil homme frappa le sol trois ou quatre fois pour lui ordonner de se taire.

« Chacun a raconté son histoire, dit-il, et l'a bien racontée. Et personne ne l'a mieux racontée que Moll. À l'entendre on aurait pu croire qu'elle y croyait elle-même. »

« Je déclare devant Dieu que j'y ai presque cru », dit-elle en riant sauvagement.

« J'ai connu de grands changements dans ma vie, de grands changements, dit le vieil homme en secouant la tête, et maintenant je vois arriver un changement plus grand encore. »

Un silence suivit ses mots. Leurs yeux à tous exprimaient un profond respect. Le vieil homme se racla la gorge et cracha.

« Quel changement, Colm ? » demanda Moll.

« Est-ce que quelqu'un parmi vous a jamais imaginé qu'un jour une femme de la paroisse ferait ce genre de choses ? »

« Jamais, jamais. »

« Mais elle pourrait le faire pour la terre ? »

« C'est possible. »

« Ou pour l'argent ? »

« C'est aussi possible. »

« C'est tout à fait possible. Quand les gens ont faim d'argent ils tuent pour de l'argent ; quand ils ont faim de terre ils tuent pour de la terre. Mais pour quelle raison tuent-ils aujourd'hui ? Je vous le dis, un grand changement nous arrive. Dans un monde confortable les gens demandent davantage. Quand j'étais un gamin, dans la baronnie, quand on tuait un animal on le divisait en six morceaux, un pour soi et le reste pour les voisins. Pareil quand on attrapait du poisson. Et c'était ainsi chez nous depuis le début des temps. Mais regardez comme ça change ! Les gens ne sont plus ni aussi pauvres, ni aussi bons, ni aussi généreux, ni aussi forts. »

« Ni aussi sauvages, ajouta Moll en jetant un regard méchant à Kendillon. Ce sont surtout les hommes qui ont changé, dirait-on. »

La porte s'ouvrit, Magner, Delancey et le brigadier entrèrent. Magner était déjà soûl.

« Je me sentais seul sans toi, Moll, dit-il. Tu es la plus grande et la plus effrontée et la plus finaude des menteuses et tu m'as fait perdre mes galons de brigadier, mais je te pardonne tout si tu nous donnes une seule mesure de *Colleen Dhas Roo.* »

« Je suis un homme seul, dit l'ivrogne. Et je retourne dans une maison solitaire. »

« Mon meilleur ami, poursuivit-il, je l'ai laissé là-bas – Michael O'Leary, l'homme le plus sincère que je connaisse. Quel dommage que vous ne connaissiez pas Michael et quel dommage que Michael ne vous connaisse pas. Mais regardez comme les malheurs nous tombent dessus ! Je cherchais quelqu'un pour me consoler et, dès que j'ai le dos tourné, vous disparaissez. »

Il posa solennellement une main sous le menton de la femme et dirigea son visage vers la lumière. De l'autre il lui caressait les joues.

« Vous avez un très beau visage, dit-il avec admiration, un très beau visage. Mais plus important encore, vous avez une très belle âme. Je regarde dans vos yeux et je vois la beauté de votre nature. Accordez-moi une faveur. Une seule faveur avant que je parte. »

Il se pencha et l'embrassa. Puis il ramassa son chapeau melon qui était tombé une fois de plus, le remit à l'envers, prit sa sacoche et sortit du compartiment.

La femme resta assise toute seule. Son châle s'était déplacé et écarté et, en dessous, elle portait une blouse bleu vif. Il faisait froid dans le compartiment, au dehors la nuit était noire et morne et en elle-même quelque chose se contractait qui menaçait d'écraser jusqu'à l'étincelle de vie qui l'animait. Elle était à présent incapable de lutter, même quand pour la centième fois elle se remémora les scènes de la veille ; les heures interminables sur le banc des accusés, les questions et les discours ennuyeux qu'elle ne parvenait pas à comprendre, et la longue attente dans la cellule avant le retour du jury. Elle ressentit une fois de plus le frisson d'angoisse mortelle qui l'avait parcourue quand le gardien-chef lui avait brutalement fait signe de venir depuis le haut de l'escalier, et quand la gardienne, qui s'arrangeait hâtivement devant un petit miroir, l'avait poussée en avant. Elle revit le jury et leurs visages inexpressifs. Elle s'était tenue là, toute seule, elle avait nerveusement repoussé le châle de son visage pour avoir un peu d'air. Elle avait essayé de réciter une prière mais les mots avaient été submergés dans sa tête par le tonnerre de ses nerfs, qui s'abattait et explosait. Elle sentait qu'un de ses nerfs lui avait échappé et qu'il dansait follement à la commissure de ses lèvres, mais elle était incapable de le rattraper.

« Le verdict du jury est que Helena Maguire est innocente. » Qu'était-ce donc ? La vie ou la mort ? Elle ne savait pas. « Silence ! Silence ! » cria l'huissier, alors que personne n'avait rien dit. « Pas d'autre accusation ? demanda une voix lasse. Libérez la prisonnière. » « Silence ! » cria l'huissier une fois de plus. Le gardien-chef ouvrit la porte du box et elle se mit à courir. Quand elle atteignit les marches elle s'arrêta et se retourna pour voir si on la suivait. Un policier ouvrit une porte et elle se retrouva dans un couloir pavé mal éclairé et plein de courants d'air. Elle resta là, le vieux châle entourant son visage. La foule commença à sortir. Une grande jeune femme avec une expression d'extase comme si elle marchait sans toucher terre, fut la première. Lorsqu'elle la vit elle s'arrêta et ses mains se levèrent en un geste instinctif, comme si elle voulait la toucher, la caresser. Ce fut l'expression sur son visage, cette démarche de somnambule, qui la ramena à la réalité…

Mais à présent le souvenir n'avait plus rien de chaleureux et cette chose en elle continuait à se contracter, la submergeant de solitude, de honte et de peur. Elle commença à marmonner comme une folle. Le train, maintenant presque vide, s'arrêtait à chaque petite gare perdue. De temps en temps une bourrasque venue de l'Atlantique le secouait comme pour essayer de le renverser.

Elle leva les yeux quand la porte s'ouvrit bruyamment et quand Moll entra, traînant son châle derrière elle.

« Ils sont tous à l'autre bout du train. Tu ne veux pas venir ? »

« Non, non, je ne pourrais pas. »

« Pourquoi ne pourrais-tu pas ? Qui t'en empêche ? Ce n'est pas Thade Kendillon ? »

« Non, non, je reste où je suis. »

« Tiens, bois un peu de ça. » Moll fouilla dans les plis de son châle et sortit une bouteille d'un alcool aussi pâle que de l'eau. « Attends un peu que je te dise ce que Magner a dit ! Ce type est un suppôt du diable. "T'aurais pas une goutte, Moll ?" qu'il dit. "Ça se peut", je lui dis. "Qu'est-ce que c'est ? il me dit. Pour l'amour de Dieu baptise-le vite et appelle-le whisky". »

La femme prit la bouteille et la porta à ses lèvres. Elle frissonna en buvant.

« C'est une bonne goutte », dit Moll d'un air approbateur.

Immédiatement après, il y eut des éclats de voix dans le couloir. Moll reprit la bouteille et la dissimula sous son châle. Mais ce n'était que Magner, le brigadier et Delancey. Derrière eux venaient les deux paysannes, prises de fou rire. Magner tendit la main.

« Helena, dit-il, je veux te féliciter. »

Elle lui serra la main, souriant maladroitement.

« Mais la prochaine fois nous t'aurons », ajouta-t-il.

« Quoi ? que dites-vous, Monsieur ? »

« Rien du tout. Tu es une femme intelligente, une femme remarquable, je te l'accorde sans réserve. Tu leur as jeté de la poudre aux yeux à tous. »

« On dit que le poison est facile à détecter mais là je n'ai rien pu trouver », dit le brigadier, qui parvenait à peine à dissimuler sa curiosité.

« Eh bien, eh bien, il y en a des choses qui se disent à mon propos ! » dit-elle avec un rire nerveux.

« Dis-lui, conseilla Magner. Il ne peut plus rien te faire maintenant. Tu es autant en sécurité que le juge lui-même. Hier soir, quand le jury est entré avec le verdict, tu aurais pu te lever dans le box des accusés et dire : "Vous vous êtes trompés. C'est moi qui l'ait fait. J'ai acheté le truc à tel ou tel endroit. Je le lui ai donné parce qu'il était vieux et sale et acariâtre et avare. Je l'ai fait et j'en suis fière." Tu aurais pu dire tout cela et malgré tout il n'aurait rien pu faire contre toi. »

« Vraiment ? Voilà bien une chose à dire ! »

« Eh bien, tu aurais pu. »

« La loi est réellement un phénomène remarquable, dit le brigadier, qui était aussi un peu éméché. Te voici là, assise tranquillement aux frais de l'État, alors qu'un seul mot de quelques lettres aurait pu t'envoyer à *Mountjoy* attendre la corde et le voyage du petit matin. »

La femme frissonna. La jeune femme au visage ravagé la regarda.

« C'est la sainte volonté de Dieu », dit-elle.

« Ce sont tous ces sacrés mensonges que Moll Mhor a racontés », répliqua Magner.

« C'est la volonté de Dieu. »

« On en a pendu beaucoup par erreur », dit le brigadier.

« N'empêche, n'empêche, c'est la volonté de Dieu. »

« Tu as une blouse neuve, Helena », dit l'autre femme d'un ton envieux.

« Je l'ai vue au dernier moment dans un magasin sur les quais. »

« Combien coûtait-elle ? »

« Dieu du ciel ! s'exclama Magner en regardant la femme avec stupéfaction. Tu n'avais que ça à penser ? Tu aurais dû être à genoux devant l'autel. »

« Et c'est bien ce que j'ai fait », fit-elle sur un ton indigné.

« Ah, les femmes ! » s'exclama Magner avec un geste de désespoir. Il fit un clin d'œil à Moll et ils se retirèrent dans le compartiment voisin. Mais l'intérieur du compartiment se réfléchissait dans la vitre du couloir et tous purent voir la pâle silhouette tremblante du policier lever la bouteille jusqu'à ses lèvres et y souffler une longue note silencieuse. La jeune femme qui avait parlé de la blouse se mit à rire.

« Il se sera fait du beau travail à cause du procès », dit-elle.

« Et quoi donc ? » demanda le brigadier.

« La bonne quantité de whisky de contrebande que Dan Canty aura distillée pendant que vous aviez tous le dos tourné. »

« J'aurai Dan Canty un de ces jours », répondit le brigadier avec raideur.

« Mais oui, comme tu as eu Helena. »

« Je l'aurai, dit-il en regardant sa montre. On arrive dans un quart d'heure. Il serait temps que chacun retourne à son compartiment. »

Magner entra et les autres policiers se levèrent. Le brigadier referma son col et boucla sa ceinture. Magner oscillait, se tenant au chambranle de la porte, un sourire écœurant sur son beau visage mince et dévasté.

« Bon, eh bien bonne nuit, madame, dit le brigadier d'un air guindé. Je suis heureux pour nous tous que les choses aient fini de cette façon. »

« Bonne nuit, Helena, dit Magner avec une profonde révérence qui le fit immédiatement tituber. Il y aura un homme heureux à Farranchreesht ce soir. »

« Allez, viens, Joe », protesta le brigadier.

« Un homme heureux, répéta Magner avec obstination. C'est son tour maintenant. »

« Tu es ivre, mon vieux », dit Delancey.

« Tu le voulais, dit Magner lourdement. Ta famille n'en voulait pas, mais maintenant il est à toi malgré eux tous. »

« Tu veux dire Cady Driscoll ? » dit la femme en sifflant de colère, penchée vers Magner, le châle serré sur sa tête.

« Qui je veux dire n'a pas d'importance. Il est à toi. »

« Il n'est rien de plus pour moi que l'eau salée de la mer. »

Les policiers sortirent les premiers, suivis par les femmes ; Moll Mhor riait aux éclats. La femme se retrouva seule. Par la vitre, elle voyait les petites maisonnettes qui descendaient jusqu'à la mer parmi les rochers nus et mouillés. La flamme de la vie n'était plus qu'un tout petit point en elle et elle ne pouvait que s'étonner de la force qui s'était emparée d'elle, qui l'avait gouvernée avant de l'abandonner.

« Rien de plus, répéta-t-elle avec lassitude à l'intention de son reflet dans la vitre, rien de plus pour moi que l'eau salée de la mer. »

La loi est la loi

Liam O'Flaherty

J'étais alors commissaire de police dans la région de Kilmorris. Une des régions les plus isolées d'Irlande, sur la côte ouest. Les habitants sont pratiquement tous de race gaélique pure et, malgré les siècles d'occupation britannique, ils ont conservé la plupart de leurs coutumes ancestrales. Ce sont de beaux hommes, travailleurs, économes, extrêmement religieux et d'une fierté fanatique. Afin d'illustrer ce dernier trait de caractère, le cas de Sean McKelvey me paraît mériter d'être raconté…

Il vivait sur la petite île d'Inishcam, qui est séparée de la côte par un étroit bras de mer d'environ un quart de mile. Le peu de largeur de ce bras de mer ne nuit toutefois pas à l'industrie principale de l'île, qui est – ou en tout cas, était – la distillation du whisky de contrebande. Dans la région nous l'appelons *poitheen*. À l'exception d'une anse étroite, l'île est entourée de falaises à pic, de sorte qu'il était facile aux sentinelles de donner l'alarme quand un de mes hommes se rendait sur l'île pour rechercher l'alambic. Et les îliens continuèrent joyeusement à distiller pendant la première année de mon service dans la région, exactement comme ils le faisaient depuis des siècles. De la même façon, quand l'alcool était prêt à être distribué, ils pouvaient, de nuit, se glisser en douce jusqu'à la côte dans leurs coracles et livrer leur marchandise en toute sécurité. Je ne savais pas le moins du monde comment éliminer ce fléau.

Nos forces de police sont démocratiques, et j'estime que le travail d'un bon officier de police est de préserver l'ordre dans sa région tout en recourant le moins possible à la contrainte. Il était impossible d'appliquer des mesures draconiennes aux vingt-cinq ou trente familles qui vivaient sur l'île. Elles auraient provoqué beaucoup de tapage sur la côte, auraient été suivies par les protestations habituelles à Dublin de ceux qui guettent toujours la moindre occasion de dénoncer le comportement tyrannique des forces de police. Je décidai donc que la seule chose à faire était de m'occuper personnellement du cas Sean McKelvey.

Il était le personnage principal d'Inishcam, où on l'appelait d'habitude le Roi. Pendant les années quatre-vingt du siècle dernier, un groupe de militaires et de policiers britanniques avait envahi l'île dans l'espoir de collecter un peu d'argent sur les baux des habitants, qui n'avaient rien payé depuis des années. À l'approche des forces armées, les habitants s'enfuirent dans les falaises, ne laissant dans le village que les vieillards et les enfants. L'officier qui commandait les forces armées s'adressa à un digne vieillard qui lui paraissait plus apte à l'informer et à l'aider à trouver les autres habitants.

« Êtes-vous le chef de cette île ? » lui demanda-t-il.

Le vieillard s'inclina, faute de comprendre un mot d'anglais.

Alors l'officier, pour dissimuler son échec et impressionner les indigènes au nom de la puissante Grande-Bretagne, expliqua cérémonieusement au vieillard combien il était futile de résister à la loi britannique et lui demanda que les habitants de son île se présentent tous au bureau des baux avec leur loyer avant un mois ; à défaut leurs propriétés seraient confisquées. Après son départ, un journaliste se saisit de l'histoire pour en faire un article, l'histoire parvint jusqu'à Londres et bon nombre d'universitaires et autres inoccupés partirent sur l'île pour rendre visite au dernier roi irlandais. Ce fut ainsi que le vieux McKelvey, le grand-père de Sean, obtint le titre et que ses descendants en héritèrent ; les îliens acceptèrent poliment la situation car la venue des touristes estivaux leur rapportait de l'argent.

Cependant, lorsqu'on donne le titre de roi à quelqu'un, même par plaisanterie, au bout d'un moment il finit par adopter des manières royales. Sean McKelvey, troisième de cette lignée prospère de monarques, était fermement convaincu qu'il était de sang royal et se comportait comme s'il devait régner sur Inishcam de droit divin. On l'avait souvent entendu dire sur la côte, quand il s'y rendait pour ses affaires, que la police ne pouvait exercer aucunc autorité sur lui et que, si elle tentait de le contrecarrer, il préférerait mourir plutôt que d'accepter cette indignité. Et les îliens le croyaient. De sorte que, comme il est facile de le comprendre, mettre un terme à la distillation était délicat.

Je m'habillai en civil et me fis conduire en barque dans l'île, ou je débarquai seul et sans armes, pour braver le Roi dans son royaume.

C'était une belle matinée d'été et, quand je mis le pied sur la petite plage de sable, j'aperçus une foule d'îliens qui traînaient sur le grand rocher plat qui surplombe la plage, près du village. Je gravis le sentier rocheux et raide qui fait penser à l'accès d'une forteresse. Quand j'arrivai au rocher, tous me fixèrent des yeux mais personne ne m'adressa la parole. Ils savaient qui j'étais et n'étaient pas vraiment contents de me voir.

Je dois admettre que je me sentais de moins en moins à l'aise, car les hommes de cette île sont extrêmement bien bâtis, grands, minces et aussi solides que du *whipcord*. Les environs étaient encore plus menaçants que les habitants eux-mêmes. Derrière le village il y avait un peu de terre arable découpée en petits champs de seigle et de pommes de terre. Au-delà s'élevaient les montagnes, couvertes de bruyère et entrecoupées de vallées profondes et sombres. Peu de chances que mes hommes parviennent jamais à trouver un alambic dans ce désert impraticable.

« Salut les hommes, dis-je d'un ton gai. Je suis venu voir le Roi. »

Un homme fit un signe de tête par-dessus son épaule pour indiquer une maison au centre du village. C'était une maison d'un étage pareille à toutes les autres, mais plus longue, avec un toit d'ardoise, et ses murs étaient badigeonnés en rose alors que les autres étaient blanches. Quelques fleurs poussaient dans le petit jardin près de la porte, à côté d'un amoncellement de casiers à homards et de filets qui séchaient.

Je m'avançai d'un pas résolu vers la maison. Lorsque je pénétrai dans la cour, un homme apparut dans l'embrasure de la porte, les bras croisés sur la poitrine. C'était Sean McKelvey, le Roi de l'île.

« Vous voulez me voir », me demanda-t-il d'un ton arrogant.

Il mesurait environ six pieds et était droit comme un cierge. Il n'était vêtu que d'une chemise et d'un pantalon, attaché à la taille par un foulard rouge. Sa chemise était ouverte sur son cou et les manches remontées au-dessus des biceps, qui saillaient parce que ses bras étaient croisés. Il était aussi musculeux qu'un boxeur qui s'est entraîné pour un match et, après avoir évalué ses muscles, la réussite de mon plan me parut compromise. Des poils drus ombraient sa mâchoire et sa lèvre supérieure, donnant une expression encore plus menaçante à son attitude hautaine. Ses yeux bleus parurent me transpercer, comme disent les romans d'aventures. En fait, il avait tout à fait l'air d'un roi et j'aurais préféré qu'il ait installé sa satanée distillerie sur un autre district que le mien, car c'est le genre de personne que j'admire. Mais la loi est la loi et elle ne doit pas être violée.

« Oui, répondis-je. Je suis venu vous voir, McKelvey. »

« En ami ou en ennemi ? » demanda-t-il.

Affectant un calme que je ne ressentais pas, je pris une cigarette dans mon étui et en tapotai une extrémité sur le couvercle. Les autres hommes commencèrent à se rassembler autour de nous.

« Cela dépend surtout de vous », dis-je.

« Ce qui veut dire que vous êtes venu en ennemi », dit McKelvey.

« Je suppose que vous savez qui je suis », dis-je.

« Bien sûr que je le sais, dit-il. Je sais bien suffisamment qui vous êtes mais je me fiche complètement de vous et de vos hommes. Vous n'avez aucun grief contre moi. Et je ne veux donc pas vous voir mettre le nez sur mon île. »

« Ah oui ! J'ai un grief contre vous, McKelvey. »

« Lequel ? »

« Vous distillez de la *poitheen* ici. »

« Je ne dis pas que nous le faisons, mais même si c'était vrai, ce ne sont pas vos affaires. »

« J'ai bien peur que si. Je suis l'officier de police de cette région et je ne veux pas que vous ou quelqu'un d'autre empoisonniez les gens avec votre alcool pourri. C'est pour cela que je suis venu. »

« Eh bien ! Vous avez fait le voyage pour rien. Je n'accepte pas vos ordres, Mr Corrigan. »

« Je ne vous donne pas d'ordre, mais si vous étiez un homme courageux j'aimerais vous proposer un marché. »

Son visage s'assombrit et il se pencha légèrement en arrière comme s'il allait se précipiter sur moi. Il décroisa les bras et ses mains descendirent lentement le long de son corps, les doigts se recourbant vers les paumes.

« Qu'est-ce que vous venez de dire ? » murmura-t-il.

Il avança lentement de deux pas, exactement comme un animal prêt à bondir sur moi. Même alors, je fus obligé d'admirer l'attitude magnifique de cet homme. Les autres îliens derrière moi s'étaient mis à grogner et je savais qu'il avait mordu à l'appât.

« Si vous étiez un homme courageux, répétai-je d'une voix basse et insultante, j'aimerais vous proposer un marché. »

« Et qu'est-ce qui vous fait penser, dit McKelvey d'une voix traînante, que je ne suis pas un homme courageux ? »

Au même moment une jeune femme apparut dans l'encadrement de la porte, un bébé dans les bras. C'était une belle femme aux cheveux roux, avec une expression de surprise dans le regard.

« Sean, cria-t-elle, qu'est-ce qu'il y a ? »

Il se retourna immédiatement et aboya : « Rentre dans la maison, Mary. »

Elle obéit sans attendre et il se tourna vers moi.

« Dites-moi votre pensée », s'écria-t-il.

« Voilà, McKelvey, lui dis-je calmement. Vous et votre alambic, vous êtes un fléau dans ma région. Vous vous dites roi de cette île et moi je suis l'officier de police du coin, ma tâche est de vérifier qu'on respecte la loi. Il n'y a pas place pour nous deux à la fois. Bon ! voilà ce que je propose. Je suis prêt à me battre avec vous, le vainqueur fera ce qu'il veut. Si vous gagnez, vous pourrez continuer avec votre alambic et je vous donne ma parole d'honneur que je n'essayerai plus de m'immiscer dans vos affaires à l'avenir. Si je gagne, vous viendrez avec moi au poste de police et vous me garantirez par écrit que vous démolirez votre alambic et respecterez la loi à l'avenir. Que pensez-vous de ce marché ? honnête ? Je vous le dis d'homme à homme. Si vous avez quelque chose dans le ventre vous serez d'accord. »

Pendant quelques instants il y eut un silence de mort. Le bébé se mit à pleurer dans la maison. Puis McKelvey poussa un profond soupir, gonfla la poitrine et acquiesça de la tête. Je remarquai que le blanc de ses yeux était devenu rouge et que les veines de son cou étaient gonflées, comme si elles allaient éclater de colère sous l'affront.

« Que Dieu me soit témoin, murmura-t-il, je vous tuerai pour ça, même si on doit me pendre ensuite. »

« Attendez un peu, dis-je. Je suis venu ici tout seul. Acceptez-vous un combat honnête et acceptez-vous le marché que je vous ai proposé ? »

Je voulais le rendre aussi furieux que possible afin d'avoir plus de chances de le battre.

« Mais à qui croyez-vous avoir affaire ? rugit-il. À un rat comme vous ou à Sean McKelvey, le Roi d'Inishcam ? »

« Alors, marché conclu », dis-je.

« Mettez-vous en garde », rugit-il.

« Laissez-moi me mettre à l'aise », lui demandai-je en déboutonnant ma veste.

Tandis que j'enlevais tranquillement ma veste et mon gilet, il se tint devant moi, tremblant de fureur, et puis tout à coup il parut se reprendre et maîtriser sa rage. Il se mordit les lèvres et une étrange expression étonnée apparut sur son visage. À ce moment précis il ressemblait exactement à une bête sauvage de l'Afrique confrontée pour la première fois à un chasseur, craintive et à la fois folle de rage.

Il se baissa et enleva ses chaussures. Puis il remonta ses chaussettes par-dessus le bas de son pantalon et frotta les paumes de ses mains avec du sable. Quand il eut terminé, j'étais prêt.

« Je suis prêt maintenant, si vous l'êtes », dis-je.

« Alors voilà votre punition. »

Et en disant cela il projeta sa droite vers ma mâchoire, et je me baissai juste à temps pour qu'elle ne fasse que frôler le côté de ma tête. Je chancelai quand même sur mes jambes et je pus ainsi évaluer le type d'homme auquel j'avais affaire. Je compris que ma seule chance était d'éviter le marteau-pilon qu'il avait dans la main droite jusqu'au moment où il serait épuisé de fureur. Feintant et sautillant dans la cour, je n'arrêtai pas de l'aiguillonner pour qu'il continue à bouillonner de rage.

« Alors, vous pensez vraiment que vous savez vous battre, hein, McKelvey ? lui dis-je d'un ton méprisant. Vous n'atteindriez pas une meule de foin. J'ai honte de me battre avec vous. C'est comme si je volais son lait à un enfant. Vous feriez mieux de vous rendre avant que je vous abîme. À quoi ça sert ? Regardez ça. Vous croyiez trouver ma tête et ce n'était que de l'air. Mais, bon Dieu, qui vous a dit que vous saviez vous battre ? »

Et il était vrai que, bien qu'il ait la force et l'agilité d'un tigre, il avait un désavantage : il ne connaissait rien à la boxe. Il était simplement capable de lancer cette terrifiante main droite en espérant toucher. Petit à petit, il commença à ressentir la fatigue, et j'exultai quand j'entendis le halètement qui en était le signe.

Allons-y maintenant, pensai-je.

Je me précipitai sur lui et le frappai deux fois au menton, propulsant toute la puissance de mon corps à chaque coup, mais le seul résultat fut que je m'étais écrasé deux jointures à la main gauche. McKelvey tituba en arrière et alors, pour la première fois, envoya sa gauche au hasard et me toucha en pleine poitrine. Je reculai de quatre mètres avant de m'écrouler, conscient mais convaincu que mes côtes avaient été mises en pièces et que je ne parviendrais plus à respirer. Un grand rugissement s'éleva du groupe des îliens.

Je me retournai et attendis à quatre pattes d'avoir repris mon souffle pour me remettre debout. Si McKelvey était venu me chercher immédiatement, il aurait gagné, mais l'imbécile dansait dans la cour comme un Indien sauvage en se vantant de ses prouesses.

« Il n'y a pas un seul homme en Irlande à qui je ne ferais pas la même chose, hurla-t-il. Oui, et à dix hommes aussi.

Je me battrai avec tous les flics qu'ils ont et leur briserai tous les os du corps. Je suis Sean McKelvey, Roi d'Inishcam, et je les défie de mettre la main sur moi. »

Et il poussa alors un cri sauvage qui se réverbéra dans toutes les montagnes.

Ses hommes hurlèrent en réponse et cela contribua à me remettre d'aplomb.

« Attendez un peu, là, dis-je. Vous n'en avez pas fini avec moi, sac à vent. Venez donc me chercher. »

Penché en avant, il avança vers moi, la lèvre inférieure pendante.

« Vous en voulez encore, eh, rat ? murmura-t-il. Eh bien alors, attrapez ça. »

Prenant tout son temps et pensant sans doute que, parce que je m'affaissais et titubais un peu, j'étais une proie facile, il lança sa droite vers moi une fois de plus. Elle mit si longtemps à venir que je la contrai. Je plongeai et le frappai en plein dans le mille. Il grogna et se plia en deux. Alors je le frappai à coups redoublés, ayant trouvé son point faible.

« Ne le tuez pas », hurla sa femme en se précipitant dans la cour.

L'enfant pleurnichait dans la maison et plusieurs femmes qui étaient venues assister au combat se mirent elles aussi à crier. Les hommes, cependant, debout en un groupe morne, étaient silencieux et stupéfaits. Dans chaque visage je lus l'ébahissement le plus complet alors que je les regardais avec appréhension, plus ou moins certain qu'ils allaient se jeter sur moi parce que j'avais déshonoré leur roi. Mais pas du tout. Ils restaient là, bouche bée, à l'évidence incapables de comprendre comment il se faisait que leur chef invincible s'était écroulé à terre.

Lorsque j'eus fini de me rhabiller, McKelvey était revenu à lui. Il se remit debout et me regarda avec une expression que je n'oublierai jamais. C'était une expression de haine acharnée, et en même temps il y avait dans ses yeux l'image de la honte qui avait déjà rongé son âme. À ce moment-là j'aurais aimé de tout mon cœur que l'issue eût été différente. Je vis que j'avais blessé mortellement cet homme.

« Vous m'avez pris par surprise, me dit-il doucement. Cela ne se passerait pas ainsi une autre fois, même si pendant mille ans nous nous battions tous les jours. Je me suis mis en colère. Vous êtes un homme rusé. Maintenant, que voulez-vous de moi ? Vous avez gagné. Et je ne peux plus continuer. » Et ses étranges et sauvages yeux bleus fixaient les miens, me transperçant. Jamais de ma vie je ne me suis senti aussi honteux et désolé qu'à ce moment-là.

« Vous devez détruire votre alambic, McKelvey, dis-je, et venir avec moi comme vous l'avez promis. »

Il baissa les yeux et répondit : « Je le ferai. Venez avec moi dans la maison. »

Alors il se passa une chose vraiment étrange. Lorsque nous fûmes entrés, il alla vers l'âtre, où brûlait un petit feu. Il prit un balai de bruyère dans un coin de la cheminée et commença à balayer les cendres pour couvrir les braises.

« Que fais-tu, Sean ? » demanda sa femme, qui était à côté, son bébé dans les bras.

Il ne répondit pas et continua à rassembler les cendres sur les braises jusqu'à ce qu'il n'y ait plus de flammes et plus de fumée qui s'élève du petit tas. Alors il laissa tomber le balai et se redressa.

« Venez avec moi dans le jardin », me dit-il.

Je le suivis et sortis par la porte de derrière dans le jardin contre la maison. Là il me tendit une pincée de terre et une brindille qu'il arracha à une touffe de bruyère, selon l'ancien rite qui signifie l'abandon de la possession légale d'une maison et des terres.

« Mais vous ne pouvez pas faire ça », dis-je.

Il se redressa et me répondit avec arrogance : « Vous avez gagné. Vous êtes maintenant le maître. N'est-ce pas ce que vous vouliez être ? »

« Mais je ne veux que votre alambic. Je ne veux ni votre maison ni vos terres. Mais bon Dieu, êtes-vous fou ? »

« Vous aurez aussi l'alambic, dit-il. Vous ne pensez tout de même pas que je reviendrai sur ma parole ? »

Il me fit signe de le suivre, et je le suivis.

Il était toujours en chaussettes et il avançait comme une chèvre sur le terrain irrégulier, sautant de rocher en rocher, à bonne allure, de sorte que j'avais de grandes difficultés pour me maintenir à sa hauteur. Nous fîmes le tour d'une aiguille rocheuse de la montagne qui se dressait juste derrière le village et gravîmes alors une plateforme après l'autre en suivant un sentier si raide que j'en avais l'estomac retourné ; nous arrivâmes finalement dans un ravin. À mi-chemin dans le ravin, il tourna brusquement à gauche et, quand je l'eus rejoint, il déplaçait les rochers qui bloquaient ce qui se révéla être l'ouverture d'une grotte. Nous entrâmes dans la grotte et, dans l'obscurité presque complète, suivîmes un étroit passage entre deux murs lisses que mes épaules frôlaient quand je trébuchais sur les fragments de granit qui jonchaient le sol.

J'étais à présent dans un état de grande nervosité. Je me demandais : *M'a-t-il amené ici pour me tuer ?*

Il était normal d'y penser. Car dans l'état où était cet homme, profondément humilié d'avoir été terrassé en présence de ses gens, de s'être ensuite livré au rite de « la terre et la brindille », tuer dans un accès de furie terrible celui qui l'avait vaincu était la chose la plus naturelle du monde. Je me souvenais de son redoutable regard et du calme peu naturel qu'il affichait depuis qu'il s'était relevé après sa chute.

Pour finir, je ne pus m'empêcher de m'écrier, d'une voix qui dut le renseigner sur la peur qui m'avait envahi, « Où m'emmenez-vous, McKelvey ? »

« Nous sommes presque arrivés », me dit-il calmement.

Ma peur disparut alors, et j'eus honte de mes soupçons.

Ensuite un peu de lumière apparut dans la grotte et nous laissâmes derrière nous l'étroit passage entre les murs et fûmes soudain dans un espace ouvert qui donnait sur la mer. Là, à ma grande surprise, je vis la distillerie en pleine activité ; trois hommes y travaillaient et nous regardèrent bouche bée. L'alambic était installé dans une salle naturelle formée par une projection de la falaise de granit, et il y avait des tonneaux pleins entassés dans un coin.

« Donnez vos ordres », dit McKelvey.

Un des trois hommes se mit à parler à toute vitesse à McKelvey en irlandais, dans le dialecte de l'île que je ne comprenais pas, bien que je connaisse assez bien cette langue. McKelvey répondit à l'homme avec irritation et les deux autres se joignirent alors à la discussion, jusqu'au moment où celle-ci cessa après un cri de McKelvey. Il se tourna alors de nouveau vers moi.

« Donnez vos ordres », dit-il.

« Bon ! dis-je. Je suppose que le plus simple est de faire tomber tout cela de la falaise. Les rochers en contrebas feront le reste. »

« Très bien », dit-il.

Il se tourna vers les hommes et leur donna des ordres en irlandais. Ils obéirent à contrecœur. Je restai là jusqu'à ce que tout eut été traîné jusqu'au bord et lancé en bas de la falaise à pic, pour s'écraser quatre cents pieds plus bas.

« Et voilà, dis-je. Maintenant allons-nous-en. »

Nous retournâmes dans la grotte, laissant là les trois hommes qui gesticulaient violemment sur la plateforme. Pas un mot ne fut prononcé avant notre arrivée au village. Je vis alors que toute la population s'était rassemblée sur le rocher plat et discutait à voix basse avec excitation. À la façon dont ils nous regardèrent approcher, je compris que le règne de McKelvey était terminé.

J'attendis dehors dans la cour tandis qu'il rentrait s'habiller dans la maison. Puis il réapparut, vêtu de ses plus beaux vêtements.

« Êtes-vous prêt ? » lui demandai-je.

« Si cela ne vous fait rien, dit-il, je ne viendrai pas avec vous, je vous suivrai. »

« Mais pourquoi ne pas venir avec moi ? dis-je. J'ai une barque là en bas et elle pourra vous ramener ici. »

« C'est-à-dire, dit-il, que j'ai juré que je ne serais jamais traîné vivant dans un commissariat de police ou devant un magistrat. »

« Mais il ne s'agit pas de vous emmener dans un commissariat de police ou devant un magistrat. C'est une affaire personnelle entre vous et moi. »

« Tout de même, dit-il, les gens ne comprendraient pas. Si je partais avec vous maintenant, ils me considéreraient comme votre prisonnier. »

Je le regardai, ébahi. Comment pouvait-il souhaiter agir aussi cérémonieusement après une capitulation aussi complète ? Maintenant qu'il s'était habillé et malgré ses joues mal rasées, il ressemblait plus que jamais à un roi et personne ne voudrait croire qu'il était l'homme qui avait dansé autour de moi comme un Indien sauvage après m'avoir fait tomber. Il avait un tel air d'austérité et de dignité, il était d'une beauté magnifique. Mais ses yeux avaient perdu leur arrogance et on y décelait l'expression amère d'un homme vaincu. Ils ne contenaient aucune haine mais ils donnaient l'image déchirante d'une tristesse dont on ne pouvait guérir.

« Je comprends cela, lui dis-je. Mais j'ai votre parole que vous viendrez plus tard. »

« Je vous donne ma parole, dit-il avec fierté, et je ne reviendrais pas sur ma parole pour le royaume le plus riche du monde. »

« Je n'en doute pas. »

Je ne tardai pas à repartir, pressé d'échapper à ce regard. Lorsque j'arrivai au commissariat et racontai au brigadier Kelly ce qui s'était passé, il eut du mal à me croire.

« Attendez un peu, dis-je. McKelvey sera là sous peu. »

« Il ne viendra jamais, annonça Kelly. Cet homme préférerait manger ses propres enfants plutôt que mettre les pieds dans ce bureau. »

« Nous verrons », dis-je.

Et il est vrai qu'environ une heure plus tard McKelvey pénétra dans le bureau.

Entretemps j'avais rédigé un document, qu'il signa sans l'avoir lu. C'était une procédure tout à fait irrégulière mais la seule qui me permette de sortir de cette difficile situation. En fin de compte, il avait beau être quelqu'un d'extraordinaire, il n'en était pas moins une menace publique et il fallait que, d'une façon ou d'une autre, je parvienne à faire cesser la distillation d'alcool.

« Est-ce tout ce que vous attendez de moi, Mr Corrigan ? » demanda-t-il lorsque nous eûmes terminé.

« Non, dis-je. J'aimerais serrer la main d'un des meilleurs hommes que j'aie jamais rencontrés. »

Il regarda ma main tendue puis me regarda droit dans les yeux et secoua la tête.

« Oh ! Allez, dis-je. Soyons amis. L'un de nous devait gagner. J'ai été moi-même battu à de nombreuses reprises et je ne doute pas que je serai encore battu. Ne m'en tenez pas rigueur. J'ai seulement voulu faire mon devoir le mieux possible. D'ailleurs, vous n'obéissiez pas à la loi et je me devais de vous faire cesser. »

« Je ne violais pas ma propre loi », dit-il calmement.

La tête droite, il sortit alors de la pièce.

« Ne le lâchez pas, Kelly », dis-je au brigadier. J'imaginais qu'il allait peut-être se mettre à boire dans un des pubs du coin et devenir fou furieux avant de retourner dans l'île. Mon expérience passée m'avait appris que les hommes dans son genre sont extrêmement dangereux lorsque la boisson leur fait perdre le contrôle d'eux-mêmes.

Toutefois, McKelvey ne fit rien de semblable. Il se dirigea vers le rivage, les yeux fixés droit devant lui, et repartit vers l'île à la rame sans parler à quiconque.

« Bon ! Voilà qui est réglé, dis-je au brigadier. McKelvey ne nous causera plus de problèmes avec son alambic. »

« J'espère que non, dit Kelly. Mais j'en doute. »

Mes propres doutes étaient d'un type différent. Je craignais de lui avoir fait subir une blessure mortelle et, à de nombreuses reprises au cours de la semaine suivante, je maudis le destin qui avait fait de moi un officier de police, et en plus un officier affublé d'une conscience. Si cet homme avait été une méprisable et perfide canaille, l'avoir abattu ne m'aurait causé aucun regret ; mais, au contraire, il était un homme splendide, d'une immense valeur pour sa communauté.

Neuf jours plus tard sa femme vint me voir à mon hôtel alors que je déjeunais. Je sortis la retrouver. Elle avait l'air mal et terriblement inquiète. Il était évident qu'elle avait pleuré peu de temps auparavant.

« Je suis Mrs McKelvey, d'Inishcam, dit-elle. Je suis venue vous voir au sujet de mon mari. »

« Vous n'avez pas l'air bien, dis-je. Asseyez-vous. Puis-je aller vous chercher quelque chose à boire ? »

« Non, Mr Corrigan, dit-elle doucement, ce n'est pas du tout ce dont j'ai besoin. Mais accepteriez-vous de venir voir Sean et de faire quelque chose pour lui ? Il est dans un terrible état depuis que vous êtes venu sur l'île et j'ai très peur qu'il ne quitte plus jamais son lit si vous ne parvenez pas à empêcher les gens de penser qu'il a été arrêté. »

« Que voulez-vous dire ? »

« Eh bien, monsieur, c'est comme ça, les gens disent que vous l'avez arrêté et vous savez très bien, monsieur, que c'est un mensonge. Et cela lui a brisé le cœur de les entendre dire ça de lui. Il s'est mis au lit et refuse de manger et de boire. Il finira par en mourir. J'en suis certaine, car il est très orgueilleux. »

C'était bien ce que j'avais craint. Je lui dis de retourner immédiatement chez elle et que je viendrais au début de l'après-midi.

« Pour l'amour de Dieu, monsieur, dit-elle, ne lui dites pas que je suis venue vous voir. Cela finirait de l'achever. »

« N'ayez crainte, Mrs McKelvey, lui dis-je. Je vais m'en occuper. »

Après son départ, je me mis à réfléchir et finis par trouver un plan qui, j'en étais persuadé, réussirait avec un homme du type de McKelvey. Cette fois-ci je me rendis dans l'île en uniforme, en raison de l'idée que j'avais eue. Il y avait quelques îliens sur la plage, qui débarquaient le poisson des coracles de retour de la pêche. Je m'aperçus qu'ils touchaient leur chapeau en me voyant et me disaient bonjour, à l'inverse de leur conduite lors de ma visite précédente, durant laquelle ils avaient grommelé sans rien dire. Ils avaient transféré leurs sentiments de respect de leur roi à l'homme qui l'avait vaincu. La plupart d'entre eux me suivirent jusqu'à la maison de McKelvey et restèrent dans la cour pendant que j'entrais.

« Que Dieu protège les habitants de cette maison », dis-je.

« Et vous aussi », dit Mrs McKelvey, qui était seule dans la cuisine.

En même temps elle posa ses doigts sur ses lèvres pour me rappeler que je ne devais rien dire de sa visite à l'hôtel.

J'acquiesçai et lui demandai : « McKelvey est-il chez lui ? »

« Il est dans la chambre, monsieur, au lit, dit-elle. Entrez donc. »

Je la remerciai et entrai dans la chambre, où je trouvai McKelvey couché sur le dos dans son lit, les bras croisés sur la poitrine, sa tête soutenue très haut par les oreillers. Sa figure était extrêmement pâle et ses yeux paraissaient enfoncés dans leurs orbites. J'avançai rapidement jusqu'au lit, mon visage exprimant la colère.

« Voilà donc comment vous tenez parole, McKelvey, dis-je avec un sourire méprisant. Et vous dites que vous ne pourriez pas revenir sur votre parole pour le royaume le plus riche du monde. Que diable vouliez-vous dire, alors ? Vous moquez-vous de moi ? »

Je parlai aussi fort que possible pour que les îliens au dehors puissent m'entendre. McKelvey resta immobile quelques instants. Puis il se redressa brusquement dans son lit et ses joues pâles reprirent de la couleur. Ses yeux étincelèrent comme auparavant. Ce fut dans un rugissement qu'il demanda à sa femme :

« Donne-moi mes vêtements, Mary. Sortez d'ici, vous. Je vous parlerai quand je serai debout et devant ma porte, car je ne veux pas commettre un meurtre dans mon foyer. »

Je quittai la maison et attendis dehors pendant qu'il s'habillait. J'entendais le murmure des gens derrière moi dans la cour et je me demandais ce qui allait se passer maintenant que j'avais rendu cet homme furieux, car il était certainement fou furieux maintenant. Cependant, quand je le vis venir vers moi, nouant un foulard rouge autour de sa taille, habillé exactement comme le jour où nous nous étions battus, je vis bien qu'il était tout à fait maître de lui.

« Maintenant vous pouvez dire ce que vous aviez à me dire, s'écria-t-il. Et cette fois-ci, je vous préviens, ce sera une lutte à mort. »

« Je ne suis pas venu me battre avec vous, McKelvey, dis-je. Cette fois-ci je suis venu en tant qu'officier de police pour me plaindre. Il y a neuf jours vous êtes venu au commissariat de votre plein gré et m'avez garanti, en tant que roi de cette île d'Inishcam, que vous alliez empêcher vos îliens de fabriquer de l'alcool et de le vendre illégalement sur la côte, qui relève de mon autorité. Est-ce la vérité ou non ? »

Il me regarda fixement puis me dit à voix haute : « C'est vrai. »

« N'est-il pas vrai aussi que vous êtes le roi de cette île ? »

« C'est vrai », cria-t-il encore plus fort.

« Bien ! Alors pourquoi ne faites-vous pas ce que vous aviez promis ? »

« De quelle façon suis-je revenu sur ma promesse ? »

« J'ai été informé qu'un de vos hommes s'était rendu sur la côte il y a quelques jours et qu'il cherchait à acheter un alambic pour remplacer l'ancien que nous avons jeté en bas de la falaise. »

Personne ne m'avait évidemment donné cette information mais je soupçonnais fortement que quelque chose dans ce genre se préparait. De toute façon, ma phrase eut l'effet désiré.

McKelvey gonfla sa poitrine et s'écria : « Peut-être un de mes hommes est-il allé sur la côte pour chercher un alambic, mais s'il le débarque sur cette île, je briserai tous les os de son corps. J'ai été malade pendant une semaine mais à présent je suis debout et vous pouvez me croire sur la Bible : ce que j'ai dit sera respecté. »

« Eh bien, dans ce cas, dis-je avec humilité, je suis désolé de vous avoir parlé avec colère, Mr McKelvey. Vraiment désolé. J'espère que vous accepterez mes excuses. »

« Je les accepte et avec plaisir, Mr Corrigan, dit-il, le visage illuminé d'une grande joie. Et maintenant, monsieur, j'accepte cette main que j'ai précédemment refusé de serrer, si vous voulez bien la serrer. »

Nous nous serrâmes la main et je crois bien que je n'ai jamais été aussi heureux qu'en tenant la main de cet homme magnifique. Et plus jamais, pendant la durée de mon service dans cette région, je n'ai eu de problèmes de distillation de *poitheen* dans l'île d'Inishcam.

La clémence du détective

Dorothea Conyers

« Des affaires étranges... (Le grand détective tapota l'accoudoir de son fauteuil de ses longs doigts.) Hum, oui. J'en ai connu quelques-unes. »

La lumière éclairait son visage. Un chasseur d'hommes, des yeux clairs, une bouche mobile, un menton solide ; un limier humain, implacable et, disaient les gens, sans cœur – mais une lueur d'humour autour des lèvres et des yeux démentait ces rumeurs.

« Raconte-nous-en une – la plus étrange que tu aies vécue. »

Joan Henderson, cousine du détective, se pencha en avant. Elle était grande, et son visage ressemblait un peu à celui de Henderson. Des traits nets, empreints de puissance. Mais elle avait une bouche passionnée et mélancolique, des yeux doux. Henderson était célibataire et on murmurait qu'il était amoureux de sa cousine, mais qu'elle ne voulait pas en entendre parler.

Ensuite elle se leva et alluma une cigarette. Sa robe délicatement mouchetée d'argent renvoyait la lumière, scintillait.

« Raconte-nous-en une, dit-elle, où tu t'es montré *clément*. »

Henderson se mit à rire. « Aimeriez-vous que je vous raconte l'affaire de Croft Danly, au cours de laquelle j'ai suivi une femme à la piste, celle des émeraudes du prince étranger, celle de, ou alors – il regarda la jeune femme d'un air étrange – une affaire dans laquelle le détective a menti pour détourner le cours de la justice ? »

« Oui, raconte-nous celle-là, dit-elle d'une voix calme. Ce pourrait être intéressant. »

Nous étions assis autour d'un grand feu. Dehors, un vent du nord-est hurlait sur la terre gelée, et de grands rideaux de neige, ou plutôt de grêle féroce, s'écrasaient contre les fenêtres. Il y avait trois hommes, des amis de Henderson, et Joan, sa cousine, dans sa robe bleu et argent.

« Bon – il bourra lentement sa pipe – je vais vous raconter une histoire. Comment vais-je commencer ? Il y a bien des années – oui, ce sera parfait. » Il parlait avec l'aisance d'un conteur-né.

« Il y a bien des années, deux jeunes gens furent élevés ensemble et de la même manière. L'un d'eux s'appelait Mervyn Henderson, un garçon mince et plein d'imagination, qui rêvait au lieu de travailler ; l'autre nous l'appellerons Fred Crighton, mais ce n'était pas son nom. Ils étaient amis à Harrow – toujours ensemble. Fred était vif et brillant, il aidait le rêveur dans ses études, lui épargna nombre de mauvaises notes ; puis ils entrèrent à Oxford, et ils s'entendaient de mieux en mieux. Fred était un grand garçon joyeux, aussi sensible qu'un enfant ; il était romantique, passionné, tout le contraire du tranquille Henderson, qui craignait les femmes et qui détestait les aventures amoureuses. »

Joan soupira avec force.

« Oxford, période glorieuse et joyeuse, s'acheva ; les amis durent se séparer. Fred trouva une situation à – Henderson hésita – à Cross Minster, une vieille ville qui avait poussé dans tous les sens ; il était juriste dans une usine. Henderson vit ses rêves embrumés par les ordonnances, la rougeole et les têtes cassées. Vous comprenez, j'avais commencé par être médecin ; tout en continuant à rêver, j'assistais aux procès des criminels, j'étudiais les méthodes des voleurs et des assassins, déduisais, faisais des hypothèses et, finalement, fasciné, j'ai rompu les ponts et me suis lancé dans mon travail de limier.

J'ai eu de la chance. Certains d'entre vous se souviennent peut-être du meurtre de Wye Croft, l'assassinat brutal d'un homme jeune et fort connu, l'absence complète de motifs et le désarroi de la police. J'ai suivi l'affaire avec passion. Et, un jour, je suis allé à Scotland Yard et j'ai demandé hardiment à voir un haut fonctionnaire, qui a accepté de me recevoir après avoir lu le message que je lui avais fait remettre. Je me suis retrouvé devant un homme costaud, de grande taille, au regard perçant et à l'air obstiné ; un autre homme était dans le bureau.

De quoi s'agissait-il ? Est-ce que je possédais des informations ?

J'ai dévoilé mon jeu. Je ne possédais aucune information mais j'étais persuadé que, si on me laissait carte blanche, je pourrais faire pendre l'assassin de Wye Croft.

"Et votre solution ?" demanda brutalement l'homme costaud.

"Vous l'aurez, monsieur, si vous m'employez, même temporairement."

Ils m'ont fait sortir, puis ils sont venus me retrouver et m'ont laissé essayer. Et une semaine plus tard nous avons arrêté le cousin de l'homme assassiné mais, pas de chance, il s'est tiré une balle dans la tête. »

« Mais cette histoire – Joan Henderson leva les sourcils –, n'offre pas le portrait d'un détective aux méthodes humaines. »

« Non, je ne vous raconte cela que pour commencer. Il y eut ensuite l'affaire du diamant de Silverview, à la suite de laquelle j'ai été engagé comme détective.

Toujours avec succès. Je suppose que j'ai l'odorat d'un limier humain. "Faites venir Henderson" est l'expression consacrée quand il s'agit de suivre quelqu'un à la trace. »

« Oh », Joan frissonna.

« Bon, venons-en à l'histoire. » Ses yeux cherchèrent ceux de Joan et les autres comprirent que c'était pour elle qu'il la racontait.

« Même les détectives prennent des vacances. Le mois de juin a traversé Londres avec sa lumière argentée et, au moment où juillet commençait à faire chauffer ses fourneaux, j'ai reçu une lettre de Fred. Il était déprimé. Il s'en sortait très bien financièrement, il était prospère – il avait même fait un très gros héritage – mais il était malheureux. Pourquoi n'irais-je pas passer un mois avec lui ? Il y avait un golf, la mer était à trois miles, il y avait la fraîcheur et tout le reste.

J'ai accepté avec joie. Je venais de terminer une affaire difficile et grâce à moi le camp de la justice avait gagné. (Joan frissonna.) Je lui ai donc envoyé un télégramme, j'ai fait mes bagages et ai pris le train à Euston par une matinée chaude et sans vent. Le train a traversé une campagne verte et immobile, je ne dirai pas jusqu'où. J'ai changé de train pour prendre une petite ligne et suis arrivé à Cross Minster à quatre heures et demie. Je n'avais pas vu Fred depuis trois ans.

À première vue, il n'avait pas du tout changé ; grand, gai, les yeux clairs, mais, alors qu'il faisait glisser son cabriolet au milieu des taxis de la gare, j'ai remarqué les profondes rides autour de ses lèvres et le regard fixe d'une personne troublée. Les rides du visage sont un de mes hobbies, ce qui m'a souvent aidé – les rides de l'inquiétude, de la mauvaise humeur, de la peur. »

Henderson se mit à rire. « Je ne dois pas me laisser entraîner par mes hobbies. Nous avons emprunté une grande rue, nous sommes passés devant des auberges anciennes et des boutiques récentes, jusqu'aux limites de la vieille ville tranquille. La maison de Fred était un rêve. Une masse confuse d'angles et de pignons, au milieu d'un joyau de jardin ; un verger et des champs à l'arrière, même un petit ruisseau, à peine une fine coulée d'argent en cette saison, qui traversait paresseusement le verger et s'élargissait pour finir en étang dans le jardin.

"C'est une partie de mon héritage, m'a-t-il dit. Ma tante y vivait. Je suis venu à Cross Minster pour la rejoindre."

Le lieu d'un repos parfait pour un homme fatigué. L'odeur de la mer piquait l'air ; le parfum du réséda, des pois de senteur et des roses l'inondait. Nous avons mangé des truites fraîches, du poulet, des petits pois et des fraises avant de nous installer dans la véranda pour fumer pendant un moment qui aurait dû n'être que bonheur paisible. Il l'était pour moi. Je n'étais pas venu pour obliger Fred à me faire des confidences, mais je voyais bien qu'il regardait le crépuscule d'un air morose et qu'il soupirait doucement quand nous ne parlions pas.

Il a fini par se décider à parler.

"Tu dois te demander ce qui ne va pas chez moi, Mervyn. C'est l'histoire d'une femme qu'on est en train d'assassiner…"

"Ah-h !" Je me suis légèrement redressé. Fini le repos, donc, une nouvelle affaire.

"Non, mon vieux ; pas par les moyens que tu connais, mais il existe d'autres méthodes. Peut-être comprendras-tu quand tu verras ce qui me brise le cœur, Mervyn."

"Un grand cœur facile à briser." Je lui ai touché le bras.

"Merci, mon vieil ami. Eh bien, à demain – je suis également en vacances et nous pourrons couler des jours paresseux."

Le matin était d'une merveilleuse fraîcheur. Ma chambre donnait à l'ouest, une ambiance rose derrière un hêtre – il ne faisait jamais trop chaud là-bas. J'ai eu droit à un petit déjeuner paradisiaque, assis devant une porte-fenêtre ouverte ; des pois de senteur du jour ornaient notre petite table.

Ensuite nous avons pris la voiture pour aller à la mer, nous avons nagé très loin et nous sommes rentrés joyeusement affamés.

"Je vais t'emmener chez les Dennison, m'a dit Fred, Dennison, c'est Neil Armour, cet auteur qui écrit de pesantes histoires d'amour, une pâte feuilletée que des ducs et des comtes et leurs amours viennent épicer, et qui se vendent comme ils ne devraient pas avoir le droit de le faire."

J'avais vu les romans en question dans les gares ; mais n'en avais lu aucun.

"Il cherchera à te tirer les vers du nez pour ses histoires. Mais viens donc."

Nous sommes repartis à pied vers la ville, puis avons tourné à droite dans une rue tranquille de banlieue. Ce n'était qu'à deux cents mètres à peine de chez Fred.

Oaklawn était une grande villa imposante – rouge brique, trop ornée, impossible à aimer ; les massifs étaient un embrasement de fleurs, les serres étincelaient au soleil. Comme nous avancions, le propriétaire nous a appelés depuis une fenêtre que protégeaient des stores verts – une porte-fenêtre, qui ouvrait sur un bureau fort bien meublé, avec des livres sur tous les murs. Un petit secrétaire pour écrire tout près de la fenêtre, un canapé profond et luxueux posé au centre de la pièce. L'auteur a ostentatoirement fermé son encrier, posé une page manuscrite et nous a accueillis. Le cliquetis d'une machine à écrire nous venait d'une pièce adjacente. Fred m'a présenté.

"Je viens de finir un chapitre du *Dilemme de Lady Guinevère*, nous a expliqué Dennison sur un ton pompeux. Il passe en feuilleton dans *The Moon* et j'ai été un peu paresseux." Il a pressé sur une sonnette et a tendu la liasse de feuillets couverts d'une écriture fine à une jeune femme mince à l'air efficace qui admirait son employeur : "Corrigez cela, Miss Smith."

“Vous ne relisez pas vous-même ?” lui ai-je demandé.

“Ce n’est pas nécessaire.” Neil Dennison était grand et lourd, ses traits agréables commençaient à se dissoudre à force de bonne chère, ses yeux durs étaient enfoncés et, quand il ne souriait pas, ses lèvres pleines et sensuelles étaient cruelles.

Il y avait quelque chose d’intelligent et de malin chez lui, un air de ténacité rusée que je n’aimais pas. Un type de personne que je rencontre souvent – et je les attrape.

“Ils me tannent pour des nouvelles et le reste, nous a-t-il dit. Je suis très heureux de vous rencontrer Mr Henderson. Même dans ce petit coin sans histoire, nous avons entendu parler de vous. Vous devez avoir vécu quelques expériences intéressantes, j’en suis sûr. Naturellement, vous restez pour le thé.”

Il a appelé : “Denys ! Denys, Fred est ici.”

Denys devait être le serpent de ce paradis. Je m’apprêtais à ne pas l’aimer, mais, quand elle est entrée – eh bien, j’ai changé d’idée. Denys, son épouse, était une grande femme aux cheveux brun foncé et aux yeux d’un bleu profond. Ses lèvres, faites pour rire, dessinaient une courbe triste. Elle était tranquille ; pour me servir d’une vieille expression, elle était bien élevée jusqu’au bout des ongles.

C’est elle qu’on était en train d’assassiner. Et Fred la regardait avec une admiration évidente. Nous nous sommes assis dehors à l’ombre d’un cèdre. Au bout d’une demi-heure j’avais compris le problème.

Elle était assassinée à coups de mots. Neil Dennison la contredisait, ridiculisait tout ce qu’elle disait, et toujours avec un air de bonhomie, comme s’il avait du mal à rester patient avec une enfant un peu demeurée. Ah ! mais c’est qu’il était un hâbleur rempli d’orgueil, et sa propre main ne cessait d’actionner le soufflet.

J’ai fait l’éloge de l’endroit, d’un air absent.

“Oui, c’est magnifique. J’aimerais tant vivre une vie simple, manger dehors, mais Denys s’y refuse et nous gaspillons les heures d’ensoleillement dans une salle à manger poussiéreuse.”

“Les domestiques seraient obligés de tout apporter ici”, a-t-elle dit timidement.

“Je pourrais engager un domestique de plus, a-t-il annoncé sur un ton arrogant. Un Ganymède pour nous servir.”

“Jupiter”, ai-je ajouté en douce.

Ce qu’il apprécia en riant, comme si cela lui faisait plaisir.

“Morbleu ! oui – exactement. Mais c’est que Denys ne sait pas qui est Ganymède. Elle ne lit jamais de livres, pas vrai, Denys ?”

“Parfois”, a-t-elle répondu, et ses mains tremblaient tandis qu’elle soulevait la théière.

Et ainsi de suite. Il la brusquait, la persécutait à un point tel que moi qui ne les connaissais pas, j’aurais pu tuer ce bel écrivain, ce grand costaud ; et Fred, mon ami, adorait jusqu’au sol que foulait cette femme.

“Denys, va demander à McKenzie s’il a des nectarines à point, a ordonné Dennison. Vas-y avec Fred.” Dennison a allumé un gros cigare noir. J’ai vu comme ses yeux brillaient en regardant les deux autres partir.

“Je suis vraiment enchanté de vous rencontrer, m’a-t-il dit. Un cerveau attire un cerveau frère. Les jeunes gens adorent la beauté (ses lèvres se sont retroussées). Nous, nous pouvons *parler*.” Quand il parlait il y avait autant d’italiques que dans ses livres.

La brute insinuait explicitement que sa femme n’avait pas de cerveau. La cigarette que je mâchonnais est devenue une ruine humide.

“Et maintenant parlez-moi de *votre* travail – de vos extraordinaires méthodes. On vous appelle le limier humain.”

“Et – quel titre donneriez-*vous* au livre ?” ai-je répondu, ouvertement grossier. Il faut dire qu’il avait le cuir bien trop épais pour comprendre.

“Ah, vous allez vite. Vous aimeriez, naturellement, *me* fournir des idées. Comme ce serait intéressant pour vous. Oui, j’aimerais entendre quelque chose d’excitant, qui pourrait servir pour une série et pour le cinéma. Il va sans dire que vous êtes sans merci. Avez-vous parfois la tentation d’en laisser filer un ?”

“Rarement. Celui qui aura répandu le sang de l’homme… Mais celui qui tue une femme, que doit-il lui arriver ?”

“Oh, aucun homme bien ne le ferait. Allez-y, racontez-moi une histoire. Je prends des notes.”

« Je le vois encore aujourd’hui, le hâbleur pompeux, attendant que je commence, son visage grossier plissé par un sourire. Et c’est alors que j’ai vu que le sourire ne m’était pas destiné, mais à un couple qui traînait près des rosiers, et à une femme qui tendait un petit bouton de rose parfumé à un homme.

J’ai alors souri. Il voulait un cerveau. Le mien était à son service, et peut-être ne l’apprécierait-il pas.

Je lui ai donc raconté une histoire. Je l’ai inventée, un château médiéval, une pièce secrète, des bébés qu’on a intervertis, une femme infidèle, un meurtre lent par empoisonnement. Des choses mélodramatiques et éculées, qu’il avalait comme du petit-lait – jusqu’à un suicide, et une explication banale.

“Ah, parfait, m’a-t-il dit alors. Vous serez content, car je vous enverrai un exemplaire du livre. Vous y serez le détective classique.”

“Et quelle idée vous faites-vous donc, lui ai-je demandé sévèrement, d’un détective classique ?”

“Oh ! il a agité ses grandes mains. Des yeux étroits, des lèvres mobiles, une intelligence ostentatoire, vous voyez. Si nous faisions une partie de bridge ? C’est mon somnifère.”

Ce n'était certainement pas un somnifère pour son partenaire. Il jouait mal, ses annonces étaient hâtives, il grommelait sans cesse et insultait Denys. Je dis "insultait", mais c'était d'une méchanceté maligne, avec tout le talent que donne l'habitude. Alors, à ma grande surprise, on nous a demandé de rester dîner.

Cette journée était la première des journées passées à Oaklawn. Et le cerveau que le hâbleur avait réclamé avait fini par en comprendre la raison.

Car le gros homme avait une amie – une jeune femme vulgaire, à la chevelure dorée, jolie de manière voyante. Je les ai vus tous les deux un soir dans son cabriolet. Il était facile d'assembler les morceaux du puzzle. L'objectif que Madge Pearson, la fille de l'aubergiste, avait en vue, était d'ordre matrimonial. Neil s'était entiché d'elle et la désirait violemment. Il voulait divorcer de sa femme. Malheureusement pour lui, Denys avait horreur du scandale et il ne pouvait trouver aucune preuve contre elle.

Oui, je n'avais jamais vu l'âme d'une femme assassinée lentement de la sorte. Elle résistait avec noblesse, la tête haute, le regard torturé plein de bravoure, tandis que sa santé s'étiolait, et elle se promenait et bavardait avec Fred comme avec un ami, mais rien de plus. Elle refusait de se rendre où que ce soit en voiture avec lui, même à Londres, comme le suggérait Dennison. Elle restait fermement dans le cercle de ses convictions personnelles.

Bon, il ne faut pas que je traîne trop. J'ai cherché une solution et en ai parlé à Fred. Je lui ai conseillé de quitter la ville. Que ferait Denys ? Elle supporterait son malheur plus facilement, lui ai-je expliqué, si elle ne voyait pas le bonheur au-delà des barreaux. Je lui ai expliqué les faits et il a compris. Il a tout arrangé en douce, a réservé son passage pour l'Australie ; un de ses amis poursuivrait ou ruinerait son affaire.

Un certain mercredi, il avait terminé tous ses préparatifs et nous devions dîner à Oaklawn le soir.

Dennison écrivait quand nous sommes arrivés, déversant les phrases grandiloquentes qu'adoraient les femmes de chambre et les femmes seules. Il m'a appelé et, quand je suis entré, un feuillet a glissé par terre. Je l'ai ramassé.

"Vous me voyez là en esclave, s'est-il écrié. J'ai réécrit une phrase *entière* ; je pensais qu'elle n'était pas suffisamment touchante. Mon âme demande des sentiments vrais – ils me harcèlent, Henderson, me harcèlent ; ce chapitre aurait déjà dû être remis. Hey ! Miss Smith, continuez sur le script. Je dois tout écrire à la main. Je suis incapable de dicter."

"Sensationnel ?" lui ai-je demandé.

"Oui ; le public aime la moutarde et les clairs de lune. Je voudrais autre chose. Je suis fatigué à présent ; je vais aller débarrasser mes mains de cette encre."

"Oui." J'ai lu la phrase qu'il avait écrite et j'ai souri légèrement.

Oh, le dîner a été bien triste. Il a traité Denys de mauvaise maîtresse de maison ; il a grondé la bonne qui nous servait, alors qu'il savait que sa femme l'appréciait ; il a critiqué les plats. Mais il a eu ce qu'il méritait au moment des framboises, quand Fred a annoncé son départ.

Denys a subi le choc avec calme, elle était déjà au courant. Mais le masque est tombé du visage de Dennison et, tandis qu'il rageait et vitupérait, il ressemblait au monstre qu'il était.

"Mais ce n'est pas possible. Vous ne pouvez pas partir, Fred, *à moins* que vous ne partiez avec quelqu'un (ignoble sourire ; Denys a pâli). C'est idiot. Abandonnez."

La grosse brute voyait ses plans s'écrouler, son rêve s'envoler. Et il n'avait pas suffisamment de courage pour employer les méthodes classiques. Ses mains velues froissaient la nappe, ses yeux étaient sauvages.

La voix de Fred était calme et ferme. "J'ai à faire en Australie. Je dois partir."

Ce Dennison avait de l'imagination. Il s'est mis à réfléchir, mettant en place quelque plan, le tissant comme il tissait ses intrigues grossières. La nuit était tristement sinistre. Dennison a essayé d'envoyer Fred et Denys dans le jardin, mais sa femme ne voulait pas dire adieu à celui qui était son seul réconfort et a refusé de sortir. Nous avons alors joué au bridge en silence. Pour une fois Dennison était silencieux, plongé dans ses pensées.

Fred m'a saisi le bras alors que nous rentrions. "Mervyn ! Je l'abandonne en *enfer* – je ne peux pas le faire. Cette âme pure, ce cœur sensible, torturée heure après heure."

"Cela vaut mieux que de voir ses plans aboutir. Certaines femmes trouveraient une compensation dans l'amour, mais c'est une puritaine et le déshonneur la tuerait. Témoignages des domestiques, épisodes mensongers ; ses yeux courageux fixés sur le juge tandis qu'elle nie, avec fierté, inutilement. Tu pars au bon moment. Il n'est pas prêt – ce mari trompé."

"Je le tuerai d'abord ! cria Fred. À coups de revolver."

Un passant sursauta et se retourna.

"C'est le vieux Jones, m'a expliqué Fred. Je lui ai fait peur."

"Fais attention, l'ai-je prévenu, ce démon n'est pas encore battu. Pas d'adieux, mon gars. Demain, nous allons passer la journée au bord de la mer – toi et moi."

Nous sommes partis le matin et avons passé la journée sur la plage. Sur le chemin du retour, nous avons croisé le cabriolet de Dennison qui cherchait à se garer devant la gare. Un homme aux cheveux noirs, rasé de près, y était assis.

"Mais, c'est Fluter, ai-je dit. Le grand spécialiste du cœur. Je l'ai rencontré pendant l'affaire Grey. Hum, cela coûte assez cher de le faire venir de Londres. Dennison serait-il malade ? Déprime d'écrivain ?"

“Il mourra d’une apoplexie à quatre-vingts ans, m’a dit Fred avec tristesse. Ce… ce… Oh, ce ne peut pas être pour Denys.”

Le téléphone a sonné à neuf heures. Le domestique de Fred a répondu.

“Mr Dennison, monsieur, aimerait que Mr Crighton vienne immédiatement – c’est important.”

“N’y va pas, l’ai-je supplié. N’y va pas – c’est un piège.”

Mais il est parti comme un clou court vers un aimant, j’ai enfilé une paire de chaussures de tennis et j’ai couru après lui.

Dennison était dans sa bibliothèque, assis à la table. Il a appelé Fred, qui est entré par la porte-fenêtre, laquelle était ouverte. Je me suis approché et j’ai écouté.

“Fred – Fred, le gros homme chuchotait. C’est horrible. Denys – Denys est *mourante*.”

“Quoi !” hurla Fred.

“Chut ! pas de bruit. Fluter a dit que c’était sans espoir – une question d’heures.”

“Démon – vous l’avez tuée. Fred était hors de lui. Vous l’avez assassinée. Vous en répondrez, vous le payerez cher.”

“Chut ! Ils peuvent vous entendre.”

Une sonnette a résonné, et Miss Smith est entrée – elle avait dû entendre.

“Allez vous coucher, Miss Smith ; nous ne voulons pas être dérangés. Bon, maintenant, Fred, gardez votre calme. Ne hurlez pas. Denys voudrait vous voir avant de mourir. Oh, je ne suis pas aveugle – *moi*, je sais ce qui existe entre vous. Et vous pourrez la voir en privé pendant dix minutes.”

Fred gémissait : “Oh, mon Dieu ! – oh mon Dieu !”

Il y a eu un bruit de chaînes. La bonne cadenassait la porte d’entrée.

“Mais je ne veux pas la moindre rumeur de scandale sur *son* nom. Pas maintenant – quand ils seront couchés. L’infirmière ne vous connaît pas ; je lui demanderai de sortir de la chambre. Je vais monter à présent.”

Dennison se glissa hors de la pièce. Je voyais Fred écroulé dans son fauteuil, stupéfait, horrifié.

“L’infirmière dit qu’il faut attendre vingt minutes. Denys est assoupie ; alors, montez directement dans sa chambre, la première à droite. Je fais mon possible pour vous. Mais je dois protéger son nom.”

“Je préfère attendre dehors que de respirer l’air que vous empoisonnez.” Fred s’est levé et a rugi : “Et plus tard, vous payerez.”

“Oui – je sifflerai tout doucement. J’ai de la peine pour vous, Fred.”

Fred est sorti en chancelant, jusqu’au bord de la route. Dennison est resté seul dans la pièce éclairée ; il s’est approché d’un profond canapé. Et je l’ai vu rire et se frotter les mains. Je savais à présent. Il avait attrapé ses oiseaux. J’avais compris son intrigue mélodramatique à trois francs six sous.

La maison était silencieuse. Puis le silence a été rompu par le sanglot d’une femme à une fenêtre.

À présent – Henderson se pencha en avant –, à partir d’ici, je vais raconter l’histoire comme si j’en avais été témoin, et je m’appellerai le détective de Londres. Vous avez demandé le récit de l’affaire la plus étrange à laquelle j’aie participé – je crois bien que c’est celle-ci.

Le détective se glissa hors de sa cachette et se dépêcha de retourner à la maison de son ami. Il craignait que Fred ne fût allé chercher son revolver, mais il n’y était pas ; le domestique assis dans la cuisine lui dit qu’il avait entendu son maître monter l’escalier jusqu’à son bureau et repartir à toute allure. Le téléphone sonna – le détective décrocha.

“Oh, qui est à l’appareil ? – Mr Henderson ? Venez immédiatement, Mr Dennison a été assassiné. Mr Crighton lui a tiré dessus. Venez, venez ! J'ai téléphoné à la police. Dépêchez-vous." La voix de Miss Smith était hystérique. Le détective retourna à Oaklawn aussi vite que possible.

Alors qu'il arrivait sur la pelouse il vit Smith, la dactylo, ramasser quelque chose par terre.

C'était malheureusement vrai. Dennison était écroulé sur le canapé, un revolver sur le sol à côté de lui, la bouche ouverte, la pâleur grise de la mort sur ses traits grossiers. Smith, la dactylo, était penchée au-dessus de lui.

"C'est moi qui l'ai trouvé, s'écria-t-elle d'une voix stridente. Je vous ai téléphoné. Je l'ai entendu se disputer avec Crighton, il hurlait – et puis le coup de feu. Mrs Dennison s'est évanouie quand nous le lui avons dit."

"Ne touchez à rien, ordonna le détective. Oui, il est mort. Une balle dans le cœur." Il se pencha sur le corps. Un tout petit morceau de papier était posé sur sa poitrine, taché par le sang qui avait coulé de la blessure.

"Quittez la pièce, Miss Smith. Vous pourriez effacer des empreintes. Avez-vous touché quoi que ce soit ?"

"J'ai soulevé le revolver – dit-elle en hésitant – pour le regarder."

Ainsi l'homme de Londres, le limier, était seul avec le mort. Le petit automatique était posé par terre. L'affaire était noire – aussi noire que de l'encre. On avait téléphoné à Fred de venir, on l'avait vu entrer dans la maison ; Smith avait entendu la dispute ; le vieux Jones avait entendu la menace violente du jeune homme – le détective devait nécessairement livrer le criminel à la justice, et voir ensuite la loi vengeresse s'abattre sur son unique et cher ami. Oh, Fred, Fred ! – si évidemment coupable. »

« Tu ne l'as pas fait », murmura Joan.

« Je – je n'étais que le détective. Ce dernier attendit ; des pas s'approchèrent, un inspecteur à l'air tranquille et deux policiers se précipitèrent dans la pièce.

"Oh, vous êtes ici, Mr Henderson. Nous avons de la chance que vous puissiez nous aider. Miss Smith nous a appris qu'elle avait entendu Mr Crighton et la victime se disputer violemment il y a une demi-heure, puis, au bruit de la détonation, elle est descendue en courant, et…"

Fred Crighton s'approcha lentement de la fenêtre.

"Dennison, est-ce que je peux – maintenant ? dit-il d'une voix plate. Mais – mon Dieu ! Mon Dieu !"

"Attention à ce que vous allez dire, monsieur, lui dit l'inspecteur d'un ton coupant. On vous a entendu vous disputer avec la victime."

La seule réponse de Fred fut : "Il est mort – trop tard. Puis-je la voir ?"

Il ne regarda même pas le corps.

Alors Denys Dennison entra dans la pièce – pâle, mais calme, et Fred bondit pour s'interposer entre elle et le corps couché dans le profond canapé.

"Ne reste pas ici – ne regarde pas ! s'écria-t-il. Où est ton infirmière ?"

"Je ne suis pas malade, dit-elle froidement. Laisse-moi passer, Fred."

Fred chancela sur ses jambes. "Pas malade ? Il a dit…"

Le détective regarda les policiers qui chuchotaient, hochant la tête d'un air entendu.

Mes yeux croisèrent ceux de Fred – l'intrigue diabolique lui semblait maintenant tout à fait transparente. Dennison l'aurait conduit à la chambre de Denys quand tous dormaient et aurait fait en sorte de réveiller tout le monde. Denys n'était pas malade – la version des faits de Fred aurait été rejetée immédiatement et le divorce espéré aurait été obtenu.

"Le médecin", dit l'inspecteur Hughes quand une voiture s'arrêta.

Rien à déclarer – la mort était évidente.

Hughes se racla la gorge : "Mr Crighton. Nous sommes désolés, mais…"

"Un instant." Le détective de Londres se pencha sur la victime – l'expression de son visage avait changé et ses yeux se remplirent d'une excitation tendue.

"Docteur, inspecteur – regardez *ceci* !"

Il tenait un morceau de papier ensanglanté qu'il lut à voix haute :

> « *Et je dois donc m'en aller. La vie est trop dure pour moi. Personne ne sait quelle maladie me ravage les veines. Je ne peux plus le supporter. Mon dernier mot d'amour à ma femme, et adieu à tous. Un coup de feu est plus propre.* – N.

Denys s'avança : "Il s'est suicidé ? Pourquoi l'aurait-il fait ? Il n'était pas malade. Le docteur Fluter est venu aujourd'hui mais j'ai cru comprendre que tout allait bien. Il ne l'aurait jamais fait – jamais." Et elle se mit à hurler, et elle regarda Fred, les yeux terrorisés. Elle allait tomber.

"Docteur, occupez-vous des vivants, dit le détective d'un ton sec. Obtenez de Mrs Dennison qu'elle se mette au lit. Je dirais que la preuve est concluante, mais nous allons fouiller la pièce – et vous aussi, Crighton."

Il n'y avait pas d'empreintes digitales. Miss Smith avait déplacé le revolver ; il n'y avait que le sang sur la veste de l'homme et les traces de chaussures de tennis sur le gravier. "Les miennes", expliqua tranquillement le détective.

Eh bien, il y eut une enquête. Fred Crighton témoigna. Il fut incapable d'expliquer pourquoi Dennison avait prétendu que Mrs Dennison était mourante, pourquoi il avait élaboré une telle histoire. Mais le coroner, un homme digne, toucha sa tête chauve du doigt d'un air entendu.

Oui, ils s'étaient disputés. Mr Dennison, selon l'opinion du témoin, ne traitait pas bien Mrs Dennison et, quand il avait annoncé son départ pour l'Australie, ils s'étaient échauffés – un peu trop.

Pourquoi avait-il un revolver sur lui ?

L'explication de Fred fut très franche : "Je suis retourné le chercher chez moi parce que je croyais qu'il avait tué sa femme. Mais je n'ai pas eu besoin de le faire. Il voulait ternir la réputation de sa femme. Je n'avais aucune raison de le faire. Il voulait ternir la bonne réputation de sa femme."

Les douze hommes véritables et justes connaissaient Dennison et étaient au courant de sa flamme blonde en ville ; ils se regardèrent les uns les autres et eurent une moue moralisatrice.

Le docteur Fluter déclara qu'on l'avait fait venir d'urgence – Mr Dennison était en parfaite santé et pourtant il semblait croire qu'il était très malade. Oh, un suicide décidé pendant un moment de folie, n'entraînant ni grand regret ni grande sympathie ; seule la mince dactylo nous regardait avec des yeux de serpent.

Fred épousa la dame six mois plus tard, et ils sont très heureux. »

« Mais Mr Dennison ne s'est pas suicidé – tu as sauvé Fred ? » Joan se pencha en avant.

« Oui, tu voulais entendre une affaire dans laquelle j'avais montré de la clémence. J'ai mis le revolver là où il a été trouvé – j'ai mis ce bout de papier sur la poitrine de Dennison. C'était la feuille de manuscrit que j'avais ramassée. C'était un animal sauvage, il valait mieux qu'il meure – et ce bout de papier m'a beaucoup aidé. »

« Mais, Joan fronça les sourcils, la dactylo a bien dû remarquer que ni le revolver ni le morceau de papier n'étaient là quand elle a découvert le cadavre. Ça ne marche pas. »

« Mais si, car *ils étaient là* quand j'ai quitté le jardin pour courir chercher Fred chez lui. La vermine, il vaut mieux s'en débarrasser, et, vous comprenez – c'était elle ou lui. C'est moi qui l'ai tué. Mon revolver fait très peu de bruit. J'ai installé le décor et suis parti en douce. Voilà l'exacte vérité. »

Henderson s'appuya sur le dossier de son fauteuil et sa cousine Joan vint vers lui.

« Tu es donc humain », dit-elle doucement.

« Oui, très », répondit-il.

Sa main se posa sur l'épaule d'Henderson et nous les laissâmes ensemble.

« Les femmes sont d'étranges créatures, fit remarquer quelqu'un. Si c'est vrai, Mervyn est un assassin – mais évidemment, il a tout inventé. »

« Je ne parie jamais, dit un autre, mais je parierais à cent contre un que l'histoire est vraie. »

Vent d'est

FREEMAN WILLS CROFTS

L'inspecteur Joseph French du Criminal Investigation Department s'était vu confier, en son temps, des affaires très variées. Parmi celles-ci, certaines étaient remarquables en raison de leur arrière-plan tragique, d'autres de la terrible nature des crimes révélés et d'autres encore à cause des brillants raisonnements logiques de l'inspecteur qui lui avaient permis de les démêler. L'affaire qui débuta dans le Cornish Riviera Limited Express de 10 h 30 n'illustrait aucune de ces catégories. Dans cette affaire French n'avait pas usé triomphalement de la raison abstraite pour résoudre un problème déconcertant, mais il s'était montré un organisateur hors pair maniant avec dextérité la grande machine qu'est la force de police britannique.

Le mois de mai touchait à sa fin et French avait travaillé plusieurs semaines dans le sud de Londres sur une affaire compliquée de contrefaçon. Il était fatigué de la ville et mourait d'envie d'en sortir. Et donc, lorsqu'il se vit contraint à aller questionner un vieux prisonnier qui purgeait une peine à Princetown, il en fut enchanté. Une bouffée de l'air de Dartmoor lui ferait oublier agréablement l'air vicié et sordide des rues de Lambeth.

Ce fut avec un délicieux sentiment d'anticipation qu'il roula jusqu'à la gare de Paddington et prit place dans le train. Il avait beaucoup de travail à terminer avant d'arriver à la prison et, dès que l'express eut trouvé sa vitesse de croisière, il sortit ses documents et s'y attela. Pendant quelques heures il lut et prit des notes puis, avec un soupir de soulagement, il remit les documents dans sa serviette et se mit à contempler le paysage.

Le train venait de passer Exeter et longeait la rivière face à Exmouth. La nuit précédente avait été pluvieuse mais le ciel s'était découvert et le soleil brillait. Tout avait été lavé par la pluie et paraissait frais, printanier. La mer, quand ils la longèrent, était calme et d'un bleu éclatant, formant un étonnant contraste avec les falaises et les colonnes rouges de Dawlish et de Teignmouth.

Ils remontèrent l'estuaire de la Teign et traversèrent Newton Abbot. De là jusqu'à Plymouth, French trouva le paysage moins intéressant et il ouvrit le roman qu'il avait emporté avec lui. Il lisait depuis quelques minutes quand il entendit un sifflement et le grincement progressif des freins sur les rails.

Il n'y avait pas d'arrêt prévu à cet endroit, le train était sans arrêt de Londres à Plymouth. Des réparations sur la voie ou un autre train qui empêchait le sien de passer, se dit French. Depuis l'affaire du Southern, près de Whitness, French se prenait pour un expert en chemins de fer.

La vitesse diminua et ils finirent par s'arrêter dans une petite gare dont il lut le nom : Greenbridge. Avec un vague sentiment de mécontentement, il allait se replonger dans son livre quand il entendit un bruit indistinct, puis un autre, puis encore un autre.

Il pensa qu'il s'agissait de signaux de brouillard et, comme il savait qu'ils servaient à avertir d'un danger immédiat, il baissa la vitre et regarda au-dehors. Il était du côté du quai et il y vit quelque chose qui le fit se lever en un éclair.

Une attaque. Quatre wagons plus loin, un homme se tenait devant une portière ouverte, un type costaud en gris avec un masque blanc sur le visage et un pistolet à la main.

Le pistolet était braqué sur les passagers, que French ne voyait pas, mais le contrôleur était descendu et se tenait devant le fourgon, les mains au-dessus de la tête.

Lorsque French descendit sur le quai, deux hommes sortirent du compartiment dont la porte était ouverte. L'un d'entre eux, de taille moyenne et vêtu d'un manteau brun et d'un chapeau, portait aussi un masque et brandissait un pistolet. L'autre, environ de la même taille, n'avait ni arme ni masque mais, même à cette distance, French devinait qu'il s'activait fébrilement. Tous les trois, les deux hommes armés et l'homme pressé, sortirent en courant de la gare et French entendit le bruit d'une voiture qui démarrait rapidement sur la route.

French se précipita vers la sortie, mais le véhicule avait disparu avant qu'il n'y parvienne. Il courut alors jusqu'au compartiment d'où les deux hommes étaient descendus, à présent entouré d'une masse de passagers excités. French se fraya un chemin parmi eux.

Dans le compartiment, deux hommes portant l'uniforme des gardiens de prison étaient étendus par terre. L'un d'eux était évidemment mort, une balle lui avait traversé le front ; l'autre était recroquevillé dans un coin, apparemment inconscient, mais sans blessure visible.

« Je suis un officier de police de Scotland Yard, cria French. Je m'en occupe. » Il désigna deux passagers dans la foule. « Pourriez-vous rapidement voir s'il y a un docteur dans le train. Vous autres, fermez le compartiment et ne laissez personne entrer à l'exception du docteur ; il pourra soigner cet homme dans le coin là-bas. Contrôleur, où puis-je trouver un téléphone ? »

En reconnaissant l'uniforme des gardiens, French avait compris ce qui s'était passé. Bien que ce fût sans rapport avec sa présence dans le train, il savait qu'un prisonnier s'y trouvait et qu'on l'emmenait à Dartmoor. C'était un homme du nom de Jeremy Sandes et French était intéressé par cet homme parce que c'était lui qui l'avait arrêté.

Le crime pour lequel Sandes s'était fait prendre était le vol des bijoux de Lady Ormsby-Keats dans sa propriété de campagne de Dutton Manor, à un mile environ d'Epsom. À l'aide de fausses recommandations, Sandes s'y était fait engager comme valet. Il avait ainsi pu commettre le vol. On pensait que Sandes n'était qu'un des membres du gang et qu'avant sa capture il était parvenu à faire passer son butin à ses complices, bien qu'aucune de ces hypothèses n'ait pu être vérifiée. En tout cas, des 17 000 livres de bijoux qui avaient été volés, rien n'avait été retrouvé.

L'exemple stimulant de French poussa les passagers à s'activer. Un docteur fut rapidement trouvé et, tandis qu'il s'occupait du gardien, French, le contrôleur et quelques passagers coururent vers la gare. C'était une station plutôt qu'une gare, mais il y avait une salle d'attente commune aux deux classes et un minuscule guichet. Le bureau était fermé. French secoua la porte. « Il y a quelqu'un ? » cria-t-il.

Pour toute réponse ils entendirent un gémissement sinistre à l'intérieur. French et le contrôleur se précipitèrent contre la porte, mais elle était solide et leur résista.

French tendit le doigt : « Le banc. »

Il y avait un lourd banc en bois sur le quai. Des volontaires le soulevèrent immédiatement et, l'utilisant comme bélier, prirent de l'élan et enfoncèrent la porte. Avec un bruit de bois qui se fend, la serrure s'arracha et la porte s'ouvrit.

Il n'y avait qu'une chaise dans le petit bureau, un homme en uniforme de porteur y était assis. Il était bâillonné et attaché à la chaise par une corde. Quelques secondes suffirent à le délivrer. À l'exception d'une possible apoplexie due à la rage, il ne paraissait pas en danger.

« Le costaud est entré avec un masque sur le visage, dit-il en crachant d'indignation, et avant que j'aie pu faire le moindre geste j'avais devant moi le canon d'un pistolet. Alors le deuxième homme est arrivé et ils m'ont attaché en deux temps trois mouvements. »

« Est-ce qu'il y a quelqu'un d'autre dans la gare ? » demanda French d'un ton cassant.

« Oui, l'aiguilleur. Ils ont dû l'attacher lui aussi, sans ça ils n'auraient pas pu arrêter le train. »

Le poste d'aiguillage était à l'extrémité du quai, à l'arrière, et le petit groupe s'y précipita. L'employé avait raison. L'aiguilleur était ficelé et bâillonné sur une chaise, mais ne portait pas de blessures.

Il expliqua qu'il était assis dans le poste d'aiguillage et qu'il avait vu deux hommes arpenter l'autre extrémité du quai, comme s'ils le mesuraient. Ils avaient disparu puis, quelques minutes plus tard, ils avaient surgi dans le poste et avaient braqué leurs armes sur lui. Il n'avait rien pu faire et avait été aussitôt bâillonné et attaché. Il avait déjà indiqué à l'express que la voie était libre et ouvert les signaux ; les deux hommes avaient immédiatement mis ceux-ci sur la position danger. Ils avaient attendu de recevoir l'autorisation de passage de l'express et avaient accusé réception correctement avant de couper le bloc-système et les fils du téléphone. Quand le train était apparu et avait commencé à freiner ils avaient actionné le signal d'entrée du bloc, laissant le signal avancé et le signal de départ sur la position danger. C'était la façon correcte d'utiliser les signaux et cela prouvait qu'ils savaient ce qu'ils faisaient. Alors ils étaient vite redescendus sur le quai et lisaient ostensiblement l'horaire, en tournant le dos à la voie, quand le train était arrivé. Grâce à l'utilisation correcte des signaux, le train s'était arrêté comme si l'arrêt avait été programmé. Ils savaient évidemment où se trouvait le prisonnier car ils s'étaient retrouvés à hauteur de son compartiment et avaient ouvert la portière sans la moindre hésitation.

Après avoir écouté le récit succinct French demanda une description des deux hommes, mais sans obtenir quoi que ce soit de bien utile. Du fait de la vitesse des événements et des masques qu'ils portaient, les employés des chemins de fer n'avaient qu'une très vague idée de l'allure de leurs assaillants.

Il se dépêcha de retourner au train et, levant la main pour obtenir le silence, demanda si quelqu'un avait remarqué quelque détail particulier qui lui permettrait de reconnaître les deux hommes. Il n'y eut tout d'abord aucune réponse puis une dame assise dans le compartiment contigu à celui du drame s'avança.

Elle avait été assise à la fenêtre et avait eu tout le temps d'observer le type costaud qui s'était posté sur le quai. Elle n'avait évidemment pas pu voir son visage, mais elle pouvait décrire ses vêtements. Ils étaient tout à fait ordinaires à l'exception d'un détail. Sur la pointe d'une de ses chaussures noires assez élégantes, trois petites taches de boue formaient les sommets d'un tout petit triangle équilatéral.

C'était le seul indice que French put obtenir, mais il était tout à fait satisfaisant. Si le type costaud ne remarquait pas ces taches et ne les effaçait pas, elles pourraient peut-être permettre de l'arrêter.

French retourna vers les cheminots et leur demanda en toute hâte où se trouvait le téléphone le plus proche. Comme les lignes du poste de signalisation avaient été coupées, l'homme du guichet lui conseilla de s'adresser au fermier Goodbody, qui habitait à trois cents mètres de là, sur la route. Cela irait plus vite, dit-il, que de prendre le train jusqu'à la gare suivante.

Trois minutes plus tard, French frappait à la porte du fermier et deux minutes après il était en communication avec le commissaire d'Exeter. Il avait mené son enquête très rapidement et dix minutes à peine s'étaient écoulées depuis le crime. Les fugitifs n'avaient pas pu s'éloigner de plus de sept ou huit miles et une action rapide de la police devrait permettre de bloquer toutes les routes de la région avant qu'ils ne puissent s'échapper. Cependant, French demanda qu'on ne les arrête pas mais qu'on les suive.

Il put donner une description assez précise du trio. Sur le prisonnier, Jeremy Sandes, il possédait des informations complètes. Il avait si souvent travaillé à cette description qu'il s'en souvenait dans les détails. Quant aux autres, il connaissait leur taille et leur stature, il y avait aussi le détail précieux concernant les trois taches de boue.

Ces informations furent transmises à Exeter, Plymouth, Okehampton et à d'autres commissariats, ainsi qu'à Scotland Yard. Des dispositions furent prises au sujet des deux gardiens, puis French téléphona au village le plus proche pour qu'on lui envoie une voiture, qui le conduisit à Newton Abbot. Il eut la chance de trouver un train qui partait immédiatement pour Exeter et, quarante minutes plus tard, il était au commissariat central de la ville. Le commissaire Hambrook, qui était un vieil ami, le reçut chaleureusement.

« Nous avons fait ce que vous nous avez demandé, inspecteur, lui dit-il. Tous les hommes que nous avons ont été disposés en cercle à partir d'ici – Crediton, Okehampton, Tavistock et Plymouth – et le ferry de Plymouth, ainsi que tous les ports, sont surveillés. Ce cercle mesure vingt à vingt-cinq miles de rayon à vol d'oiseau et il faudra à ces gens trente ou quarante minutes pour l'atteindre. Avec un peu de chance nous les aurons. Mais, French, êtes-vous sûr de ne pas vouloir les arrêter ? Si vous les perdez maintenant, il ne sera peut-être pas si facile de les retrouver. »

« Je sais bien, commissaire mais je crois que le risque vaut la chandelle. Pour quelle raison, d'après vous, ont-ils organisé cette évasion ? »

Hambrook ferma son œil droit. « Le butin ? » suggéra-t-il.

French acquiesça. « Eh oui. Jamais ils n'auraient commis un meurtre simplement pour délivrer leur copain. Ce type, Sandes, a caché le butin et a laissé tomber les autres. Maintenant ils vont lui faire cracher le morceau. »

« Et vous voulez les laisser le trouver ? »

« Il est le seul à pouvoir nous y conduire. »

« C'est une idée, admit le commissaire d'un air de doute. Mais, je ne sais pas. Si j'étais sur le coup je crois que je préférerais tenir le moineau dans ma main. »

La sonnerie stridente du téléphone du commissaire empêcha French de répondre. Hambrook prit le combiné et tendit l'écouteur à French.

« Gendarme Cuningham sur la bretelle de Londres, Exeter. Je crois avoir reconnu le costaud et le prisonnier, Sandes. Ils se dirigent vers Londres dans une limousine Daimler numéro AZQ 9999. Si c'est bien eux, ils ont changé de vêtements. Le grand type porte un manteau sombre et un chapeau mais, quand nous l'avons fait descendre, nous avons vu trois taches de boue sur la pointe de sa chaussure gauche. La description de Sandes correspond au conducteur, bien que son visage soit plus sombre et qu'il porte un uniforme de chauffeur. Le grand type a dit s'appeler Mr Oliver Hawke, négociant en diamants, 767B Hatton Garden et St Austell's, Grabfield Road, Hampstead. Ils se sont arrêtés tout de suite et ont été fort polis. Ils ont dit qu'ils venaient du Burlington Hotel, à Plymouth, et qu'ils rentraient chez eux. Nous les avons laissés repartir et le gendarme Emerson les suit en moto. Les pneus sont des Dunlop assez neufs. »

French était extrêmement content. « S'ils sont polis et qu'ils répondent aux questions, cela veut dire qu'ils ont mis au point un alibi et qu'ils se sentent en sécurité. (Il se frotta les mains.) Un négociant en diamants ! Le meilleur receleur du monde ! »

Hambrook acquiesça et French poursuivit : « Je vous parie ce que vous voulez que Hawke rentre chez lui comme il l'a dit. Si c'est le cas, nous l'attraperons là-bas, et Sandes aussi. Appelez là-bas, vous voulez bien, commissaire ? S'il se dirige vers Londres nous pourrons arrêter la poursuite. »

Tandis que Hambrook téléphonait, French examinait un horaire. « Il y a un express à 17 h 42, dit-il. S'ils se dirigent vers Londres, je le prendrai. Je dois dire que j'aimerais bien être à Hampstead quand ils arriveront. Demandez donc aux gens de Plymouth d'aller poser des questions dans cet hôtel, commissaire. »

Le Burlington confirma que Mr Hawke et son chauffeur étaient restés deux nuits à l'hôtel et qu'ils étaient repartis pour Londres vers midi. Ils avaient emporté un déjeuner froid et avaient dit qu'ils mangeraient en route, dans la voiture.

« Voilà l'alibi qui prend forme, déclara French. Pourquoi ont-ils mis si longtemps pour aller de Plymouth à Exeter ? Parce qu'ils se sont arrêtés pour déjeuner. Pourquoi ne les a-t-on pas vus dans un hôtel ? Parce qu'ils ont mangé dans la voiture. Parfait. Et maintenant, Scotland Yard, comme un bon garçon. »

French fit un rapport sur ce qui s'était passé, demanda si un Mr Hawke vivait, avait des activités et existait à l'adresse indiquée et, si oui, à quoi ressemblait cet homme ? Peu de temps après on lui répondit que l'homme de la voiture avait donné son vrai nom.

French se leva. « J'aurai ce train si je fais vinaigre, dit-il. Eh bien, commissaire, j'ai été content de vous revoir. Si vos gens retrouvent l'autre brigand, vous pourriez le suivre, lui aussi. Nous avons l'impression que le gang compte une personne de plus et nous aimerions autant les coincer tous. »

Assis dans l'express, French, réfléchissant à l'affaire, finit par être certain qu'il y avait nécessairement un autre acolyte. À Greenbridge, les deux hommes savaient dans quel compartiment voyageait le prisonnier. Il était impossible que leur propre subconscient leur ait fourni cette information. On avait donc dû la leur donner, or il n'y avait qu'une façon de l'obtenir. Quelqu'un avait vu l'homme et son escorte quand on l'avait fait monter dans le train à Paddington. French se demanda s'il était possible de retrouver trace d'une communication interurbaine depuis Paddington ou d'un télégramme un peu après 10 h 30 ce matin-là.

À Taunton, le premier arrêt, French envoya des télégrammes légèrement sibyllins à Scotland Yard et au commissaire d'Exeter, demandant aux premiers de vérifier si un tel message avait été envoyé et au second si Hawke l'avait reçu quelque part. Alors, avec le sentiment d'avoir, pour le moment, accompli son devoir dans cette affaire, il se dirigea vers le wagon-restaurant pour un repas qu'il n'avait que trop attendu.

À neuf heures du soir, il descendit sur le quai à Paddington et un quart d'heure plus tard il était à Scotland Yard. L'inspecteur Tanner l'y attendait.

« Je me suis occupé de votre affaire, lui dit Tanner. Vos amis arrivent gentiment. On les a vus passer à Chard, Shaftesbury, Salisbury, Andover et Basingstoke. Ils ont dîné à Basingstoke et sont repartis il y a une demi-heure. Ils devraient être à Hampstead entre dix et onze heures. Nous irons là-bas les accueillir. »

« Vous avez trouvé quelque chose concernant les affaires de Hawke ? »

« Le petit business d'un seul homme. Il ne se passe apparemment pas grand-chose. Pourtant Hawke est certainement très à l'aise, à en juger par la maison où il vit. Je suis allé à son bureau et l'ai demandé. L'employé était très ouvert. Mr Hawke s'était rendu à Plymouth pour affaires et rentrait aujourd'hui même ; je pourrais lui parler demain. »

« Je pensais bien qu'il n'y avait aucun problème de ce côté-là. »

« Pourquoi ne pas lui mettre la main dessus maintenant, French ? poursuivit Tanner avec ardeur. Si nous le trouvons en compagnie de Sandes, il est notre homme ; il n'aura aucune défense possible. Une fois qu'ils seront séparés il sera bien plus difficile de trouver des preuves contre eux. »

« Et le butin, alors ? répliqua French. Non, prenons le risque. Et il y a une autre chose à laquelle vous n'avez pas pensé. Comme vous le savez, nous sommes persuadés qu'ils sont quatre dans le gang. Nous les voulons tous les quatre. Si nous arrêtons Hawke et Sandes ce soir, nous risquons de perdre les deux autres. Non, gardons-les à l'œil : nous mettrons peut-être la main sur l'ensemble. À propos, avez-vous trouvé quelque chose au sujet de ce message parti de Paddington ? »

« Oui, nous avons quelque chose. » Tanner sortit un bout de papier de sa poche et French le lut avec empressement. « "Citation demandée Exode chapitre six verset quatre." Envoyé à 10 h 40 du bureau télégraphique de Paddington, ajouta Tanner, à "Anderton, Poste restante, Plymouth". Il a été réclamé à 11 h 45 par un homme ressemblant à Hawke. Cela vous éclaire ? »

French acquiesça en rayonnant. « Et comment ! déclara-t-il avec enthousiasme. Vous comprenez, n'est-ce pas ? Sixième wagon à partir de la locomotive, quatrième compartiment. Voilà ce que mesuraient les deux hommes sur le quai de Greenbridge. Si les gens de la poste à Plymouth sont assurés de reconnaître Hawke, ça pourra être utile. »

« Je suis certain qu'ils pourront le faire. Tanner regarda l'horloge avec inquiétude. Vos amis auraient déjà dû traverser Basingstoke. Il n'y a que quinze miles jusqu'à Blackwater et ils sont partis depuis presque quarante minutes. » Il souleva le combiné et demanda qu'on lui passe Blackwater. « Rien, dit-il enfin. Je n'aime pas ça, French. Auraient-ils pris une route transversale ? »

French était déjà en train d'examiner une carte routière à grande échelle.

« Reading ou Farnham sont les deux endroits possibles au nord et au sud, répondit-il, mais il y a des quantités de routes pour s'y rendre. Envoyez un appel général dans toute cette région, Tanner. »

Tanner obéit aussi vite qu'il le pouvait et ils commencèrent à attendre. À mesure que les minutes passaient, French devenait plus inquiet qu'il ne voulait bien le montrer. Avait-il été trop sûr de lui ? Si oui, et si ces deux-là lui échappaient, ça chaufferait plutôt pour lui. Et pourtant, se disait-il, ils ne *pouvaient pas* échapper.

La sonnerie retentit une fois de plus. « Blackwater, enfin ! dit Tanner avec soulagement. Puis son expression changea. Vraiment ? Beau travail, brigadier ! magnifique ! J'attendrai son appel. » Il raccrocha.

« Blackwater m'apprend que, comme ils n'arrivaient pas, il a envoyé un motocycliste à leur recherche et celui-ci les a trouvés arrêtés sur une petite route près de Basingstoke. Il les surveille et nous tiendra au courant. »

« Mais qu'est-ce qu'ils font là-bas ? » demanda French.

Tanner haussa les épaules et ils se remirent à attendre. Et ils attendirent longtemps, et plus cela durait, plus ils étaient mystifiés. Deux fois de suite à une heure d'intervalle, le gendarme les appela depuis l'appareil téléphonique d'un voisin compréhensif, pour dire que les hommes étaient toujours assis dans la voiture immobile, mais le troisième message, quand il arriva à minuit et demi, leur apprit que l'attente était terminée.

« Je vous appelle de Farnham, dit le gendarme. Ils ont démarré vers minuit et se sont dirigés vers Guildford. J'ai demandé aux gens de Guildford de les surveiller et de vous appeler. »

« Guilford ! s'exclama French avec inquiétude. Mais que diable vont-ils faire là-bas ? » Il jeta un coup d'œil à Tanner. La même inquiétude se lisait sur son visage.

Une fois encore le téléphone sonna. « On les a vus, annonça Tanner. Ils ont traversé Guilford il y a quatre minutes et sont partis sur la route de Leatherhead. Les gens de Guildford ont déjà prévenu ceux de Leatherhead. »

Tout à coup French eut un sursaut. Leatherhead ! Leatherhead était près d'Epsom. Pas plus de trois ou quatre miles séparaient les deux villes. Avec une excitation croissante, il se demanda s'il pourrait deviner où ils se rendaient.

Un instant plus tard, il avait pris sa décision. Il miserait tout sur cette nouvelle idée. Il parla rapidement à Tanner.

Tanner jura. « Vous pouvez partir tout de suite, répondit-il tout aussi rapidement. Les voitures attendent pour aller à Hampstead. Je reste ici au cas où vous auriez besoin de quelque chose. »

Un instant plus tard French courait dans le couloir et débouchait dans la cour. Il y avait là deux voitures de police, le brigadier Carter et quelques policiers en civil.

« Allons-y, cria French. Montez tous. Aussi vite que possible jusqu'à Epsom. » Dix secondes après les deux voitures se trouvaient sur l'Embankment et prenaient la direction du sud sur Westminster Bridge.

French avait souvent roulé très vite, mais jamais aussi vite que cette nuit-là. Le trafic dans les rues était peu abondant et ils en profitèrent. Ils ne s'arrêtaient pour personne, glissaient au nez des trams et obligeaient les autres conducteurs à s'arrêter pile et à aller se plaindre au policier le plus proche. Deux fois, ils frôlèrent la catastrophe d'un cheveu et, encore et encore, seule leur dextérité parfaite leur évita l'accident. Et ainsi, laissant derrière eux toute une série d'automobilistes indignés et exaspérés, ils filèrent dans les rues.

Ils finirent par sortir de la ville et accélérèrent encore davantage. Le bord de la route devint une ligne oscillante dans la lumière de leurs phares et leurs pneus rugissaient sur le macadam. L'aiguille de chaque compteur montait et montait jusqu'à ce que, dans une descente toute droite, ils atteignirent soixante-cinq miles à l'heure. Les klaxons ne chômèrent pas souvent et, plus d'une fois, après un virage, French remercia le ciel que la route ne fût pas glissante.

À Epsom ils s'arrêtèrent au commissariat. Un brigadier les attendait sur le trottoir.

« Votre voiture est passée il y a sept minutes, dit-il rapidement : en direction de Burgh Heath. »

Cette information confirmait l'idée de French. Dutton Manor était à environ un mile sur la route de Burgh Heath.

« Bien, s'écria-t-il avec un soupir de soulagement. On fonce. »

Une fois de plus les pneus rugirent sur la route lisse. Le mile ne leur prit que quelques secondes.

« Doucement, dit alors French. Arrêtez-vous avant d'atteindre ce virage. »

Le virage débouchait sur une ligne droite où aboutissaient les allées de devant et de derrière du manoir. Lorsque les voitures s'arrêtèrent, French bondit dehors et courut, sa torche à la main, les hommes à sa suite. Ils suivirent le virage et se retrouvèrent sur la ligne droite. Aucun phare de voiture n'était visible devant eux.

C'était ce que French avait pensé, et ils continuèrent à courir, en restant sur l'herbe du bas-côté pour ne pas faire trop de bruit. Au bout d'un moment, ils se retrouvèrent devant l'entrée.

La torche dirigée vers le sol pour ne pas trahir sa présence, French examina rapidement l'allée. Elle était recouverte de gravier et la pluie récente l'avait ramollie. Il aurait pu jurer qu'aucune voiture ne l'avait empruntée récemment. Après avoir appelé ses hommes à voix basse, il continua à courir sur la route.

À cause de l'enquête qu'il avait menée à l'occasion du vol, French connaissait chaque pouce de la petite propriété. L'allée de derrière débouchait cent mètres plus loin sur la route et c'était vers cet endroit qu'il se dirigeait.

Lorsqu'il éclaira le sol à cet endroit, il émit un grognement de satisfaction. Des traces de pneus indiquaient qu'une voiture y était entrée récemment, des pneus Dunlop assez neufs. Un bon observateur, ce gendarme d'Exeter !

Avec davantage de précautions, ils empruntèrent l'allée, les hommes avançaient vite et silencieusement. Il n'y avait pas de lune mais les étoiles éclairaient suffisamment. Le vent avait soufflé un peu plus tôt, mais il avait cessé et à présent tout était silencieux. Tout à coup, French crut entendre une voix. Il le leur signala et les hommes s'immobilisèrent.

Oui, des gens bougeaient pas bien loin devant eux et parlaient à voix basse. French avança avec beaucoup de précautions.

Il entendit un homme murmurer : « … ont arrêtés à Exeter, mais ils n'avaient aucun soupçon et nous sommes passés sans problème. Comment t'en es-tu sorti, Taylor ? »

« J'ai mis la voiture dans un garage de Newton Abbot et suis venu en train, répondit une autre voix. Je suis arrivé à Paddington à 18 h 55, j'ai eu ton coup de téléphone de Basingstoke, suis allé chercher Gould et suis venu ici. Que se passe-t-il, Hawke ? »

« Le butin. Sandes l'avait caché ici. J'ai pensé qu'il valait mieux que nous soyons tous là, au cas où… »

Celui qui parlait avait dû se retourner, car French ne saisit pas le reste de la phrase. Écrasé contre la haie, il voyait maintenant quatre silhouettes avançant comme des ombres devant lui. Ils arrivaient dans l'allée depuis un champ, évidemment après avoir dissimulé leur voiture. Lorsqu'ils tournèrent vers la maison, French et ses hommes les suivirent.

Dire que French était aux anges ne donnerait pas une idée juste de son état d'esprit. Dès le début il avait pressenti que seul l'espoir de retrouver le butin pouvait expliquer l'évasion de Sandes. À présent ses idées et ses actes étaient abondamment justifiés. Encore un peu de patience et quelques précautions et les hommes comme les bijoux seraient à lui ! Ce serait bien plus qu'un triomphe ! Ce qui était apparu comme une défaite finirait par une victoire complète !

Les deux groupes avançaient maintenant silencieusement dans l'allée, séparés par un peu plus de cent mètres. French se dit qu'ils n'allaient quand même pas se diriger vers la cour où il y avait des chiens et où dormait le chauffeur. Non, ils prenaient un autre chemin ; ils quittèrent l'allée en passant par un petit portail qui menait à un des côtés du manoir et s'avancèrent sur une pelouse où se trouvaient des massifs de fleurs et une fontaine. Là, le petit groupe dirigé par French dut rester un peu en arrière pour ne pas être vu, mais, après avoir atteint quelques buissons, il s'approcha de nouveau.

French était de plus en plus surpris. Il commençait à penser que les autres avaient l'intention d'attaquer la maison. Et ils étaient réellement au pied de ses murs. Et soudain French comprit où ils allaient. Juste devant eux se trouvait une loggia. Il la connaissait très bien. Elle était assez spacieuse, environ cinquante pieds de long et vingt de large, avec un toit ; deux de ses côtés étaient fermés par les murs de la maison mais les deux autres, à l'exception d'une colonnade, étaient ouverts. Elle était à l'extrémité d'un passage, dans le prolongement du hall principal, et quelques portes-fenêtres de la grande salle de réception s'ouvraient sur elle ; quelques marches de pierre conduisaient à la terrasse. Cet escalier était placé au centre du plus long des côtés ouverts, orienté au sud-ouest. Le plus court des côtés ouverts, donnait au sud-est. Tous les deux étaient bordés par une balustrade de pierre avec, à intervalles réguliers, des socles portant de grandes vasques en pierre, chacun contenant un laurestinus.

Le cœur de French battait plus vite. L'issue, quelle qu'elle soit, était proche. Il se demanda s'il allait être témoin d'un cambriolage. Les portes-fenêtres permettaient parfaitement d'entrer dans la maison, mais comme il savait qu'elles étaient munies de sonnettes d'alarme, il ne pensait pas qu'une telle tentative serait couronnée de succès. Eh bien, si Hawke & Co. battaient ensuite en retraite en pensant avoir réveillé la maisonnée, lui et ses hommes étaient là pour les cueillir.

Lentement et silencieusement les quatre hommes gravirent les marches de pierre de la loggia où ils disparurent, French et ses hommes se faufilaient le long des murs de part et d'autre de l'escalier. Le sol de la loggia était à près de quatre pieds de hauteur et, debout dans l'herbe, les guetteurs pouvaient voir entre les balustres de pierre. Contrairement à ce que French avait pensé, leurs proies n'approchèrent pas des portes-fenêtres mais se dirigèrent comme des ombres vers le coin nord-est, là où le côté le plus court rejoignait le mur de la maison. French, se glissant derrière le coin, avança silencieusement sur l'extérieur de ce côté court jusqu'à se trouver face à l'endroit où ils s'étaient rassemblés. Ils avaient allumé une torche et la dirigeaient vers le sol, éclairant un peu dans toutes les directions.

« Pas de bruit. Le murmure venait de l'homme portant le nom de Hawke. À toi, Sandes. »

Une ombre se détacha du groupe et s'avança en direction de French, qui s'accroupit à hauteur du sol de la loggia. « Là, dans cette vasque, entendit-il chuchoter avec un accent cockney. Une fois sorti de la maison, c'était l'endroit le plus près, et à cause du vent d'est, personne ne s'assied jamais dans ce coin. »

French leva lentement la tête. Avec un frisson d'excitation qu'il n'aurait jamais reconnu, même si on l'avait menacé de mort, il regarda l'homme mettre la main pardessus le rebord de la vasque et fouiller. Puis l'homme grogna brusquement, arracha la torche à Hawke et éclaira l'intérieur de la vasque. Finalement, perdant toute prudence, il se mit à creuser en tous sens. Les autres s'étaient regroupés autour de lui.

« Alors ? dit Hawke, et il y avait une tension brutale dans sa voix. Tu le trouves ? »

Sandes émit une sorte de terrible cri étranglé. Puis, comme si la fureur et la déception lui avaient fait perdre tout contrôle, il prononça un juron terrifiant. « Il n'est pas là ! s'écria-t-il. Il a disparu ! Quelqu'un l'a pris ! »

« Tais-toi, imbécile, siffla Hawke et il prit la torche des mains de Sandes pour examiner la vasque. Menteur ! poursuivit-il, et sa voix toute basse qu'elle fût, coupait comme un couteau. Là où tu ne l'a pas touchée, cette terre n'a pas été remuée depuis des mois ! Il y a une moisissure verte dessus. Regardez, vous autres. »

Les deux hommes regardèrent et jurèrent entre leurs dents.

« Bon, écoute, toi, poursuivit Hawke, qui sifflait maintenant aussi méchamment qu'un serpent en colère. Je te donne dix secondes pour nous dire où est le butin ou alors ce couteau te transperce le cœur. Tu as cru que tu filouterais nos parts, comme ça tu aurais eu tout pour toi en sortant de taule, et maintenant tu crois que tu peux nous faire attendre avec tes contes de fées ! J'avais des soupçons et c'est pourquoi j'ai fait venir les autres. (Il leva une main dans laquelle il serrait un long couteau pointu.) Tu ne t'échapperas pas, Sandes, et nous serons tous responsables de ta mort. Dis-nous où tu l'as mis ! Je te donne jusqu'à dix. Tenez-le, vous autres. »

French se demanda s'il devait agir. Il était certain que Hawke était sérieux, or il ne pouvait pas rester là et assister à un meurtre. Il comprit alors que Hawke allait tergiverser dans l'espoir de connaître la vérité. Et comme il était lui-même tout aussi impatient d'entendre ce que Sandes avait à dire, il attendit aussi ; le suspense faisait battre son cœur.

« Un ! Hawke fit une pause puis continua lentement : Deux ! Trois ! mettez-lui une main sur la bouche, vous deux ! » French vit le petit groupe se resserrer. Hawke leva le couteau et en appuya la pointe contre la poitrine du petit homme. Tout à coup le prisonnier commença à se débattre. Hawke retira le couteau.

« Ce n'est pas du bluff, chuchota-t-il d'une voix coupante comme l'acier. Si nous n'avons pas notre part du butin, ce couteau pénètre dans ton cœur. J'ai compté jusqu'à trois. (Il fit une nouvelle pause.) Quatre ! (Une autre pause.) Cinq ! (Une autre.) Six ! » On entendit alors une autre voix : « Essayez de nouveau avec le couteau, patron », dit l'homme qui n'avait pas encore parlé.

Un cri étouffé : « Non, non, non ! je vous ai dit la vérité, je vous le jure. Je l'ai caché ici. (Il jura ses grands dieux.) Si vous me tuez je ne pourrai pas vous en dire plus ! »

« Continuez à le tenir », dit Hawkes d'une voix impitoyable, levant une fois de plus le couteau.

French sentit qu'il ne pouvait plus en supporter davantage. Il croyait Sandes. Il reconnaissait dans sa voix l'accent de la vérité ainsi qu'un désespoir désespéré. Cet homme, French en était certain, avait vraiment caché le butin dans cette vasque – quelqu'un d'autre l'avait à présent en sa possession et se tenait tranquille. Peut-être un des jardiniers ou un des domestiques… Il commença à se glisser le long du mur en direction de l'escalier.

Ses hommes connaissaient les techniques du combat et ils s'apprêtaient à se précipiter dans l'escalier pour prendre les autres par surprise quand il y eut un hurlement terrible au-dessus d'eux, suivi immédiatement par la voix sauvage de Hawke : « C'est foutu maintenant, bande d'imbéciles ! Il fallait lui tenir la bouche fermée comme je vous l'avais dit ! Maintenant tirons-nous ! Emmenez-le ! »

Renonçant définitivement à être silencieux, les trois hommes traversèrent la loggia à toute vitesse, tirant le quatrième derrière eux. Leur fuite fut tellement précipitée qu'avant d'arriver aux marches ils ne virent pas les policiers qui les attendaient. Il y eut alors une terrible clameur. « Les flics ! hurla Hawke en jurant furieusement. Lâchez Sandes et passez par-dessus la balustrade ! » Tout en criant, il fit demi-tour, fouillant désespérément sa poche. French, allumant sa torche, fonça en avant, suivi par ses hommes. Au moment où Hawke dégainait un pistolet, French était sur lui.

La loggia devint alors un cauchemar de corps tourbillonnants, de grognements, de jurons et – une fois ou deux – de coups de feu. Les torches étaient tombées et s'étaient éteintes et aucun d'entre eux ne voyait ce qu'il faisait. Chacun s'agrippait au premier venu, sans la moindre idée de qui il tenait. Trois des policiers s'aperçurent qu'ils luttaient les uns contre les autres, et il leur fallut quelques minutes avant de s'en rendre compte et d'aller à la rescousse de leurs collègues. Enfin French toucha une torche du pied et parvint à la ramasser. Aidés par la lumière, ils ne mirent pas longtemps à leur régler leur compte. Il y avait huit policiers pour trois criminels, car Sandes était bien trop choqué pour prendre part à la mêlée.

« Aux voitures, Carter », dit French en haletant.

Peu de temps après, menottes aux mains, les quatre hommes furent emmenés tandis que French, resté en arrière, rassurait les gens du manoir, affolés.

Le lendemain matin French revint examiner la scène du combat. En compagnie du brigadier Carter, il se tenait au milieu de la loggia et regardait autour de lui.

« Est-ce que tu vois quelque chose d'intéressant ? demanda-t-il au bout d'un instant et, comme le brigadier ne réagissait pas, il continua. Ce coin où Sandes a caché le butin est balayé par le vent d'est. Tu te souviens qu'il a dit qu'il l'avait choisi parce que, de ce fait, personne ne venait s'y asseoir. Et pourtant je remarque que les plantes, de ce coin-là sont en meilleure forme que celles qui sont sur le côté sud, mieux abrité. Ça ne te fait penser à rien ? Ah, si, tu vois ? Eh bien, allons voir. »

Il s'approcha de la plus mal en point des plantes qui avait vraiment l'air d'avoir été desséchée par le vent. Il commença à creuser dans la vasque avec son canif.

« Ah, dit-il avec une intonation de profonde satisfaction. Qu'avons-nous donc là ? Je crois bien que c'est le petit butin de Sandes ! »

Sa déduction était juste. Tous les bijoux étaient dans un paquet, et après avoir discuté avec le jardinier en chef, ils apprirent que les vasques avaient été déplacées la semaine précédente pour épargner le vent d'est aux arbustes abîmés.

Au procès, seuls Hawke et Taylor furent accusés de meurtre, l'envoi du télégramme ne rendait pas les deux autres complices des événements de Greenbridge. Les deux premiers furent exécutés et les deux autres passèrent de longues années loin des lieux qu'ils hantaient habituellement. Pour remercier French, Lady Ormsby-Keats offrit 500 livres au fonds social de la police et il eut ainsi deux raisons de considérer que ses efforts n'avaient pas été vains.

Le sommeil du juste

PETER TREMAYNE

« La culpabilité de frère Fergal ne fait aucun doute, dit le Brehon avec assurance. De toute évidence il a tué la jeune fille. »

Le premier juge du clan des Eóghanacht de Cashel était un homme trapu. Le côté rond et sinistre de son visage était démenti par une paire d'yeux perçants et étincelants. Sa façon de parler lente et méticuleuse dissimulait un esprit acéré et décidé. Cet homme, comme l'exigeait sa profession, examinait attentivement les événements et pesait le pour et le contre avant de prendre une décision. Ce n'était pas un imbécile.

Sœur Fidelma était debout devant le Brehon, grande, les yeux verts, les mains croisées modestement devant elle. Ses habits et son capuchon, d'où s'échappaient des mèches rebelles de cheveux roux, ne dissimulaient ni sa jeunesse ni sa séduction féminine. Le Brehon pensait qu'elle devait avoir environ vingt-cinq ans. Il remarqua qu'elle paraissait se contrôler, comme quelqu'un habitué à vivre dans l'agitation et l'action. Les habits de religieuse ne lui allaient pas du tout.

« L'abbesse m'a assuré que frère Fergal n'est pas plus capable de tuer qu'un lapin de voler dans les airs. »

Le Brehon des Eóghanacht de Cashel soupira. Il ne tenta pas de dissimuler à la jeune femme qu'il était irrité qu'elle le contredise.

« Cependant, ma sœur, les preuves sont évidentes. Cette personne, Fergal, a été trouvée dans son *bothán*, la cahute qu'il a reconstruite sur les pentes du Cnoc-gorm. Il était endormi. Le corps de la jeune fille, Barrdub, était étendu près de lui. Elle avait été poignardée. Il y avait du sang sur les mains et sur les vêtements de Fergal. Quand on l'a réveillé, il a prétendu ne rien savoir. Cette défense n'est pas suffisante. »

Sœur Fidelma inclina la tête, comme si elle reconnaissait la logique du raisonnement du Brehon.

« Dans quelles circonstances le corps de la jeune fille Barrdub a-t-il été trouvé ? »

« Le frère de Barrdub, Congal, était inquiet. La jeune fille, semble-t-il, avait été prise de passion pour ce frère Fergal. Il faut admettre que c'est un bel homme. Cette nuit-là, selon Congal, sa sœur est sortie et n'est pas rentrée. Tôt le lendemain matin, Congal est venu me voir et m'a demandé de l'accompagner au *bothán* de Fergal pour les surprendre. Barrdub n'est pas encore en âge de choisir, vous comprenez, et Congal est son tuteur, car ils n'ont plus aucune famille. Tous les deux, nous avons trouvé Fergal et le corps de Barrdub comme je viens de les décrire. »

Sœur Fidelma serra les lèvres. Les faits étaient réellement terribles.

« L'audition des témoins aura lieu demain, poursuivit le Brehon. Frère Fergal devra s'expliquer devant la loi, car personne n'est au-dessus de la juridiction des Brehons, qu'ils soient prêtres ou druides. »

Sœur Fidelma eut un léger sourire.

« Remercions le bienheureux Patrick, depuis deux siècles maintenant les druides d'Irlande ont reconnu l'enseignement du Sauveur de ce monde. »

Le Brehon sourit à son tour.

« On dit toutefois que, dans les montagnes ou dans les grottes solitaires, ils sont encore nombreux à pratiquer les coutumes anciennes ; que, malgré l'enseignement du Christ, nombre d'entre eux continuent à adorer le Dagda et les anciens dieux d'Irlande. Nous en avons un exemple ici même, sur notre territoire. Erca est un ermite qui, lui aussi, vit sur les pentes du Cnoc-gorm et avoue suivre les anciennes coutumes. »

Sœur Fidelma haussa les épaules avec indifférence.

« Je ne suis pas venue ici pour faire du prosélytisme. »

Le Brehon la regarda avec davantage d'attention.

« Quel est votre rôle exact dans cette affaire, ma sœur ? Représentez-vous simplement l'abbaye qui, comme je le comprends, remplace désormais la *fine*, ou famille de frère Fergal ? N'oubliez pas que, selon la loi, la *fine* doit verser l'amende lorsque le jugement a été prononcé par le tribunal. »

« Je connais la loi, Brehon des Eóghanacht, répondit sœur Fidelma. L'abbesse m'a envoyée ici en qualité de *dálaighe*, d'avocate, pour plaider la cause de frère Fergal devant le tribunal. »

Le Brehon souleva un sourcil, légèrement surpris. Quand la jeune femme était venue le voir, il avait cru comprendre qu'elle était seulement un des membres de la communauté religieuse de Fergal et qu'elle était là pour apprendre pourquoi il avait été arrêté et accusé de meurtre.

« La loi stipule que tous les avocats doivent être qualifiés pour plaider devant le *Dál*. »

Sœur Fidelma se redressa, un peu vexée par le ton condescendant de l'homme, par son sous-entendu arrogant.

« Je suis qualifiée. J'ai étudié la loi avec le grand Brehon Morann de Tara. »

Une fois de plus le Brehon eut du mal à dissimuler sa surprise. Il était étonnant, à ses yeux, que la jeune fille qui se trouvait devant lui puisse être habilitée selon la loi d'Éireann. Il s'apprêtait à la questionner quand la jeune femme le devança en fouillant dans ses habits et en lui tendant un vélin couvert d'écritures. Le Brehon le lut rapidement, les yeux grands ouverts, hésita et le lui rendit. Son regard était à présent plein de respect, sa voix légèrement déférente.

« Je vois que vous êtes une *Anruth* qualifiée. »

Pour obtenir la qualification d'*Anruth*, il était nécessaire d'avoir étudié entre sept et neuf années dans une école monastique ou bardique. L'*Anruth* était le niveau précédant la plus haute qualification, celle d'*Ollamh*, ou professeur, lequel conférait un statut égal à celui des rois. Un *Anruth* devait connaître la poésie, la littérature, la loi et la médecine, devait être capable de parler et d'écrire avec autorité sur toutes choses et de débattre avec éloquence.

« J'ai étudié avec le Brehon Morann pendant huit ans », répondit Fidelma.

« Je vous reconnais le droit de plaider en tant qu'avocate devant le tribunal, sœur Fidelma. »

La jeune religieuse sourit.

« Dans ce cas, je suis autorisée à parler avec l'accusé et avec les témoins. »

« Très bien. Mais, devant le tribunal, je ne vois qu'une seule défense possible. Les preuves sont tellement accablantes qu'elles nous obligent à conclure à la culpabilité de frère Fergal dans le meurtre de Barrdub. »

Frère Fergal était, comme l'avait dit le Brehon, un beau jeune homme de vingt-cinq ans au plus. Ses traits pâles exprimaient la perplexité. Ses yeux bruns étaient écarquillés, ses cheveux sombres en désordre. Il avait l'air d'un jeune homme qui se serait réveillé dans un monde qu'il ne reconnaissait pas. Il se leva maladroitement en toussant nerveusement lorsque sœur Fidelma entra dans sa cellule.

Le gardien aux larges épaules referma la porte derrière elle mais se posta à l'extérieur.

« Que la grâce de Dieu soit sur vous, frère Fergal. »

« Et que celles de Dieu et de Marie soient sur vous, ma sœur », répondit le jeune religieux machinalement. Sa voix était légèrement essoufflée et sifflante.

« Je suis Fidelma, envoyée par l'abbaye pour être votre avocate. »

Une expression d'amertume passa sur le visage du jeune homme.

« À quoi bon ? Le Brehon m'estime déjà coupable. »

« L'êtes-vous ? »

Fidelma prit place sur un tabouret, le seul meuble de la cellule à l'exception de la paillasse grossière, et leva les yeux sur le jeune moine.

« Par la sainte Vierge, je ne suis pas coupable ! » Le cri fut immédiat, à la fois plein de colère et de désespoir. Le jeune homme ponctua sa réponse d'une crise de toux.

« Asseyez-vous, mon frère, dit Fidelma avec sollicitude. Il fait froid dans cette cellule et vous devez soigner cette toux. »

Le jeune homme haussa les épaules avec indifférence.

« Je souffre d'asthme depuis de nombreuses années, ma sœur. Je calme mes crises en inhalant la fumée des feuilles de *stramóiniam* que je fais brûler ou en buvant un peu de tisane avant de me retirer pour la nuit. Hélas, ce luxe m'est refusé ici. »

« J'en parlerai au Brehon, lui assura Fidelma. Ce n'est pas un homme dur. Peut-être pourrons-nous trouver quelques feuilles et graines de *stramóiniam* et vous les faire apporter. »

« Je vous en serais très reconnaissant. »

Après quelques instants, Fidelma rappela au jeune homme qu'elle attendait le récit de son histoire.

À contrecœur, le jeune homme s'assit sur sa paillasse et recommença à tousser.

« Pas grand-chose à dire. L'abbesse m'a envoyé dans le clan des Eóghanacht de Cashel, pour prêcher et veiller sur ces gens, il y a quatre semaines. Je suis venu ici et j'ai réparé une cahute abandonnée sur la colline bleue de Cnoc-gorm. Pendant quelque temps, tout s'est bien passé. Il est néanmoins vrai que dans cette région d'Éireann, deux cents ans après que le bienheureux Patrick soit venu convertir notre peuple, j'ai rencontré des gens dont le cœur et l'âme n'avaient pas été gagnés à la cause du Christ. J'en ai été fort attristé… »

« J'ai entendu dire que quelqu'un ici suit les anciennes coutumes des druides », dit Fidelma pour encourager le jeune homme qui avait hésité, puis s'était tu.

« L'ermite Erca ? Oui. Il vit aussi sur le Cnoc-gorm. Il hait tous les chrétiens. »

« Vraiment ? interrogea Fidelma. Mais dites-moi, que s'est-il passé la nuit du meurtre ? »

Frère Fergal fit une grimace expressive.

« Mon seul souvenir est d'être rentré dans ma cellule au crépuscule. J'étais épuisé parce que j'avais fait seize miles à pied ce jour-là, pour apporter la parole du Christ aux bergers des montagnes. J'ai senti une douleur dans ma poitrine et j'ai donc fait réchauffer ma tisane pour la boire. Cela m'a fait du bien car j'ai dormi profondément. Et j'ai été réveillé par le Brehon qui me secouait, et Congal était avec lui. Congal criait que j'avais tué sa sœur. Il y avait du sang sur mes mains et mes vêtements. C'est alors que j'ai vu, dans ma cellule, le pauvre corps ensanglanté de la jeune fille, Barrdub. »

Il recommença à tousser. Fidelma examina attentivement le visage du jeune religieux. Il n'y avait là aucune fourberie. Le regard était perplexe mais honnête.

« Et c'est tout ? », lui demanda-t-elle quand il eut retrouvé sa respiration.

« Vous m'avez demandé de vous dire ce que je sais des événements de la nuit du meurtre. C'est tout. »

Fidelma se mordit la lèvre. L'histoire paraissait invraisemblable.

« Vous n'avez pas du tout été dérangé ? Vous n'avez rien entendu ? Vous vous êtes endormi et ne vous êtes pas réveillé avant l'arrivée du Brehon et de Congal, et c'est alors que vous avez vu le sang sur vos vêtements et le corps de la jeune fille étendu dans votre cahute ? »

Le jeune homme gémit doucement, couvrant son visage de ses mains.

« Je ne sais rien d'autre, répéta-t-il. Je sais que c'est incroyable, mais c'est la vérité. »

« Reconnaissez-vous que vous connaissiez la jeune fille, Barrdub ? »

« Naturellement. Pendant le temps que j'ai passé ici, j'ai fini par connaître tous les gens du clan d'Eóghanacht. »

« Et Barrdub ? La connaissiez-vous bien ? »

« Elle assistait régulièrement à la messe et est venue une fois ou deux m'aider à reconstruire mon *bothán*. Mais d'autres habitants de ce village ont fait de même. »

« Vous n'entreteniez pas de liens particuliers avec Barrdub ? »

Les prêtres, les moines et les nonnes de l'Église celtique pouvaient se marier à condition que leur union soit consacrée par un évêque ou par la congrégation de l'abbaye.

« Les liens que j'entretenais avec Barrdub étaient ceux d'un pasteur envers un membre de son troupeau. D'ailleurs, la jeune fille n'est pas encore en âge de choisir. »

« Savez-vous que Congal affirme que Barrdub était amoureuse de vous et que vous encouragiez ses sentiments ? L'accusation prétendra qu'elle est venue vous voir cette nuit-là et que pour quelque raison vous l'avez rejetée et que, comme elle ne voulait pas partir, vous l'avez tuée. Ils prétendront que son amour était devenu une gêne pour vous. »

Le jeune moine eut l'air outragé.

« Mais ce n'est pas vrai ! Je connaissais à peine cette jeune fille et rien ne s'est jamais passé entre nous. Mais… mais la jeune fille est déjà fiancée, si je me souviens bien, à quelqu'un du village. J'ai oublié son nom. Je peux vous assurer qu'il n'y avait rien entre la jeune fille et moi. »

Fidelma acquiesça lentement et se leva.

« Très bien, frère Fergal. Si vous n'avez rien d'autre à me dire… »

Le jeune homme tourna de grands yeux implorants vers elle.

« Que va-t-il m'arriver ? »

« Je vais vous défendre, mais je n'ai pas grand-chose à présenter au tribunal pour votre défense. »

« Et si je suis déclaré coupable ? »

« Vous connaissez la loi du pays. Si vous êtes déclaré coupable d'homicide, vous devrez payer le prix de l'honneur de la jeune fille, l'*eric*, à son plus proche parent. La jeune fille était, je crois, une personne libre, la fille d'un des membres de l'assemblée du clan. L'amende de l'*eric* est de quarante-cinq vaches laitières, plus quatre vaches laitières comme honoraires pour le Brehon. »

« Mais je n'ai aucune fortune. Je l'ai abandonnée quand j'ai décidé de servir le Christ et que j'ai fait vœu de pauvreté. »

« Vous savez aussi que votre famille est responsable de l'amende. »

« Mais ma seule famille est l'abbaye, notre ordre de frères et de sœurs voués au Christ. »

Fidelma fit une grimace.

« Exactement. L'abbesse doit décider si elle accepte de payer l'amende de l'*eric* au nom de notre ordre. Et le procès pour l'immortalité de votre âme, le plus important des deux, se tiendra sous sa juridiction. Si vous êtes déclaré coupable d'avoir tué Barrdub, vous devrez alors non seulement dédommager le tribunal civil, mais, en tant que membre d'une communauté religieuse, vous devrez aussi réparation au Christ. »

« Et si l'abbesse refuse de payer l'amende de l'*eric*... ? » chuchota Fergal, qui recommençait à haleter.

« Refuser serait contraire aux habitudes, lui assura Fidelma. Elle peut le faire dans certaines circonstances exceptionnelles. L'abbesse peut vous renier si votre crime est trop atroce. Vous pouvez être expulsé de l'abbaye. S'il en est ainsi, vous pouvez être remis par le Brehon à la famille de la victime pour être traité selon son bon plaisir, devenir leur esclave ou être puni en guise de compensation. Telle est la loi. Mais nous n'en viendrons pas là. L'abbesse ne veut pas se résoudre à croire que vous avez tué cette jeune fille. »

« Devant Dieu, je suis innocent ! » sanglota le jeune homme.

Fidelma et le Brehon gravissaient le sentier sinueux qui menait à un coin de Cnoc-gorm que les arbres abritaient du vent et où Fergal avait remis en état le vieux *bothán* qui lui servait de cellule. Le Brehon la conduisit jusqu'à la construction, faite de pierres sèches sans mortier.

« C'est ici que vous avez trouvé frère Fergal et le corps de la jeune fille, Barrdub ? » demanda Fidelma lorsqu'ils se furent arrêtés devant la porte.

« C'est ici, acquiesça le Brehon. Mais le corps de la jeune fille a été emporté. Je ne comprends pas en quoi le fait d'examiner cet endroit peut vous être utile pour défendre frère Fergal. »

Fidelma répondit par un sourire et se baissa pour passer sous le linteau.

La pièce était petite et sombre, presque semblable à la cellule où elle avait rencontré Fergal, excepté que le *bothán* était sec alors que la cellule était humide. Il y avait un lit en bois, une table et une chaise, un crucifix et quelques autres meubles. Fidelma renifla, sentit l'odeur aromatique à la fois amère et sucrée qui venait de la petite cheminée. L'odeur était celle des feuilles brûlées du *stramóiniam.*

Le Brehon était entré derrière elle.

« Le corps de la jeune fille a été emporté et frère Fergal mis en prison, d'autres choses ont-elles été emportées ? » demanda Fidelma tandis que son regard se posait sur un bol en bois posé sur la table.

« Comme vous le voyez, rien n'a été touché. Frère Fergal était dans son lit et la jeune fille était étendue près de la cheminée. Le corps de la jeune fille a été emporté et frère Fergal enfermé dans une cellule. Rien n'a été emporté car rien n'avait d'importance. »

« Aucun objet ? »

« Aucun. »

Fidelma s'approcha de la table, souleva le bol en bois et le renifla. Il contenait encore un peu de liquide, elle y plongea un doigt et le posa, tout en reniflant, sur ses lèvres. Le goût la fit grimacer et froncer les sourcils.

« En tant que Brehon, si frère Fergal est coupable, comment expliquez-vous le fait qu'il ait tué Barrdub puis se soit couché, abandonnant son corps sur le sol, et ait dormi paisiblement jusqu'au matin ? Un assassin aurait certainement tenté d'abord de dissimuler le corps et d'enlever toute trace du crime de peur que quelqu'un n'arrive et ne le surprenne ? »

Le Brehon hocha sa tête ronde et sourit.

« J'y ai déjà réfléchi, sœur Fidelma. Mais je ne suis qu'un simple juge. Je dois me contenter des faits. Je m'occupe des preuves. Je n'ai pas été formé pour me demander pourquoi un homme se comporte de telle ou telle manière. Ma seule préoccupation est de savoir de quelle manière il a agi. »

Fidelma soupira, posa le récipient et regarda une fois de plus autour d'elle avant de quitter la cellule.

À l'extérieur, elle s'arrêta, ayant remarqué une trace sombre sur l'un des piliers verticaux qui encadraient la porte. Elle était placée à hauteur d'épaule, ou légèrement plus haut.

« Je suppose qu'il s'agit du sang de Barrdub ? »

« Sans doute un de mes hommes lorsqu'ils ont sorti le corps », répondit le Brehon sans y prêter attention.

Fidelma examina la trace de sang un instant avant de se retourner pour observer les environs du *bothán* ; il était protégé d'un côté par une rangée d'arbres que le vent qui fouettait la colline faisait plier, le terrain alentour était couvert de bruyère. Le sentier qui menait au *bothán*, et qui conduisait au village, était étroit et bien tracé. Un sentier plus étroit encore montait plus haut dans la colline derrière la construction, tandis qu'un troisième sentier partait en sinuant sur la droite, à flanc de colline. Ces sentiers étaient certainement utilisés assez fréquemment.

« Où mènent-ils ? »

Le Brehon s'assombrit, légèrement surpris par sa question.

« Le sentier qui monte dans la colline aboutit à l'habitation de l'ermite Erca. Le sentier qui part à droite est un des nombreux chemins qui mènent où l'on veut. Également une autre possibilité de descendre au village. »

« J'aimerais voir cet Erca », décida Fidelma.

Le Brehon fronça les sourcils, s'apprêta à dire quelque chose, puis haussa les épaules.

Erca était exactement ce à quoi Fidelma s'attendait. Un homme maigre et sale, vêtu uniquement d'un manteau élimé en laine ; ses cheveux étaient emmêlés et ses yeux fixes et sauvages ; il les accabla d'injures tandis qu'ils grimpaient jusqu'à son feu qui fumait.

« Chrétiens ! cracha-t-il. Hors de ma vue avec votre dieu étranger. Irez-vous profaner le territoire sacré du Dagda, père de tous les dieux ? »

Le visage du Brehon fut envahi par la colère mais Fidelma sourit doucement et continua à avancer.

« La paix soit avec vous, frère. »

« Je ne suis pas votre frère ! » siffla l'homme.

« Nous sommes tous frères et sœurs, Erca, sous l'autorité du seul Dieu qui est au-dessus de nous, quel que soit le nom que nous Lui donnons. Je ne vous veux aucun mal. »

« Du mal, c'est ça ? Je voudrais voir les dieux du Dé Danaan s'élever du *sidhe* pour chasser de ce pays tous ceux qui obéissent au dieu étranger comme ils le firent avec les Fomorians à l'époque des grandes brumes. »

« Vous haïssez donc les chrétiens ? »

« Je hais les chrétiens. »

« Vous haïssez frère Fergal ? »

« Il n'existe pas de frontières, dans ce pays, à ma haine de tous les chrétiens. »

« Vous feriez du mal à frère Fergal si vous le pouviez ? »

L'homme fit claquer ses doigts.

« Voilà pour Fergal et toute son engeance ! »

Fidelma ne paraissait pas troublée. Elle fit un geste de la tête en direction de la marmite posée sur le feu fumant.

« Vous faites bouillir des simples. Vous devez très bien connaître les plantes locales. »

Erca eut un sourire méprisant.

« J'ai appris les coutumes anciennes. Lorsque votre Patrick insensé a chassé nos prêtres de la colline de Slane et a obligé notre peuple à adorer son Christ, il n'est pas parvenu à détruire notre savoir. »

« Je vois que vous avez un tas de racines brun clair, là-bas. Quelle plante est-ce donc ? »

Erca la regarda un instant en fronçant les sourcils.

« C'est la *lus mór na coille*. »

« Ah, la belladone, reconnut Fidelma. Et ces feuilles aux pointes blanches juste à côté ? »

« Ce sont les feuilles du *muing*, ou ciguë empoisonnée. »

« Et elles poussent sur cette colline ? »

Erca fit un geste impatient d'acquiescement.

« La paix soit pour vous, donc, frère Erca. » Fidelma abrégea la conversation abruptement et fit demi-tour pour redescendre la colline, abandonnant un Erca abasourdi. Le Brehon, perplexe, trottinait à sa suite.

« Pas de paix sur vous, chrétienne, entendirent-ils derrière eux quand l'ermite eut repris ses esprits. Pas de paix jusqu'à ce que tous les adorateurs des dieux étrangers soient chassés de la terre d'Éireann ! »

Fidelma resta silencieuse tandis qu'ils descendaient le flanc de la colline jusqu'au *bothán* de Fergal. Lorsqu'ils y arrivèrent, elle se précipita à l'intérieur et en ressortit peu après en tenant le récipient en bois.

« J'aurai besoin de ceci lors de ma plaidoirie. Acceptez-vous de le garder ? »

« Qu'avez-vous en tête, ma sœur ? demanda le Brehon avec inquiétude en prenant le récipient tandis qu'ils redescendaient vers le village. Pendant un instant j'ai cru que vous vouliez suggérer qu'Erca est, d'une façon ou d'une autre, mêlé à cette histoire. »

Fidelma sourit mais sans répondre à la question.

« J'aimerais maintenant voir le frère de Barrdub. Comment s'appelle-t-il ? Ah oui, Congal. »

Ils trouvèrent le frère de Barrdub dans un misérable logis au bord de la rivière, un *bothán* de bois pourri. Le Brehon avait fourni quelques explications à Fidelma alors qu'ils marchaient vers la cahute de Congal.

« Le père de Congal s'occupait autrefois de l'auberge des Eóghanacht de Cashel, on le tenait en grande estime et il était un des porte-parole lors des assemblées du clan. Congal n'est pas l'homme qu'était son père.

Congal a toujours été un rêveur. Quand son père est mort, il a dilapidé ce qu'il aurait pu garder, de sorte que lui et sa sœur ont été réduits à vivre dans ce *bothán* et que Congal a été obligé de travailler pour d'autres membres du clan au lieu de s'occuper de son propre bétail. »

Congal était une personne sombre et rêveuse aux yeux gris sans fond, aussi profonds et coléreux que la mer un jour tempétueux d'hiver.

« Si vous êtes venue défendre l'assassin de ma sœur, je ne répondrai pas à vos questions ! » annonça-t-il d'un air belliqueux à Fidelma en pinçant ses lèvres minces et exsangues.

Le Brehon soupira avec irritation.

« Congal, tu dois obéir à la loi. La *dálaighe*, l'avocate, a le droit de te poser des questions et ton devoir est d'y répondre par la vérité. »

Sœur Fidelma, d'un geste, proposa à l'homme de s'asseoir, mais il refusa.

« Avez-vous jamais apporté du *stramóiniam* à frère Fergal ? » demanda-t-elle immédiatement.

Congal cligna des yeux devant la question inattendue.

« Non, répondit-il. Il achetait son remède contre l'asthme chez l'herboriste Iland. »

« Bien. On m'a raconté comment vous aviez découvert le corps de votre sœur. Avant que vous ne confirmiez le récit que le Brehon m'a fait de cet épisode, j'aimerais que vous m'expliquiez pourquoi vous êtes allé la chercher dans le *bothán* de frère Fergal lorsque vous vous êtes aperçu qu'elle avait disparu ? »

Congal grimaça.

« Parce que Barrdub était amoureuse de cet homme. Il l'hypnotisait et l'exploitait. »

« Hypnotisait ? Pourquoi dites-vous cela ? »

La voix de Congal se durcit.

« Je connaissais ma sœur, non ? Depuis l'arrivée de Fergal au village, Barrdub le regardait comme une vache malade regarde un fermier, elle était toujours à inventer des excuses pour aller le voir et l'aider à reconstruire le *bothán*. C'était dégoûtant. »

« Pourquoi dégoûtant ? intervint le Brehon, tout à coup intéressé. Si elle voulait épouser Fergal, ou si lui voulait d'elle, rien ne pouvait l'en empêcher sinon ton consentement, à défaut il lui aurait suffi d'attendre d'être en âge de choisir toute seule. Tu sais aussi bien que moi que tous les serviteurs du Christ ont depuis longtemps le droit d'épouser le partenaire de leur choix, même un abbé ou une abbesse ? »

« C'était dégoûtant parce qu'elle était fiancée à Rimid », insista Congal.

« Et pourtant, avant l'arrivée de Fergal, fit remarquer le Brehon avec un sourire désabusé, tu ne voulais pas de Rimid comme mari pour Barrdub. »

Congal rougit.

« Pourquoi ne vouliez-vous pas de Rimid ? » demanda Fidelma.

« Parce que… »

« Parce qu'il n'avait pas assez d'argent pour payer toute la dot, suggéra le Brehon avant que l'homme n'ait eu le temps de répondre. N'ai-je pas raison ? »

« La *tinnscra* est aussi ancienne qu'Éireann. Personne ne peut se marier sans offrir une dot pour rembourser la famille de la mariée », annonça Congal d'un air obstiné.

« Et Barrdub n'avait pas d'autre famille que vous ? » demanda Fidelma.

« Elle s'occupait de la maison. Si elle partait, je n'avais plus personne. Il était juste que je sois remboursé selon les anciennes lois. »

« Sans doute avez-vous soulevé la même objection à propos de sa liaison avec Fergal ? En tant que religieux, il ne pouvait pas apporter de *tinnscra*. »

Congal répondit d'un air morose : « Le problème n'était pas là. Il ne pensait pas au mariage. Il exploitait ma sœur et, quand elle est allée le voir pour lui demander de l'épouser, il l'a tuée. »

« Encore faut-il le prouver, répondit Fidelma. Qui d'autre était au courant de la liaison entre votre sœur et Fergal ? »

Congal répondit immédiatement : « Personne. J'ai eu du mal à ce qu'elle m'en parle à moi. »

« Et vous n'en avez parlé à personne d'autre ? Êtes-vous certain que personne ne le savait ? Et Rimid ? »

Congal hésita, gardant les yeux au sol.

« Si, finit-il par admettre. Rimid était au courant. »

« J'aimerais voir Rimid maintenant », dit Fidelma au Brehon. Elle s'apprêta à partir, puis hésita, s'arrêtant pour examiner des bouquets de plantes et de fleurs séchées accrochés au mur près de la cheminée.

« Quelle est cette plante ? »

Congal la regarda un moment d'un air sombre.

« Je ne connais rien aux plantes. Barrdub cueillait toutes les plantes destinées à la cuisson. »

Quand ils furent sortis, le Brehon jeta un long regard perplexe sur Fidelma.

« Vous vous intéressez beaucoup aux simples, ma sœur », fit-il remarquer.

Fidelma acquiesça.

« Savez-vous que frère Fergal souffre d'asthme et qu'il inhale souvent la fumée des feuilles de *stramóiniam* qu'il fait brûler ou qu'il boit en infusion tous les soirs pour soulager sa poitrine. »

Le Brehon haussa les épaules.

« Certaines personnes ont cette maladie, admit-il, rendu perplexe par ce commentaire. Est-ce important ? »

« Où trouverons-nous Rimid ? »

Le Brehon soupira. « Il est sans doute au travail à cette heure de la journée. »

Fidelma souleva un sourcil.

« J'avais cru comprendre que Rimid ne travaillait pas, puisque Congal le prétend incapable de payer la *tinnscra*. »

Le Brehon eut un grand sourire.

« Congal disait que Rimid ne pouvait pas payer *toute* la dot. Rimid n'est pas un homme fortuné mais il est un homme libre du clan et, contrairement à Congal, il peut siéger dans l'assemblée du clan. »

« Congal ne le peut pas ? Est-il si pauvre ? »

« Vous l'avez vu. Une pauvreté dont il est responsable. Il a de grands plans mais ils n'aboutissent jamais à rien car il rêve d'obtenir le respect du clan et de s'enrichir par des moyens merveilleux mais ses désirs sont toujours au-delà de ses capacités. Pour se nourrir, il doit souvent faire appel à la générosité du clan. Ce qui l'a rendu amer. »

« Et Barrdub ? Était-elle aussi amère ? »

« Non. Elle espérait échapper à la pauvreté de son frère par le mariage. »

« Elle a dû être déçue quand Congal a refusé la demande en mariage de Rimid. »

« Oui. J'ai pensé qu'elle attendrait d'atteindre le *aimsir togu*, l'âge où l'on peut choisir, elle aurait alors été adulte et aurait pu choisir elle-même. J'ai pensé qu'elle aurait alors épousé Rimid. Si elle avait eu l'âge de choisir par elle-même, Congal n'aurait pas pu réclamer de dot. Je crois que Rimid pensait la même chose. Apprendre que Barrdub se jetait dans les bras de frère Fergal l'a rempli d'amertume. »

« Vraiment ? » se demanda Fidelma. « Eh bien, allons donc parler à ce Rimid. Vous dites qu'il est sans doute au travail ? Et où le trouverons-nous ? »

Le Brehon soupira.

« Il est sans doute dans le *bothán* d'Iland, l'herboriste. »

Fidelma s'arrêta et regarda le Brehon, ahurie.

« Rimid serait-il herboriste ? »

Le Brehon secoua la tête.

« Non, non. Ce n'est pas son métier. L'herboriste l'emploie pour aller quotidiennement chercher les simples et les fleurs dont il a besoin pour ses préparations. »

Le visage de Rimid était rempli d'une haine douloureuse. C'était un jeune homme au visage rouge, excitable, ayant à peine atteint l'âge de choisir une épouse.

« Oui. J'aimais Barrdub. Je l'aimais et elle m'a trahi. J'aurais pu la reconquérir s'il n'y avait pas eu cet homme, Fergal. Je le tuerai. »

Le Brehon renifla avec dédain.

« Tu n'en as pas le droit, Rimid. La loi te punira et te demandera réparation. »

« Pourtant, si je le rencontre sur la grand-route, je l'abattrai avec aussi peu de scrupules que s'il s'agissait d'un insecte nuisible. »

« Votre haine est grande, Rimid, parce que vous pensez qu'il vous a enlevé Barrdub, interrompit Fidelma. C'est compréhensible. Haïssiez-vous aussi Barrdub ? »

Les yeux de Rimid s'ouvrirent tout grands.

« Haïr ? Non ! Je l'aimais. »

« Et pourtant vous dites qu'elle vous a trahi, qu'elle vous a délaissé pour frère Fergal. Vous avez dû sentir monter une grande colère… suffisamment grande pour… »

Fidelma avait des raisons de ne pas achever sa phrase.

Rimid cligna des yeux.

« Jamais ! Jamais je ne lui aurais fait de mal. »

« Malgré votre haine ? Haïssiez-vous aussi Congal ? »

« Pourquoi haïr Congal ? » Rimid paraissait perplexe.

« Mais il vous a aussi éloigné de Barrdub en refusant la *tinnscra* que vous lui offriez parce qu'il pensait qu'elle n'était pas suffisante. »

Rimid haussa les épaules.

« Je n'aimais pas beaucoup Congal, c'est vrai. Mais Barrdub n'avait plus que six mois à attendre avant le *aimsir togu*, l'âge de choisir, et elle m'avait promis qu'elle m'épouserait alors sans le consentement de son frère. »

« Congal le savait-il ? »

Rimid hésita. « Je ne sais pas. Barrdub le lui avait sans doute dit. »

« Comment l'aurait-il pris s'il l'avait su ? »

« Il n'aurait rien pu y faire... mais c'est alors que frère Fergal est arrivé. »

« Mais Fergal n'avait pas de *tinnscra* à offrir. Il fait partie de notre ordre et a fait vœu de pauvreté. »

« Congal dit qu'il n'était pas question de mariage. Fergal a simplement hypnotisé Barrdub et a joué avec ses sentiments jusqu'à ce qu'elle devienne trop encombrante. »

« Hypnotisée ? Fidelma fronça les sourcils. Le choix du mot est intéressant, Rimid. »

« Mais c'est vrai. »

« Avez-vous fait des reproches à Barrdub au sujet de sa liaison ? »

Rimid hésita puis secoua la tête.

« J'étais aveugle. Je n'avais aucune idée de ce qui se passait dans mon dos jusqu'à la veille du meurtre. »

« Comment vous en êtes-vous rendu compte ? »

« Congal me l'a dit. Je l'ai rencontré sur la route ce soir-là et son visage exprimait la colère. Barrdub lui avait parlé le jour même. »

« Et quand avez-vous appris sa mort ? »

« Je me dirigeais vers le *bothán* de Fergal, pour lui demander des comptes, ce matin-là, quand j'ai rencontré le Brehon et Congal sur le sentier ; ils m'ont annoncé la mort de Barrdub. Deux hommes portaient le corps de Barrdub sur une civière et Fergal avait été arrêté pour le crime. »

Fidelma jeta un coup d'œil rapide au Brehon pour avoir confirmation et il acquiesça.

Fidelma demanda brusquement : « Depuis combien de temps cueillez-vous des simples, Rimid ? »

La brusquerie de la question le fit légèrement hésiter. « Depuis que je suis petit. »

« Fournissiez-vous, vous ou l'herboriste, des simples à Fergal ? »

« Moi non, mais je sais que Iland le faisait. Je cueille des simples pour Iland. Fergal souffrait de difficultés respiratoires et prenait des simples pour se soulager. »

« Était-ce connu ? »

« Beaucoup le savaient », répondit Rimid.

« Barrdub le savait-elle ? »

« Oui. Elle m'en a parlé une fois alors que nous assistions à la messe. »

« Congal le savait-il ? »

Rimid haussa les épaules. « Ils étaient nombreux à le savoir. Je ne sais pas exactement qui était au courant et qui ne l'était pas. »

Après une pause, Fidelma sourit.

« J'ai terminé. Elle se tourna vers le Brehon. Je suis maintenant prête à plaider devant le tribunal demain. »

La plupart des membres du clan des Eóghanacht de Cashel étaient assemblés dans le grand hall de la maison du chef. Le chef, Éoghan lui-même, était assis à la droite du Brehon, le juge. La loi et la courtoisie obligeaient à consulter le chef du clan lors des jugements.

Frère Fergal était debout face au Brehon et au chef, lequel était accompagné d'un homme du clan fort et musculeux, muni d'une épée et d'un bouclier, pour maintenir l'ordre. Fergal se tenait devant une petite barre de bois à hauteur de sa taille, qui avait pour nom *cos-na-dála*, le pied du tribunal, devant lequel tous ceux qui étaient accusés devant le *Dál*, ou tribunal, devaient comparaître.

À droite de cette barre une petite plateforme avait été dressée pour le représentant du ministère public, ou *dálaighe* ; un homme mince au visage acéré. À gauche, sur une plateforme semblable, sœur Fidelma était assise, mains croisées modestement dans son giron, mais ses yeux vert clair ne perdaient rien de ce qui se passait.

Les témoins avaient été convoqués et les hommes et les femmes du clan étaient venus en foule au *Dál*, car jamais, de mémoire de villageois, un membre du clergé n'avait été accusé du terrible crime qu'est un meurtre.

Le Brehon, ayant réclamé le silence, demanda à frère Fergal s'il acceptait sœur Fidelma comme avocate car, selon l'ancienne loi, Fergal avait aussi le droit de se défendre seul. Frère Fergal secoua la tête et indiqua que sœur Fidelma parlerait pour lui.

Le représentant du ministère public exposa alors l'affaire comme le Brehon avait dit à sœur Fidelma qu'il le ferait.

Il y eut un murmure de curiosité lorsque sœur Fidelma se leva enfin pour s'adresser au Brehon.

« Frère Fergal est innocent de ce crime », annonça-t-elle d'une voix forte et imposante.

La foule resta silencieuse.

« Contestez-vous les preuves ? demanda le Brehon, qui souriait légèrement à présent. Rappelez-vous que c'est moi qui suis allé là-bas avec Congal et qui ai découvert le corps de Barrdub étendu dans le *bothán* de frère Fergal alors que celui-ci était endormi dans son lit. J'ai vu le sang sur ses vêtements. »

« Je ne conteste pas ces faits, l'assura Fidelma. Mais ils ne sont pas en eux-mêmes suffisants pour prouver le meurtre. Les événements, tels qu'ils sont présentés par le représentant du ministère public, ne sont pas contestables, seule l'est la façon de les interpréter. »

Rimid protesta avec colère depuis la salle.

« Fergal est un assassin ! Elle cherche simplement à protéger un des siens ! »

Le Brehon fit un geste pour qu'il se taise.

« Continuez votre plaidoirie, sœur Fidelma. »

« Frère Fergal souffre d'asthme. On sait qu'il prend des remèdes à base de simples pour se soulager. Plusieurs personnes étaient au courant. Cette nuit-là il est retourné épuisé à son *bothán*. D'habitude il faisait brûler des feuilles de *stramóiniam* et en inhalait la fumée avant de se coucher. Mais parfois, quand il était trop fatigué, il buvait une infusion de simples du même type. »

Frère Fergal la regardait fixement.

« Fergal, cette nuit-là, avez-vous inhalé la fumée de ces feuilles ou bu une infusion ? »

« J'étais trop fatigué pour m'asseoir et préparer l'inhalation. J'ai toujours une bouilloire de simples infusées prête. J'en ai donc simplement réchauffé un peu pour en boire. »

« Et vous n'avez aucun autre souvenir avant le matin. »

« Rien d'autre jusqu'au moment où j'ai été réveillé par le Brehon et par Congal », acquiesça le moine.

« Vous avez dormi profondément. Est-ce habituel ? »

Frère Fergal hésita, son front se plissa comme s'il n'y avait pas encore pensé.

« Non, inhabituel. Ma poitrine me fait souvent souffrir et me réveille tôt le matin, et je dois me soulager avec un peu d'infusion. »

« Très bien. Vous avez dormi plus profondément que d'habitude. Si profondément que quelqu'un pouvait entrer dans votre *bothán* sans vous réveiller ? Ce qu'ont fait, d'ailleurs, le Brehon et Congal. Il a fallu que les deux hommes vous secouent pour vous réveiller, sinon vous n'auriez pas remarqué leur présence. »

Le tribunal était plongé dans le silence et le Brehon la regardait avec curiosité.

« Que suggérez-vous, sœur Fidelma ? »

« Je ne suggère rien. Je présente les faits. J'ai pris un récipient en bois dans le *bothán* de frère Fergal en votre présence et vous l'ai confié comme pièce à conviction. »

Le Brehon acquiesça et indiqua le récipient en bois posé sur une table devant lui.

« C'est vrai. Voici ce bol. »

« Est-ce bien le récipient dans lequel vous avez bu, Fergal ? »

Le moine examina le récipient et acquiesça.

« C'est bien le mien. J'y ai gravé mon nom. C'est bien le bol dans lequel j'ai bu. »

« Il y a un peu de liquide au fond du bol et je l'ai goûté. Ce n'était pas une infusion de *stramóiniam*. »

« Qu'était-ce donc ? » demanda le Brehon.

« Pour la satisfaction du tribunal, nous pourrions faire venir Iland, l'herboriste, pour l'examiner et donner son opinion. Mais le tribunal sait que je suis une *Anruth* et que j'ai donc étudié les simples. »

« Le tribunal reconnaît votre compétence, sœur Fidelma », répondit impatiemment le Brehon.

Fidelma inclina la tête.

« Ce bol contient le résidu d'une infusion de *lus mór na coille*, mélangée avec du *muing*. »

« Pour ceux qui ne connaissent pas les simples, pourriez-vous expliquer de quoi il s'agit », lui demanda le Brehon en fronçant les sourcils.

« Certainement. Le *lus mór na coille*, que nous appelons digitale, est un somnifère puissant qui endort, tandis que le *muing*, ou ciguë empoisonnée, lorsqu'il est pris en grande quantité, peut provoquer une paralysie. N'importe qui connaissant un tant soit peu les simples vous le dirait. En buvant cette infusion, frère Fergal a en fait été drogué. Il a dormi comme un mort et ne s'est rendu compte de rien. Il est heureux qu'on l'ait secoué pour le réveiller. Il est fort possible que la personne qui lui a fourni le poison pensait qu'il ne se réveillerait jamais. Frère Fergal aurait simplement été trouvé mort, près de Barrdub. La conclusion aurait été qu'il l'avait tuée et qu'assailli par les remords il avait ensuite bu le mélange empoisonné. »

Elle s'arrêta devant la rumeur que ses mots avaient provoquée. Frère Fergal la regardait fixement avec un visage ébahi et pâle.

Le Brehon, après avoir demandé le silence, s'adressa de nouveau à Fidelma.

« Êtes-vous en train de dire que Barrdub a été tuée dans le *bothán* de Fergal pendant que celui-ci dormait et qu'il ne s'en est pas rendu compte ? »

« Non. Je dis que la personne qui a drogué Fergal a tué Barrdub ailleurs et qu'elle a ensuite transporté le corps dans le *bothán* et l'y a laissé. Cette personne a alors mis un peu de sang de Barrdub sur les mains et les vêtements de Fergal alors que, dans son sommeil, il était inconscient. Après cette mise en scène, la personne est partie. L'assassin a commis plusieurs erreurs. Il a oublié que le récipient, où il restait un peu de drogue, constituait une pièce à conviction. Et il a laissé une trace du sang de Barrdub sur l'encadrement de la porte quand il a transporté le corps à l'intérieur du *bothán.* »

« Je me rappelle que vous m'avez montré cette trace, interrompit le Brehon. Je vous ai alors dit que je pensais qu'elle avait sans doute été laissée au moment où nous avions enlevé le corps. »

« Impossible. La trace était à hauteur d'épaule. Lorsque le corps a été enlevé, il a été posé sur une civière. Deux hommes devaient la porter. »

Le Brehon indiqua qu'elle avait raison.

« On peut difficilement transporter une civière chargée d'un corps plus haut que la taille. Ce qui prouve que la trace n'a pas pu être laissée quand le corps a été sorti du *bothán* mais quand il y a été apporté. Le meurtrier, étant seul, a dû se débrouiller sans aide. La meilleure méthode pour porter un tel poids est de le mettre sur l'épaule. La trace à hauteur d'épaule a été faite au moment où le corps a été apporté dans le *bothán* par l'assassin. »

« Votre argument est plausible, concéda le Brehon. Mais pas définitif. »

« Permettez-moi donc de dire ceci au tribunal. Votre hypothèse est que frère Fergal a poignardé Barrdub dans une crise de folie furieuse. Ensuite, épuisé, trop épuisé pour sortir le corps de son *bothán* afin de dissimuler le meurtre, il est tombé sur son lit, s'est endormi et a été trouvé ainsi le lendemain. »

« C'est bien ce qu'avance le représentant du ministère public. »

« Où donc est l'arme du crime ? »

« Quoi ? » Le mot sortit lentement de la bouche du Brehon, un doute grandissant apparut dans ses yeux.

« Vous n'avez jamais mentionné l'arme, le couteau avec lequel Barrdub a été assassinée. Si vous ne l'aviez pas pris quand vous avez trouvé Fergal ce matin-là, il aurait dû être encore dans le *bothán*. J'ai fouillé la pièce. Je n'ai pas trouvé d'arme. Frère Fergal ne porte aucune arme semblable. »

Le Brehon se mordit les lèvres.

« C'est vrai, aucune arme n'a été trouvée. »

« Pourtant cette arme doit exister, avec le sang de Barrdub sur la lame. »

« Fergal aurait pu le cacher », contra le Brehon, conscient qu'il avait commis une erreur en oubliant de faire des recherches plus tôt.

« Pourquoi ? Pourquoi cacher l'arme quand il était trop épuisé pour cacher le corps ? »

« Vos arguments sont des explications possibles. En conséquence, si Fergal n'a pas tué Barrdub, qui l'a fait ? » Avant que Fidelma ait le temps de répondre, ses yeux s'éclairèrent. « Ah, voilà pourquoi vous étiez tellement intéressée par les plantes de l'ermite Erca. Soutenez-vous qu'il est responsable ? Qu'il l'a fait pour nuire à Fergal ? Nous savons tous qu'il hait tous les chrétiens. »

Fidelma secoua violemment la tête.

« Erca hait tous les chrétiens, mais il n'a pas commis cet acte. Il a simplement confirmé mon soupçon : j'avais bien reconnu deux drogues puissantes faciles à obtenir à proximité. Ce meurtre a été commis pour un motif plus puissant que la haine des chrétiens. »

Elle se tourna et aperçut le pâle visage de Rimid. Les lèvres de l'homme tremblaient.

« Elle essaye de me mettre le meurtre sur le dos ! » s'écria-t-il.

Le Brehon regardait lui aussi Rimid avec une profonde suspicion. Il demanda : « Ne portais-tu pas une haine farouche à Fergal ? Tu nous l'as dit hier. »

« Je ne l'ai pas fait. J'aimais Barrdub… je… » Rimid se leva d'un bond et tenta de se frayer un passage jusqu'à la porte du grand hall.

« Attrapez-le ! » cria le Brehon. Deux hommes du clan s'avancèrent.

Mais Fidelma s'était retournée vers le Brehon en secouant la tête.

« Non. Laissez-le partir. Ce n'est pas Rimid. »

Le Brehon s'assombrit. Rimid, tenu par les deux hommes, arrêta de se débattre et regarda derrière lui, abasourdi.

« Qui alors ? » demanda le Brehon, exaspéré.

« Barrdub a été assassinée par Congal. »

Tout le monde eut le souffle coupé.

« Mensonge ! La chienne ment ! » Dans le grand hall, Congal avait bondi sur ses pieds, son visage avait pâli, ses mains s'étaient serrées en poings.

« Congal aurait assassiné sa propre sœur ? Le Brehon était incrédule. Mais pourquoi ? »

« Pour le plus ancien des motifs. Pour l'argent. »

« Mais Barrdub n'avait aucune fortune. Quel argent aurait-il pu espérer ? »

Sœur Fidelma soupira tristement.

« Congal était un homme sans argent. Son père avait occupé un rang honorable dans le clan et Congal, si tout s'était bien passé, pouvait s'attendre à occuper le même rang. Mais rien ne s'est jamais passé très bien pour Congal. Il était capricieux, on ne pouvait pas compter sur lui. Il préférait rêver et élaborer de grands projets qui n'aboutissaient jamais. Il avait été réduit, avec sa sœur, à vivre dans un bois dans un *bothán* de boue, travaillant pour ses voisins, qui étaient mieux lotis que lui. Ils ont eu pitié de lui. Et il est devenu amer. Tout le monde est au courant. Vous me l'avez dit vous-même, Brehon.

« Rimid et Barrdub étaient amoureux l'un de l'autre. Rimid ne possédait pas une grande fortune. Il survivait, comme la plupart d'entre nous, se satisfaisant de gagner sa vie. Mais quand Rimid est allé demander le consentement de Congal pour épouser sa sœur, qui n'était pas encore en âge de choisir, Congal a refusé. Pourquoi ? Parce que Congal ne s'intéressait pas au bonheur de sa sœur. Il s'intéressait à l'argent. Il a demandé la dot complète ou *tinnscra* correspondant à la fille d'un aubergiste libre de la tribu, sans s'inquiéter du fait que sa sœur et lui étaient depuis longtemps déchus de ce rang. »

« C'était pourtant son droit légal », interrompit le Brehon.

« Un droit, c'est vrai. Mais parfois les droits peuvent devenir une forme d'injustice », répondit Fidelma.

« Continuez. »

« Rimid ne pouvait pas payer une *tinnscra* complète. Barrdub était indignée et annonça à son frère que, lorsqu'elle serait en âge de choisir, quand elle serait libre de choisir, elle épouserait de toute façon Rimid. Son frère ne profiterait alors d'aucune *tinnscra*. »

Sœur Fidelma fit une pause pour rassembler ses idées.

« Congal entretenait l'idée que son seul espoir de sortir de la pauvreté et de devenir respectable dans la tribu était d'obtenir les vingt vaches laitières qu'un futur mari payerait pour une dot ou *tinnscra* complète. Alors une nouvelle idée lui vint à l'esprit. Une idée fantastique. Pourquoi se contenter des vingt vaches laitières de la dot ? Si sa sœur était assassinée, le meurtrier ou sa famille devrait le dédommager, et ce dédommagement était fixé par la loi à au moins quarante-cinq vaches laitières, le début d'un troupeau digne de ce nom qui ferait de lui une personne respectable dans la tribu. Mais il devait s'assurer que la personne accusée du meurtre pourrait payer une telle somme.

« C'est alors qu'apparaît frère Fergal. Il est vrai qu'un moine n'a pas de fortune à son nom. Cependant, la loi dit que les membres de la *fine*, ou famille, d'une personne incapable de payer l'*eric*, ou dédommagement, doivent payer la famille de la victime. Il est bien connu que l'abbaye remplace la famille. Si un membre de l'abbaye est coupable d'un crime, l'abbaye doit payer l'*eric*. Congal s'est dit que l'abbaye pourrait tout à fait payer les quarante-cinq vaches laitières représentant le dédommagement. Le destin de la pauvre Barrdub était alors scellé.

« Congal connaissait la maladie de Fergal et le remède qu'il prenait. Il a préparé la potion, a jeté l'infusion habituelle de Fergal et l'a remplacée par sa propre décoction de drogue. Il s'est dit que Fergal n'irait pas vérifier le contenu de la bouilloire avant de réchauffer son infusion. Alors Congal a rencontré Rimid et est allé encore plus loin dans son plan en annonçant à Rimid que Barrdub était amoureuse de Fergal, éperdument amoureuse. Enfin, Congal est allé chercher Barrdub et nous connaissons la suite.

« Il l'a tuée, l'a transportée dans le *bothán* de Fergal dès que le moine a succombé à un profond sommeil, l'a laissée là après avoir enduit les mains et les vêtements de Fergal de son sang. Ses deux principales erreurs ont été de ne pas laisser l'arme du crime dans la pièce et de ne pas jeter ce qui restait de l'infusion dans le bol de Fergal. »

Elle se tourna en direction de Congal, son visage était blanc, ses lèvres balbutiaient.

« Voilà votre méprisable assassin. Il a assassiné sa propre sœur pour un troupeau de vaches. »

En hurlant, Congal dégaina un couteau et se précipita vers sœur Fidelma. Les gens s'écartèrent de part et d'autre devant cette incarnation de la furie.

Avant qu'il ait pu l'atteindre, la sombre silhouette d'un homme s'interposa et le frappa au visage. C'était Rimid. Congal s'écroula par terre, inconscient. Alors que Rimid s'apprêtait à l'achever, Fidelma vint vers lui et posa sa main mince sur son épaule.

« La revanche n'est pas la justice, Rimid. Si nous cherchions à nous venger de toutes les actions mauvaises commises contre nous, nous serions coupables d'un mal encore plus grand. Laissez au tribunal le soin de le juger. »

Rimid hésita.

« Il n'a pas les moyens de dédommager convenablement ceux qu'il a lésés », protesta-t-il.

Fidelma sourit doucement.

« Il a une âme, Rimid. Il a cherché à nuire à un membre de la famille de l'abbaye. L'abbaye demandera réparation ; son âme constituera la compensation, elle sera donnée à Dieu pour qu'il en fasse ce qu'il veut. »

« Vous demanderiez qu'il soit exécuté ? Vous l'enverriez au Dieu de l'autre monde ? »

Elle secoua gentiment la tête.

« Dieu se saisira de lui au moment qui lui conviendra. Non, il deviendra servant à l'abbaye et, avec un peu d'espoir, en étant servant, il se repentira. »

Quand frère Fergal eut été disculpé et Congal arrêté pour être jugé, Fidelma se dirigea vers la porte du grand hall en compagnie du Brehon.

« Pourquoi soupçonniez-vous Congal ? » demanda-t-il.

« Un homme qui ment une fois, mentira une deuxième fois. »

« Quel mensonge vous a permis de vous en rendre compte ? »

« Il a déclaré ne rien connaître aux simples mais il savait parfaitement à quoi servait le *stramóiniam* et il savait que frère Fergal en prenait régulièrement. Le reste était un mélange de déductions élémentaires et d'esbroufe car tout cela aurait peut-être été difficile à prouver si Congal n'avait pas manifesté ainsi sa culpabilité. »

« Vous êtes une très bonne avocate, sœur Fidelma », fit remarquer le Brehon.

« Présenter un argument intelligent et bien ficelé n'est pas du grand art. Sentir et comprendre la vérité est un talent supérieur. » Elle s'arrêta à la porte et sourit au juge. « Que la paix soit avec vous, Brehon des Eóghanacht de Cashel. » Et elle s'en alla, empruntant la route poussiéreuse qui menait à la lointaine abbaye.

Agression dans Harcourt Street

CATHAL Ó SÁNDAIR

Le moment : fin de journée, crépuscule. L'endroit : Harcourt Street, Dublin 2 – une rue de grands immeubles de bureaux, d'hôtels et d'appartements. Animée pendant la journée. Mais une gorge sinistre et solitaire quand les nuages sombres d'une nuit profonde se rejoignent comme un toit au-dessus de bâtiments déjà là du temps de Victoria, d'Édouard, de George, de l'État libre, de la République…

À n'importe quel piéton, l'homme courbé et maigre qui avançait cette nuit-là d'un pas lent et fatigué aurait donné l'impression d'avoir une soixantaine d'années : très certainement un retraité.

« Coups et blessures, pensait-il, voilà le danger, le danger permanent pour les gens âgés dans nos cités et nos villes. »

Il existait une autre expression ; c'était d'Amérique que la terreur et l'expression étaient venues : *mugging*, agression… *mugail* dans la langue que nos ancêtres parlaient déjà avant la mort du Christ : un mot horrible pour un acte terrible et atroce.

L'homme courbé et fragile regarda autour de lui avec une attention extrême… Des ruelles sombres et solitaires sur un côté : du danger, à coup sûr. Les gens diraient qu'il n'est pas bien prudent de se promener si tard la nuit quand on est âgé. Si tard ? C'est que, il va sans dire que cela dépend de votre âge.

« Combien de fois y a-t-il eu des agressions – coups et blessures – dans ce quartier ces derniers temps ? » se demanda le piéton courbé.

Toutes les semaines il était fait état de tels actes honteux. Le quartier commençait à avoir mauvaise réputation. Le visage de l'homme prit une expression grave et mécontente : il n'aimait pas ça. Il n'aimait pas ça du tout. Le quartier, de tout temps, avait été respectable, agréable à vivre. Mais allait-on permettre à des vauriens barbares et menaçants d'effacer cette bonne réputation, comme une traînée de brume, comme l'écume sur le fleuve ?

Le complet que portait cet homme était chic, neuf et cher. Un retraité, pourrait-on penser, ayant travaillé pour une entreprise généreuse – la Dublin Corporation, la fonction publique, ou la brasserie là-bas, à James Gate... Une pension plutôt convenable, la possibilité de rester digne après des années de travail : d'être au chaud, au sec et à l'aise. Une livre ou deux, trois même, en permanence dans son porte-monnaie. En bref, une réponse aux prières d'un agresseur.

L'homme avançait d'un pas inquiet. Ce n'était pas bien, ni tolérable ni agréable, que des citoyens âgés soient aussi inquiets à Dublin, la capitale de *Banba na n-ainnir n-órchiabh*, en l'an mille neuf cent soixante-dix-neuf de Notre Seigneur. New York – ça se comprenait : là-bas les gens sensés ne sortent pas tout seuls le soir venu. N'était-ce pas là-bas que ce phénomène diabolique et intolérable de notre époque, l'agression, était apparu pour la première fois ?

« Je ne dois pas en être bien loin à présent », se dit le piéton avec un stoïcisme surprenant.

« Que sera, sera... » ce qui arrivera, arrivera... Bon, si on ne peut pas y remédier, il faut bien l'accepter, comme on dit. Mais il ne fait aucun doute que la personne qui a forgé ce dicton ne pensait pas aux agressions !

Était-ce cette nuit-là que le piéton serait attaqué ? Ces mêmes sauvages, qui ne s'inquiéteraient pas d'abandonner une personne âgée dans le caniveau tandis que son sang vital se déverserait à profusion d'une blessure à la tête, se contenteraient d'une ou deux livres – le prix d'une bouteille de vin, d'un paquet de cigarettes… La pendaison, ne serait-ce pas encore trop bien pour eux ?

En tout cas, le moment fatidique approchait pour le piéton dans Harcourt Street. À l'instant même, deux jeunes gredins se trouvaient dans Hatch Street, se dirigeant vers Harcourt Street ; jeunes, actifs et forts, sans pitié ni compassion, l'un comme l'autre. Il serait difficile de rencontrer deux personnes d'aspect plus scélérat de jour… comme de nuit.

« Il faut que nous trouvions de l'argent, Nicky, dit Billy à son compagnon, d'une façon ou d'une autre. Nous n'avons même pas une cigarette à nous partager, ni de quoi nous payer une bouteille. »

Nicky ricana : « Nous nous sommes toujours débrouillés pour trouver une solution, mon pote. »

« La solution habituelle, alors ! » dit Billy.

« Chaque minute, un imbécile vient au monde, dit Nicky. Surtout un vieil imbécile, avec plus d'argent que de cerveau. »

« Et c'est plutôt bien comme ça », répondit son partenaire.

En arrivant dans Harcourt Street, ils aperçurent un piéton dans la lumière d'un lampadaire, de l'autre côté de la rue… un homme courbé avançant lentement sur le trottoir. Nicky et Billy se jetèrent un coup d'œil. Nicky approuva l'idée de l'autre conspirateur. Pas la peine de parler. Un clin d'œil suffit quand on a l'habitude. Qui se ressemble, s'assemble, et ils avaient les mêmes pensées.

Ils attendirent quelques secondes pour traverser en toute sécurité. Rapidement ils se dirigèrent vers l'autre trottoir. Vingt mètres séparaient les jeunes vauriens de leur proie.

Du coin de l'œil, il avait dû les voir traverser dans sa direction. Il était évident qu'il commençait à s'inquiéter :

il tenta de presser le pas. Mais il était terriblement faible. Qu'il accélère ne gênerait pas ses poursuivants. Le piéton isolé en était tout à fait conscient.

Pire encore : la rue était encore plus déserte que d'habitude. Presque pas de voitures. L'homme fragile et courbé longeait un bout de terrain sur lequel un grand bâtiment tout neuf était en construction, des murs d'aggloméré et des échafaudages le long du trottoir. C'était ici, pensa-t-il, que l'attaque aurait lieu, les coups et les blessures… l'agression. Il entendait les pas avec netteté, leur proximité, leur urgence. Ce serait à cet endroit que… un… Oh mon Dieu, il ne devait pas penser à une chose pareille…

Quant à Nicky et Billy, ils étaient dans leur élément. Ce serait si simple, si rapide. Comme de voler des bonbons à un enfant. Il était évident, d'après son apparence, que l'homme qui se trouvait devant eux n'en était pas réduit à son dernier billet.

Il n'y a pas de justice dans ce monde et ce genre de vieil imbécile possédait une fortune dont il n'était plus capable de profiter. Eh bien, Nicky et Billy allaient bientôt se payer du bon temps grâce à ce qu'il possédait. Ils accélérèrent le pas et se mirent à courir, se précipitant à toute vitesse sur le piéton.

Nicky dépassa le retraité, se retourna et étendit les bras pour lui barrer la route. Billy resta derrière lui et le poussa, le projeta contre la cloison du chantier. L'homme courbé tomba en arrière, mais la cloison le retint.

« Que-que voulez-vous ? » dit-il en tremblant. Nicky saisit fermement le revers du manteau de leur victime. Le vieil homme sentit sur son visage l'horrible odeur de son assaillant.

« Tout ce que tu possèdes, grand-père ! menaça Nicky entre ses dents. T'entends ! tout : montre… argent, jusqu'au dernier penny. »

Il balança un coup de côté sur le visage du retraité et relâcha sa prise.

« Vas-y, fouille… bien au fond de tes poches ! dit Nicky avec brutalité. On n'a pas toute la nuit. »

« Si je vous… donne – vous ne me ferez pas de mal ? » supplia l'homme fragile et courbé.

Les deux autres éclatèrent d'un rire sarcastique.

« Argent, cigarettes, montre… allez, vieil imbécile ! » dit Billy.

Le bonhomme sortit son porte-monnaie et le tendit nerveusement à Nicky, qui le lui arracha des mains, regarda dedans et émit un grognement de mécontentement.

« À peine un peu de monnaie, vieux borné, à quoi ça peut servir ? »

Pour souligner ces mots, il envoya son poing dans la poitrine de leur prisonnier.

« Ouais ! les billets ! » ajouta Billy en lui donnant un bon coup sur l'oreille.

Alors ils projetèrent le vieil homme d'avant en arrière entre eux, en évitant de le laisser tomber.

« Vite, l'argent ! » ordonna Nicky.

« C-c'est bon, dit l'homme d'une voix rauque. J'ai un portefeuille… mais écartez-vous, que je puisse le sortir de la poche intérieure de mon complet. »

Billy sourit. « Voilà justement ce que nous voulions entendre… Écarte-toi, Nicky. »

Tandis qu'ils reculaient de quelques pouces, une chose surprenante se passa. D'une certaine façon, c'était plutôt comme un miracle. C'était comme si tout d'un coup le retraité avait grandi, s'était élargi, s'était étoffé. Lorsqu'il fit bouger ses bras, il était comme un moulin à vent. Ses bras se détendirent, saisirent les deux vauriens et les jetèrent l'un contre l'autre, brutalement, bruyamment. Alors, en un clin d'œil, contre la cloison, il y eut ces deux-là et, à l'extérieur, celui qui avait été leur prisonnier. Nicky et Billy essayèrent de reprendre le dessus, mais sans y parvenir. Boxe, karaté, judo ; le type connaissait tous les trucs. Une poussée, une claque, un coup brutal… bang, boum, flac… et bing, paf, pan… un ouragan de claques et de coups tomba sur les deux jeunes gens, faisant couler le sang de leur nez, de leurs oreilles, de leurs tempes.

« Pitié ! » cria Billy.

« Au meurtre ! » hurla Nicky.

Le bonhomme ne s'arrêtait pas, il ne cessa que lorsqu'ils furent tous les deux par terre, inconscients… Alors, il frappa ses mains l'une contre l'autre comme pour en enlever la poussière, se baissa pour ramasser son porte-monnaie sur le trottoir et reprit la rue dans l'autre sens d'un pas agile… sans le moindre signe de faiblesse ou d'âge.

Les policiers découvrirent les deux complices un peu plus tard.

« N-nous avons été agressés ! » dit Nicky.

« C'était horrible, insultant ! dit Billy. Nous n'avions aucune chance. »

Mais les policiers connaissaient ces deux-là depuis longtemps, bien qu'il n'aient jamais pu les associer à un crime important. Les policiers se dirent que ces deux vauriens avaient reçu la monnaie de leur pièce.

Un peu plus tôt, le responsable de ce désastre avait atteint une maison dans Harcourt Street, sorti une clé de sa poche et était entré.

Il y avait une plaque de cuivre sur une des colonnes devant la porte. On pouvait y lire :

REX CARLO
DÉTECTIVE PRIVÉ

Solution de « Étude en blanc »

NICHOLAS BLAKE

L'inspecteur arrêta le contrôleur pour le meurtre avec préméditation d'Arthur J. Kilmington.

Inez Blake avait fait les poches de Kilmington en faisant semblant de s'évanouir à 20 h 25 et elle avait immédiatement passé la montre en or à son complice, McDonald. Or, Kilmington n'arrêtait pas de consulter sa montre. Il est inconcevable, s'il n'avait pas été tué avant neuf heures, qu'il n'ait pas remarqué l'absence de celle-ci et qu'il n'ait pas fait un scandale. Ce détail fut mis en évidence par le passager de première classe qui avait déclaré qu'un homme ressemblant à la description de Kilmington lui avait demandé l'heure à 20 h 50 : s'il s'était réellement agi de Kilmington, ce dernier aurait certainement, avant de demander l'heure à quelqu'un, consulté sa propre montre, ne l'aurait pas trouvée et aurait déclaré le vol. Le fait que Kilmington n'ait pas déclaré le vol au contrôleur et qu'il ne soit pas retourné dans son compartiment pour la chercher, démontre qu'il a été tué *avant de se rendre compte qu'elle avait disparu* – c'est-à-dire peu de temps après avoir quitté le compartiment à 20 h 27. Or le contrôleur affirmait avoir parlé à Kilmington à 21 heures. Il s'ensuit que le contrôleur ment. Et pourquoi aurait-il menti, sinon pour se fabriquer un alibi ? Cela est l'indice numéro un.

Le contrôleur affirmait avoir parlé à Kilmington à 21 heures. Or, à 20 h 55, la tempête de neige n'était plus qu'une légère chute de neige qui ne tarda pas à s'arrêter complètement. Lorsque Stansfield avait découvert le cadavre, il était recouvert de neige. Kilmington avait donc dû être assassiné *pendant que la tempête faisait rage* – c'est-à-dire avant 21 heures. Il s'ensuit que le contrôleur ment quand il déclare que Kilmington était vivant à 21 heures. Cela est l'indice numéro deux.

Henry Stansfield, qui enquêtait sur la disparition des émeraudes de la comtesse d'Axminster pour le compte de la *Cosmopolitan Insurance Company*, reconstruisit le crime de la façon suivante :

Motif : la femme du contrôleur avait été gravement malade avant Noël, puis, à peu près au moment du vol dans le train, il lui avait trouvé le meilleur chirurgien de Glasgow et l'avait fait entrer dans une maison de repos (témoignage du conducteur : indice numéro trois). En principe, le salaire d'un contrôleur ne permet pas de payer ce genre de traitement cher : il semble donc plausible que cet homme, poussé à bout par les besoins qu'entraînait la maladie de sa femme, ait accepté de participer au vol en échange d'une somme importante. Quel rôle a-t-il joué ? Pendant l'enquête, le contrôleur a déclaré qu'il avait quitté son fourgon pendant cinq minutes, alors que le train grimpait la dernière partie de Shap Bank ; qu'à son retour il s'était rendu compte que les sacs postaux avaient disparu. Mais Kilmington, qui voyageait dans ce train, avait trouvé le fourgon verrouillé à ce moment-là et avait alors déclaré (témoignage de Mrs Grant : indice numéro quatre) qu'il se plaindrait du contrôleur. Ce dernier savait que le fait rapporté par Kilmington serait en contradiction avec son propre témoignage et indiquerait qu'il avait été complice du crime, puisqu'il avait lui-même verrouillé le fourgon pour quelques minutes, le temps de jeter les sacs postaux par la vitre, et qu'il avait prétendu devant Kilmington qu'il dormait (témoignage de Kilmington lui-même) quand celui-ci avait frappé à la porte. Il fallait donc qu'il fasse taire Kilmington.

Stansfield soupçonnait déjà Percy Dukes d'avoir organisé le vol. Pendant le voyage, Dukes s'était trahi trois fois. D'abord, bien que les journaux n'en aient pas parlé, il avait laissé entendre qu'il savait à quel endroit de la voie les sacs avaient été jetés. Deuxièmement, bien que la disparition des émeraudes n'ait pas été mentionnée dans les journaux, Dukes savait que l'objet volé était un *collier* d'émeraudes : Stansfield lui avait tendu un piège en parlant d'un bracelet, mais, plus tard, au cours de la conversation, Dukes avait employé le mot « collier ». Troisièmement, son grand trouble quand Stansfield avait annoncé (déclaration fausse) que les émeraudes valaient 25 000 livres était typique d'un criminel qui pense s'être fait rouler par le receleur à qui il les a revendues. Dukes était en train d'échafauder un autre vol dans le train et voulait obliger le contrôleur à être une fois de plus son complice. Le témoignage d'Inez Blake (indice numéro cinq), selon lequel elle l'avait entendu dire « Tu vas devoir nous aider une fois de plus mec », etc., prouvait clairement que le contrôleur avait été complice du vol précédent ; il était presque certain que c'était au contrôleur que Dukes parlait, car seul un employé des chemins de fer pouvait savoir qu'il y avait une baraque de poseurs de rails un peu plus loin au bord de la voie et donner rendez-vous là-bas à Dukes ; en outre, si Dukes avait parlé de ses plans pour le vol suivant, dans le train lui-même, à une personne autre qu'un employé des chemins de fer, il y aurait eu des soupçons s'il avait été vu avec cette personne.

Déroulement des faits : à 20 h 27, Kilmington se dirige vers le fourgon du contrôleur, sans se rendre compte des terribles conséquences que cela va avoir pour lui plus tard. Le contrôleur, sans doute sous prétexte de lui indiquer le chemin du village, fait sortir Kilmington du train, s'écarte en sa compagnie des lumières, l'assomme (la marque était légère, au point que Stansfield ne l'avait pas vue lorsqu'il avait rapidement examiné le corps), le porte jusqu'à l'endroit où Stansfield a trouvé le corps et remplit sa bouche et ses narines de neige. Alors, au lieu de s'en tenir là, le contrôleur décide de se fabriquer un alibi. Il prend le chapeau de sa victime, enfile le manteau sombre qu'il portait pour rentrer chez lui, trouve un passager endormi et, se faisant passer pour Kilmington, demande l'heure ; il parachève la substitution en déclarant qu'il va marcher jusqu'au village si la locomotive de secours n'est pas là dans les cinq minutes ; puis il retourne au cadavre et jette le chapeau près de lui (Stansfield avait remarqué qu'il y avait moins de neige sur le chapeau que sur le corps : indice numéro six). En outre, le passager avait remarqué que la personne portait un pantalon bleu (indice numéro sept). L'uniforme du contrôleur était bleu ; mais le complet de Dukes était gris et celui de McDonald à grands carreaux – il s'ensuit que cette personne ne pouvait pas être un de ces deux hommes.

Il est alors 20 h 55. Le contrôleur décide de peaufiner encore davantage son alibi en allant à la rencontre du chauffeur, qui devait être sur le chemin du retour. Il laisse le corps où il est et prend un raccourci jusqu'à la baraque des poseurs de rails. Au moment où Stansfield les découvre, les traces qu'il a laissées sont moins recouvertes de neige que ne le sont celles qui vont vers le village (indice numéro huit) : il s'ensuit que ces traces dataient de peu de temps après le meurtre et ne pouvaient pas avoir été celles de Percy Dukes. Le contrôleur rencontre le chauffeur un peu après 20 h 55. Ils retournent ensemble au train. Le contrôleur est pris à part par Dukes qui est sorti « prendre l'air » et Inez Blake surprend leur conversation. Le contrôleur indique à Dukes qu'ils se retrouveront dans la baraque des poseurs de rails : cela est destiné à incriminer Dukes au cas où le meurtre serait découvert, car Dukes aura du mal à expliquer pourquoi il est resté assis une demi-heure dans une baraque froide au moment où on assassine Kilmington à cent cinquante mètres de là. Le contrôleur se rend alors à la locomotive et reste là à bavarder avec les autres employés pendant quarante minutes. Son alibi est donc établi pour le laps de temps entre 20 h 55 et 21 h 40. Son plan aurait très bien pu marcher s'il n'y avait pas eu trois détails malencontreux dont il était difficile de tenir compte – la présence de Stansfield dans le train, l'arrêt de la tempête peu après 21 heures et le vol de la montre d'Arthur J. Kilmington.

BIBLIOGRAPHIE DES AUTEURS *

William Trevor (né en 1928)

Le Voyage de Felicia (Phébus)
Le Silence du jardin (Phébus)
Coups du sort (Marval)
Ma maison en Ombrie (Phébus)
En lisant Tourgueniev (Phébus)
Péchés de famille (La Manufacture)
Secrets intimes (Alinéa)
Les Statues de sel (Plon)
Les Splendeurs de l'Alexandra (Alinéa)

Gerald Griffin (1803-1840)

The Rivals and Tracy's Ambition (Presses universitaires de Lille)

James Joyce (1882-1941)

Ulysse (Gallimard)
Dublinois (Gallimard)
Portrait de l'artiste en jeune homme (Gallimard)
Les Exilés (Gallimard)
Stephen le héros (Gallimard)
Dedalus : portrait de l'artiste jeune par lui-même (Gallimard)
Giacomo Joyce (Gallimard)
Finnegans Wake (Gallimard)

Lettres 1, 2, 3, 4 (Gallimard)
Œuvres 1 & 2 (Gallimard, « Bibliothèque de la Pléiade »)

Elizabeth Bowen (1899-1973)
L'Amant démoniaque (Complexe)
Un monde d'amour (10-18)
Dernier Automne (Rivages)
Les Cœurs détruits (10-18)
Les Petites Filles (10-18)
L'Adultère (Joëlle Losfeld)
Petits Bavardages sans importance (Complexe)
La Maison à Paris (Gallimard, « L'Imaginaire »)
Emmeline (Seuil)

Nicholas Blake (1904-1975), pseudonyme du poète Cecil Day Lewis
Le Squelette en habit (Le Masque)
Fin de chapitre (Le Masque)
Vaine Carcasse (Le Masque)
Inavouable (Julliard)

Flann O'Brien (1911-1966), pseudonyme de Brian O'Nolan
L'Archiviste de Dublin (Granit)
Le Troisième Policier (Granit)
Le Pleure-misère ou la Triste Histoire d'une vie de chien (Ombres)
Kermesse irlandaise (Gallimard)
Une Vie de chien (Gallimard)
Dublinoiseries (Godefroy)

Brendan Behan (1923-1964), (la nouvelle « les Délateurs » a été publiée sous le pseudonyme d'Emmet Street.)
Un peuple partisan (Gallimard)

Confessions d'un rebelle irlandais (Gallimard)
L'Escarpeur (Gallimard)
Mon Dublin (Denoël)
Encore un verre avant de partir (Gallimard)

Brian Cleeve (né en 1921)
Sommeil de plomb (Gallimard, « Série noire »)
Hester (Éditions de Trévise)
Une toile dangereuse (Presses internationales)
L'I.S. au couvent (Presses internationales)

Sean O'Faolain (1900-1991), pseudonyme de John Whelan
Les Irlandais (Coop Breizh)
Passions entravées (Gallimard)
Les Amants du lac (Presses Universitaires de Caen)

Lord Dunsany (Edward Plunkett) (1878-1957)
La Fille du roi des elfes (Denoël, « Présence du futur »)
Merveilles et démons : contes fantastiques (Seuil)
Encore un whiskey, monsieur Jorkens (Néo)

Peter Cheyney (1896-1951)
Récits de l'ombre : 1940-1945 (Presses de la Cité)
La Môme Vert-de-gris (Gallimard, Carré noir)
Vous pigez ? (Gallimard, Carré noir)

Frank O'Connor (1903-1966)
Les Hôtes de la nation (Calmann-Lévy)
Les Lucey (Presses Universitaires de Caen)

Liam O'Flaherty (1896-1984)
Insurrection (Joëlle Losfeld)
L'Assassin (Joëlle Losfeld)

Le Guide du touriste en Irlande (Anatolia)
Skerrett (Jean Picollec)
Famine (Jean Picollec)
L'Extase d'Angus (Actes Sud)

Freeman Wills Crofts (1879-1957)

Le Tonneau (Rivages-Mystère)
Le Drame de l'île de Wight (Slatkine, « Morts subites »)

---

* *liste non exhaustive des ouvrages traduits et disponibles en français.*

TABLE DES MATIÈRES

Les événements de Drimaghleen	*William Trevor*	7
La main et la parole	*Gerald Griffin*	31
La pendaison de Myles Joyce	*James Joyce*	65
Divulgation	*Elizabeth Bowen*	69
Étude en blanc	*Nicholas Blake*	79
Preuve négative	*Richard Dowling*	99
L'arnaque	*Flann O'Brien*	113
Les délateurs	*Brendan Behan*	117
Foxer	*Brian Cleeve*	127
Meurtre à Cobblers's Hulk	*Sean O'Faolain*	147
Deux bouteilles de condiment	*Lord Dunsany*	181
La femme de mes rêves	*Peter Cheyney*	201
Dans le train	*Frank O'Connor*	221
La loi est la loi	*Liam O'Flaherty*	241
La clémence du détective	*Dorothea Conyers*	261
Vent d'est	*Freeman Wills Crofts*	281
Le sommeil du juste	*Peter Tremayne*	303
Agression dans Harcourt Street	*Cathal Ó Sándair*	333
Solution de « Étude en blanc »	*Nicholas Blake*	339
Bibliographie des auteurs		345

Achevé d'imprimer en janvier 2013
sur les presses de Normandie Roto Impression s.a.s.
61250 Lonrai
pour le compte des Éditions Payot & Rivages
106, bd Saint-Germain – 75006 Paris
N° d'impression : 130097
Dépôt légal : mars 2004

Imprimé en France